# DAS LETZTE ACHTEL

Günther Pfeifer wurde in Hollabrunn (Niederösterreich) geboren, lernte ein Handwerk und war jahrelang Berufssoldat. Seit seinem Wechsel in die Privatwirtschaft arbeitet er im Ein- und Verkauf. Er schreibt Beiträge für Magazine, außerdem Theaterstücke und Kriminalromane. Günther Pfeifer wohnt in Grund, einem kleinen Dorf im Weinviertel.

GÜNTHER PFEIFER

# DAS LETZTE ACHTEL

*Kriminalroman*

emons:

**Bibliografische Information der Deutschen Nationalbibliothek**
Die Deutsche Nationalbibliothek verzeichnet diese Publikation in der Deutschen Nationalbibliografie; detaillierte bibliografische Daten sind im Internet über http://dnb.d-nb.de abrufbar.

MIX
Papier aus verantwortungsvollen Quellen
FSC® C083411
FSC
www.fsc.org


Umschlagmotiv: mauritius images/United Archives
Umschlaggestaltung: Nina Schäfer, nach einem Konzept von Leonardo Magrelli und Nina Schäfer
Umsetzung: Tobias Doetsch
Gestaltung Innenteil: César Satz & Grafik GmbH, Köln
Lektorat: Lothar Strüh
Druck und Bindung: CPI – Clausen & Bosse, Leck
Printed in Germany 2019
ISBN 978-3-7408-0534-0
Originalausgabe

Gewidmet allen ehemaligen KTM-Ponny-Fahrern

# Vogelkreis

Es gibt ja kaum etwas Schöneres als einen Spätsommermorgen im Weinviertel, wenn der Dunst aufsteigt und sich die leichten weißen Schleier ganz langsam von den Feldern heben, sich noch ein wenig zwischen den Windschutzgürteln wiegen, ehe die höher steigende Sonne dann die frische Luft genug erwärmt hat, um die Schwaden schließlich aufzulösen. Ein nahezu magisches Licht umhüllt einen da, und es gibt keine bessere Zeit am Tag, um übers Land zu ziehen und den Morgengruß der Vögel zu belauschen.

Das Feld war klein und lag in einer leichten Senke, es wurde an einer Seite vom Bach, an der anderen von einem Windschutzgürtel eingegrenzt. Der holprige Fahrweg bildete die dritte Grenze. Die einzig freie Seite stieß an das Nachbarfeld, auf dem immer noch hohe, verblühte Sonnenblumen in ordentlichen Reihen standen. Die verbleibende Fläche war fast quadratisch und bereits umgeackert, obwohl es erst September war.

Schober war früh losmarschiert, und mittlerweile hatte er das gleichmäßige Tempo erreicht, in dem er stundenlang ausschreiten konnte, ohne müde zu werden. Jetzt aber war er abrupt stehen geblieben und starrte auf das Feld. Was er sah, wirkte auf ihn wie eine Filmkulisse. Eines schaurigen Films obendrein. Auf dem Acker lagen Vogelkadaver, hübsch ordentlich zu einem nahezu perfekten Kreis angeordnet. Dieser Kreis mochte einen Durchmesser von gut dreißig Metern haben und befand sich ungefähr mittig auf dem Feld. Genau in der Mitte des Vogelkadaverkreises wiederum lag ein Mensch.

Einem ersten Impuls folgend wollte Schober zu dem Liegenden eilen, um ihm zu helfen, als er aber ein, zwei Schritte in das Feld getan hatte, stockte er, weil ihm klar wurde, dass diesem Menschen nicht mehr zu helfen war. Das war kein Verletzter, der hier zufällig zusammengebrochen war, das war kein

Bewusstloser, den man mit ein paar Schlägen auf die Wangen oder etwas Wasser über den Kopf wieder ins Leben holen konnte. Zu beabsichtigt war diese Anordnung, zu ausgestreckt lag der Mann da, es war klar, dass er schon seit Stunden hier liegen musste, und Schober gruselte es ein wenig. Hier war etwas sehr Seltsames, vielleicht sogar Mystisches geschehen, und da sollte er sich besser nicht einmischen. Das musste man den Profis überlassen, dies hier war nichts für Amateure wie ihn. Wenn er jetzt hinginge und den Toten berührte oder gar umdrehte, dann könnte er womöglich entscheidende Spuren verwischen. Auf dem Feld mussten sich jede Menge Fußabdrücke befinden, und die zu zerstören könnte die Arbeit der Polizei unnötig erschweren, wenn nicht sogar unmöglich machen. Also trat er wieder zurück auf den Fahrweg und holte sein Handy aus der Tasche.

Um ganz sicherzugehen, dass er sich bezüglich des Zustandes des Mannes auch nicht geirrt hatte, schrie er einige Male laut »Heh! Heh, du! Heh, du, heh!«, aber der Liegende rührte sich nicht.

Um elf nach neun läutete Bergers Mobiltelefon. Unbekannter Anrufer. Er nahm den Anruf trotzdem an.

»Ja?«

»Wer is da?«

Berger runzelte die Stirn: »Was heißt ›Wer is da?‹? Sie haben ja bei mir angerufen. Wer ist dort?«

»Ich bin's. Berger, bist du das?«

»Na, wer soll es sonst sein, welche Nummer hast du denn gewählt?«

»Na, deine!«

»Na also, dann werd ich es schon sein. Und jetzt sag mir, wer du bist!«

»Na, ich bin's!«

»Und wer is ›ich‹, wenn ich fragen darf?«

»Der Schober.«

»Der Schober Adi von der Musik?«

»Nein, der Schober Walter vom Lagerhaus.«
»Ah so, der. Servus. Was ist denn?«
»Ich muss was melden.«
»Einen Unfall?«
Berger war Gruppeninspektor und Mitte fünfzig. Er saß an seinem Schreibtisch, auf dem Polizeiposten von Retz, und kämpfte sich durch einen Unfallbericht vom Vortag.
»Nein, einen … ich weiß auch nicht. Ich hab so was noch nie gesehen. Zuerst habe ich mir gedacht: Das gibt's ja gar nicht. Aber dann … Nein, so was hab ich noch nie gesehen.«
»Aha.«
»Weil nachdem ich mir zuerst gedacht hab: Das gibt's ja gar nicht, hab ich mir überlegt, was das sein könnte.«
»Mhm.«
»Weil irgendwas muss das ja sein … ich meine, irgendwas muss das ja bedeuten, auch wenn ich so was noch nicht gesehen habe.«
»Klar.«
»Ich denk mir nichts, geh da in aller Ruhe den Weg entlang, dann seh ich auf einmal das da. Da denkst du dir dann schon momentan: Na servus, was ist jetzt das da? Weil so was hab ich noch nie gesehen.«
»Ja.«
»Ja. Eben. Ich auch nicht. Da hab ich mir dann schon gedacht: Jetzt muss ich aber auch einmal was sagen! Oder?«
»Richtig.«
»Weil das geht nicht, oder?«
»Nein.«
»Da hab ich mir gedacht: Ich muss das melden.«
»Und dann hast du mich angerufen …«
»Nein, zuerst hab ich den ARBÖ* erwischt, weil ich diese Notrufnummern verwechselt hab. Ich merk mir nie, was was ist …«
»Aha.«

* ARBÖ: einer der beiden Pannenhilfeclubs in Österreich, die in herzhafter Konkurrenz zueinander stehen.

»Und wie mir die dann beim ARBÖ gesagt haben, dass sie da nichts machen können, bin ich erst drauf gekommen, dass ich die falsche Nummer erwischt hab.«

»So. Und dann?«

»Dann ist mir eingefallen, dass ich ja deine Nummer eingespeichert hab.«

»Okay.«

»Bist du eh im Dienst?«

»Ja.«

»Also, ihr müssts herkommen, weil so was hab ich noch nicht –«

»Du, Schober!«

»Ja?«

»Kannst du mir jetzt einmal in aller Ruhe sagen, was du überhaupt gesehen hast? Wo bist du gerade, und was ist eigentlich los?«

»Ein Toter.«

»Was?«

»Ein Toter. Auf einem Feld.«

»Ein Toter?«

»Ja.«

»Wer ist es? Kennst du ihn?«

»Nein, weil … ich wollt ja nicht näher hingehen, wegen der siebenunddreißig Kadaver.«

»Schober?«

»Ja?«

»Trinkst du?«

Es dauerte noch gut fünf Minuten, bis das Gespräch beendet war. Berger sah auf den Notizblock vor sich. Routinemäßig hatte er die wichtigsten Stichworte mitgeschrieben. Auf einem Feld lag ein unbekannter Toter, umringt von (Schober hatte während des Telefonates dreimal nachgezählt) siebenunddreißig Vogelkadavern. Das Feld lag entlang des Fahrweges, südlich der Eisenbahn, ungefähr zehn Gehminuten außerhalb der Ortschaft Kleinriedenthal. Berger überlegte. Schober hatte ein wenig verwirrt, vielleicht sogar geschockt, aber nicht betrunken oder sonst irgendwie beeinträchtigt geklungen. Berger hatte ihm geraten, das Feld nicht zu betreten, sich stattdessen ein schattiges Plätzchen in der Nähe zu suchen und dort auf sein Eintreffen zu warten.

Eine Leiche, die mitten auf einem Feld abgelegt worden war, inmitten eines Kreises aus toten Vögeln, das kam nicht wahnsinnig oft vor. Bevor Berger die übliche Alarmkette für Kapitalverbrechen in Gang setzte, wählte er eine Nummer auf seinem Handy. Als im selben Augenblick sein Kollege Fischer ins Dienstzimmer kam, machte Berger eine Geste, die vielseitig interpretiert werden konnte, und verschwand nach draußen. Aha, Diskussion mit der Frau, dachte Fischer und setzte sich an den Computer.

Bergers Telefonat dauerte ziemlich lange. Als er auflegte, war er noch nachdenklicher als zuvor. Dann ging er zurück in die Wachstube.

»Alles okay?«, fragte Fischer, ohne vom Bildschirm aufzublicken.

»Alles okay«, sagte Berger und setzte sich an seinen Platz. Er löste den obersten Zettel von seinem Block ab, zerriss ihn in kleine Streifen und warf ihn in den Papierkorb.

Schober hatte sich mittlerweile an einer kleinen Böschung am Rande des Fahrweges niedergelassen und wartete auf das Eintreffen der Polizei, wobei er von Zeit zu Zeit die toten Vögel zählte. Es dauerte ziemlich lange. Fast zwanzig Minuten später näherte sich ein dunkler Geländewagen mit völlig verdreckter Nummerntafel. Schober erhob sich und ging dem Wagen entgegen.

»Fährt die Kriminalpolizei jetzt mit Geländeautos?«, fragte er den Beifahrer, der zuerst ausgestiegen war und den Kopf seltsam gesenkt hielt. »Ich hab geglaubt, die Retzer kommen zuerst. Seids ihr in der Nähe gewesen, dass ihr so schnell da seid?«

Die Hand des Beifahrers, die bisher hinter dessen Rücken verborgen geblieben war, schnellte vor und presste ein streng riechendes Tuch auf Schobers Gesicht. Sekunden später sank dieser zu Boden. Der Beifahrer beugte sich zu dem Liegenden und nahm dessen Handy an sich.

Mittlerweile war auch der Fahrer ausgestiegen, und die beiden Männer begannen in großer Eile, die Vogelkadaver vom Feld zu holen und in den Laderaum des Autos zu werfen. Wenige Minuten später war der Wagen wieder verschwunden.

Der Tote blieb unverändert in der Mitte des Feldes liegen.

## Erinnerungslücke

»Sicher«, sagte der Polizeiarzt aus St. Pölten. »So was gibt es, und das ist ganz normal. Das heißt, normal ist es nicht, weil es ja die Ausnahme vom normalen Funktionieren des Gedächtnisses ist – aber, und das wollte ich eigentlich ausdrücken, es kommt in solchen Ausnahmesituationen sehr häufig vor und ist kein Grund zur Sorge. Manchmal kommt später die richtige Erinnerung wieder an die Bewusstseinsoberfläche, manchmal aber auch nicht. Die Situation ist ja auch nicht alltäglich, der Fund einer Leiche, ein bisschen eine Aufregung, ein bisschen ein Schock, dann das Warten in der Sonne, dann die offensichtliche Bewusstlosigkeit …«

»Ja. Ich kann nur noch einmal sagen, was ich eh schon gesagt habe«, erklärte Berger dem leitenden Kriminalbeamten. »Es ist ja auch protokolliert und alles. Der Walter muss sich da etwas zusammengereimt haben … Ich hab keinen Anruf von ihm bekommen. Sicher, es kann schon sein, dass meine Nummer bei ihm eingespeichert ist, wir kennen uns ja vom Sparverein und vom Lagerhaus, aber wie gesagt, ich hab –«

»Ja«, unterbrach ihn der Oberleutnant. »Das Protokoll ist eh eindeutig. Er hat den Toten gefunden, dürfte dann durch die Aufregung ein bisschen bewusstlos gewesen sein, dann ist er in die nächste Ortschaft marschiert und hat von dort aus angerufen.«

»Ja, der Anruf ist um acht nach zehn bei der Notrufzentrale registriert worden«, meldete der zweite Kriminalbeamte aus St. Pölten.

»Und um elf nach zehn hat man uns verständigt«, bestätigte Fischer, der junge Kollege von Berger.

»Ja, Kollegen, ihr habts eh alles richtig gemacht, und der Herr Schober wird sich bald wieder erholen. Oder, Herr Schober? Jetzt geht's Ihnen schon besser, nicht wahr?«, schlug der Oberleutnant einen munteren Ton an und klopfte dem Angesprochenen auf die Schulter. Aber der war keineswegs dieser Meinung.

»Alles lass ich mir einreden, alles lass ich mir einreden. Sicher hab ich mich g'schreckt, wie ich die Leiche gesehen hab, sicher war ich bewusstlos, sicher, vielleicht verdreht sich da so manches im Hirn, aber eines muss ich schon sagen, ich weiß doch, dass ich die Vögel gesehen hab, und ich weiß doch, dass ich dich angerufen hab, und ich weiß doch, dass da welche mit einem Geländewagen gekommen sind. Das bild ich mir doch nicht nur ein, das weiß ich doch alles. Und wenn das alles nicht wahr war: Wer hat mir dann mein Handy gestohlen? Die Leich vielleicht?«

»Na, du wirst es eben zu Hause liegen lassen haben«, meinte Berger und breitete die Arme aus. »Das ist keine Schande, das passiert mir auch öfters.«

»Wie dem auch sei – Kollegen, wir sind vorerst fertig, also auf dem Feld –, der Tote, der Herr Kramer, wird zur Obduktion mitgenommen, und euch ersuche ich, bis wir so weit sind, seinen nächsten Angehörigen die traurige Nachricht zu überbringen. Es ist besser, wenn das jemand von euch macht …«

Eine halbe Stunde später waren die Kriminalbeamten verschwunden, und nur ein an vier Pflöcken befestigtes Absperrband erinnerte daran, dass hier etwas passiert war. Berger und Fischer waren unterwegs, um den Tod von Erich Kramer dessen Witwe Annemarie mitzuteilen. Einer der Kollegen aus St. Pölten hatte kurz zuvor Schober heimgebracht und war noch kurz mit hinein, um bei der Handysuche zu helfen. »Okay, wir vermerken es im Protokoll«, hatte der Beamte versprochen und sich verabschiedet.

Schober sah durch das Küchenfenster, wie der Mann in den Wagen stieg und davonfuhr.

»Die glauben mir nicht«, murmelte er, als er dem Wagen nachsah. »Die glauben, dass ich deppert bin. Alt und deppert! Die glauben, dass ich mir was z'sammphantasier. Und der Berger lügt mir ins Gesicht, mitten ins Gesicht! Aber das lass ich mir nicht gefallen. Sicher nicht!«

Er öffnete eine Schublade und begann sie zu durchwühlen. Es dauerte einige Zeit, bis er das Gewünschte gefunden hatte, einen alten Taschenkalender. Er blätterte darin, fand den gesuchten Namen und eine Telefonnummer, die er sogleich am Festnetztelefon wählte. Schon nach dem zweiten Mal Läuten wurde abgehoben. Eine laute, energische Stimme meldete sich.

»Ja?«

»Wer is da?« Schober konnte nicht aus seiner Haut.

»Ich geb Ihnen einen Tipp«, klang es scheppernd aus dem Hörer, »wenn S' wo anrufen, dann sagen S' zuerst Ihren Namen, bevor S' blöd fragen, wer da ist! Also?«

»Ich bin's«, sagte Schober.

## Archivaufnahmen

Es war purer Zufall, dass die Berlakovic um diese Zeit das Archiv betreten hatte. Das alte Archiv wohlgemerkt, denn das neue befand sich im Keller eines anderen Gebäudes, während das alte seit drei Jahren »demnächst« übersiedelt wurde und immer noch drei große Räume blockierte, die längst als Büros benötigt wurden. Hier waren Akten aus den 1970er Jahren und aus der Zeit davor gelagert. Die Berlakovic hatte einem Bekannten einen Gefallen tun wollen, der für eine Wochenzeitung über alte Kriminalfälle schrieb.

Der Eingang zu diesem Zimmerkomplex lag keine fünf Meter neben der Kanzlei von Hofrat Johann P. Zauner. Zauner war Chef der Mordkommission und wurde aus unerfindlichen Gründen hinter seinem Rücken nur »Erzherzog« genannt. Als Vorgesetzter war er bei allen gleichermaßen gefürchtet, und auf ein zufälliges Zusammentreffen mit ihm verzichtete man gerne.

Aber als die Berlakovic, die eigentlich Vorsteherin des Administrationsbüros war und von Kollegen stets als wandelndes »Auskunftsbüro Berlakovic« bezeichnet wurde, als ebendiese Berlakovic nun bemerkte, dass sich der Alte im Archiv aufhielt, war es schon zu spät.

»Ich mach euch keinen Krieg da oben, das mach ich nicht! Das ist nicht meine Manier, dass ich wo einen Krieg mach, weil mit einem Krieg spielt man sich nicht!«

Die Berlakovic fuhr herum. Die Stimme des Erzherzogs kam aus einer der ersten Regalreihen beim Eingang. Sie musste also beim Eintreten an ihm vorbeigegangen sein.

»Wenn du einen Rat willst, dann geb ich dir einen Rat: Der offizielle Weg ist immer noch der beste. Geh den offiziellen Weg und mach keinen Blödsinn, weil einen Blödsinn unterstütz ich sicher nicht.«

Die Berlakovic fühlte sich in einer Doppelmühle gefangen.

Machte sie den Erzherzog auf sich aufmerksam, dann würde er sie zusammenstauchen, weil sie seine Kreise zu stören gewagt und einen Teil seines Telefonates mitgehört hatte. Verhielt sie sich hingegen ruhig und ließ den Alten in dem Glauben, dass er alleine war, dann lief sie Gefahr, entdeckt und von ihm doppelt zusammengestaucht zu werden, weil sie ihn belauscht hatte. Gestaucht würde also auf jeden Fall. Aber die Berlakovic wurde nicht umsonst Auskunftsbüro genannt. Das Wesen eines Auskunftsbüros ist es ja, Auskünfte zu erteilen, aber um Auskünfte erteilen zu können, muss man die gewünschten Informationen zunächst einmal beschaffen. Notfalls auch unter größter Gefahr. Und manchmal muss ein Auskunftsbüro tun, was ein Auskunftsbüro tun muss. Wenn schon unabsichtliche Informationsbeschaffung, dann gleich ordentlich, dachte sie.

»Einen Krieg fangt man schnell an, aber oft einmal geht er nicht so aus, wie man das haben will. Und ihr da oben seids bis jetzt eine Insel der Seligen auf unserer Insel der Seligen, also quasi doppelt selig, da kenn ich andere Gegenden, da ist es nicht so gemütlich, also überleg's dir gut. Ich kann dir eine Telefonnummer sagen, dort kannst du –«

Jemand wollte offensichtlich die Unterstützung des Erzherzogs in einer bestimmten Sache. Das kam gelegentlich vor, aber meist war der Alte resistent gegen versuchte Einflussnahmen und Freunderlwirtschaftsanträge. Interessant war, dass er diesmal seine Kanzlei verlassen und sich ins alte Archiv zurückgezogen hatte. Normalerweise machte er kein Geheimnis aus seiner Meinung und seinen Grundsätzen. Telefonate mit dem Ministerium, mit anderen Dienststellen und sogar mit der Presse wurden bei offener Kanzleitüre und mit imposanter Lautstärke geführt. Der Erzherzog war der Souverän der Kripo, der Polizei, des Staates und noch ein bisschen mehr. Er hatte es nicht nötig, sich zu verstellen oder zu verstecken. Was also hatte es mit diesem Telefonat auf sich, dass es hinter Archivtüren abgehalten wurde?

Das Interesse der Berlakovic war natürlich rein professioneller Natur. Dennoch erhöhte sich ihr Puls, und sie konnte dem Drang, ein wenig näher zu schleichen, nicht widerstehen.

»Also gut, ich will dir etwas sagen, du sollst nicht glauben, dass der alte Zauner undankbar ist und diejenigen vergisst, die ihm einmal geholfen haben. Das ist nicht meine Manier, das lass ich mir ganz sicher nicht nachsagen, und das hab ich nicht nötig. Einen Krieg fang ich dir keinen an, dabei bleibt's, aber ein bisschen eine Hilfe werd ich auftreiben. Wie? … Ja, nach Retz werd ich die schicken. Wenn du mir versprichst, dass die Sach nicht eskaliert, dann werd ich helfen, ich schick wen. Inoffiziell! Aber du musst die ein bisschen … hinführen. Weil die werden nicht als Beamte … Was? … Nein, nein, Befehle kriegen die von mir … Und wenn die G'schicht dann aus der Welt ist, dann müssen wir schauen, dass die offiziellen Stellen … ja, genau …«

Alte Archive haben ein kleines Manko: Durch die Unmengen an Papier, die in ihnen gelagert werden, ist die Staubentwicklung überdurchschnittlich hoch. Weiters haben alte Archive noch ein zweites kleines Manko: Dadurch, dass sie kaum benutzt werden, stehen sie auf der Prioritätenliste der Putztrupps ganz unten. Der überdurchschnittlich hohen Staubentwicklung steht also eine unterdurchschnittlich hohe Staubbekämpfung gegenüber.

Auskunftsbüros wiederum, speziell wenn sie Berlakovic heißen, haben ein großes Manko: Bei überdurchschnittlicher Staubentwicklung und unterdurchschnittlicher Staubbekämpfung wird der Niesreiz oft unüberwindlich.

»Und eines muss klar sein – diese ganze Aktion gibt es gar nicht, und unser kleiner Plausch* hat nie stattgefunden. Und meine Leut gibt es auch nicht, und wenn doch, dann kenn ich sie nicht, und wenn doch, dann kenn ich dich nicht. Kennst dich aus?«

Während der Erzherzog seine Sicht der Dinge eindringlich ins Telefon bellte, schlich sich die Berlakovic gebückt und ohne

* Plausch: österreichischer Ausdruck für ein eher belangloses Gespräch, das nur zur heiteren Unterhaltung aller Beteiligten beitragen soll.

zu atmen in den letzten Winkel des Archives. Obwohl es zwischen den drei großen Räumen keine Verbindungstüren mehr gab, würde die bevorstehende Explosion vielleicht doch genug abgemildert, und wenn der Alte gerade laut genug sprach und sie ihr Gesicht fest gegen ihre Handflächen presste, dann –

»Also, geh mir aus der Leitung, weil ich hab andere Hobbys auch noch, und so schön ist das Thema jetzt auch wieder nicht, dass ich da …«

Gleich würde der Alte das Gespräch beendet haben, gleich würde er das Archiv verlassen haben, gleich würde sie wieder Luft holen dürfen, und vor allem: Gleich würde sie dem Niesreiz nachgeben können. Niesen, ohne zu büßen, dachte die Berlakovic und mobilisierte ihre letzten Widerstandskräfte.

»Aber etwas möchte ich schon noch dazu sagen«, unterbrach der Erzherzog seine eigenen Abschiedsfloskeln. »Ich will dann ein bisschen ein Schweigen im Walde hören. Und zwar eine recht lange Zeit. Es heißt ja ›Ewig singen die Wälder‹, aber das heißt ja nicht …«

Es ging nicht, es ging nicht, es ging nicht. Sie konnte es nicht mehr zurückhalten, es musste raus, jetzt sofort, und wenn es ihr Leben kostete …

Die Totenstille, die der Explosion folgte, war furchtbar. Die Berlakovic verharrte in einer Art Schockstarre. Die Hände immer noch vor das Gesicht gepresst, wagte sie nicht, sich zu bewegen. Sekunden vergingen, Minuten, Ewigkeiten. Dann war ihr, als wäre vorne die Tür zugefallen. Sie wartete noch, bis sich ihr Puls normalisiert hatte, dann schlich sie zum Eingang, öffnete die Tür einen Spaltbreit und spähte auf den Gang.

Leer.

Sie huschte hinaus und eilte davon.

## Beziehungskrise

Es gab ein Problem, und Hawelka brauchte keine Probleme. Damit hatte er viel mit einem Großteil der Weltbevölkerung gemeinsam. Die meisten Menschen brauchen keine Probleme. Ausgenommen vielleicht Scheidungsanwälte, Berufskiller oder Ärzte. Außerdem Feuerwehrmänner, Mechaniker, Versicherungsmakler, Psychologen, Schädlingsbekämpfer, Pharmakonzerne, Alkoholproduzenten und noch viele andere professionelle Problemlöser. Genau genommen wären in einer Welt ohne Probleme viele hundert Millionen Menschen auf einen Schlag arbeitslos – und dann hätten wir ein Problem.

Aber Hawelka mochte keine Probleme. Er hasste sie geradezu. Und nun hatte er eines. Ein Beziehungsproblem. Beziehungsprobleme sind die schlimmsten!

Eigentlich, dachte er, ist es ja ein Nichtbeziehungsproblem. Weil wenn ich eine Beziehung hätte, hätte ich jetzt kein Problem.

Das war richtig. Denn er hatte keine Beziehung, und deshalb war es ja zu dem Vorfall gekommen, der sich mittlerweile zu einem Problem ausgewachsen hatte. Während einer der seltenen gemeinsamen Freizeitaktivitäten der Beamten des Wiener Landeskriminalamtes, Abteilung Leib und Leben, gemeinhin als »Mordkommission« bekannt, war es zu einem Zwischenfall gekommen. Man war im sogenannten Schweizerhaus* zusammengesessen. Henk, der beliebte Stellvertreter von Hofrat Zauner, hatte den geselligen Abend angeregt, und bis auf den Erzherzog selbst waren fast alle mitgegangen. Hohlstein, Gerlitz, Sojka, Schütz, Hawelka und natürlich sein Partner Schierhuber, mit dem er schon in etlichen Fällen gemeinsam ermittelt hatte. Auch das gesamte Auskunftsbüro war

* Das Schweizerhaus ist eine Wiener Institution, am Rande des Wurstelpraters praktisch im Grünen gelegen und für knusprig gebratene Stelzen und süffiges Budweiser-Bier bekannt.

anwesend. Herta Berlakovic, ihre Stellvertreterin Janne Frischauf, Bettina Sommer, der Traum einsamer Polizistennächte, und sogar die ewig griesgrämige Forstner war mitgegangen. Man hatte getrunken, gescherzt und gegessen, dann hatte man noch mehr getrunken und gescherzt, und schließlich hatte man ausschließlich getrunken.

Irgendwann hatte Henk befohlen, ihm alle Autoschlüssel auszuhändigen, und weil Henk okay war, folgten alle dem Aufruf. Noch später war ein Gewitter aufgezogen, ein wahrer Platzregen war niedergegangen, und die Versammlung hatte sich panikartig aufgelöst.

Es hatten sich verschiedene Taxifahrgemeinschaften gebildet, und die daraus entstehenden Kleingruppen hatten dann irgendwo weitergefeiert. Dabei war es zu dem Vorfall gekommen.

Das Schlimmste ist, dass ich mich irgendwie nicht richtig erinnern kann, überlegte Hawelka. Das soll heißen, er wusste gar nicht genau, wie und wo der Vorfall seinen Anfang genommen hatte. Erinnern konnte er sich noch an eine Taxifahrt. Die Berlakovic war dabei gewesen, das wusste er noch. Schierhuber? Das wusste er nicht mehr. Aber er erinnerte sich, dass der Taxifahrer mehrmals gedroht hatte, sie alle hinauszuwerfen. Jemand hatte ihn dann mit einem weit überhöhten Vorab-Trinkgeld überredet, sie doch irgendwohin zu fahren, obwohl sie die ganze Zeit unglaublich laut und falsch »An Tagen wie diesen« gegrölt hatten. Weil niemand mehr wirklich textsicher war, wurde einfach die erste Refrainzeile vierzigmal wiederholt und dazwischen »Lalalala-laaahlala« gesungen. Und dann – Filmriss.

An sein Erwachen am nächsten Tag hingegen konnte er sich sehr gut erinnern. Nackt in einem fremden Schlafzimmer, seine Kleidungsstücke gleichmäßig über den ganzen Raum verteilt, Kopfweh, Brand, Kater und – die Forstner.

Nun war es so, dass die vier Frauen vom Auskunftsbüro ganz unterschiedliche Merkmale hatten. Die Berlakovic war frech, frivol und stets fidel, die Frischauf lustig, laut und lebensfroh, und die Sommer war sexy, schön und sanft. Ach ja, und die Forstner ... also, die Forstner war ... eine gute Tipperin. Sie konnte schreiben wie keine Zweite. Ja. Sonst war sie ... nicht unansehnlich, nicht ... schlecht gebaut, aber ... irgendwie ... herb. Es gab neue Kollegen, die nach einem halben Jahr ganz aufgeregt in die Kantine kamen und erzählten, sie hätten die Forstner lachen (oder zumindest grinsen) gesehen. Andere wiederum wussten zu berichten, dass sie gehört hatten, wie die Forstner mehrere Sätze hintereinander gesprochen hatte. Irgendjemand behauptete, sie sogar schon einmal einen Witz erzählen gehört zu haben – aber der wollte sich sicher nur wichtigmachen.

Als Hawelka nach dem Schweizerhaus-Abend erwachte, stand diese Forstner also komplett angezogen in der Schlafzimmertüre, wirkte im Vergleich zu ihm äußerst frisch, sah ihn völlig emotionslos an und sagte frostig: »Wenn du gehst, sperr zweimal ab und wirf den Schlüssel in den Briefschlitz.« Dann drehte sie sich um und verließ die Wohnung grußlos.

Das war vor knapp einer Woche gewesen. Seither hatte Hawelka das Problem. Eigentlich sogar mehrere. Eines davon war diese entsetzliche Lücke. Der Filmriss ließ viele Fragen offen. War er auf Einladung der Forstner mit zu ihr gegangen, oder hatte er sich aufgedrängt? Hatte nur er sich ausgezogen, oder war die Forstner zwischendurch auch nackt gewesen? Und wie sah die Forstner unter ihrer stets unglaublich langweiligen Kleidung tatsächlich aus? War es zum Äußersten gekommen oder nicht?

Wenn ja, hätte sich Hawelka am liebsten in den Hintern gebissen, weil er keine Erinnerung daran hatte, und so wahnsinnig oft kam es nicht zum Äußersten mit ihm und einer Frau, also ... eher selten, also ... eigentlich sehr, sehr selten, also ...

Wenn nein, hätte sich Hawelka am liebsten in den Hintern gebissen, weil er sich dann anscheinend vor der Forstner zum Kasperl gemacht hatte, sich »umsonst« ausgezogen hatte, vielleicht sogar einen durch den vielen Alkohol technisch unmöglichen Versuch unternommen hatte ... Oh Gott!

Es gab nur einen Menschen, der diese quälende Ungewissheit hätte beseitigen können – die Forstner. Aber die saß im Auskunftsbüro, wie immer, würdigte alle Eintretenden (also auch Hawelka) kaum eines Blickes, tippte und schwieg. Am Gang und in der Kantine grüßte sie mit kaum wahrnehmbarem Kopfnicken, und ansonsten verzog sie keine Miene. Hawelka, der Gewissheit wollte, hatte sich zuerst überlegt, sie nach Dienst abzufangen, wenn sie zur U-Bahn ging, verwarf diesen Plan aber dann und nahm sich vor, sie anzurufen. Leider stand ihre Nummer nicht im Telefonbuch, und leider wagte er nicht, das Auskunftsbüro Berlakovic um die Nummer zu bitten. Was sollte die Berlakovic von ihm denken? Was sollte die Frischauf von ihm denken? Und vor allem, was sollte Bettina Sommer von ihm denken?*

Die Situation war unerträglich. In so einer Situation braucht man üblicherweise jemanden, mit dem man sich beraten kann. Jemanden, bei dem man sich aussprechen kann. Einen Freund zum Beispiel. Oder zumindest einen guten Kollegen, der Partner war und fast schon ein Freund. Einen Schierhuber zum Beispiel.

Vor etlichen Jahren waren Hawelka und Schierhuber kurz nacheinander zur Wiener Kriminalpolizei gestoßen. Der eine war vorher braver Polizist in Zwettl gewesen, der andere hatte in Horn Dienst geschoben. Beide waren damals schon nicht mehr ganz taufrisch gewesen, und beide hatten sie mittlerweile die fünfzig deutlich überschritten. Hawelka war eher klein, hatte einen gemütlichen Bierbauch und äußerst schütteres Haar. Schierhuber war riesig, hatte einen imposanten Bierbauch und ein Boxergesicht mit großen Kinderaugen. Beide hörten auf den Vornamen Josef. Man hatte sie ein wenig belächelt, hatte ihnen anfangs den Spitznamen »die Waldviertler Mordbuben« gegeben und sie grundsätzlich nur als Gespann

* Die Sommer hatte es sich angewöhnt, Hawelka in seinen Träumen zu besuchen, hüpfte dann in leichten Kleidchen vor ihm herum und vollführte allerlei neckische Bewegungen. Manchmal brach sie sogar alle Traumgesetze und kam nicht nur in der Nacht, sondern auch tagsüber vorbei.

eingesetzt. Meist waren sie zu niedrigen Tätigkeiten herangezogen worden: Observationen, Zeugenbefragungen, Nachbearbeitungen alter, uninteressanter Fälle. Aber in den letzten beiden Jahren hatten sie auch einige Fälle aufgeklärt, und seither waren sie in der Achtung der Kollegen ein bisschen gestiegen.

Sie verstanden sich gut und passten ausgezeichnet zusammen. Im Lauf der Zeit hatte sich zwischen ihnen fast so etwas wie eine richtige Männerfreundschaft entwickelt. Männerfreundschaft bedeutet, dass man etliche gleiche Interessen hat, viel zusammen unternimmt, sich gegenseitig sehr sympathisch findet, aber keinesfalls darüber spricht.

Deshalb wäre Schierhuber im Forstner-Fall der logische Ansprechpartner gewesen, dem Hawelka sein Herz hätte ausschütten können. Aber – da gab es schon wieder ein Problem. Vor einiger Zeit waren sie im Waldviertel dienstzugeteilt gewesen, und als Schierhuber wegen einer Gerichtssache vorübergehend zurück nach Wien musste, war es seinerseits zu einem Vorfall gekommen.

Einem Vorfall, der Schierhuber offenbar sehr zu schaffen gemacht hatte, denn gegen seine sonstigen Gewohnheiten hatte er bei seiner Rückkehr ins Waldviertel Hawelka eine Art Geständnis gemacht. Nicht dass er über Gefühle oder so etwas geredet hatte! Nein, nein, aber er hatte zumindest gestanden, dass es zu … Handlungen körperlicher Natur … also zu sehr körperlichen Handlungen … mit einer … Frau gekommen war. Eine improvisierte Geburtstagsfeier auf der Dienststelle war sehr ausgelassen gewesen, und die Fortsetzung hatte dann ebendiese körperlichen … Sachen zur Folge gehabt.

Diese Frau war die Forstner gewesen.

Das also war der Grund, warum Hawelka ausgerechnet mit Schierhuber nicht über seinen eigenen Vorfall reden konnte. Schierhuber konnte ihm keine Lösung für sein Problem bieten, nein, er war Teil des Problems, und das verkomplizierte die Sache außerordentlich.

Denn wie es Schierhuber-Art war, wurde das Thema nach

der Waldviertler Aussprache nie wieder erwähnt, und nun wusste Hawelka nicht, ob sein Partner und die Forstner sich nicht ab und zu trafen und vielleicht sogar so etwas wie eine Beziehung führten. Heimlich natürlich, denn im Dienst würdigte die Forstner den Zwettler keines Blickes, und nicht einmal die Berlakovic, die sonst alles wusste, wusste etwas.

Wenn die zwei was miteinander haben und ich erzähle dem Sepp, dass ich nackt in ihrer Wohnung aufgewacht bin, ist es aus mit der Freundschaft, dachte Hawelka zum hundertsten Mal in dieser Woche. Aber wenn die zwei was miteinander haben und ich erzähle dem Sepp nichts, aber die Forstner erzählt ihm was – dann ist es doppelt aus mit der Freundschaft. Es war ein Dilemma.

Er hatte seinen Partner die ganze Woche über sehr genau beobachtet und dabei versucht, aus dem Verhalten oder den Aussagen des anderen Schlüsse über dessen Wissensstand zu ziehen – vergeblich. Schierhuber war wie immer: wortkarg, verschlossen, stoisch.

Um vielleicht sachdienliche Hinweise über den Verlauf des denkwürdigen Abends zu erhalten, hatte Hawelka sich vorsichtig im Kollegenkreis umgehört. Das Ergebnis war dürftig. Alle waren sich darüber einig, dass das Ganze eine Riesengaudi gewesen war, die unbedingt wiederholt werden musste. Aber niemand machte Andeutungen ihn und die Forstner betreffend. Gut.

»Du, wer hat eigentlich das Taxi bezahlt?«, hatte er es bei der Berlakovic versucht.

»Da darfst du mich nicht fragen, der Sepp und ich, wir sind beim ›Centimeter‹ raus, weil der Sigi und der Harald auch hinwollten, die waren aber im anderen Taxi. Und ihr seids weitergefahren.«

Das hieß, Schierhuber hatte das auch registriert. Erwähnt hatte er es nicht. Auch nicht gefragt, wie denn der weitere Abend verlaufen war. Vielleicht, weil er es ja schon von der Forstner wusste?

Aber wenn die beiden was miteinander haben, dann wären

die doch miteinander heimgefahren, oder?, dachte Hawelka verzweifelt.

Er saß in einer ehemaligen Besenkammer, die vor vier Jahren »vorübergehend« zu einem Büro für ihn und Schierhuber umfunktioniert worden war, und versuchte, einen Bericht fertig zu tippen. Schierhuber genoss einen freien Tag. Hawelka hätte auch gerne einen freien Tag gehabt, allerdings duldete der Bericht keinen Aufschub, und so hatten sie gelost. Hawelka hatte verloren. »Ich bring dir was mit«, hatte der andere ihn getröstet. Vermutlich würde das Mitbringsel hochprozentig sein, denn Schierhuber besuchte einmal mehr seinen Ex-Schwager in Weitra, und dieser brannte Schnaps.

Um vierzehn Uhr drei hatten der Sauerstoffmangel in der kleinen Kammer, das üppige Mittagessen und der langweilige Bericht ihren Tribut vom hawelkaschen Gehirn gefordert, und er war in einen Sekundenschlaf gefallen.

Genau in diesem Moment ging die Tür auf, und der Erzherzog betrat die Kammer.

»Aha. Das lob ich mir, dass Sie schon in vorauseilendem Gehorsam den Schlaf vorkonsumieren, den Sie die nächsten Tage nicht bekommen werden, weil Sie rücken jetzt aus, Hawelka!«

Der Angesprochene versuchte, den Traum zu verscheuchen und aufzuwachen, denn dass er schlief und träumte, stand für ihn fest. Im Wachen passieren keine Wunder, und um ein solches handelte es sich hier offensichtlich. Eigentlich gleich um drei Wunder:

Erstens war Hofrat Johann P. Zauner noch nie in der Besenkammer erschienen. Brauchte er etwas von Hawelka oder Schierhuber, so ließ er sie holen, anrufen, oder er rief ihre Namen von seiner, einen Stock höher gelegenen, Kanzlei aus durch die Gänge, und sie beeilten sich, zu ihm zu gelangen.

Zweitens waren die Worte des Erzherzogs ruhig und sachlich ausgesprochen worden und frei von Sarkasmus, was selten genug passierte – und Hawelka gegenüber eigentlich noch nie vorgekommen war.

Drittens hatte der Alte vom »Ausrücken« geredet, und das

bedeutete, dass es einen Fall gab und dass Hawelka tatsächlich ermitteln durfte und nicht wie die letzten paar Monate in der Besenkammer alte Fälle nachbearbeiten und Berichte verfassen musste.

Also auf jeden Fall ein Traum.

Der Erzherzog setzte sich an Schierhubers Schreibtisch, der dem von Hawelka gegenüberstand.

»Es ist eine G'schicht, die ein bisserl kompliziert ist, also versuchen S' erst gar nicht, sie zu verstehen, weil sonst kriegen Sie Kopfweh, und das tut weh im Kopf, drum heißt es ja so.«

Das war schon eher der gewohnte Erzherzogston. Der Traum und die drei Wunder lösten sich also langsam auf.

»Die Hintergründe werd ich Ihnen zu gegebener Zeit einmal flüstern, aber jetzt will ich, dass Sie sich ein paar Sachen aufschreiben und … Wo ist eigentlich der Schierhuber?«

»Er hat heute frei und kommt morgen wieder.«

»Sie rufen ihn an und sagen ihm, er braucht gar nimmer kommen.«

»Was?«

»Bitte, heißt das! Sie sagen ihm, er braucht gar nicht erst herkommen, er kann Sie morgen gleich dort treffen.« Der Erzherzog reichte Hawelka einen Zettel über die beiden Tische. Noch ehe dieser die Adresse darauf lesen konnte, fuhr der Alte mit dem Gespräch, das eher eine Befehlsausgabe war, fort. »Hawelka, wissen Sie, was eine Geheimsache ist?«

»Äh … na ja, schon, ich –«

»Das Entscheidende an einer Geheimsache ist, dass sie geheim bleibt. Das heißt also nicht, dass Sie der Berlakovic sagen, ich fahre dort- und dorthin und arbeit an einer Geheimsache, oder dem Nachbarn erzählen, können S' mir die Blumen gießen, bis die Geheimsache dort und dort abgeschlossen ist, sondern dass Sie gar nichts sagen. Und wenn Ihre Blumen unbedingt gegossen gehören, dann sagen Sie dem Nachbarn, dass Sie zum Kriminesertreffen* nach Hamburg fahren.«

* Krimineser: Wiener Ausdruck für Kriminalbeamte.

»Ja.«

»Und weil das Denken schwer ist und ich kein Freund der langen Reden bin, ist das auch der Text, den Sie der Mama und dem Nachbarn und den Damen im Auskunftsbüro erzählen: Hamburg, Kriminesertreffen. Aber sonst, Hawelka, erzählen Sie niemand nix. Ham S' mich?«

»Ja.«

»Gut. Und weil die Anmeldefrist verpasst worden ist, müssen Sie ein bisschen überstürzt abreisen. Und zwar jetzt.«

»Ja.«

»Sie fahren also nach Hause, packen drei Unterhosen und ein Zahnbürstel ein, und los geht's – auf ins schöne Weinviertel.«

»Ja. Den Marschbefehl bekomm ich im Auskunftsbüro?«

Das Gesicht des Erzherzogs nahm kurz einen sehr nachdenklichen Ausdruck an. Hawelka hatte seinen Fehler sofort erkannt. Eigentlich noch während er die Frage ausgesprochen hatte. Es war die Macht der Gewohnheit. Keine Bewegung ohne Befehl, keine Handlung ohne Bericht, kein Schritt ohne Vorschrift, keine Situation ohne passendes Formular. Er hatte das System doch nicht erfunden!

Ich hab das System doch nicht erfunden, dachte er ein wenig trotzig. Jetzt hält er mich wieder für einen Trottel.

»Sie fahren jetzt nach Hause, haben S' mich verstanden? Nach Hause und dann ins Weinviertel. Sonst nirgendwohin. Nicht ins Auskunftsbüro und nicht ins Wirtshaus. Den Schierhuber rufen S' an und sagen ihm die Adresse, die auf dem Zettel steht. Dort treffen Sie sich mit jemandem, der Ihnen was erzählt, aber kein Märchen. Und, Hawelka, Sie sind dort keine Krimineser, Sie werden sich dort als Journalisten ausgeben, die für eine G'schicht recherchieren. Hüten Sie sich davor, dass Sie den Kollegen aus Niederösterreich in die Quere kommen, die sind da sehr empfindlich, verstehen S'? Haben S' mich verstanden?«

»Ja.«

»Ja oder ja?«

»Ja.«

»Gut. Auf dem Zettel steht eine Telefonnummer. Unter der werden S' mich jeden Tag anrufen und sagen, was Sie herausgefunden haben. Ich sag Ihnen dann, wie wir weiter vorgehen werden. Haben S' mich?«

»Ja.«

»Wir wünschen gute Reise.«

## Ankunft

Hawelka war erst gar nicht ins Auskunftsbüro gegangen, um sich zu verabschieden, sondern sofort in seine Wohnung gefahren, hatte gepackt und Schierhuber angerufen. Dieser hatte wie immer keinerlei Anzeichen von Erstaunen gezeigt, sondern versprochen, am nächsten Morgen zu der angegebenen Adresse in Retz zu kommen. Früher schaffe er es nicht, da er mit dem Schwager mitten in einer schwierigen Phase der Schnapsherstellung sei und das Gelingen des Unternehmens seine Anwesenheit bis in die späten Nachtstunden erfordere.

Das erste Treffen mit dem mysteriösen Unbekannten, dessen Adresse ihm der Alte aufgeschrieben hatte, würde Hawelka also alleine bestreiten müssen. Außerdem buchte er zwei Zimmer in einer Pension vor Ort. Normalerweise hätte das die Berlakovic erledigt, aber in diesem Fall waren sie ganz auf sich gestellt.

Als Hawelka kurz vor Hollabrunn war, läutete sein Handy. Auf dem Display blinkte »Auskunftsbüro B.«. Zuerst spielte er mit dem Gedanken, gar nicht abzuheben, aber dann nahm er das Gespräch doch an. Er würde einfach die Anweisung des Erzherzogs befolgen und sagen, dass er unterwegs nach Hamburg war. Ein Befehl war ein Befehl, und ein Befehl des Alten war mindestens doppelt so viel wie ein Befehl.

»Pepi, red keinen Blödsinn, das glaubt dir sowieso keiner. Weißt du was? Du wärst der ideale Ehemann, weil im Lügen bist du ganz schlecht. Und Ehemänner, die so schlecht lügen wie du, können gar keine Geheimnisse vor ihren Frauen haben, und das ist gut so. Hamburg! Kriminesertreffen! Du und der Sepp! Hör auf, sonst krieg ich einen Lachanfall. Der Erzherzog hat uns das auch einreden wollen, aber der kann besser lügen als du. Er hat uns einen waschechten Marschbefehl für euch zwei vorgelegt, inklusive Spesenvollmacht, alles für Hamburg.

Fast hätte ich es ihm geglaubt, aber nur fast, weil ich heute im alten Archiv war.«

»Das ist ja sehr schön, Herta, aber was hat das alte Archiv mit unserer Hamburg-Reise zu tun?«

»Ich hab unabsichtlich mithören müssen, wie der Alte mit jemandem telefoniert hat. Könnte natürlich auch von Hamburg aus angerufen haben, aber er hat gesagt, dass er wen nach Retz schickt. Und keine drei Stunden später heißt es, dass meine Mordbuben ganz plötzlich wegfahren haben müssen. Nach Hamburg! Dass ich nicht lach. Ihr seids mir zwei schöne Hamburger!«

»Was? Du hast gehört, wie er wegen dieser Sache telefoniert hat?«

»Pepi! Bin ich das Auskunftsbüro, oder bin ich nicht das Auskunftsbüro? Jedes Wort hab ich gehört.«

Wieder einmal erkannte Hawelka, wie sinnlos es war, einem Auskunftsbüro im Allgemeinen und dem Auskunftsbüro Berlakovic im Besonderen etwas verheimlichen zu wollen. Warum also nicht gleich volle Offenlegung aller Fakten? Er erzählte, sie erzählte, und dann mutmaßte man, was das Ganze bedeuten konnte.

»Vielleicht ist das was aus seiner Vergangenheit bei der Fremdenlegion. Du weißt ja, dass er früher ein wilder Hund war, da gibt es sicher ein paar Aktionen, mit denen ihn wer erpressen könnte«, meinte die Berlakovic.

»Aber zwei Polizisten quasi für … Privatangelegenheiten missbräuchlich einzusetzen, das traut sich nicht einmal der Erzherzog.« In Hawelka kam die Beamtenseele durch. Er merkte es, kaum dass er den Satz ausgesprochen hatte, und genierte sich sofort dafür. Trotzdem redete er weiter. »Da steckt sicher mehr dahinter, etwas … Politisches oder so. Das ist sicher von ganz oben irgendwie … inoffiziell befohlen worden, also so wie …«

»James Bond?«, fragte das Auskunftsbüro spöttisch. »Glaubst du, der Bundeskanzler hat ihn angerufen und gesagt, ich brauche deine besten Männer. Schick sie nach Retz, achtzehn Geiseln sind zu befreien, aber wenn es schiefgeht – von mir hat es nie einen Befehl gegeben. Glaubst du das wirklich?«

Hawelka war ein wenig gekränkt. Nicht, weil die Berlakovic über seine Naivität gespöttelt hatte, sondern weil sie beide wussten, dass der Alte im Falle eines solchen Ich-brauche-deine-besten-Männer-Anrufes wahrscheinlich Henk und Nimmervoll geschickt hätte. Und wenn die nicht da gewesen wären, vermutlich Pollmann und Schütz. Und wenn die verhindert gewesen wären, dann Gerlitz und Hohlstein. Und wenn die nicht verfügbar gewesen wären, Sojka und Keutschacher.*

Er hat aber uns geschickt, dachte Hawelka trotzig. Das muss ja irgendwas zu bedeuten haben, er muss uns für diese Sache für geeignet halten, der Erzherzog ist doch nicht blöd!

»Was auch immer, wie auch immer – jedenfalls bin ich immer für euch da, wenn ihr was brauchts, meine Hamburger. Gell? Und wenn ich was herausfinde oder wieder einmal zufällig ein Telefonat mithören muss, dann geb ich euch Bescheid.«

»Okay. Danke, Herta, aber vielleicht ist es besser, wenn du den anderen Mädels … und natürlich allen anderen auch, also … wenn die Aktion wirklich geheim bleibt, weil … der Alte hat uns ja zum Schweigen verdonnert und bringt dich um, wenn er weiß, dass du was weißt, was du nicht wissen sollst, und er bringt dich doppelt um, wenn er weiß, dass du über das redest, was du eigentlich gar nicht wissen sollst.«

Was Hawelka nobel verschwieg, war, dass Zauner zuallererst ihn umgebracht hätte, da er ja das Schwindel- und Schweigegelöbnis gebrochen hatte. Die Berlakovic versprach »strengstes Stillschweigen« und erzählte dann ein wenig Tratsch von der Dienststelle, ohne die Forstner zu erwähnen. Keine drei Minuten später fuhr Hawelka in Retz ein.

»Ich muss Schluss machen, Herta, ich bin da.«

»Ja, grüß mir den Sepp. Du, eine Frage, wenn ihr inoffiziell

* Das war vielleicht nicht die tatsächliche, unbestechliche Rangliste nach Leistung, Erfolgen und Einsatzbereitschaft, aber es war die unumstößliche Rangliste in der Meinung des Erzherzogs und somit Gesetz.

dort seids, dann gebt ihr euch aber nicht als Kriminalbeamte aus, oder?«

»Nein.«

»Was sagts ihr dann, wer ihr seid?«

»Wir recherchieren für eine Geschichte über das Weinviertel. Wir sind Journalisten.«

## Stimmungsschwankung

»Berger ist ein Trottel!« Sie standen vor dem Herrenhaus, der Bürgermeister hatte seinen Bericht beendet und die Gutsherrin ihr Urteil gefällt. Von nun an würde Gruppeninspektor Berger ewig als Trottel gelten.

»Aber er wollte doch nur –«, versuchte der Bürgermeister zu beschwichtigen.

»Ein Trottel!«, wiederholte die Gutsherrin scharf, und der Bürgermeister schluckte den Rest seines Satzes hinunter.

Schrattenthal ist eine der kleinsten Städte Österreichs, vielmehr ein winziges Dorf mit Stadtrecht. Der Bürgermeister hingegen war eine ziemlich stattliche Erscheinung, während die Gutsherrin von der Größe her wunderbar zu Schrattenthal passte. Dennoch bestand kein Zweifel, wer das Sagen hatte.

»Wo sind sie jetzt?«

»In einem Keller in Retz. Sollen wir sie entsorgen?«

»Wie?«

»Verbrennen.«

»Gut. Aber nicht an Ort und Stelle. Weiter weg.«

»In Ordnung. Und Be–«

Der Bürgermeister hätte noch etwas zu sagen gehabt, aber die Gutsherrin ließ ihn mitten auf dem Hof stehen und betrat das große Haus, ohne ihn einzuladen, mit hineinzukommen. Er ging zu seinem Wagen und begann zu telefonieren. In der Zwischenzeit führte auch die Gutsherrin ein Telefonat.

»Pongratz! Es wird jemand kommen, und den werden Sie hierherbringen.«

»Wer? Wer wird kommen?« Pongratz war Hornist bei den Wiener Symphonikern gewesen. Seit seine Lunge nicht mehr mitspielte, hielt er sich mit Auftragsarbeiten als Komponist und Arrangeur mehr schlecht als recht über Wasser. Die Gutsherrin behandelte ihn wie einen Laufburschen.

»Jemand aus Wien. Nicht in offizieller Mission. Offensichtlich will man die niederösterreichischen Ermittler überwachen. Finden Sie den Menschen, ich will mit ihm reden.«

»Jawohl.«

Hawelka saß noch beim Frühstück, als Schierhuber eintraf. Der Zwettler trug zwei Flaschen Quittenbrand bei sich, die er vor Hawelka auf den Tisch stellte.

»Vom Schwager.«

»Danke.«

»Und?«

»Also, wir sind inoffiziell da. Das ist ein Befehl vom Erzherzog.«

»Okay.«

»Offiziell sind wir in Hamburg bei einem Symposium von Kriminalbeamten. Es gibt sogar einen Marschbefehl, den er im Auskunftsbüro vorgelegt hat.«

Nach der Erwähnung des Auskunftsbüros beobachtete Hawelka seinen Partner genau. Wenn er etwas über die Forstner-Geschichte wusste – musste er da nicht jetzt eine Reaktion zeigen? Aber Schierhubers Miene war wie immer.

»Aber die Herta weiß natürlich schon wieder alles«, fuhr Hawelka fort. »Sie hat ein Telefonat vom Alten mitgehört. Sehr komisch …«

Dann berichtete er dem anderen, was die Berlakovic erzählt hatte, vom Auftrag des Erzherzogs und von der Auflage, sich als Journalisten auszugeben. »Die offiziellen Fakten wird die Herta unauffällig über ihre Kontakte mit dem LKA Niederösterreich anfragen und uns an meine private Mailadresse schicken.«

»Okay.«

Mittlerweile hatte Schierhuber ein deftiges Frühstück bestellt (sein zweites an diesem Tag) und langte tüchtig zu. Er schien sich über die Geheimnistuerei des Erzherzogs in keiner Weise zu wundern. Auch die Journalistenrolle nötigte ihm keinen Kommentar ab.

Der Sepp nimmt es, wie es kommt, dachte Hawelka. Dann sagte er: »Ich hab mir gedacht, wir fragen hier einmal im Tourismusbüro nach und dann am Gemeindeamt, du weißt schon, Sehenswürdigkeiten, Originale, Vereine und so weiter. Dann arbeiten wir uns durch die Ortschaften und fangen zufällig mit der an, wo das Feld mit der Leiche ist. Was meinst du?«

»Gut.«

Eine halbe Stunde später brachen sie auf.

Eine halbe Stunde später rief der Erzherzog an.

»Ich will nur das Notwendigste wissen, Hawelka, weil ich Sie nicht aufhalten will, damit die G'schicht bald erledigt ist.«

»Ja.«

»Gut. Der Schierhuber ist bei Ihnen?«

»Ja, der Kollege Schierhuber ist schon da.«

»Gut. Wie wollen Sie vorgehen? Vergessen S' mir nicht, dass Sie undercover oder wie das Pferd sonst heißt unterwegs sind. Also die Dienstmarke lassen S' schön stecken, und den Schierhuber nehmen S' an die kurze Leine.«

»Jawohl.«

»Nicht ›Jawohl‹, sondern wie Sie vorgehen wollen, will ich wissen, sonst will ich nichts wissen.«

»Na ja, wenn wir Journalisten sind, gehen wir am besten aufs Gemeindeamt, ins Touristenbüro und so was. Wir erzählen allen die Journalistengeschichte, dann spricht es sich schnell herum, und niemand wundert sich, wenn wir auftauchen und Fragen stellen und so weiter ...«

»Und?«

»Wir klappern dann die Ortschaften ab und fangen mit der an, von der aus –«

»Larifari Tschiritschari! Und nächstes Jahr sind S' dann immer noch im Weinviertel und wissen alles über Retz und Pulkau, aber über den Mord wissen S' noch nichts!«

»Äh ... ja.«

»Sie holen sich jetzt den Menschen, der ihn gefunden hat, und –«

»Ja, aber –«

»Unterbrechen S' mich nicht, Hawelka! Glauben S', weil Sie jetzt in Niederösterreich sind, können S' anfangen, despektierlich zu werden? Da geb ich Ihnen aber einen Tipp: Hüten Sie sich vor diesen Grobheiten! Weil da kann ich ganz schnell schiach werden! Also holen S' den Schober wo ab, wo es keine Zeugen gibt, und reden S' ein deutsches Wort mit ihm.« Der Alte sagte Hawelka die Festnetznummer von Schober durch.

»Müssen wir vor ihm auch die Journalisten spielen, oder weiß er, dass –«

»Hawelka, das ist ganz wurscht, was der weiß! Sie sagen nicht so und nicht so*, sonst sagt er irgendwo zur Unzeit einmal, der hat so g'sagt. Und dann hamma den Salat. Sie treffen ihn, sagen nicht so und nicht so und lassen ihn seine G'schichte erzählen, und dann schauen wir wieder weiter.«

Bevor Hawelka noch zu einer Antwort ansetzen konnte, hatte der Erzherzog aufgelegt.

»Sepp, wir haben eine Planänderung, wir holen uns den Zeugen, sprich den Mann, der den Toten gefunden hat, und fragen ihn aus. Der Erzherzog befiehlt uns sozusagen zügiges Vorgehen.« Dann erklärte er noch die Nicht-so-und-nicht-so-sagen-Taktik.

»Okay.«

Sein Partner hatte unmittelbar nach dem Frühstück sein Zimmer bezogen und sich dort innerhalb weniger Minuten in einen höchst überzeugenden Journalisten verwandelt. Mittlerweile war er die Attraktion auf dem Retzer Hauptplatz. Er trug einen weißen Strohhut, Sonnenbrille, ein knallbuntes Hawaiihemd und eine gut fünfzig Jahre alte Rolleicord-Spiegelreflexkamera mit dem charakteristischen Doppelauge. Um nicht mit einem gewöhnlichen Touristen verwechselt zu werden, holte er von Zeit zu Zeit ein Diktiergerät aus der Tasche, in das er dann mit wichtiger Miene seine Eindrücke sprach:

»Historischer Hauptplatz. Schön!«

»Verschiedene ältere Gebäude.«

»Diverse neuere Autos.«

---

* Nicht so und nicht so: weder das eine noch das andere. Weinviertlerisch für »sich nicht festlegen«, österreichisch für »neutral bleiben«.

»Kino auch da.«

»Schuhhaus Mühlberger. Öffnungszeiten acht bis achtzehn Uhr.«

»Roter Pkw im Halteverbot, Kennzeichen HL-300CX.«

Jedenfalls spielte er seine Rolle mit Inbrunst, und Hawelka registrierte, dass sich Schierhuber nicht so benahm, als hege er innerlich irgendeinen Groll gegen ihn.

Wahrscheinlich weiß er doch nichts von der Forstner-Geschichte, dachte Hawelka erleichtert. Jetzt ist die Frage aber, wie sollen wir unbemerkt an diesen Schober herankommen?

Nach kurzer Absprache beschlossen sie, einfach anzurufen und den Mann um ein Treffen unter sechs Augen zu bitten. Gerade als sie es tun wollten, rief die Berlakovic an.

»Wie geht's meinen Buben? Habts schon Sehnsucht nach mir in Hamburg?«

»Immer, Herta, immer.«

»Das will ich hoffen, weil ich hab Neuigkeiten aus der Heimat. Auch wenn ihr nicht da seids, wird gemordet und getotschlagt. Ich weiß ja nicht, ob ihr Retz kennts, aber dort ist gestern ein Mann tot aufgefunden worden.«

»Interessant.«

»Ja. Die Kollegen aus Niederösterreich sind aber schon fleißig beim Aufklären. Zum Beispiel haben sie festgestellt, dass der Mann Erich Kramer heißt und eine Schrotladung in der Brust hat. Eine ziemlich klare Todesursache.«

»Aha.«

»Und zwar schon seit dem Vorabend, also dem Abend des 13. September. Außerdem ist festgestellt worden, dass der Fundort nicht der Tatort ist, und zwar ist die Leiche nach dem Tod bewegt worden und muss irgendwann zwischen Mitternacht und sechs Uhr früh auf dem Feld abgelegt worden sein, wo sie dann gefunden worden ist. Na, bin ich gut, oder bin ich gut?«

»Du bist supergut!«

»Ich weiß, Baby, ich weiß.«

»Du, Herta, du bist aber eh vorsichtig, wenn du recherchierst und so, oder? Weil wenn der Erzh–«

»Ich bin so vorsichtig, wie ein Auskunftsbüro nur sein kann. Ich bin … warte, ich muss auflegen … Danke, Herr Ministerialrat, wir werden die Überstundenabrechnung am schnellsten Weg rüberschicken. Ja. Schönen Tag noch!« Damit legte sie auf. Vermutlich war ein Kollege, wenn nicht sogar der Erzherzog selbst ins Zimmer gekommen. Hawelka informierte den rasenden Reporter an seiner Seite über die Fakten.

»Aha«, stellte Schierhuber fest.

Hawelka suchte in seinem Notizbuch Schobers Nummer und tippte sie ein. Schon nach dem ersten Läuten hob dieser ab:

»Ja?« Hawelka registrierte, dass der Mann tatsächlich Angst hatte. Seine Stimme klang gepresst und nervös. Er stellte sich als Journalist vor und fragte, ob sich Herr Schober denn mit ihm und seinem Kollegen ein wenig unterhalten könne. Irgendwo, wo es schön ruhig sei.

»Ein Journalist? Von einer Zeitung? Ich weiß gar nichts. Ich bin ohnmächtig geworden, wie ich die Leiche gefunden hab. Das, was ich weiß, hab ich der Polizei schon erzählt!«

»Nein, nein, nicht von einer Zeitung … es ist, also wir sind von einem Freund geschickt worden …« Der andere hatte bereits aufgelegt.

»So ein Dreck«, schimpfte Hawelka. »Wie sollen wir da irgendwas herausfinden, wenn der wichtigste Zeuge … Ich meine, wie stellt sich der Erzherzog das vor? Der Typ hat ihn doch selbst angerufen, oder?«

»Wahrscheinlich hat er Angst, dass das Telefon abgehört wird«, mutmaßte Schierhuber, um dann rasch »Alter Brunnen auf Platzmitte, wahrscheinlich westgotisch« in sein Diktiergerät zu sprechen, weil soeben ein einheimisches Paar vorüberging. Anschließend hob er die Kamera und schoss einige Fotos.

»Okay, dann gehen wir jetzt hin. Mir reicht es«, flüsterte Hawelka, der sich ein wenig von der schierhuberschen Professionalität anstecken hatte lassen, und sah vorsichtig über seine Schulter. Der Zwettler nickte. Dann gingen sie los.

## Fragestunde

»Wer sind Sie?«, brachte der verdatterte Schober gerade noch heraus, dann wurde er bereits von Schierhubers sanfter Gewalt ins Vorzimmer gedrängt, Hawelka kam nach und schloss die Tür sorgfältig.

»Sind Sie alleine?«

»Ich … wer sind Sie?«

»Sind Sie alleine?« Offenbar half es, wenn der massige Schierhuber die Fragen wiederholte, denn nun beeilte sich Schober zu antworten: »Ja, ja, ganz alleine.«

»Hören Sie, Herr Schober, wir wollen Ihnen nichts tun. Aber wir können hier nur dann etwas herausfinden, wenn Sie mit uns zusammenarbeiten. Sie wollten doch, dass jemand kommt. Jemand außer den offiziellen Ermittlern, oder?«

Immer noch Schweigen.

»Oder nicht?«, setzte Schierhuber etwas lauter nach.

Schober sah von einem zum anderen. Offenbar versuchte er abzuschätzen, auf welcher Seite sie standen, ob das Ganze vielleicht eine Falle war.

»Von wo sind Sie?«

»Von Wien.«

»Nein, ich mein nicht, von wo, ich mein, von was, also gehörts ihr zur Polizei oder …?«

»Wir sagen nicht so und nicht so«, erklärte Schierhuber freimütig und zwinkerte Schober zu.

»Ach so …« Schober hatte verstanden. »Na ja, dann kann ich ja –«

Schierhuber, der mehr fürs Gemütliche war, unterbrach. »Wollen wir uns nicht hineinsetzen?«, fragte er und wies mit dem Kopf auf die offene Wohnzimmertüre. Schober und Hawelka nickten zugleich, und Schierhuber, ganz souveräner Gastgeber, ging voraus und machte sich auf dem Sofa breit. Es fehlte nicht viel, und er hätte Drinks gereicht.

Hawelka begann die Fragestunde. »Also schön der Reihe nach. Sie haben den Toten gefunden?«

»Ja, so was hab ich noch nicht gesehen. Die haben die Vögel richtig in einem Kreis aufgelegt, rund um den Kramer. Siebenunddreißig Stück waren es. Ich hab sie ein paarmal gezählt. Siebenunddreißig. Und der Kramer ist in der Mitte gelegen und war hin.«

»Vögel?«

»Rohrweihen.«

»Was sind Rohrweihen?«

»Vögel.«

»Hab ich noch nie gehört.«

»Greifvögel aus der Familie der Habichtartigen. Hab's im Lexikon nachgeschlagen. Ich hab ein zweiundzwanzigbändiges von Donauland*.«

»Interessant.« Hawelka meinte die Greifvögel.

»Ja, eh. Man schaut viel zu selten hinein.« Schober meinte das Donauland-Lexikon.

»Und dann?«, beendete Schierhuber die Meinungsverschiedenheit.

»Ich hab bei der Polizei angerufen, hab aber den ARBÖ erwischt, weil ich immer mit den Notrufnummern durcheinanderkomm. Und da ist mir eingefallen, dass ich den Berger eingespeichert hab.«

»Welchen Berger?«

»Den Berger von der Polizei. Er hat auch gleich abgehoben, hat sich das angehört und gesagt, ich soll warten, bis sie kommen.«

»Von wo kommen?«

»Na, von Retz – hab ich mir zumindest gedacht, weil dort ist ja der Posten vom Berger.«

»Okay.«

---

* Donauland: ein Buchclub mit der Auflage, monatlich mindestens ein Buch zu bestellen. Wenigleser entschieden sich meist für die Lexika, weil dann fast zwei Jahre lang keinerlei Denkarbeit beim Bestellen notwendig war. Zudem machten sich zweiundzwanzig gleiche Buchrücken gut im Wohnzimmerschrank.

»Dann ist irgendein Geländewagen gekommen, ich hab geglaubt, die Krimineser sind das, aber wie die so schnell da sein haben können, hab ich auch nicht gewusst, aber es waren keine Krimineser, weil einer, den ich nicht kenn, ist ausgestiegen und hat mir ein Tuch ins Gesicht gepresst, und weg war ich.«

»Bewusstlos?«

»Ja. Wie ich aufgewacht bin, war mein Handy weg, und die Vögel waren auch weg. Aber der Kramer ist immer noch dort gelegen.«

»Das Mordopfer …«

»Ja, jetzt weiß ich ja, dass es der Kramer war, aber wie er am Feld gelegen ist, hab ich ihn nicht erkannt, ich bin ja nicht hingegangen!«

»Okay, und was haben Sie dann gemacht?«

»Da bin ich nach Kleinriedenthal marschiert und hab vom ersten Haus aus angerufen. Die haben ein Telefonbuch gehabt, da war die Notrufnummer drinnen und auch die vom Retzer Posten.«

»Okay.«

»Aber jetzt kommt's! Der Berger hat gesagt: ›So ein Blödsinn, du hast mich doch nicht angerufen.‹ Und ich: ›Ja bist du deppert, Berger? Wir haben doch miteinander geredet, du hast doch gesagt, ihr kommts vorbei wegen dem Toten und wegen der Vögel!‹ Und er: ›Schober, ist dir schlecht? Du hast mich doch nicht angerufen!‹ Und ich: ›Berger, bist du komplett de–‹«

»Ich verstehe«, sagte Hawelka. »Sie meinen also, dass er Ihren Anruf schlichtweg geleugnet hat.«

»Schlichtweg. Genau! Schlichtweg geleugnet!«

»Aber die Polizei ist dann doch gekommen.«

»Ja, eh. Vom Retzer Posten und die Krimineser aus St. Pölten und … Aber sogar der Polizeiarzt hat geglaubt, ich hab einen Sonnenstich gehabt und mir das alles zusammenphantasiert. Dann hab ich nichts mehr gesagt und mir gedacht, da ist was faul! Ehrlich, das hab ich mir gedacht. Und wenn einmal bei der Polizei was faul ist – wo kommen wir denn da hin?«

»Und deshalb haben Sie dann …«

»Ja, ich hab mich erinnert, dass ich ja wen kenn. Von früher. Den hab ich angerufen, damit er da einmal nachschaut, weil wenn die Polizei da was vertuscht, dann … also, das dürfen S' doch nicht, oder?« Schober wirkte verstört. Sein Weltbild dürfte gehörig ins Wanken geraten sein.

»Ja, dürfen S' denn das?«, fragte er nochmals.

»Nein«, beruhigte Schierhuber wortreich.

Hawelka dachte nach. Die Geschichte klang nicht, als hätte sich Schober irgendetwas zusammenphantasiert. Aber warum sollte ein Polizist, der zu einem Mord gerufen wird, das Telefonat leugnen und stattdessen jemanden schicken, der den Zeugen betäubt und die Vogelkadaver beseitigt? Die Vogelkadaver wohlgemerkt und nicht die Leiche! Vogelkadaver, die hübsch ordentlich im Kreis aufgelegt waren wie bei einem Ritual.

Einmal angenommen, es gibt irgendeinen kranken Club, der jemand aus bestimmten Gründen umbringt, überlegte Hawelka, während Schober auf Schierhubers dezente Bitte hin weiße G'spritzte* aus der Küche brachte. Und weiter angenommen, das ist eine Art Ritualmord und sie verzieren den Fundort mit ein paar toten Vögeln, dann sind sie doch daran interessiert, dass man das auch sieht. Als Zeichen, als Symbol für was auch immer. Warum sollten sie es nachher wieder wegräumen?

»War der Kramer … irgendwie … bei einem Geheimbund?«, fragte er und nahm einen Schluck. Dann fiel ihm ein, wie unsinnig die Frage war, denn wenn jemand Mitglied bei einem Geheimbund ist, dann erzählt er es nicht herum, sonst wäre der Geheimbund ja nicht mehr geheim. Er verbesserte sich also: »Ich meine, vielleicht wurde was geredet, dass er zu einer Sekte Kontakt hatte oder mit irgendwelchen komischen Leuten gesehen wurde …«

»Nein, da ist nichts geredet worden.«

---

* G'spritzter: ein bekömmliches Erfrischungsgetränk aus Wein und Soda- beziehungsweise Mineralwasser. In Deutschland auch Schorle genannt. In der Steiermark »Mischung«.

»Was hat er gearbeitet?«

»Er war schon in Pension.«

»Und vorher?«

»Vorher war er Fremdenführer.«

»Aha. Da in Retz?«

»Nein, in Wien, im Stephansdom.«

»Kann man davon leben?«

»Glaub schon. Er hat viele Führungen gemacht. Na ja und Obst angebaut und Schnaps gebrannt ...«

Schierhuber horchte auf. Man näherte sich vertrautem Terrain. Wenn in diesem Fall Edelbrände eine Rolle spielten und möglicherweise sogar den Schlüssel zur Lösung darstellten, dann gab es keinen besseren Mann als ihn, um Spuren zu verfolgen, Beweise zu untersuchen und eventuelle Ungereimtheiten festzustellen.

»Schnaps?«, fragte er misstrauisch. »Welchen?«

»Vogelbeere, Himbeergeist, Wacholder, Zwetschge ... das Übliche halt. Aber hauptsächlich Marille. Er war sogar Obmann vom Obstbauverein.«

»Und? Gut?«

»Ja, er hat schon ein paar feine Sachen gemacht. Der Vogelbeer war erstklassig, der Marillene sowieso, er hat regelmäßig Medaillen gewonnen bei der Schnapsgala. Jedes Jahr. Da war er sehr dahinter. Na ja, seine Brennerei war aber auch vorbildlich, sauber kann man da gar nicht mehr sagen, die war schon klinisch oder wie das heißt, das reinste Labor.«

»Hat er viel getrunken?«, fragte Hawelka.

»Na ja, er war der Typ ›letztes Achtel‹.«

»Letztes Achtel?«, fragte Hawelka.

»Wenn alle gehen wollten, dann hat er immer noch ein letztes Achtel bestellt.«

»Diesmal war's aber wirklich das letzte Achtel«, stellte Schierhuber fest.

»Aber getrunken hat er auch nicht mehr als andere«, murmelte Schober.

»Fleißig gesoffen«, notierte Hawelka in sein Notizbuch.

»Sie haben nicht zufällig einen da?«

»Was?«

»Einen von seinen Schnäpsen.« Wenn er einmal zu recherchieren begonnen hatte, konnte Schierhuber sehr gründlich sein. Er beließ es nicht bloß bei oberflächlichen Untersuchungen, sondern ging den Dingen gerne auf den Grund.

»Oh ja, ich glaub, in der Küche müsst ich noch irgendwo ...« Schober erhob sich und verschwand in der Küche. Seine anfänglich deutlich spürbare Angst hatte sich verflüchtigt. Hawelka und Schierhuber wirkten anscheinend beruhigend auf ihn, und das Schnapsthema hatte ihn ausreichend abgelenkt.

»Obstbauverein, Schnapsbrennerei, Stephansdom«, notierte sich Hawelka in der Zwischenzeit. Und dann, darunter: »Feld, Vögel.« Als Schober mit drei Flaschen zurückkam, fragte er: »Sagen Sie, wie schaut es mit der Familie aus? Gibt es da wen, oder war der alleine?«

»Kinder keine, aber eine Frau hat er gehabt, die Kramer Annamirl. Eine graue Maus. Irgendwie traurig.«

»Verstehe. Und hätte die Ihrer Meinung nach ein Motiv gehabt?«, fragte Hawelka. In jedem Polizeilehrbuch über Gewaltverbrechen steht, dass die Täter häufig im engsten Familienkreis zu finden sind.

»Glaub nicht. Die waren schon so lange verheiratet, da zahlt sich so was nicht mehr aus. Prost, das ist der Vogelbeer.«

Schober hatte mittlerweile drei Gläschen mit Schnaps gefüllt, und sie stießen an. Schierhuber und Schober tranken mit Kennermiene, Hawelka nippte nur und lehnte die sogleich angebotene Kostprobe der nächsten Sorte ab. Er fand den Schnaps viel zu heftig vor dem Mittagessen.

»Wer hat denn den Kramer besser gekannt in Retz? Die Leute vom Obstbauverein? Oder einer der Nachbarn? Wer könnte etwas wissen, ich meine, wenn er Probleme oder so gehabt hätte ...«

»Na ja, weiß ich nicht. Besser gekannt ... Die vom Obstbauverein wahrscheinlich schon. Und der Gubiani natürlich.«

»Gubiani?«

»Ja, der Gubiani. Er war früher Maler, außerdem Kellerführer, Fremdenführer, Pfuscher*, Erntehelfer, Alleinunterhalter, Schnapsbrenner und so weiter. Der ist überall, kennt alle, weiß alles.«

»Das war ein Freund von ihm?«

»Nicht direkt ein Freund. Früher haben sie schon was miteinander unternommen, aber seit der Marillengeschichte ...«

»Was für eine Marillengeschichte?«

»Ich weiß auch nicht genau, man sagt, sie wollten irgendwie ins Marillengeschäft einsteigen, aber dann haben sie sich nicht einigen können, und dann hat der eine den anderen angezeigt oder was weiß ich, die Schnapsbrenner sind ein eigenes Volk ...«

»Marillengeschichte«, notierte sich Hawelka. Dann tranken sie aus und fuhren davon.

---

* Pfuscher: Schwarzarbeiter. Eigentlich ein Phänomen. Pfuscher sind privat die besten Arbeitskräfte, die man sich vorstellen kann, und obwohl sie keinen bezahlten Urlaub haben, keinen Krankenstand, Pflegeurlaub oder Kuraufenthalt nehmen können, erledigen sie in ihrer Freizeit die gleiche Arbeit wesentlich motivierter als in ihrer Firma (wo sie versichert sind, bezahlte Urlaube haben, Krankenstände, Pflegeurlaube et cetera).

## Besichtigungstour

Das Mittagessen war bei Hawelka normal und bei Schierhuber recht üppig ausgefallen. Sie hatten über Schober und dessen Schilderung geredet. Dieser hatte bei der Verabschiedung nochmals betont, dass er niemandem mehr die Vogelgeschichte erzählen würde, weil »die« zu allem fähig seien und vermutlich Kripo und örtliche Polizei ganz unter dem Einfluss von »denen« stünden. Obwohl der Schnaps ihn ein wenig aufgemuntert hatte, ließ sich seine Angst nicht übersehen.

»Schauen wir uns das Feld einmal an«, hatte Hawelka vorgeschlagen, und Schierhuber war bereits nach dem zweiten Jägermeister (mit dem er alle seine Mahlzeiten beendete) bereit gewesen. Natürlich wollten sie ganz unauffällig vorgehen.

Aber unauffällig ging dann gar nichts. Auf dem Feldweg herrschte bereits ab dem Ortsende von Kleinriedenthal reger Verkehr. Eine ganze Karawane von Traktoren, Fahrrädern und Autos zog träge in Richtung des Leichenfeldes und manövrierte sich mühsam an der entgegenkommenden Karawane der früher gekommenen Schaulustigen vorbei, die sich bereits sattgesehen hatten und heimfuhren.

»Da kriegen wir nie einen Parkplatz«, stellte Schierhuber resignierend fest, scherte auf eine Wiese aus und stellte den Benz neben einem Windschutzgürtel ab. Sie mussten fast einen Kilometer gehen und schnappten dabei Gesprächsfetzen anderer Sensationswanderer auf.

»Der Pepi-Onkel war gestern schon dort, er hat gesagt, die Blutlache war so groß wie unser Wohnzimmer.«

»Geh, hör auf, ich hab mir gedacht, dass er gar nicht geblutet hat, weil er ja dort abgelegt worden ist. Abgekragelt haben s' ihn ja woanders.«

»Ja, aber mit so einem Bauchstich, da blutest du noch stundenlang, ich hab einmal mit der Feuerwehr einen gefunden, der –«

»Blödsinn, Bauchstich, den Schädel haben sie ihm eingeschlagen!«

»Geh, was weißt denn du! Am Schädel hat er gar nichts gehabt, ich kenn den Fischer von der Polizei, der war gleich am Anfang dort und –«

»Das mit dem Schädel ist ganz sicher, da kannst du kennen, wen du willst, die Krimineser waren im Wirtshaus und haben der Moserin erzählt, dass der Schädel nur noch Brei war und –«

»Geh, red nicht so dumm daher, das können s' gar nicht erzählt haben, weil gar kein Schädel da war.«

»Was?«

»Ja, der ist weg. Abgeschlagen. Also nicht irgendwie abgeschnitten, sondern regelrecht abg'haut. Mit einem Samuraischwert, vermuten sie.«

»Stell dir das vor!«

»Na, macht man so was? Robert?«

»Was?«

»Na, macht man so was?«

»Nein, das macht man nicht. Natürlich nicht!«

»Ja, wer macht denn so was?«

»Na, die vom IS. Wenn ihnen wer nicht passt: Schädel ab – und gut is.«

»Ich sag's ja immer, die haben keine Kultur, die Islamer.«

»Glaubst, dass die vom Flüchtlingsheim in Retz …?«

»Geh, du glaubst doch nicht, dass das alles Flüchtlinge sind, die dort wohnen! Glaubst du das wirklich? Da sind sicher genug so … Schlafwandler … oder wie das heißt …«

»Schläfer.«

»Ja, Schläfer, so versteckte Terroristen, die warten, bis sie einen Befehl kriegen, und wenn der Befehl kommt, dann …«

»Aber gleich den Schädel abhauen?«

»Na, er hat doch Schnaps gebrannt, der Kramer. Da sind sie besonders heikel, die Mohammedaner.«

»Heikel?«

»Alkohol ist verboten.«

»Na, sag ich's nicht – keine Kultur.«

Auf dem Feld selbst war naturgemäß nichts zu sehen, die Lage der Leiche war nicht mit weißer Farbe umrissen worden, wie man das im Film immer so schön sieht. Man ging aber ganz richtig von der ungefähren Mitte des Feldes aus, und eine leichte Mulde ebendort wurde als der ganz genaue Fundort vom toten Kramer bestimmt und nun von Besuchergruppe zu Besuchergruppe weitergegeben. Das polizeiliche Absperrband war längst vom Wind weggerissen worden, von den vier Pflöcken standen noch anderthalb, die anderen waren wohl als Souvenir mitgenommen worden.

»Da ist er gelegen. Das war seine letzte Ruhestatt. Zusammengerollt wie ein kleines Katzerl ist er da in der Mulde gelegen und hat ganz friedlich ausg'schaut, wie wenn er nur schlafen tät.«

Viele Schaulustige waren mit den Kindern gekommen, und die wiederum waren enttäuscht, weil kein Toter da war, keine Körperteile herumlagen und noch nicht mal ein Mörder mit irrem Gelächter übers Nachbarfeld lief. Sie robbten auf der Suche nach Blutspuren über das Feld, und alle paar Meter streckten sie alle viere von sich, um selbst Leiche zu spielen. Als ihnen das langweilig wurde, rotteten sie sich zu kleinen Gruppen zusammen, die den Mord auf spektakuläre Art nachspielten. Meist ging der Tat ein schrecklicher Streit voraus.

»Du Hund, du!«

»Du Sau, du!«

»I bring di um!«

»Traust dich nie!«

»Oh ja, jetzt bring i di um!«

»Ah! Hilfe!«

Aber es kam keine Hilfe, der gnadenlose Mörder hob das Messer und stach, weit ausholend, nicht weniger als zwanzig Mal auf sein armes Opfer ein, dann folgte der furchtbare Todeskampf, der durchaus mehrere Minuten dauern konnte. Manchmal schaffte es der Verwundete noch, schreiend das halbe Feld zu durchqueren, und der brutale Killer musste ihn keuchend verfolgen, immer das Messer zum letzten, zum tödlichen Stich in den Rücken erhoben, bevor die zukünftige Leiche dann mit einem entsetzlichen Todesschrei zusammenbrach und unter wilden Zuckungen ihr Leben aushauchte.

»Aaaaaaaahhh!«

Aber immer wenn sich's am schönsten stirbt, kommt irgendein Spielverderber, der den Mörder schnappt, das Opfer schnappt und das Ende des schönen Nachmittags einläutet.

»Nils, Finn, Tibor, kommts, wir gehen jetzt heim!«

»Lara-Lena, Laura-Lisa, Schluss jetzt, wir müssen noch Aufgabe* machen!«**

»Patrick, schau, wie du wieder ausschaust!«

Sie gingen zurück zum Benz. Wenn die Kollegen vom LKA hier Spuren übersehen hatten (absichtlich oder unabsichtlich), dann waren diese Spuren jetzt Geschichte. Eventuelle Vogelfedern oder Blutspuren der Vogelkadaver waren nun zertreten, verwischt und fein verteilt, auf den Hosen von Nils und Lara-Lena, von Patrick und dem Rest der Meute. Wenn tatsächlich ein geheimnisvoller Geländewagen nach Schobers Anruf gekommen war, dann waren seine Reifenspuren (so es welche gegeben hatte) längst von hundert anderen Reifen und Schuhen zunichtegemacht worden.

»Die Einheimischen machen sich ein richtiges Vergnügen daraus«, sagte Hawelka, während sie zum Auto wanderten. »Wundert mich direkt, dass noch keiner auf die Idee gekommen ist, mit einem mobilen Würstelstand hier rauzufahren und Erfrischungen anzubieten.«

»Keine schlechte Idee«, meinte Schierhuber gleichmütig. »Einen Durst hätt ich eh schon.«

---

* Aufgabe: Hausübung, Hausaufgabe, Hausarbeit, in Deutschland auch Schularbeit, obwohl zu Hause zu erledigen.

** »Wir müssen noch Aufgabe machen«: ein weitverbreiteter Sprachfehler von jungen Eltern. Gemeint ist: »*Du* musst noch Aufgabe machen.« Oder aber: »*Ihr* müsst noch Aufgabe machen.«

In der Zwischenzeit drehte der Hornist mit eiligen Trippelschritten die dritte Runde auf dem Retzer Hauptplatz. Er musste jemanden für die Gutsherrin finden. Jemanden, der erst heute angekommen war, sich sehr interessiert an allem zeigte und der Detektiv oder verdeckter Ermittler war. Wie sah so jemand aus? Endlich entdeckte er einen Reporter, der mit Diktiergerät bewaffnet Passanten zum Mord interviewte. Auf dem Mikrofon war das Logo einer niederösterreichischen Wochenzeitung. Warum nicht?, dachte der Hornist. Es könnte doch Tarnung sein. Er musste es tun. Auch wenn es gefährlich war, es blieb ihm nichts anderes über. Hastig trippelte er zu seinem Wagen, um zum Gutshof zu fahren.

## Essenseinladung

»Eine bescheidene Frage hab ich: Es ist jetzt siebzehn Uhr, und um siebzehn Uhr soll der Dienst ruhen. Zumindest für die Damen von der Verwaltung, weil bei den ermittelnden Beamten geht das eh nicht, aber die sind auch nicht so wichtig, die gehen ja nur jeden Tag Mörder fangen und rennen sich die Sohlen ab und schwitzen wie ein Firmgöd*, da brauchen sie nicht ganz so pünktlich aufhören. Aber in der Verwaltung, wo die ganze Last der Verantwortung auf die zarten Schultern liegt, da muss man drauf schauen, dass man die Regenerationsphase rechtzeitig anfangt, weil sonst bringt einen die Aufregung um mit der Zeit.«

Die große, hagere Gestalt des Erzherzogs hatte sich in der offenen Tür zum Auskunftsbüro aufgebaut, und die Berlakovic, die sich sonst vor gar nichts fürchtete, wurde nervös. Ihre Kolleginnen waren schon weg, sie war ganz alleine.

»Sie sind ganz alleine«, sagte Zauner, trat nun ein und schloss die Tür hinter sich.

»Ja, ich …«, begann die Berlakovic und merkte, wie gepresst sich ihre Stimme anhörte und wie rasch ihr Herz schlug und wie rot sie geworden war, und das ärgerte sie, weil sie sonst nichts aus der Ruhe brachte und ihr das immer nur beim Erzherzog passierte. Zusätzlich nervös machte sie, dass sie bis jetzt nicht wusste, ob der Alte sie nicht doch im Archiv gesehen hatte, und noch nervöser machte sie, dass sie seit dem belauschten Telefonat wusste (vermutet hatte sie es ohnehin immer), dass er geheimnisvolle Verbindungen zu seltsamen

* Firmgöd: Firmpate. Da die Firmungen (Konfirmationsfeiern) meist im Mai oder Anfang Juni stattfinden, schwitzt der Firmpate in ländlichen Gegenden in seinem meist nur zu diesem Zweck getragenen zu engen Anzug bei den Feierlichkeiten. Vielleicht schwitzt er aber auch nur, weil traditionell er es ist, der die Ausgaben für sein Patenkind übernimmt. Früher war das in Ostösterreich meist ein Ausflug in den Wiener Wurstelprater.

Leuten hatte und ihn dunkle Geheimnisse umgaben und er wahrscheinlich vor nichts zurückschrecken würde, um diese dunklen Geheimnisse auch geheim bleiben zu lassen.

»Sie sind ganz alleine«, wiederholte er. Mittlerweile war er ganz nahe an ihren Schreibtisch herangetreten, beugte sich ein wenig vor, stützte die Hände auf die Tischplatte und brachte sein Gesicht dicht vor ihres. Die Berlakovic bekam Panik.

»Sie sind ganz alleine«, sagte er zum dritten Mal, »und daran knüpft sich meine Frage: Warum sind sie um siebzehn Uhr schon ganz alleine? Weil ich hab mir die Pläne angeschaut, von den Kolleginnen ist keine krank und keine im Urlaub, und die letzte Schwangerschaft von der Frischauf war erst vor Kurzem, und die Karenz ist noch kürzer vorbei, und jetzt frag ich mich, warum die Frau Berlakovic um siebzehn Uhr alleine im Büro ist? Weil um siebzehn Uhr soll der Dienst ruhen und nicht vorher, aber fünf Minuten bin ich jetzt draußen am Gang gestanden, weil mir ein Bote vom Ministerium was bracht hat, aber da ist keine Frischauf an mir vorbei und keine Forstner und keine Sommer, das heißt, die sind alle schon ein bisserl früher gegangen, weil das jetzt so Mode ist.«

Die Berlakovic schwieg (was selten vorkam), weil Ausflüchte beim Erzherzog nie halfen und weil er natürlich recht hatte. Die Sommer war um halb weggegangen, die Frischauf schon vor einer Stunde, weil sie ihre ältere Tochter vom Kindergarten holen musste, und die Forstner vor zehn Minuten, weil sie es sonst nicht mehr in die Putzerei schaffte. Die Berlakovic, die nicht nur Büroleiterin, sondern auch die loyalste und sozial kompetenteste Kollegin war, die man sich vorstellen konnte, hatte sie allesamt mit mütterlichen Worten entlassen, weil ohnehin wenig los war und sie selbst bis nach fünf die Stellung halten würde.

»Wenn noch was zu schreiben ist oder so, dann kann ja ich das –«

»Das will ich ja gerne glauben, aber ich brauch die Frau Frischauf, weil die kann Französisch, das steht in ihre Unterlagen, und ich hab da eine Mitteilung von die Kollegen aus

Paris über ein Amtshilfeverfahren, und jetzt wüsste ich gerne, was da steht, ob das was Dringendes ist oder eh bis morgen Zeit hat, wenn die Frau Frischauf vielleicht wieder einmal vorbeikommt. – Können Sie das übersetzen?«

»Leider nein.«

»Na eben. Ich sag Ihnen was, ich such mir jetzt einen Kollegen, der mir das übersetzt, und Sie suchen sich die Frischauf, und die steht dann morgen g'schnäuzt und kampelt* um acht Uhr bei mir in der Kanzlei. Da werden wir uns ein bisserl über Dienstauffassung verständigen.«

Damit stapfte der Alte wieder hinaus und ließ eine äußerst beunruhigte Berlakovic zurück.

Der Fotojournalist und Tourismusexperte Josef Schierhuber unterzog die Retzer Gastronomie einer strengen Prüfung. Schon vor dem Abendessen besuchten sie drei Lokale, wobei Schierhuber stets Speise- und Weinkarten genauestens studierte, kritisch die Einrichtungen musterte und nach ein bis zwei Testgläsern wieder zum Aufbruch drängte. Als er seine Wahl schließlich getroffen hatte, kaufte er sich eine Wurstsemmel und begann sie rasch zu essen. »Man soll nie hungrig essen gehen«, dozierte er währenddessen. »Sonst ist man zu ungeduldig bei der Auswahl und beginnt zu schlingen, das ist nicht gut, da kann man die Kochkunst nicht würdigen.« Dann schleppte er Hawelka in das teuerste Restaurant des Städtchens und brachte dort Köche und Kellner mit allerlei Extrawünschen aus der Ruhe. Der Preis der Flasche Wein, die er selbstbewusst geordert hatte, überstieg Hawelkas kühnste Vorstellungen.

»Ich hab geglaubt, du bist eher der Bierexperte, Sepp, woher kennst du dich so gut mit Wein aus?«

»Man soll niemanden ausgrenzen. Die Weinbauern sind auch brave Leute, die es verdient haben, dass man ihre Tröpferl wenigstens kostet. Ich gebe jedem Getränk eine faire Chance.

---

* G'schnäuzt und kampelt – wörtlich: mit geputzter Nase und ordentlich frisiert; sinngemäß: tadellos adjustiert.

Es soll mir keiner nachsagen, dass ich es nicht wenigstens probiert habe.«

»Ja, eh. Ich auch. Aber das macht mich noch lange nicht zum Experten, weil so richtig beschäftigt habe ich mich noch nicht damit. In unserm Wirtshaus zum Beispiel ...«

Hawelkas Großeltern waren nach dem Ersten Weltkrieg von Böhmen nach Wien gezogen, seine Eltern schließlich von Wien nach Horn in Niederösterreich, wo sie ein kleines Wirtshaus betrieben hatten. In den 1970er Jahren verhielt es sich mit dem Wein in kleinen Gaststätten so: Es gab roten und weißen.

Wollte sich irgendein Wirt besonders hervortun oder hatte er einen eigenen Weinbau, dann gab es den Haus- oder Schankwein und »den guten«, sprich: einen sortenreinen, der ein wenig mehr kostete und nicht nur glasweise, sondern (sozusagen als Gütesiegel) manchmal auch in Bouteillen verkauft wurde. Das übliche Gebinde war nämlich der »Doppler«, also eine Flasche mit zwei Litern Fassungsvermögen. Auf Qualitätsweine im heutigen Sinn hatten damals weder Erzeuger noch Verbraucher gesteigerten Wert gelegt. Es war also kein Wunder, dass Hawelka, obwohl er Wirtssohn war, nie ein besonderes Wissen über Wein erworben hatte. Er trank im Sommer weiße G'spritzte und im Winter ab und zu ein Achtel Rotwein, ohne eine spezielle Sorte zu bevorzugen.

»Ja«, erinnerte sich Schierhuber nach Hawelkas Erzählung, »bei uns im Wirtshaus war's auch so*, dafür haben wir drei verschiedene Sorten Zwettler gehabt, dazu ein Weitraner, und wenn wer was ganz Exotisches wollen hat, dann haben wir sogar das Hubertus Bräu aus Laa** ausgeschenkt.«

»Und was weißt du jetzt wirklich über Wein?«, fragte Hawelka.

»Der Schwager hat einen Cousin, Holzreiter heißt der«, erklärte Schierhuber. »Der hat seinen Keller gleich beim Helden-

---

* Auch Schierhuber war der Sohn von Wirtsleuten.

** Laa an der Thaya: immerhin rund hundert Kilometer von Zwettl entfernt, also Exotik pur.

berg*. Wir waren einmal übers Wochenende dort, der Schwager und ich. Da hab ich viel gelernt.«

Dann widmete er sich wieder ganz seinem Essen, während Hawelka nur aus purer Notwendigkeit aß und an die bevorstehende Begegnung mit Gubiani dachte. Dieser von Schober als Hansdampf in allen Gassen geschilderte Bekannte des Mordopfers war am Telefon zunächst sehr reserviert gewesen und hatte sie mehr oder weniger abgewiesen, nur um eine Viertelstunde später zurückzurufen und sie zur Retzer Apotheke zu bestellen. Interessanterweise um zehn Uhr abends.

»Und schauen Sie, dass Sie keiner sieht!«

Hoffentlich erfahren wir jetzt einmal etwas Entscheidendes, etwas, das uns weiterbringt, dachte Hawelka. Warum will uns der Typ ausgerechnet in der Apotheke treffen? Und warum überhaupt diese Geheimnistuerei?

Ein paar Kilometer weiter stand der Hornist vor der Gutsherrin und schloss seinen Bericht ab. Dann starrte er zu Boden und wartete auf ihre Anweisungen. Er merkte, wie er zitterte, aber weil er das immer tat, würde es sie vielleicht nicht misstrauisch machen. Zumindest nicht misstrauischer als sonst.

»Und es besteht kein Zweifel?«

»Er wirkt irgendwie verdächtig«, wiederholte der Hornist den Schlüsselsatz seiner Geschichte.

»Sie bringen ihn hierher, Pongratz.«

»Was? Wen? Ich?« Dem Hornisten stand das blanke Entsetzen ins Gesicht geschrieben. Nie im Leben würde er das durchstehen, den fremden Ermittler hierher zur Gutsherrin zu bringen.

»Ich kann das nicht.«

»Pongratz, sie fahren nach Retz, suchen den Mann und laden ihn hierher zum Essen ein.«

»Und wenn er nicht will?«

»Sagen Sie, dass ich etwas mit ihm zu reden habe.«

* Heldenberg: eine Gedenkstätte für österreichische Kriegshelden der K.-u.-k.-Zeit, circa vierzig Kilometer von Wien entfernt.

»Aber vielleicht –«

»Er wird kommen. Er will ja was! Er muss ja etwas herausfinden. Deshalb hat man ihn ja geschickt. Ich werde ihm schon etwas erzählen!«

»Und wenn ich ihn nicht finde?«

»Sie werden ihn schon finden, es ist ja Retz und nicht New York. Ich werde noch zwei, drei Leute einladen zu dem Essen, damit er keine Blödheiten macht. Fahren Sie!«

Pongratz trippelte ab. Er tat, was ihm befohlen wurde. Zu wichtig war das Projekt, zu sehr brannte er für diese Sache, zu sehr hatte ihn die Gutsherrin in der Hand, zu sehr brauchte er diesen Auftrag. Er seufzte und startete den Wagen.

## Abendessen

Sie umrundeten das frei stehende Rathaus zweimal in entgegengesetzter Richtung, ehe sie die Straße überquerten und bei der Apotheke läuteten. Die Vorsichtsmaßnahme war jedoch überflüssig. Auf dem ganzen Hauptplatz war kein Mensch zu sehen. Wie übrigens auch in den Gassen, die vom Hauptplatz wegführten. Wie übrigens in der ganzen kleinen Stadt.

In Ermangelung andrer Instruktionen wollten sie schon die Nachtglocke der Apotheke läuten, als ein Nebeneingang aufging und eine Stimme »Schnell, schnell, herein da!« zischte. Sie traten ein, und Gubiani (zumindest nahmen Sie an, dass es Gubiani war) verschloss die Tür hinter ihnen, bevor er sie energisch durch den nächsten Eingang schob, hinter dem ein schmaler Gang begann. »Da entlang!«

Während sie hinter ihrem geheimnisvollen Stadtführer hereilten, versuchte sich Hawelka ein Bild von dem Mann zu machen.

Im Durchgang neben der Apotheke hatte kein Licht gebrannt, er hatte also nur Gubianis Silhouette wahrgenommen. Nun, da der andere vorausrannte, konnte sein Blick ebenfalls nur dessen massige Gestalt umfassen; lediglich auf der Straße, als Gubiani ihnen den Nebeneingang geöffnet hatte, war sein Gesicht für Momente zu sehen gewesen. Irgendetwas in diesem Gesicht hatte Hawelka irritiert, aber der Moment war zu kurz gewesen, um ihm klarzumachen, was es war. Gubiani hatte am Ende des Ganges eine Tür aufgerissen und stieg eine steile Kellertreppe hinab.

Warum rennt der so?, fragte Hawelka sich. Und vor allem: Warum rennen wir ihm so nach und lassen uns nicht zuerst erklären, was er will und worum es geht?

»Warten Sie einmal, Herr Gubiani, wollen Sie uns nicht sagen, was hier los ist und wo wir hinrennen?«

»Ja, vom Hud'ln kommen Kinder*«, bemerkte Schierhuber von hinten. Aber Gubiani wartete nicht. Kaum hatte er das Ende der Kellertreppe erreicht, durchquerte er den großen, aus Ziegeln gemauerten Keller und bog um eine Ecke, hinter der ein weiterer Gang begann.

»Kommen Sie, kommen Sie, sonst sind sie weg! Vielleicht sind sie auch schon weg, aber probieren müssen wir es auf jeden Fall. Ich will, dass Sie sich das selber anschauen. Kommen Sie!«

Der Gang, den sie jetzt entlangliefen, war nicht mehr gemauert, sondern direkt aus dem gepressten Sand gegraben und führte leicht bergab.

»Drüben gibt es kein Licht, ich hab eine Taschenlampe, bleiben Sie dicht bei mir«, rief Gubiani halblaut und bog in einen schmalen Seitengang ab. Der endete nach zwei Metern wieder bei einer Tür, die ihr Führer rasch aufschloss, bevor er mit der Taschenlampe voraus weiterging.

»Machen Sie hinter sich zu. Wir sind gleich da.«

Sie hasteten noch eine halbe Minute durch die Kellerröhren, bis Gubiani schließlich stehen blieb, seine Taschenlampe ausschaltete, Hawelka am Arm packte und »Still jetzt, wir müssen horchen, ob wer da ist« zischte.

Außer ihrem Atem war nichts zu hören. Gubiani schaltete seine Lampe wieder ein und machte sich an einer Art Bretterverschlag zu schaffen, bis er einen Teil wie ein Rolltor zur Seite schob. Dahinter war ein kleiner Nebenraum aus dem Sand gegraben. In einer Ecke lagen ein paar Jutesäcke.

»Erdäpfel?«, fragte Schierhuber. Er hatte von Gott weiß woher ebenfalls eine Taschenlampe hervorgezaubert und leuchtete in das Gubiani-Gesicht. Der schüttelte den Kopf, nahm einen der Säcke und schüttete den Inhalt auf den Boden. Es waren Vogelkadaver.

»Rohrweihen«, sagte Gubiani.

---

* Altes Weinviertler Sprichwort: Die wissenschaftliche Haltbarkeit der Aussage ist nicht unumstritten. (Hud'ln oder hudeln: sich sehr beeilen, eine Tätigkeit sehr hastig erledigen, etwas sehr rasch durchführen, oft auf Kosten der Qualität.)

In der Zwischenzeit trat im eine Autostunde entfernten Wien, genauer in Floridsdorf, ein unterschwellig lauerndes Problem an die Oberfläche. Es war nämlich so, dass das Auskunftsbüro Berlakovic einmal fünfzig plus, zweimal geschieden und dreimal so lebenserfahren wie herkömmliche Auskunftsbüros war. Tatsächlich besteht ja ein gewisser Unterschied, ob man zum Beispiel Auskunftsbüro beim Numismatischen Verein von Freiburg (im Breisgau) ist oder bei der Mordkommission der Wiener Kriminalpolizei. Der Berlakovic war nichts Menschliches fremd. Zwischenmenschliches sowieso nicht. Alles schon einmal da gewesen und alles halb so wild.

Wann immer eine Kollegin über Beziehungen beziehungsweise Beziehungsprobleme beziehungsweise Nichtbeziehungsprobleme klagte, konnte sie sich darauf verlassen, dass die Berlakovic die Sache ganz unaufgeregt sah und ihr in aller Ruhe darlegte, wie die Geschichte anzugehen sei.

Und wann immer ein Kollege über Beziehungen beziehungsweise Beziehungsprobleme beziehungsweise Nichtbeziehungsprobleme seiner Partnerin* (Männer selbst haben ja so was nicht) klagte, konnte er sich ebenfalls darauf verlassen, dass ihm die Berlakovic erklärte, was los war.

Denn ein gutes Auskunftsbüro beherrscht auch Fremdsprachen. Herta B. zum Beispiel sprach Deutsch, Italienisch (Grundkurs), Wienerisch, Englisch und Männisch. Ideale Voraussetzungen, um raubeinigen Polizisten die Gefühle ihrer Liebsten auseinanderzusetzen.

Die Berlakovic ließ sich also nicht so leicht erschüttern, und sie machte sich keine Illusionen. Über Männer nicht, über Frauen nicht und über Beziehungen schon gar nicht. Manche bewunderten sie dafür, und viele hielten sie für seelisch unverwundbar, was natürlich Blödsinn war. Niemand ist unverwundbar. Aber dass sie besser gerüstet war als andere, bewies schon alleine die Tatsache, dass sie ihre momentane – tja was? Beziehung? Liebelei? Affäre? Partnerschaft? –, also,

---

* Momentane, verflossene oder zukünftige.

dass sie ihre momentane Ich-weiß-selber-nicht-was ganz bewusst auf niedriger Flamme hielt und sich zu keiner Zeit auf pubertäre Schwärmerei oder Zukunftsmalerei eingelassen hatte.

»Lockere Bekanntschaft mit bewusst unregelmäßigen, oft ganz spontanen Treffen, gerne auch mit sexuellen Handlungen verbunden, ausschließlich zur gegenseitigen Freude, unter strengster Hintanhaltung aller störenden Nebengeräusche wie Alltagssorgen, Zukunftsängste und Gesundheitsprobleme.« So könnte die unausgesprochene Vereinbarung zwischen der B. und ihrem allen Kolleginnen und Kollegen unbekannten Liebhaber lauten.

Und das war gut so. Keiner der beiden wollte mehr. Nie. Niemals! Auf keinen Fall!

Aber heute hatte der Erzherzog die Berlakovic zur Sau gemacht, und obwohl das nicht neu war und obwohl das Auskunftsbüro solche Angelegenheiten nach dem ersten Schock abschüttelte wie nichts – an diesem Abend traf es sie doch irgendwie. Da wären jetzt ein paar aufmunternde Worte, ein bisschen Mitgefühl, ein wenig Sich-ausreden-Können irgendwie sehr angenehm und willkommen gewesen. Aber der geheimnisvolle Besucher wollte ein fröhliches Gesicht sehen, wollte eine lustige und ein wenig lustvolle Frau besuchen, denn, wie er völlig richtig bemerkte, Probleme konnte er überall anders auch haben, wenn er denn welche haben wollte.

Es kam, wie es kommen musste, ein Wort gab das andere, und nach einer halben Stunde war die Berlakovic wieder alleine in ihrer Wohnung und ihre Stimmung auf dem Tiefpunkt. Und weil sie gelegentlich eine sehr emotionale Frau sein konnte, beschloss sie, dass das der letzte Besuch des Betreffenden war. Punkt. Und die Kollegen, die es sich zur Gewohnheit gemacht hatten, sie wegen aller möglichen und unmöglichen Angelegenheiten auch nach Dienst anzurufen, die würden in nächster Zeit auch kein offenes Ohr finden. Punkt. Sie fand, dass es Zeit war, sich ein wenig mehr um eine bestimmte Person zu kümmern, die ihr sehr nahestand. Doppelpunkt: um sich selbst! Ausrufezeichen.

Ebenfalls zur selben Zeit saßen der Hornist und der Lokalzeitungsreporter, den man für einen verdeckten Ermittler hielt, beim Abendessen der Gutsherrin. Pongratz hatte ihn in einer Wirtsstube aufgetrieben, wo der Mann die Anwesenden über den Toten befragte und sich Notizen machte.

»Ich habe Sie gesucht«, hatte Pongratz gesagt und auf seine Schuhspitzen gestarrt.

»Mich?«

»Ja. Es gibt da jemanden, der … Ihnen etwas über die Sache –«

»Über den Mord?«

»Ja, über den Mord erzählen kann. Es ist eine ältere Dame, die außerhalb wohnt und –«

»Hat sie etwas beobachtet? Wieso ist sie nicht selbst zu mir gekommen?«

»Sie ist ein wenig eigen, ich weiß nicht, ob sie … also, was sie weiß, das will sie Ihnen selbst sagen, sie lädt Sie, also uns, zum Abendessen ein, ich soll Sie hinbringen, wenn Sie interessiert sind.«

Fünf Minuten später waren sie losgefahren. Während der Fahrt hatte der Hornist dem vermeintlichen Reporter empfohlen, sich die Gutsherrin einfach anzuhören und selbst möglichst wenig zu sagen. Wenn er etwas erfahren wollte, sollte er keine Fragen stellen, sondern die Dame einfach reden lassen, auch wenn er nicht gleich alles verstehen würde. Der andere hatte zugesagt. Das war vor einer Stunde gewesen, nun saßen sie gemeinsam mit der Gutsherrin, dem Bürgermeister von Schrattenthal und einem Schriftsteller bei Tisch. Die Gutsherrin ließ keinen von ihnen auch nur eine Sekunde aus den Augen, sie beherrschte die Tafel.

»Nehmen Sie noch von der Soße, Bürgermeister.« Der Bürgermeister nahm noch von der Soße.

»Versuchen Sie den Salat, Pongratz.« Pongratz versuchte den Salat.

»Dürfte ich jetzt vielleicht doch langsam –«, setzte der Reporter an.

»Ich habe ein Prinzip«, unterbrach sie, »zuerst wird gegessen, und dann wird geredet. Bitte haben Sie Verständnis für meinen Wunsch, lieber Mann.« Der liebe Mann hatte Verständnis.

Der Schriftsteller hieß Merkenbrechter. Er wohnte auf Einladung der Gutsherrin in einem der ehemaligen Stallgebäude und verließ das Gelände so gut wie nie. Die Gutsherrin lud ihn manchmal zum Essen ein. Sein Beitrag zur Unterhaltung bestand hauptsächlich aus einer gerunzelten Stirn und leisen Seufzern. Die Anwesenden schien er gar nicht richtig wahrzunehmen, im Essen stocherte er lustlos herum, dafür sprach er fleißig dem Rotwein zu.

»Schmeckt es Ihnen nicht, Merkenbrechter?« Der Angesprochene schrak hoch, sah sich hilfesuchend um, begriff dann, worum es ging, und beeilte sich, zwei, drei Bissen in den Mund zu stecken.

»Doch, doch, schmeckt«, murmelte er. Dann nahm er sein Grübeln, Seufzen und Stochern wieder auf.

Auch der Hornist brachte vor Aufregung kaum einen Bissen hinunter, wagte es aber nicht, etwas übrig zu lassen, führte also weiter mit zitternder Hand die Gabel zum Mund und heftete seinen Blick auf eine Blumenvase in der Mitte des Tisches. Auch der Schrattenthaler Bürgermeister, der in einem Trachtenanzug erschienen war, trug nichts zur Unterhaltung bei. Allerdings war er, im Gegensatz zu allen anderen, auch voll und ganz mit dem Essen beschäftigt. Er schnitt und spießte, er biss und kaute, trank und schluckte mit solchem Genuss, dass sich die Gutsherrin sogar ein kleines zufriedenes Lächeln erlaubte.

Der Reporter wiederum aß langsam und versuchte sich nicht anmerken zu lassen, wie er die anderen beobachtete. Keine leichte Aufgabe unter den Argusaugen der Gastgeberin. Gerade diese interessierte den Zeitungsmann allerdings am meisten. War sie wirklich eine brauchbare Informationsquelle, oder wollte sie sich nur wichtigmachen? Was wusste sie über die Tat oder das Opfer? War er hier einer heißen Story auf der Spur? Es kam selten vor, dass im Bezirk ein Mord passierte, und so teilte er das Schicksal aller Lokalreporter und berichtete hauptsächlich über runde Geburtstage, verbale Ohrfeigen bei Gemeinderatssitzungen und die straßenbaulichen Maßnahmen der Zukunft. Wenn er hier etwas Entscheidendes erfuhr, etwas, das die großen Zeitungen des Landes und das Radio und vor allem das allmächtige Fernsehen nicht wussten, dann wäre das eine Sensation. Eine Sensation und ein Supererfolg für sein Blatt, aber hauptsächlich eine Sensation und ein Supererfolg für ihn! Auflagesteigerungsglückwünsche der (natürlich neidischen) Kollegen, Gehaltserhöhung, Dankesschreiben des überregionalen Chefredakteurs, Angebote von Tageszeitungen und so weiter. Und irgendwie spürte er, dass sich hier etwas Großes anbahnte. Er spürte es, seit dieser komische zitternde Mann mit den kurzen Schritten und dem ständig abgewendeten Blick ihn angesprochen hatte. Seither steigerte sich seine Spannung von Minute zu Minute.

»Nur mehr das wunschlose Unglück berührt mich noch.«

Der Reporter schrak zusammen. Er war abgedriftet. Wer hatte das gesagt? War er gemeint? Wurde eine Antwort erwartet? Er sah in die Runde und bemerkte, dass es der Schriftsteller war, der erstmals an diesem Abend ohne Aufforderung gesprochen hatte.

»Alles andere berührt mich gar nicht mehr. Ich wünschte, es wäre anders, aber es berührt mich nichts.«

»Aha«, meinte der Reporter, um irgendetwas zu sagen. Alle anderen am Tisch schienen sich nicht angesprochen zu fühlen, der Bürgermeister aß immer noch mit Hingabe, der Hornist starrte auf den Tisch, während er langsam kaute, und die Gutsherrin selbst schien lediglich darauf bedacht zu sein, dass niemand einen leeren Teller hatte.

»Nur das Unglück, das wunschlose, vermag mir noch eine Regung –«

»Probieren Sie den Käse, junger Mann!« Der Reporter probierte den Käse. Immerhin war ein Ende des seltsamen Mahles abzusehen.

»Ich rede von einer Regung der Seele«, betonte der Schriftsteller und sah den Reporter scharf an.

»Ja, der Seele«, murmelte dieser zustimmend, den Mund voller Käse.

»Man sagt ja, die Seele ist ein weites Land, aber ich glaube nicht daran. Die Seele, meine Seele, ist Brachland. Brachland, nicht weit, nicht schön, nicht groß, nur eng und brach und düster. Und da stellt man sich doch immer vor, wir können mit unserer Seele die Grenzen spre–«

»Seien Sie doch so lieb und schenken unserem neuen Freund noch ein, Merkenbrechter«, befahl die Gutsherrin in vordergründig höflichem Ton. Der Schriftsteller verstummte und beeilte sich, dem Reporter Rotwein nachzuschenken. Es war nur noch ein letzter Rest in der Flasche. Merkenbrechter hatte sich im Laufe der letzten halben Stunde andauernd selbst bedient.

»Schmeckt es Ihnen, Bürgermeister?«

»Schmeckt! Schmeckt ausgezeichnet!«

»Und Ihnen nicht, Pongratz?«

»Ich? Mir? Ja, oh ja, doch, sehr gut.« Der Hornist nahm sich eilig ein winziges Stück Käse und schob es sich in den Mund. Der Reporter wollte nicht auf eine Aufforderung warten, sondern sagte: »Es war tatsächlich sehr, sehr gut. Köstlich die Soße und das Fleisch vom … tja, was war das jetzt eigentlich für ein Vogel? Ein Fasan nicht, oder? Eher … Rebhuhn? War es Rebhuhn?«

»Rohrweihe«, antwortete die Gutsherrin mit versteinerter Miene, »es war Rohrweihe.«

## Gubiani

»Rohrweihen!«, rief Gubiani erneut aus. Er lachte über das ganze Gesicht und schien sich wie ein Kind über einen gelungenen Streich zu freuen. Jetzt wurde Hawelka klar, was ihn beim kurzen Blick auf Gubianis Gesicht vor der Apotheke irritiert hatte. Denn durch die ganze Heimlichtuerei, den ungewöhnlichen Treffpunkt, die hektische Begrüßung und den Marsch in den Keller hatte er einen nervösen, vielleicht sogar gefährlichen Charakter in dem anderen vermutet. Aber Gubianis Gesicht war ein strahlendes Vollmondgesicht, die Mundwinkel zeigten von Natur aus nach oben, und Lachfalten umrahmten seine Augen, aus denen jetzt der Schalk blitzte.

»Rohrweihen! Das haben Sie nicht erwartet, meine Herrn, meine Herrschaften, das nicht, oder? Und wissen Sie was? *Die* haben das auch nicht erwartet! Ich meine jetzt nicht die Rohrweihen, haha, obwohl, die haben es natürlich auch nicht erwartet, dass wir sie eines Nachts im Retzer Keller finden, das hätten sich die guten Vogerln auch nicht träumen lassen, haha. Aber *die*, die haben sich das auch nicht träumen lassen, dass wir die Viecherln so schnell finden. Die haben sich gedacht, im Keller sind sie sicher, im Keller bleiben sie frisch, aber … Riechen Sie es? Ganz frisch waren die natürlich schon gestern früh nicht mehr. Aber egal, das hätten *die* sich nicht gedacht, dass sie hier wer findet, aber da haben sie die Rechnung ohne den alten Gubiani gemacht, haha. Darauf müssen wir einen trinken.«

Hawelka und Schierhuber sahen sich an. Hatten sie es mit einem Verrückten zu tun? War das eine Falle? Obwohl, gefährlich schien der Mann nicht zu sein. Er trat zu einem grob gezimmerten Regal an der Seitenwand und kehrte mit zwei Flaschen und drei nicht ganz sauberen Gläsern zurück.

»Wollts einen Roten oder einen Weißen?« Er hatte ein Taschenmesser mit Flaschenöffner gezückt.

»Fangen wir mit dem Weißen an«, entschied Schierhuber. Wenn das eine Falle war, dann musste man natürlich möglichst ahnungslos tun, um die unsichtbaren Gegner in Sicherheit zu wiegen. Deshalb und nur deshalb stimmte der Zwettler einer Kostprobe zu.

»Richtig, richtig!«, zeigte sich Gubiani sogleich begeistert, öffnete den Weißwein, spülte die Gläser notdürftig mit ein wenig Wein aus und schenkte ein.

»Prost, meine Herren, meine Herrschaften. Auf die Toten!«

»Prost!«

»Prost, Herr Gubiani. Jetzt würde uns dann aber schon interessieren, was das alles –«

»Wartets einmal, gleich erklär ich alles, aber zuerst sagts mir: Ist das ein Tröpferl*, oder ist das keines? Na? Na?«

»Tadellos«, bemerkte Schierhuber und schnalzte genießerisch mit der Zunge. Obwohl die Situation sehr heikel war und der Zeitpunkt denkbar ungünstig, fühlte sich Hawelka durch dieses Zungenschnalzen an den Film »Fra Diavolo« mit Laurel und Hardy erinnert, genauer gesagt an die Szene im Weinkeller, bei der Laurel nach jedem Schluck ebendieses schierhubersche Zungenschnalzen geübt hatte. Ob der Sepp den Film auch gesehen hat?, überlegte Hawelka. Den hellen, trockenen Ton hatte er jedenfalls genau getroffen. Dann nickte er anerkennend in Richtung seines Glases, weil Gubiani ihn gespannt ansah und man ihm anmerkte, dass er bitter enttäuscht wäre, wenn sich Hawelka nicht ebenso begeistert von dem Wein gezeigt hätte wie zuvor Schierhuber.

»Hat der ein Pfefferl, oder hat der kein Pfefferl?«, fragte der Gastgeber jetzt Schierhuber mit leuchtenden Augen. Instinktiv hatte er in dem Zwettler den dankbareren und wohl auch fachkundigeren Gast erkannt.

---

* Im Zusammenhang mit Alkohol lieben wir Österreicher Verniedlichungen: Man kostet ein Tröpferl, kippt ein Stamperl, trinkt ein Glaserl, ein Achterl oder auch ein Vierterl, dann ein Seiterl, ein Krügerl, schließlich ein Flascherl, dann hat man endlich ein Räuscherl, pischt sich möglicherweise ins Hoserl und hat irgendwann vielleicht ein Leberzirrhoserl.

»Tadellos«, wiederholte Schierhuber, schnalzte erneut mit der Zunge und zeigte seine steigende Begeisterung durch anerkennendes Kopfnicken. »Ein feines Pfefferl hat der. Wirklich wahr«, bestätigte er dann und ließ sich nachschenken.

»Ein Grüner Veltliner, wie du ihn nur bei uns kriegst, nur bei uns. Seitdem alle DAC dazu sagen, verkauft er sich wie verrückt. Seit zehn Jahren wollen alle ein Achterl DAC, es ist aber immer noch der gute, der ehrliche trockene Grüne Veltliner. Prost! Trinken wir auf –«

»Okay, das wissen wir jetzt«, wurde Hawelka energisch, »aber jetzt habe ich ein paar Fragen, Herr Gubiani.«

»Aber natürlich, selbstverständlich gerne! Freilich, freilich, fragen S' mich nur«, gluckste der andere vergnügt und schenkte auch Hawelka nach, dessen Glas noch halb voll war.

»Zuerst einmal, wo sind wir hier? Ist das der Keller der Apotheke oder –«

»Nein, nein, neben der Apotheke sind wir nur rein, weil's da am schnellsten geht. Ich hab vor Jahren einmal einen Pfusch g'habt in der Apotheke, da hab ich nachher vergessen, den Schlüssel zurückzugeben. Man weiß ja nie, wozu man ihn brauchen kann. Wissts eh, wenn einem einmal mitten in der Nacht das Viagra ausgeht, haha!«

»Wenn das nicht der Keller von der Apotheke ist, wem gehört er dann?«

»Das da ist sozusagen der öffentliche Keller, oder sagen wir ein nicht öffentlicher Teil vom öffentlichen Keller, weil der gerade ein bisserl umgebaut wird, bevor die Touristen auch da durchgetrieben werden. Sehts eh, der Verschlag da ist eigentlich ein Werkzeugkammerl.« Er wies auf das Eck vis-à-vis der Vogelkadaversäcke, in dem mehrere Krampen und Schaufeln sowie zwei Schiebetruhen standen.

»Und eine Labestation ist es auch, für die fleißigen Arbeiter. Aber momentan arbeiten sie nicht fleißig, weil die Gemeinde kein Geld für den weiteren Ausbau hat, weil der ›Althof‹ wieder einmal schwer am Budget liegt.«

»Labestation ist gut«, sagte Schierhuber und trat an das

Regal, das außer mehreren Weinflaschen und Gläsern nichts enthielt. »Die ernähren sich gerne flüssig, die Retzer Arbeiter.«

»Und was ist der ›Althof‹?«, fragte Hawelka, der keine Idee hatte, was Gubiani ihnen eigentlich sagen wollte.

»Ein großes Anwesen, vor Jahren zum Vorzeigehotel von Retz ausgebaut, gehört über diverse Gesellschaften immer noch hauptsächlich der Gemeinde und saugt uns aus.«

»Also, hab ich das jetzt richtig verstanden«, fasste Hawelka zusammen. »Wir sind jetzt hier im nicht öffentlichen Teil vom öffentlichen Keller, der …«

»… der jetzt Erlebniskeller heißt und unser ganzer Stolz ist.«

»Hab ich schon gehört«, mischte sich Schierhuber ein, »da war ich vor – na, ist auch schon ein paar Jahre her, mit der Schule war ich da einmal, ein Schulausflug war das.«

»Ja, das wissts ihr ja wahrscheinlich, dass die ganze Stadt unterkellert ist, über zwanzig Kilometer Kellerröhren sind da im Sand, teilweise zwanzig, dreißig Meter unter der Stadt. Der Bereich, den man besichtigen kann, ist ja nur ein kleiner Teil. Jedes Haus hat ja hier einen Keller, manchmal auch auf zwei, drei Etagen, es gibt Verbindungsgänge, Durchbrüche, manche Röhren sind verschüttet, oder man hat die Eingänge zugemauert, aber es gibt immer eine Möglichkeit, nicht wahr, immer eine Möglichkeit.«

»Gut, wir sind also durch den Keller der Apotheke in den öffentlichen Keller marschiert, und da liegen jetzt diese Rohrspatzen.«

»Rohrweihen! Rohrweihen sind das.«

»Ja, also diese Rohrweihen, okay. Und die haben Sie zufällig hier gefunden?«

»Zufällig? Haha, zufällig, sagt er! Na, Sie machen mir Spaß, glauben Sie, ich geh da spazieren herunten?«

»Also haben Sie die gesucht. Warum?«

»Ja, irgendwo müssen sie ja sein, oder? Und dass die nicht vernichtet worden sind, das hab ich gewusst. Das hab ich schon bald herausgefunden, das war mir klar.«

»Und Sie glauben, dass das die verschwundenen Vögel von dem Acker sind, wo der Tote gelegen ist?«

»Freilich, natürlich, selbstverständlich. Oder glaubts ihr, es gibt bei uns überall tote Vögel? Oder einer hat seine Sammlung aufgelöst? Vierundsiebzig Rohrweihen hat er gehabt, die Hälfte hat er rund um den Kramer aufgelegt, und die andere Hälfte hat er da gelagert?«

»Also sind da in den Säcken, äh, siebenunddreißig Stück? Haben Sie die gezählt?«

»Na, sicher hab ich die gezählt, genau siebenunddreißig sind es. Kein Vogerl fehlt.«

»Also der Herr Schober, der die Vögel gefunden hat, der hat uns ja erzählt, dass es siebenunddreißig waren, der hat die auch ein paarmal nachgezählt, wie die am Feld gelegen sind. Aber er hat mir nicht erzählt, dass er mit Ihnen geredet hat.«

»Mit mir?«

»Na ja, woher wissen Sie denn, wie viele Vögel dort verschwunden sind? Beziehungsweise dass dort überhaupt was verschwunden ist?«

»Haha, das ist gut! Das ist echt gut! Ihr seids schon lang in Wien, gell?«

»Wieso?«

»Na geh, wenn in einer Kleinstadt wie Retz einer aufstoßt, dann wissen zwei Stunden später alle, was er gegessen hat. Und mit wem und wo und warum. So ist das bei uns, haha.«

»Das heißt, die Vogelgeschichte hat sich schon herumgesprochen?«

»Der Schober hat es steif und fest behauptet, die Polizisten haben es ihm nicht geglaubt, jeder hat daheim seinen Freunden seine Version erzählt, und wer es noch nicht weiß, wird es spätestens jetzt wissen, wenn wir die Säcke mit nach oben nehmen und herzeigen, oder?«

Gubiani und Schierhuber hatten während Hawelkas Fragestunde dem Grünen Veltliner den Garaus gemacht, und der Gastgeber schickte sich an, die zweite Flasche zu öffnen. Er war bester Laune.

Es ist zwar mühsam, aber langsam kommt ein bisschen Licht ins Dunkel, dachte Hawelka und fragte weiter. »Haben Sie einen Tipp bekommen, wo die Säcke versteckt sind?«

»Nein, nein, wie der Schober gesagt hat, dass sie weg sind, hab ich gleich an den Keller gedacht und mich an die Suche gemacht. Keiner kennt den Retzer Keller besser als ich. Den öffentlichen Teil, den nicht öffentlichen Teil vom öffentlichen Teil, die privaten Keller, die eingezeichneten und die nicht eingezeichneten, die vergessenen Röhren und die neuen Röhren. Siebenunddreißig Jahre lang war ich nebenberuflich Kellerführer. Der beste! Und dann haben sie mich abg'sagelt*.«

»Wer?«

»Na, die vom Winzerverband. Kennen S' nicht die Werbung ›Winzer wie wir – der starke Verband im Retzer Land!‹, kennen S' die nicht? Der Winzerverband ist hier allmächtig und teilt den Kuchen unter allen Mitgliedern auf. Kellerführungen, Weinvermarktung, Stand'ln bei den Weintagen, Weinlesefest, Marktstand'ln, Konzerte, Heurigenkonzessionen, alles, alles kontrolliert der Winzerverband. Und die haben mich abg'sagelt. Aber keiner von denen kennt das unterirdische Retz wie der alte Gubiani!« Er war lauter geworden, aber seine gute Laune schien anzuhalten. Auch als er vom Winzerverband gesprochen hatte, war sein Gesicht verschmitzt geblieben. Nur seine Trinkgeschwindigkeit hatte sich erhöht, er schenkte sich schon wieder nach, und Schierhuber beeilte sich auszutrinken. Gute Polizisten wissen ja, wie wichtig es ist, eine tragfähige Vertrauensbasis herzustellen. Gelebte Solidarität spielt dabei eine entscheidende Rolle.

»Die offiziellen Führungen gehen von der Bank bei der Kreuzung bis unter den Hauptplatz. Auch schon was! Wenn ich will, marschiere ich vom oberen Ende der Kellergasse bis zum Schloss, dann rauf zum Hauptplatz, zum Kloster, unter

---

* Abg'sagelt (abgesägt): in der Selbstwahrnehmung der Betroffenen oft eine gewaltsame Unterbrechung der Karriere durch Fremdeinwirkung, weil er oder sie zu gut, zu engagiert oder zu mächtig geworden war. In der Wahrnehmung anderer oft die Notbremse für unwillige, unfähige oder verhaltensoriginelle Mitarbeiter.

der Stadtmauer durch und komm bei der Propstei in Unternalb raus. Na? Na? Ist das was, oder ist das nichts? Das macht mir keiner nach. Vom Winzerverband nicht und auch sonst niemand.« Er lachte glücklich. Hawelka wollte langsam wieder zum Thema zurückkommen.

»Ich will langsam wieder zum Thema zurückkommen«, sagte er, »also der Winzerverband hat hier bei euch so eine Art Monopolstellung, richtig?«

»Richtig, völlig richtig.«

»Und die haben Sie rausgedrängt.«

»Von den Kellerführungen, ja.«

»Warum?«

»Das müssen Sie die Herrschaften dort fragen! Die sollen das selber sagen, ich denk mir nur meinen Teil. Bei denen dauern die Führungen eine knappe Stunde, und am Ende kriegen die Leute ein Probierachterl in der Vinothek am Ausgang. Haha! Mit mir waren die Leute oft drei, vier Stunden im Keller, wir sind gewandert, haben gesungen, Wein verkostet, oft hab ich das Licht abgedreht und die Frauen ein bisschen erschreckt. Es war ein Erlebnis für alle Beteiligten!« Das konnte sich Hawelka lebhaft vorstellen. Die Flasche Rotwein war nahezu leer.

»Äh, ja. Und glauben Sie, dass der Winzerverband auch etwas mit den toten Vögeln zu tun hat?«

»Der Verband hat hier mit allem etwas zu tun, mit allem! Es gibt ja niemanden, der nicht einen Onkel, einen Schwager oder einen Arbeitskollegen beim Winzerverband hat. Aber wer auch immer die Viecherln da runtergetragen hat, er hat es sicher nicht im Auftrag vom Verband getan, weil der Verband kein Interesse daran hat, dass im Keller irgendetwas ist, was schlecht fürs Image sein könnte.«

»Also, wer war es dann?«

»Na, die ›Jagdfreunde‹!«

»Die Jagdfreunde? Wessen Jagdfreunde?«

»Die ›Jagdfreunde‹ halt, eine Art elitäre Abteilung der Jägerschaft.«

»Und warum?«

»Damit kein Verdacht auf sie fällt. Damit niemand drauf kommt, dass ein Jäger den Kramer Erich erledigt hat. Die wollen das ja alles vertuschen, aber da haben sie die Rechnu–«

In diesem Moment fiel der Schuss.

»Rohrweihe?«, fragte der Reporter. Außer der Gutsherrin waren alle erstarrt. »Das habe ich noch nicht gehört. Was ist das für ein Tier?«

»Tun Sie doch nicht so! Deswegen sind Sie doch hier!«, rief die Frau jetzt erbost aus. »Mit dem Essen sind wir fertig, jetzt können wir Klartext reden.«

»Ich verstehe nicht.«

»Nein, das war natürlich keine Rohrweihe, die wir gegessen haben.« Der Bürgermeister lächelte ein wenig verkrampft. »Das war tatsächlich ein Rebhuhn. Ganz ausgezeichnet übrigens, gnädige Frau!«

»Rebhuhn?«, fragte der Schriftsteller nachdenklich und schien zu überlegen, was um alles in der Welt ein Rebhuhn sei. Der Hornist hingegen war totenblass geworden, unter dem Tisch wippte er unablässig auf beiden Fußballen, sodass seine Beine das Tischtuch wellenförmig bewegten, bis er schnell seine Hände auf die Schenkel legte und die nervösen Reflexe gewaltsam unterdrückte.

»Natürlich war es Rebhuhn«, bestätigte die Gutsherrin eisig. Ihre Augen schienen sich in die des Reporters zu bohren, dem unheimlich zumute wurde. »Aber Rebhühner interessieren Sie ja nicht, oder etwa doch? Sind Sie wegen Rebhühnern hergeschickt worden, junger Mann?«

»Eigentlich bin ich wegen dem Mord an dem Herrn Erich Kramer hergeschickt worden«, sagte der Angesprochene vorsichtig.

»Mir ist schlecht, ich muss mich entschuldigen«, flüsterte der Hornist. Er war aufgestanden und hielt sich krampfhaft mit beiden Händen an der Tischkante fest.

»Hat Ihnen das Essen nicht geschmeckt, Pongratz?«, fragte die Gutsherrin mit schneidender Stimme.

»Doch, doch, aber ich … mein Magen. Es ist alles ein bisschen … Entschuldigung.« Er stürzte zur Tür hinaus. Kaum eine Minute später hörten sie seinen Wagen im Hof starten und davonfahren.

»Er schaut wirklich nicht gut aus«, meinte der Bürgermeister, der selbst ein bisschen blass geworden war.

»Ja, wenn es ernst wird, dann wird dem Herrn Pongratz plötzlich unwohl«, bemerkte die Gutsherrin zynisch, ohne ihre Augen von dem Reporter abzuwenden.

»Ich verstehe das alles nicht ganz«, murmelte dieser. »Wie gesagt, ich bin wegen dem Mord hier.«

»Natürlich sind Sie wegen dem Mord hier, aber um den Mord kümmert sich schon die Polizei, und so soll es auch bleiben, verstehen Sie? Die brauchen keine Unterstützung, und wir brauchen keine Unterstützung und schon gar nicht von einem Hofrat namens Zauner«, zischte die Gutsherrin jetzt böse. »Wenn Sie etwas wissen wollen, dann fragen Sie. Ich werde Ihnen alles sagen, was ich über die Sache weiß, und dann verschwinden Sie von hier. Fragen Sie!«

Der Reporter überlegte fieberhaft. War das nur eine Verrückte, oder konnte sie ihm tatsächlich etwas über die Hintergründe des Mordes erzählen. Und wenn ja, konnte man das, was sie erzählen würde, ernst nehmen? Konnte man das drucken? Und wer war dieser Hofrat, von dem die Frau so wegwerfend geredet hatte?

Aber alles schön der Reihe nach, dachte er.

»Also, ich frage mich, wieso Sie gesagt haben, ich wäre wegen Rohrweihen hier. Was ist mit –«

»Keine Spielchen. Sie wissen längst, dass Schober bei dem Toten siebenunddreißig tote Rohrweihen gesehen hat. Hübsch ordentlich im Kreis aufgelegt! Sie wissen auch, dass die verschwunden waren, als dann die Polizei gekommen ist. Sie wissen es von Zauner.«

»Aber ich kenne gar keinen Zauner! Ich bin von der –«

»Dann wissen Sie es eben von irgendeinem anderen, den Zauner vorgeschoben hat. Aber ich sage Ihnen etwas, diese Vögel haben nichts, aber auch schon gar nichts mit dem toten

Kramer zu tun! Das ist ein Ablenkungsmanöver gewesen, um die ›Jagdfreunde‹ zu diffamieren.«

Der Reporter wollte nicht weiter auf dem Zauner-Thema herumhacken, er erinnerte sich an den Ratschlag des Hornisten, die Dame einfach reden zu lassen und nicht zu widersprechen. Wenn er eine Sensationsstory haben wollte, dann durfte er sie nicht gegen sich aufbringen.

»Ich verstehe«, sagte er.

»Gar nichts verstehen Sie. Die warten doch seit Jahren darauf, den ›Jagdfreunden‹ etwas anzuhängen. Und jetzt haben sie ihre Chance gewittert.«

»Ja«, bestätigte der Bürgermeister vorsichtig. »Eine Schmutzkübelkampagne nach der anderen gegen die ›Jagdfreunde‹, aber das muss einmal ein Ende haben, und jetzt haben sie den Bogen überspannt, wir werden –«

»Schenken Sie sich doch noch nach, Bürgermeister«, schnitt ihm die Gutsherrin das Wort ab. »Sie nicht, Merkenbrecher! Sie haben genug. Vielleicht sollten Sie sich jetzt verabschieden!«

Der Bürgermeister schenkte sich nach, der Schriftsteller erhob sich, murmelte einen Gruß und ging.

Wenn sie verlangt hätte, dass der Bürgermeister einen Purzelbaum schlägt, dann hätte er ihn geschlagen, dachte der Reporter und fragte: »Und wer sind die? Diese … anderen? Ich meine, wer will die ›Jagdfreunde‹ so verunglimpfen?«

»Als wenn Sie das nicht wüssten!«

»Nein, ich schwöre Ihnen –«

»Vorsicht mit falschen Schwüren! Obwohl, vielleicht wissen Sie ja wirklich nichts, Zauner macht ja aus allem ein Geheimnis, vielleicht hat er Ihnen oder dem Mittelsmann tatsächlich nichts gesagt. Wollte Sie nur zur Informationsbeschaffung herschicken. Zuzutrauen wäre es ihm ja.«

»Ja«, sagte der Reporter aufs Geratewohl.

»Bürgermeister?« Die Gastgeberin machte eine auffordernde Geste.

Der Angesprochene räusperte sich. »Seit langer Zeit herrscht zwischen den ›Jagdfreunden‹ und dem Winzerverband eine gewisse Rivalität, wenn Sie so wollen, es haben sich in der Vergangenheit gewisse Dinge ereignet.«

»Die Vergangenheit wird den jungen Mann nicht interessieren!«

»Ja, also, die Vergangenheit ist ja bekanntlich vergangen und, äh, das ist ja auch gut so. Aber auch in der Gegenwart gibt es immer wieder wie jetzt das mit den Vögeln, mit denen wir ›Jagdfreunde‹ nichts, aber auch schon gar nichts –«

»Ach ja, genau«, erinnerte sich der Reporter jetzt, »Sie, gnädige Frau, haben ja vorhin erzählt, dass diese Vögel, diese Rohr-irgendwas, bei dem Toten gelegen sind, dann aber weggebracht wurden, richtig? Aber wer hat die weggebracht?«

»Das tut nichts zur Sache. Sie sind weg, und wenn Ihr Hofrat sich auf den Kopf stellt. Sie können wieder zurückfahren. Ich weiß natürlich genau, warum Zauner jemanden zum Detektivspielen geschickt hat.«

»Wegen dem Winzerverband?«, mutmaßte der Reporter.

»Nicht ganz«, beeilte sich der Bürgermeister einzuwerfen, »der Winzerverband tritt ja nur nach außen hin als Einheit auf, in Wahrheit sind da aber Grabenkämpfe im Gange, die –«

»Danke, Bürgermeister, so genau will es der junge Mann gar nicht wissen.«

»Doch, eigentlich will ich es schon so genau –«

»Nein, das wollen Sie nicht, Sie sind Gast hier, also benehmen Sie sich auch so! Also: Erich Kramer ist tot, daran lässt sich nichts ändern, wir bedauern dieses und betonen nochmals, dass die ›Jagdfreunde‹ nichts damit zu tun haben. Die Vögel wurden weggeschafft, so wie sie davor absichtlich hingeschafft wurden. Und wer den Kramer auf dem Gewissen hat, weiß keiner von uns. Das Abendessen ist zu Ende, Sie können sich verabschieden.«

Hilflos schaute der Reporter von ihr zum Bürgermeister und wieder zurück, dann gestand er: »Aber ich bin mit dem Herrn Pongratz hergekommen, ich hab jetzt gar keinen Wagen da.«

»Der Herr Bürgermeister wird Sie zu Ihrem Hotel bringen.« Damit war die Audienz beendet.

Nach dem Schuss waren sie alle einen Moment wie erstarrt, dann hatten Gubiani und Schierhuber geistesgegenwärtig ihre Taschenlampen ausgeschaltet. Es war keine laute Explosion gewesen, wie sie sonst in Kellern oder leeren Räumen zu hören ist, vielmehr ein trockener, gedämpfter Knall, gedämpft vermutlich durch den Sand, denn dieser Teil des Kellers war nicht mit Ziegeln ausgemauert worden wie viele andere Röhren unter der Stadt.

Wo das Projektil eingeschlagen hatte, war nicht festzustellen. Gekommen sein konnte der Schuss eigentlich nur von der Brettertüre aus. Der Verschlag war vielleicht sechs mal sechs Meter groß, ein Wunder, dass keiner von ihnen getroffen worden war, wie Hawelka dachte. Was war jetzt zu tun? Seine Dienstwaffe hatte er wie meistens nicht mit, dafür hatte Schierhuber vermutlich ein ganzes Arsenal in seinem Rock*. Plötzlich fühlte Hawelka eine kräftige Pranke, die seinen Arm packte und ihn nach rechts zog. Gleichzeitig rief der Besitzer der Pranke laut: »Nach rechts, kommts nach rechts hinüber!«

Unmittelbar darauf knallte der nächste Schuss. Diesmal sahen sie das Mündungsfeuer, und keine zwei Sekunden später hatte Schierhuber Hawelka und Gubiani losgelassen, die Waffe gezogen und abgedrückt. Ein Schmerzensschrei und ein Fluch waren zu hören, dann schien jemand davonzulaufen, aber das ahnte Hawelka mehr, als dass er es tatsächlich hörte, denn auch wenn die Schussgeräusche von den Sandwänden gedämpft worden waren, blieb doch ein ziemlicher Nachhall im Ohr.

»Der haut ab! Den hast du erwischt, haha, richtig gut erwischt. Schön hast du es ihm gegeben, bravo!«, freute sich

* Rock: nicht zu verwechseln mit der weiblichen Alternative zur Hose, sondern ein Oberbekleidungsstück für Männer. Bei Schierhuber hießen sämtliche Jacken, Sakkos und kurze Mäntel »Rock« (gesprochen: »Rog«).

Gubiani, während Hawelka rief: »Sepp, warum hast du ihm die Richtung angesagt? Wir hätten hin sein können!«

»Spiegelverkehrt«, antwortete Schierhuber und schaltete ebenso wie Gubiani die Lampe wieder ein.

»Was?«

»Wenn ich links gesagt hätte, hätte er nicht lang nachgedacht und nach links geschossen. Nach links von sich aus! Das wäre aber von uns aus rechts gewesen.«

»Genial, Sepp!«, rief Hawelka aus.

»Alter Cowboytrick«, sagte Schierhuber lässig, aber mit Stolz in der Stimme. Dann rief er: »Los, den holen wir uns!«, und stürzte davon.

»Er kann nur nach links abgebogen sein, dann geht's dreißig Meter gerade und dann noch einmal links!«, keuchte Gubiani, während er hinter Schierhuber herhastete. Hawelka bildete das Schlusslicht. Die Taschenlampenträger schalteten immer nur kurz ein, um sich zu orientieren, dann rannten sie wieder im Dunkeln weiter.

»Ich sag dir den Weg, ich sag dir den Weg, das machen wir schon, haha, ich weiß ja, wo der Sauhund rauswill, weil von da aus gibt es keinen anderen Weg zu einem Ausgang, ich weiß es ja. Aber den erwischen wir, weil wenn er woanders rauswill, dann muss er an uns vorbei, haha, aber die Suppe versalzen wir ihm.«

Gubiani stieß unablässig solche und ähnliche Sätze hervor, obwohl sein Atem dabei bedenklich rasselte. Er wurde geradezu manisch und schrie Schierhuber die Richtungsänderungen zu, stets auf den Meter genau, sodass sie die Taschenlampen immer nur für Sekunden einschalten mussten.

»Vielleicht liegt er auch schon irgendwo, und wir fallen über ihn drüber, haha.«

Wenn er schlau ist, dann drückt er sich irgendwo in eine Nische oder auch nur an den Rand der Kellerröhre und lässt uns vorbeilaufen, dachte Hawelka, sagte aber nichts. Er kannte seinen Partner. Wenn der Sepp vom Jagdfieber gepackt wurde, dann ließ er sich von nichts und niemandem aufhalten.

»Links ab-bie-gen, jetzt links«, japste Gubiani. Sie bogen ab und rannten weiter. Aber nach ein paar Minuten wurde klar, dass die Fliehenden sie abgehängt hatten. Es war nichts zu hören und zu sehen. Schierhuber schoss aufs Geratewohl in die Decke und schrie: »Halt! Stehen bleiben!«

»Hör auf, das hat kei-nen Sinn«, keuchte Gubiani, »da vorne sind Ni-schen und Ab-zwei-ger, da ha-ben sie Mög-lich-keiten.«

Der Typ, den er vorhin angeschossen hat, kann auch nicht ernsthaft verletzt sein, überlegte Hawelka, sonst hätte er nicht in so einem Tempo abhauen können.

»Sepp«, flüsterte er, »wir gehen zurück, das hat keinen Sinn. Wenn die sich da irgendwo verschanzen, dann kannst du die ganze Nacht herumballern, du wirst sie nicht erwischen. Außerdem sind wir ja nicht ganz offiziell unterwegs, da ist ein Waffengebrauch ohnehin problematisch.«

»Ich hab eh nur auf Kniehöhe geschossen«, entgegnete Schierhuber ein wenig trotzig. »Knie, Schienbein, Fuß, das tut keinem was.«

Wenn sein Partner den Schusswaffengebrauch rechtfertigte, fühlte sich Hawelka immer an Kampfhundebesitzer erinnert, die ängstliche Spaziergänger zu beruhigen versuchen, indem sie Sätze sagen wie: »Der tut nichts. Der will nur spielen. Der zwickt höchstens.« Während die Bestie mit Schaum vor dem Maul wütend an der Leine reißt und die Zähne fletscht.

»Lasst uns zurückgehen und über die Apotheke wieder raus, vielleicht können Sie, Herr Gubiani, uns ja den Ausgang aus dem Keller zeigen, den die am wahrscheinlichsten nehmen werden, dann können wir sie ja vielleicht dort noch –«

»Aber ja, aber ja, natürlich kann ich euch den zeigen«, meinte Gubiani, der seinen Atem und seine aufgekratzte Stimmung wiedererlangt hatte, dann führte er die kleine Gruppe mit abgeblendeter Taschenlampe zurück.

Fünf Minuten später waren sie wieder beim Verschlag mit den Rohrweihen angelangt.

Die Säcke mit den Kadavern waren verschwunden.

»Das gibt's doch nicht, die waren doch vor uns. Und die waren doch mit uns beschäftigt, die waren doch …« Gubiani war fassungslos.

»Komplizen«, stellte Schierhuber trocken fest. Hawelka überlegte, dann sagte er: »Oder sie haben sich versteckt, uns vorbeigelassen, sind zurück und haben sich die Säcke geschnappt.«

»Vielleicht«, zweifelte Schierhuber.

»Los«, sagte Gubiani. »Vielleicht sind sie noch irgendwo da oben und verladen gerade.«

Sie rannten los. Als sie bald darauf die Apotheke verließen, fanden sie den Hauptplatz menschenleer. Sie holten den Benz und unternahmen eine rasante Fahndungsfahrt durch das Städtchen, wobei Gubiani den Navigator spielte und Schierhuber immer die nächsten Häuser ansagte, aus denen die unterirdischen Schützen vielleicht kommen könnten. Nach welchen Kriterien er diese Häuser aussuchte, sagte er nicht. Nach einer halben Stunde gaben sie auf. Es war schwer zu sagen, wer enttäuschter war, Gubiani oder Schierhuber. Die beiden schienen vom selben Schlag zu sein, für sie war das eine Art Cowboy-und-Indianer-Spiel.

»Wir lassen morgen das Auskunftsbüro unauffällig die nächsten Spitäler überprüfen«, tröstete Hawelka seinen Partner, »vielleicht ist die Schussverletzung doch so, dass sie behandelt werden muss. Dann haben wir zumindest einen Namen.« Der andere nickte, dann fragte er Gubiani: »Kann man hier noch irgendwo etwas zu trinken bekommen?«

»Aber selbstverständlich, ihr kommts mit, auf den Schock brauchen wir was Kräftiges, mit einem Achterl geht der Schreck nicht weg, haha, da müssen wir schon zu einem Edelbrand greifen. Außerdem muss ich euch ja noch was über die ›Jagdfreunde‹ erzählen, wir können zu mir fahren.«

Hawelka und Schierhuber sahen sich an. Hawelka wäre mehr nach einer Besprechung unter vier Augen gewesen, aber er wollte Schierhuber nicht noch einen Spaß verderben, deshalb nickte er leicht, und so machten sie sich zu dritt auf den Weg.

Einige Minuten davor und ein paar Kilometer entfernt hatte der Reporter der Gutsherrin artig die Hand gegeben und sich für das Abendessen bedankt. Trotz des abrupten Endes hatte er doch einiges an Material für seine Reportage. Die toten Vögel, die »Jagdfreunde«, der Winzerverband, irgendein geheimnisvoller Hofrat – es war klar, dass hier kein einfacher Mord passiert war, sondern eine Hinrichtung im Rahmen eines Bandenkrieges. Und das Beste war, dass er das als Erster schreiben würde. Er! Noch in dieser Nacht würde er eine Geschichte schreiben, die sich gewaschen hatte. Er hoffte, dass er sich alles richtig gemerkt hatte. Gleich wenn ihn der Bürgermeister abgesetzt hatte, musste er die wichtigsten Fakten in sein Diktiergerät sprechen und dann seinen Chefredakteur anrufen und dann …

»Auf Wiedersehen, Bürgermeister, auf Wiedersehen, junger Mann, und sagen Sie Ihrem Zauner –«

Sie wurde vom Läuten des Telefons unterbrochen, machte eine ärgerliche Geste, hob aber ab.

»Ja?« Sie lauschte eine Zeit lang mit unbewegter Miene. Langsam färbte sich ihr Gesicht rot. Ohne eine Frage zu stellen, legte sie auf und trat sehr nahe an den Reporter heran.

»So«, sagte sie gefährlich leise, »jetzt will ich nur eines wissen: Wer sind Sie?«

»Ich weiß nicht, was so schwer zu verstehen ist, wenn ich was sag, wie ich es sag. Wenn ein Chineserer vor mir steht und ich sag ihm was und der schaut mich an wie der Jesus, dann versteh ich ja, dass der das nicht versteht, weil Chinesisch red ich ja nicht, aber wenn ich Ihnen was sag und dabei langsam, laut und deutlich red, dann geh ich davon aus, dass Sie mich verstehen. Und wenn ich sag: ›Auf d' Nacht will ich einen Bericht übers Telefon haben, und zwar jeden Tag auf d' Nacht!‹, dann ist das in meine Augen für Ihre Ohren unmissverständlich, aber da hab ich mich geirrt. Gewaltig geirrt! Oder vielleicht gehen ja in Retz die Uhren anders, das kann es ja geben. Vielleicht haben sich ja die Retzer gesagt: ›Mir haben einen Keller, mir haben eine Windmühle, da können mir auch eine eigene Uhrzeit haben. Von jetzt an ist es in der Früh auf d' Nacht.‹ Und weil sich die beiden Herren so eingelebt haben im schönen Weinviertel, haben sie das gleich übernommen. Aber ich sag Ihnen was, Hawelka: Hüten Sie sich vor diese Grobheiten! Bei mir ist es in der Früh in der Früh und auf d' Nacht auf d' Nacht, und das gilt auch für Sie, hamma uns verstanden?«

»Ja, nur wir waren gestern sehr lange unterwegs in dieser Sache, und es war schon so spät. Ich, wir wollten, also ich wollte Sie so spät nicht mehr stören, wollte Sie nicht aufwecken.«

»Red ich schon wieder Chinesisch? Ob mir uns verstanden haben, will ich nur wissen.«

»Ja.«

Nachdem also die Verständnisfrage geklärt war, las Hawelka seinen Bericht des gestrigen Tages vor. Er hatte tatsächlich eine Zusammenfassung der Ereignisse geschrieben und las fast alles vom Zettel ab. Das hatte sich schon in der Vergangenheit als brauchbar erwiesen, während freie Erzählungen wegen seiner Nervosität in Gegenwart des Erzherzogs (auch wenn dieser nur am Telefon war) immer in einem sehr dürftigen Gestammel endeten.

Den Schusswaffengebrauch von Schierhuber beschönigte Hawelka ein wenig, ohne wirklich zu lügen, er reduzierte die Anzahl der »aus reiner Notwehr« abgegebenen Schüsse drastisch und stellte die Verfolgung mehr oder weniger als Notwendigkeit dar. Über die anschließende Sitzung im Hause Gubianis ließ er auch nur das eine oder andere Detail über die Vereine und deren Rivalität aus. Weder erwähnte er die zwei Flaschen Schnaps*, die Schierhuber und der Gastgeber geleert hatten, noch die Heimfahrt in der frühen Morgenstunde, als Schierhuber den 82er Regimentsmarsch laut aufgedreht und den Benz unvorschriftsmäßig schnell durch Retz gelenkt hatte.

Der Erzherzog lauschte dem Bericht stumm, und auch als Hawelka geendet hatte, blieb es eine ganze Weile still in der Leitung. Dann sagte der Alte: »Sie sollen keine Schießereien veranstalten dort und auch sonst nicht auffallen, nur die Augen offen halten, sich als Reporter ausgeben und sich ansonsten dumm stellen. Das wird ja nicht so schwer sein, ich vertraue da voll und ganz auf den Schierhuber, weil das liegt in seiner Natur. Aber dieser Gubiani, der ist mit Vorsicht zu genießen, also passen S' auf, was er Ihnen sagt und wo er Sie hinlockt, weil es kann durchaus sein, dass die Kellerg'schicht eine Falle war. Und halten S' mir den Schierhuber an der kurzen Leine, weil das ist eine sehr heikle Angelegenheit, und ich brauch keine Schießerei dort und überhaupt kein Aufsehen.«

»Sollen wir uns diese ›Jagdfreunde‹ einmal anschauen? Vielleicht –«

»Lassen S' die ›Jagdfreunde‹ Jagdfreunde sein und schauen Sie sich lieber den Winzerverband an, aber unauffällig. Wissen S', was unauffällig heißt, Hawelka? Dass Sie nicht auffallen sollen! Und außerdem können Sie einmal die Frau von dem Kramer, die jetzt seine Witwe ist, interviewen. Aber unauffällig! Sagen S', dass Sie eine Reportage machen oder sonst

* Einer davon Apfel-, der andere Marillenbrand. Getrunken wurden die Sorten abwechselnd.

was. Versuchen S' herauszufinden, ob die was weiß – über G'schäfte, die der Kramer gemacht hat, oder ob er im Verband irgendwem im Weg war. In so einem Verein sind ja immer Mauscheleien im Gang, und da wissen die Frauen immer was, sogar wenn sie nicht dabei sind, z' Haus erzählen die Männer zwar nicht alles, aber meistens kriegt's die Gattin dann doch raus. Aber passen S' auf, dass Sie den Kriminesern aus Niederösterreich nicht über den Weg laufen, weil die sind auch nicht auf der Nudelsuppen daherg'schwommen, und ich brauch keinen Krieg mit denen, haben S' g'hört?«

»Jawohl, keinen Krieg«, sagte Hawelka folgsam, aber der Erzherzog hatte schon aufgelegt.

»Was sagt er?«, erkundigte sich Schierhuber. Er klang mäßig interessiert und hatte wohl nur pro forma gefragt, denn sein eigentliches Interesse galt einem besonders umfangreichen Frühstück, dem er sich seit fast einer halben Stunde widmete.

»Er glaubt, dass Gubiani ein falsches Spiel mit uns spielt und die Kellerführung eine vorbereitete Falle war.«

»Aha.« Schierhuber reagierte gewohnt emotional. Die Möglichkeit, dass der Mann, mit dem er die halbe Nacht getrunken hatte, sie in tödliche Gefahr gebracht haben könnte, schien ihn in keiner Weise zu beunruhigen.

»Wenn er recht hat«, meinte Hawelka nachdenklich, »dann war's aber eine schlechte Falle.«

»Wieso?«

»Weil sie den Gubiani auch hätten treffen können.«

»Stimmt.«

»Wenn ich der Gubiani bin und ich will jemand abknallen oder zur Abschreckung auch nur anschießen lassen, dann steh ich doch nicht im Dunkeln daneben und trink lustig mit, sondern geh ein paar Schritte weg. Der kennt den Keller doch wie seine Westentasche, er hätte sich in Sicherheit bringen können, oder?«

»Stimmt.«

»Aber es könnte natürlich auch so sein, dass es eine Falle war und die anderen haben sich nicht an die Abmachung gehalten und geschossen, bevor Gubiani uns alleine gelassen hat.«

»Stimmt.«

»Oder der Erzherzog ist überhaupt auf dem Holzweg, und Gubiani ist eh auf unserer Seite.«

»Ja.«

»Wir sollen uns unauffällig an die Witwe heranmachen, hat er gesagt, und versuchen, etwas aus ihr rauszubekommen – über den Winzerverband.«

»Nicht über die ›Jagdfreunde‹?«

»Nein, eben nicht. Das ist doch irgendwie komisch, oder? Glaubst du, dass uns der Erzherzog irgendwas verschweigt?«, fragte Hawelka und dachte gleich darauf, was das für eine dumme Frage war – natürlich verschwieg ihnen der Erzherzog etwas. Aber warum? »Weißt du was, Sepp? Ich ruf jetzt einmal die Herta an und erkundige mich, wie weit die Niederösterreicher sind.« Und schon wählte er die Kurzwahl des Auskunftsbüros.

Die Lage bei den offiziellen Ermittlungen war natürlich von Bedeutung, aber das war nur ein Grund seines Anrufes, denn eigentlich hoffte er, etwas über seine eigene Angelegenheit zu erfahren. Denn ein Auskunftsbüro, besonders wenn es Berlakovic heißt, weiß immer etwas und sagt immer etwas. Wenn ein Erzherzog schweigt, kann ein Auskunftsbüro reden. Wenn ein Erzherzog geheimnisvoll tut, kann ein Auskunftsbüro Aufklärung bringen. Wenn ein Erzherzog demütigt, kann ein Auskunftsbüro wiederaufrichten.

»Auskunftsbüro Berlakovic, die Herta is!« Seit über fünfundzwanzig Jahren. Mehrmals täglich. Bei Regen, Wind und Sonnenschein. Polizeipräsidenten kamen und gingen. Minister wechselten einander ab. Kollegen traten in den Ruhestand. Neue kamen nach. Das Auskunftsbüro war da. Verlässlich. Sicher. Gut. Immer. Immer!

»Janne Frischauf, guten Morgen!« Was? Wo war die Berlakovic? Pinkelpause? Rapport beim Erzherzog? Krankenstand?

»Hallo, Janne, ich bin's, der Josef, wie geht's euch?«

»Servus, Josef, ja, es geht ganz so, es ist ganz okay. Bissi hektisch, aber das ist es ja immer. Der Erz… Also er, dessen Name nicht genannt werden darf*, ist in letzter Zeit besonders anstrengend und – na ja. Wie steht's bei euch? Alles fit im Schritt?« Sie lachte, dann sang sie leise: »Auf der Reeperbahn nachts um halb eins …«

»Bitte?«

»Na, ihr werdets doch die Reeperbahn besichtigt haben, oder? Und nicht nur besichtigt …«

»Was meinst du? In Retz gibt's doch keine Reeperbahn, da gibt's nur –« Oh nein! »Ach so, die Reeperbahn meinst du«, lachte er gekünstelt ins Telefon, »klar, ich wollt es nicht gleich zugeben, aber –«

»Was gibt es in Retz?«

»Retz?«

»Ja, Retz.«

»Wieso Retz?«

»Na ja, du hast gesagt, in Retz gibt es keine Reeperbahn. Aber wie kommst du da drauf?«

»Ich weiß auch nicht, ich –«

»Geh, Josef, wir wissen es eh schon«, lachte die Frischauf. »Die Herta hat es uns unter dem Siegel der Verschwiegenheit erzählt. Und wir können sehr verschwiegen sein – auch wenn das keiner glaubt von uns. Aber was geheim ist, muss geheim bleiben. Keine Angst, für uns seid ihr in Hamburg!« Dass geheime Sachen nie geheim bleiben konnten! Jeder erzählte sie weiter, natürlich unter dem Siegel der Verschwiegenheit, bis auch der Letzte alles wusste.

»Äh, ja, also eh. Du, ich will nicht lange stören, ich kann mir eh denken, dass ihr viel zu tun habts, aber ist zufällig die Herta –«

»Ja, die Herta ist da. – Herta?« Die Frischauf deckte anscheinend den Hörer ab, denn für ein paar Sekunden hörte

* Es hatte einmal den Verdacht gegeben, dass Hofrat Zauner seine Untertanen abhören würde, und auch wenn sich dieser Verdacht nicht bestätigt hatte, drückten sich seither alle sehr vorsichtig aus.

Hawelka nur gedämpftes, undeutliches Gemurmel, dann sagte sie: »Ja, Josef, also, sie kann momentan nicht. Kann ich dir oder euch irgendwie helfen.«

»Das ist lieb, eh, aber es ist jetzt gar nichts so Konkretes. Vielleicht kann sie mich zurückrufen.«

»Zurückrufen? Ja, äh, nein. Weißt du, es ist momentan ein bissi … Na ja, ich muss auch wieder. Also dann. Oder willst du vielleicht noch mit der Betti reden? Oder mit der Karin?«

Karin? Was für eine Ka…, dachte Hawelka verwirrt und wollte gerade nachfragen, als es ihm einfiel, und er sagte schnell: »Nein danke, ist nicht so wichtig, ich melde mich später noch einmal. Liebe Grüße.«

Natürlich, ich bin ein Trottel, die Forstner heißt ja Karin, wie hab ich das vergessen können! Er nahm einen Schluck von seinem mittlerweile kalten Kaffee und überlegte. Was hatte sich da gerade abgespielt? Die Frischauf hatte irgendwie komisch geklungen, die Berlakovic war zu beschäftigt, um mit ihm zu reden, und auch zu beschäftigt, um ihn zurückzurufen. (Dass sie beschäftigt war, war nichts Neues, sie war eigentlich immer beschäftigt, aber Schierhuber und er zählten zu ihren Lieblingen, und sie nahm sich immer Zeit für sie.) Und warum hatte die Frischauf gefragt, ob er die Betti oder die For… die Karin sprechen wollte? Dann begriff er.

Sie wissen es! Alle wissen es! Alle wissen es, und deshalb herrscht jetzt diese komische Stimmung, ging es ihm durch den Kopf. Sofort stellte sich ein Schweißausbruch ein. Plötzlich war das Problem wieder da, von dem er nach genauer Schierhuber-Beobachtung gedacht hatte, dass es nicht existierte. Seine Gedanken überschlugen sich, und in seiner Panik vergaß er sogar den Fall und das seltsame Verhalten des Erzherzogs. Nur mehr die Forstner-Sache hatte im Kopf Platz. Die Forstner musste geredet haben! Wahrscheinlich hatten die Frauen Tränen gelacht, als die Forstner ihnen erzählt hatte, wie er am Morgen nackt … Oh Gott!

Und die Sommer, Bettina Sommer? Was hatte sie gedacht? Seit Jahren schon war sie Hawelkas heimlicher Schwarm, aber natürlich rein gedanklich, rein platonisch, er hatte mit niemandem darüber geredet, nicht einmal mit Schierhuber. Es war ja auch lächerlich, absolut lächerlich, die Sommer war halb so alt wie er, und er hatte sich ja auch nie irgendetwas anmerken lassen, das war klar. Aber konnte er sicher sein, dass die Kolleginnen im Auskunftsbüro nicht doch etwas bemerkt hatten? Frauen haben einen sechsten Sinn für solche Sachen. Wahrscheinlich machten sie sich schon seit Jahren über seine harmlose Schwärmerei lustig, und jetzt kam die Forstner-Sache dazu, und sicherlich lästerten sie jetzt alle und schmückten die Geschichte genüsslich aus.

Durch diese Aktion hatte er alle Sympathien verloren, das wurde ihm jetzt immer klarer, die Berlakovic gab vor, schwer beschäftigt zu sein, und die Frischauf hatte wahrscheinlich nur aus Bosheit gefragt, ob er die Sommer oder die Forstner sprechen wollte. War da nicht ein seltsamer Unterton in der Frage mitgeschwungen? Eigentlich schon, dachte er. Vermutlich war nach Ende des Gespräches das ganze Auskunftsbüro in schallendes Gelächter ausgebrochen. Und sicher waren zwei, drei Kollegen zugegen gewesen und hatten nach dem Grund der Heiterkeit gefragt, und dann hatte die Berlakovic, die Geschichten am besten erzählen konnte, losgelegt: »Kennts ihr die nackte Wahrheit über den Pepi?« Vielleicht hatte ja die Forstner in der bewussten Nacht Fotos mit ihrem Handy geknipst, Fotos, die jetzt die Runde im Präsidium machten, und ausgesuchte Kollegen durften sie, je nach Charakter schmunzelnd oder dreckig grinsend, betrachten und Kommentare dazu abgeben. »Josef Hawelka, der letzte Hengst von Meidling«, würde der Erotomane Hohlstein genüsslich kommentieren. Oh Gott!

Hawelka schrak aus seinen panischen Gedanken auf und schielte zu Schierhuber, der sein Frühstück langsam beendete. Äußerlich war ihm nichts anzumerken, aber einem Zwettler merkt man ja äußerlich nie etwas an. Vielleicht wusste er auch wirklich nichts. Aber sogar wenn er und die Forstner keine Geheimbeziehung hatten und sie ihm nichts erzählt hatte, jetzt, wo man auf der Dienststelle von nichts anderem mehr sprach, würde ihm die Sache sicher zugetragen werden. Hawelka stöhnte unwillkürlich auf.

»Ist was?«, fragte Schierhuber und sah ihn jetzt direkt an.

»Nein, nein. Mich drückt nur der Magen, wahrscheinlich der Kaffee.«

»Ach so.«

»Du, Sepp, wie ist das eigentlich?« Ich frag ihn jetzt einfach, dachte Hawelka mit dem Mut der Verzweiflung.

»Was?«

»Wie ist das eigentlich, also, erinnerst du dich, in Vestenötting, vor zwei Jahren, da –«

»Sicher. Die Kreissägengeschichte«, antwortete Schierhuber.

»Ja, nein, also ja, die Kreissägengeschichte, aber erinnerst du dich, du hast mir was erzählt.«

»So?«

»Ja, ich meine, es ist schon lange her, und du warst irgendwie durcheinander.« Es wollte nicht so recht klappen. Das gab's doch gar nicht, er musste es doch nur schnell auf den Punkt bringen, eine einfache Frage stellen.

»Durcheinander war ich?«

»Na ja, du weißt schon, wie du die zwei Tage in Wien warst und dann –«

In dem Moment meldete sich Hawelkas Handy. Auf dem Display stand: »Auskunftsbüro B. ruft an«.

# Reporter

Bachl, der Lokalreporter, war hellwach. Nie zuvor im Leben war er so hellwach gewesen. Obwohl er seit mehr als vierundzwanzig Stunden nicht geschlafen hatte, obwohl er die zweite Nachthälfte mit dem Verfassen von vier Artikelentwürfen und dreiundzwanzig Schlagzeilen beschäftigt gewesen war und obwohl er die erste Nachthälfte einen unfreiwilligen Fußmarsch (zum Teil im Laufschritt) absolviert hatte, fühlte er sich kein bisschen müde. Höchstens ein wenig überdreht. Zum gefühlt dreißigsten Mal versuchte er, seinen Chefredakteur zu erreichen. Wieder nichts! Nicht da. Aber das war ja nichts Neues, sein Chef war praktisch nie da, wenn man ihn brauchte.

»Immer ist der nie da!«, schrie Bachl wütend und trat gegen seinen Papierkorb. »Aber mir ist das egal, ich brauch ihn eh nicht. Ich red gleich mit den Gottobersten.« Während er die Nummer suchte, tigerte er in seinem Arbeitszimmer auf und ab.

Die Gottobersten waren die Landesredakteure, die in der Zentrale saßen und die Artikel im regionsübergreifenden Teil der Zeitung verfassten. Es war klar, dass sie ihn für die Story lieben würden. Möglicherweise war das, nein, höchstwahrscheinlich war das, nein, mit absoluter Sicherheit war das sein Durchbruch. So wie er die Sache sah (und er hatte sich trotz der Tipparbeit in der zweiten Nachthälfte gedanklich ausführlich damit beschäftigt), gab es zwei Möglichkeiten. Erstens: Er wurde nach dieser Sache selbst Chef der Lokalredaktion und der alte Chef in die Wüste befördert. Zweitens: Er wurde in die Zentrale geholt und konnte dort endlich einmal über etwas anderes berichten als über entlaufene Kätzchen, Bauabschnittseröffnungen des Regenwasserkanals in Hintertupfing oder das sensationelle »Event« des Gebrauchtwagenhauses Sowieso zum dreijährigen Firmenjubiläum.

Natürlich gab es auch noch eine dritte Möglichkeit, und die

war um nichts weniger verlockend, denn sie hieß – tataaaaa: Tageszeitung! Hallo? Tageszeitung? Das sind die mit den fetten Budgets, mit den Riesenauflagen, mit den balkendicken Überschriften und den scharfen Sekretärinnen, die bewundernd auf die Reporter schauen, wenn die von einer gefährlichen Mission zurückkommen. Also, Tageszeitung war auch eine Option, der er nicht abgeneigt war.

Das würde er den Gottobersten in den Verhandlungen klipp und klar sagen. Aber dann fiel ihm etwas ein. Er setzte sich und überlegte.

Was, wenn die ihn hinhalten würden? Wenn die zuerst die Story sehen wollten? Dass das ein Knüller war, würden sie natürlich sofort merken und ihm alles Mögliche versprechen. Und dann? Was, wenn sie sich dann plötzlich nicht mehr an die Abmachung erinnern konnten und er weiterhin als gewöhnlicher Lokalreporter schuften musste? Wenn die Katze erst einmal aus dem Sack war, kämen andere, die in dieser Richtung weiterrecherchierten. Eine Story nach der anderen, und seine würde irgendwo im Archiv verschwinden.

»Nein, nein. Das ist meine Story, da halte ich den Deckel drauf, bis ich die ganze Geschichte kenne«, flüsterte er vor sich hin. »Und dann schreibe ich ein kleines Exposé, und wer am meisten dafür bietet, der bekommt sie dann. So mach ich das.« Er lächelte. Schriftlich würde er sich das geben lassen. Verbindlich, vertraglich abgesichert. So machten das die Profis. Und er war Profi. Das hatte er schließlich gestern Nacht bewiesen.

»Wer sind Sie?«, hatte die Gutsherrin gefragt. Instinktiv hatte er erkannt, dass die ganze Geschichte mit der Einladung zum Abendessen, mit dem Hofrat und mit den Vögeln auf einer falschen Annahme beruhte. Es war eine Verwechslung! Das war ihm schlagartig klar geworden. Und noch etwas hatte er da sofort begriffen. Der Anruf hatte den Irrtum aufgeklärt, jemandem war klar geworden, dass er nicht der Betreffende sein konnte, dem die Gutsherrin die Botschaft an den geheimnisvollen Hofrat ausrichten wollte.

Gleichzeitig hatte er auch erkannt, dass er in Gefahr schwebte. In höchster Gefahr!

»Wer sind Sie?«, hatte die Frau drohend wiederholt, und der Bürgermeister war unangenehm nahe an ihn herangetreten.

»Aber das wissen Sie doch«, hatte Bachl geistesgegenwärtig geantwortet. Gleichzeitig hatte er einen Ausfallschritt zur Mitte des Raumes gemacht, in die einzige Richtung, die frei gewesen war.

»Lüge!« Die Frau hatte fast geschrien. »Sie haben sich hier eingeschlichen, Sie haben Pongratz unter Vorspiegelung falscher Tatsachen dazu gebracht, Sie hier einzuführen, und dann –« Plötzlich war sie verstummt und hatte sich mit einem Ruck zum Bürgermeister gedreht. Die beiden hatten sich angesehen und waren blass geworden.

»Pongratz«, hatte der Bürgermeister gemurmelt. Für ein paar Augenblicke waren sie abgelenkt gewesen, und Bachl, der Profi, war losgestartet.

Seine letzte sportliche Betätigung lag ein paar Jahre zurück, in der Studentenzeit. Trotzdem hatte er eine sehenswerte Leistung abgeliefert. Raus aus dem großen Gebäude, dann über den Hof, und als der Bürgermeister den Hof erreicht hatte, war Bachl schon über einen Feldweg in ein nahes Waldstück gesprintet. Er hatte nichts bei sich gehabt, nicht einmal die Richtung gewusst, in die er musste, dennoch war er so lange durch den Wald gewandert, bis er eine Nebenstraße erreichte. Dort war die Orientierung leichter gewesen, und er war wieder in einen leichten Trab gefallen, den er fast bis zur nächsten größeren Straße durchgehalten hatte. Dann hatte er sich im Straßengraben versteckt, bis er einen Lastwagen kommen hörte. Pkws waren ihm zu gefährlich erschienen, man konnte nie wissen, ob nicht jemand vom Hof oder der Bürgermeister darin saß. Aber dass sie einen Lkw verwendeten, um ihn zu suchen, war äußerst unwahrscheinlich. Er war auf die Straße gesprungen, hatte den Lastzug zum Stehen gebracht und dem Fahrer ein fettes Trinkgeld versprochen, falls er ihn bis Hollabrunn mitnahm. Der Fahrer hatte eingewilligt. Bachls Auto stand nach wie vor in Retz, er würde es bei Tageslicht und in Begleitung abholen. Noch während er das gedacht hatte, war er vor Erschöpfung auf dem Beifahrersitz eingenickt. So mussten Sensationsstorys erkämpft werden!

Jetzt zog er kleine Kreise in seinem Zimmer, und der Plan nahm Gestalt an. Er würde auf jeden Fall weitermachen. Er würde die ganze Wahrheit schreiben, weil er die ganze Wahrheit ans Licht bringen würde. Exklusiv! Die Polizei wusste ja noch nicht einmal etwas von den Vögeln, die Polizei wusste nichts von der Gutsherrin, dem Bürgermeister, diesem seltsamen Pongratz und dem unbekannten Hofrat. Er schon. Aber immer noch zu wenig.

Investigative Journalisten heben nicht den Deckel, werfen einen Blick in den Topf und laufen damit zu ihrem Chefredakteur. Investigative Journalisten dringen bis zum Kern einer Sache vor.

Günter Wallraff zum Beispiel hatte monatelang getarnt als Gastarbeiter bei diesem Hamburger-Konzern gearbeitet, und das Buch war ein Hammer geworden. Nicht dass er sich mit Günter Wallraff vergleichen wollte, aber er wollte ja auch kein Buch schreiben. Nein. Sicher nicht. Also, nicht sofort zumindest. Es genügte ihm das große österreichische Nachrichtenmagazin. Dort eine Titelstory haben, das war eine schöne Referenz für zukünftige Bewerbungsgespräche. Aber wer weiß, vielleicht gab es nach dieser Story ja auch keine Bewerbungsgespräche. Vielleicht wäre der dortige unerträglich präpotente Chefredakteur, der auch noch stolz auf sein Arschloch-Image war, so angetan von ihm, dass er ihn beknien würde, für ihn zu arbeiten. Alles möglich.

Bachl wusste jetzt, was zu tun war. Er notierte sich einen kurzen Text, an den er sich unter allen Umständen halten wollte, schaltete den Computer ein, ging auf »www.otb.at« und suchte eine Weile nach der Nummer. Dann trank er ein Glas Wasser, setzte sich bequem hin und wählte.

»Ja?«

»Grüß Gott. Mein Name ist Raimund Bachl. Sie kennen mich … flüchtig. Ich möchte Ihnen einen Vorschlag machen.«

»Aha«, sagte die Gutsherrin.

Ein paar Sekunden dachte Hawelka daran, nicht abzunehmen. Wenn sich die Schreibstubengrazien über ihn lustig machen wollten – bitte. Er konnte es ohnehin nicht mehr ändern. Nichts konnte er ändern. Aber dann wollte er in nächster Zeit den Kontakt auch auf das absolut Notwendigste beschränken. Er brauchte nicht ständig den Unterton, egal, ob dieser Unterton jetzt tatsächlich vorhanden war oder er ihn sich nur einbildete. Aber dann bemerkte er Schierhubers Blick, und da dieser auch schon »Auskunftsbüro B. ruft an« auf dem Display gelesen hatte, musste er schließlich abheben, um eventuellen peinlichen Fragen seines Partners zu entgehen.

»Hawelka.«

»Servus, Josef, hör zu, ich muss schnell reden, hab wenig Zeit, ich weiß, dass sich das vorher urkomisch angehört hat, aber wenn es nach der Herta gegangen wäre, dann hätten wir gar nicht mit euch reden dürfen. Die ist … ich weiß nicht, was der über die Leber gelaufen ist, aber so hab ich sie noch nie erlebt.« Die Frischauf redete gedämpft und in einem rasenden Tempo. »Sie ist auf einmal voll … komisch und voll grantig und total auf dem Egotrip, nach dem Motto: Dienst nach Vorschrift, keine Sonderbehandlung von gar niemand, wir sind nicht die Schanis* von allen und so weiter, in dem Ton, weißt du, so ganz arg. Sie lässt auch voll die Chefin raushängen. Ich hab keine Ahnung, was sie hat. So hab ich sie noch nie erlebt. Sie sagt, dass sie sich ein bisschen mehr um sich selber kümmern will und nicht immer springen, wenn wer was braucht, und überhaupt. Voll der Egotrip! Aber egal, die kriegen wir

* Schani: in Wien immer noch gebräuchlicher Name für einen Lakaien. Zurück geht es auf den Spleen Wiener Bürger im 18. und 19. Jahrhundert, alles auf Französisch zu benennen. So wurde der Hausbursche Johann zum Diener »Jean«, aber dann schlugen der Dialekt und die Liebe zur Verniedlichung zu, und aus Jean wurde Schani.

schon wieder hin, die Herta. Ich wollt dir aber trotzdem ein paar Sachen sagen zum Fall, weil bei den Niederösterreichern kenn ich auch wen, und ich hab mir gedacht, ich frag ihn einmal, wie die Ermittlungen in Retz so vorankommen. Ich hab mich ein bisschen eingeschleimt bei ihm, aber eh nicht schlimm, nur zum …«

Nachdem er den Sinn ihrer ersten Sätze verstanden hatte, war es Hawelka, als würde ein permanenter Schmerz plötzlich nachlassen. Eine ungeheure Erleichterung machte sich breit.

Sie wissen nichts, gar nichts. Die komische Stimmung hat überhaupt nichts mit mir zu tun, dachte er. Natürlich war es schlimm, wenn die Berlakovic momentan ein Tief hatte, natürlich musste dem nachgegangen werden, und man musste das Auskunftsbüro moralisch wieder aufbauen, aber er, er war sozusagen aus dem Schneider.

»… er hat mir was Interessantes von der Obduktion erzählt, weil da sind sie drauf gekommen, dass gar nicht die Schussverletzung zum Tod geführt hat, sondern eine Alkoholvergiftung, verstehst du? Das heißt, dass er schon tot war, wie ihm jemand die Schrotladung in die Brust verpasst hat. Deshalb sind sie jetzt ein bisschen ratlos und – ich muss Schluss machen.« Sie legte auf, offenbar war die Berlakovic gerade wieder ins Büro zurückgekehrt.

»Sepp, das war die Janne Frischauf.«

»Aha.«

»Quasi das ganze Auskunftsbüro weiß schon, dass wir nicht in Hamburg, sondern in Retz sind. Die Herta hat irgendwas. Irgendwas Komisches. Jedenfalls will sie momentan niemand, also auch uns nicht helfen. Was weiß ich, was sie hat.«

»Weiß Gott was wird's nicht sein«, orakelte Schierhuber, der Optimist.

»Ja, weiß Gott was eh nicht, aber irgendwas hat sie. Aber hör zu, die Frischauf kennt wen von den Niederösterreichern und sagt, dass der Kramer außer der Schussverletzung eine Vergiftung gehabt hat. Todesursache war eine gewaltige

Alkoholvergiftung, die hat ihn umgebracht, der Schuss kam erst nachher.«

»Aha.« Dem erschütternden Umstand entsprechend holte der Zwettler ein Jägermeisterfläschchen aus seinem Rock und beendete das Frühstück schierhubergerecht.

»Okay, schauen wir uns die Witwe an«, drängte Hawelka jetzt, der es auf einmal nicht mehr am Tisch aushielt und unbedingt etwas Ablenkung brauchte. Er sprang auf und zuckte zusammen, als ihm im selben Moment jemand auf die Schulter schlug.

»Da seids, ihr Banditen! Ihr sitzts gemütlich beim Frühstück, und ich such schon seit drei Stunden nach Spuren. Ich glaub, ich hab was für euch. Was Schönes, haha!«

Haben wir den jetzt adoptiert, fragte sich Hawelka unwillkürlich. Gubiani grinste von einem Ohr zum anderen, setzte sich sogleich ungeniert an ihren Tisch und winkte der Kellnerin. Trotz der nächtlichen Schnapsverkostung mit Schierhuber wirkte er frisch und unternehmungslustig.

»Ich bin noch einmal in den Keller runter und hab mir das alles angeschaut. In Ruhe natürlich. Die Rohrweihen sind weg, da hilft nichts. Die werden wahrscheinlich gerade in irgendeiner Sandgrube verscharrt oder verbrannt.«

»Möglich«, sagte Schierhuber neutral. Hawelka war auf der Hut. Er dachte an die Worte des Erzherzogs, und er dachte auch daran, dass Gubiani sie möglicherweise letzte Nacht in eine Falle gelockt hatte.

Bereitet er jetzt vielleicht die nächste vor?

»Patronenhülsen sind auch keine zu finden«, erzählte der Kellerführer und ließ sich Kaffee bringen. Die Patronenhülsen waren ein weiterer interessanter Punkt, denn Waffenexperte Schierhuber hatte Hawelka noch in der Nacht erklärt, dass die Schüsse von einer kleinkalibrigen Handfeuerwaffe gekommen sein mussten. »Das merkst du am Klang. Wenn das ein Schrotgewehr gewesen wäre, dann hätten wir lieb ausgeschaut«, hatte ihm der Zwettler glaubhaft versichert. Nun waren aber kleinkalibrige Handfeuerwaffen nicht gerade die

Standardbewaffnung munterer Jäger. Wenn also die »Jagdfreunde« hinter der Sache steckten, hatten sie extra was Kleines, Handliches eingesteckt. Aber warum?

Mittlerweile weiß jeder Laie, dass Leichen untersucht werden und die wirkliche Todesursache bald herauskommt. Wozu also die falsche Fährte?, überlegte Hawelka, während Gubiani ein mürbes Kipferl in den Kaffee eintunkte und das jeweils vollgesogene Stück dann mit Genuss abbiss.

»Aber trotzdem hab ich was Schönes für euch, weil am Rathausturm ist eine Webcam montiert. Nicht so eine, wo die Nackerten winken, haha, sondern fürs Wetter und so. Man sieht –«, er schob sich ein weiteres Stück kaffeeangereichertes Kipferl in den Mund, »alscho man schieht den Hauptplatsch, und dasch ischt allesch live.«

»Wird das aufgezeichnet?«, fragte Hawelka und sah erleichtert, dass der andere hinunteraß, bevor er antwortete.

»Vom Betreiber nicht. Aber ich hab einen Bekannten, der macht so was. Ihm ist manchmal ein bisserl fad. Er ist ein bisserl, na ja. Jedenfalls hab ich ihn heute besucht, und er hat mir ein Geschenk mitgegeben.« Er legte einen USB-Stick auf den Tisch und verputzte das restliche Kipferl ohne Kaffeebad.

Was der heute schon alles erledigt hat, wunderte sich Hawelka und fand erneut, dass Gubiani verdächtig viel unternahm, um sie zu unterstützen. Er will uns auf die Spur bringen, aber auf eine ganz bestimmte Spur, und ich bin nicht sicher, ob das auch die richtige Spur ist.

»Hast du dir das schon ang'schaut?«, fragte Schierhuber und entschied sich für einen zweiten Frühstücksverdauungsjägermeister.

»Freilich, freilich, der alte Gubiani hat ja nicht in der Pendeluhr geschlafen, haha«, gluckste der andere vergnügt. »Bei meinem Bekannten, direkt am Computer. Na ja, ein Kennzeichen dürfts euch keines erwarten, aber das Auto sieht man schön, sehr schön. Und noch was.« Er grinste sie nacheinander breit an voller Vorfreude wie ein geübter Witzeerzähler kurz vor der Pointe. »Auch das Haus, wo sie reingehen, um in den Keller runterzukommen, sieht man tadellos, wirklich tadellos. Da sagts nichts mehr, gell? Und rauskommen sieht man sie auch, aber zackig laufen die da, haha, denen hast du ein bisschen eingeheizt mit deiner Puff'n.«

»Und«, fragte Schierhuber ungerührt, »was ist das für ein Kübel?«

»Na, wollts ihr das nicht selber anschauen, habts keinen Schlepptop mit?«

»Geh, wozu selber schauen, wir vertrauen dir total«, sagte Hawelka jetzt und bemühte sich, nicht ironisch zu klingen. Schierhuber nickte für seine Verhältnisse fast eifrig und schaute treuherzig.

»Es ist ein Geländewagen. Typisches Jägerfahrzeug. Und das Haus, in das sie hineingehen, ist das Verderberhaus*. Das mit dem Schuhgeschäft. Na? Ist das was?«

»Gute Arbeit«, nickte Hawelka anerkennend. »Wir werden uns das anschauen.« Damit stand er auf, hob zum Abschied die Hand und verließ den Frühstücksraum. Schierhuber folgte ihm auf dem Fuße.

»Aber was ist denn los? Wo gehts ihr denn hin? Den Geländewagen werden wir doch finden, ich kenne da jemanden! Warum habts ihr es denn so eilig?« Gubiani stürzte seinen Kaffee hinunter, warf ein paar Münzen auf den Tisch und eilte ihnen nach.

»Tut mir leid«, wimmelte ihn Hawelka ab, »aber wir haben etwas zu erledigen, um den verdächtigen Wagen kümmern wir uns später. Danke für die Aufnahmen.« Damit stiegen sie in den Benz und ließen den Kellerführer enttäuscht zurück.

»Zur Witwe?«, fragte Schierhuber.

»Zur Witwe«, bestätigte Hawelka, und Schierhuber stieg aufs Gas.

---

* Ein im venezianischen Stil erbautes altes Handelshaus in Retz, benannt nach einem gewissen Herrn Verderber, einem Retzer Kaufmann im Mittelalter.

## Berlakovic

Kurz nachdem die Frischauf das Hawelka-Telefonat wegen der Rückkehr ihrer Chefin eilig beendet hatte, wurde ihr von dieser eine Liste mit den wichtigsten Punkten zur Stellvertretung ausgehändigt, und die Berlakovic verabschiedete sich.

»Ich hab gerade meinen Urlaubsantrag durchgeboxt und bin jetzt einmal weg für ein paar Wochen.«

»Weg?«, fragte Bettina Sommer ungläubig. Was meinte die Herta mit »weg«? Die war doch nie weg, oder? Ja, kann sein zu Weihnachten ein paar Tage, manchmal einen Fenstertag für ein verlängertes Wochenende oder eine ganze Woche im Sommer, aber sonst war sie immer da.

»Ich hab meinen heurigen Urlaub komplett, Resturlaubstage von den letzten Jahren, Überstunden zum Saufüttern*, und ich hab vor allem eines: so was von genug!«

»Aber ohne dich geht's doch gar nicht«, schmeichelte die Frischauf.

»Genug hab ich schon lang«, erklärte sich die Forstner solidarisch.

»Aber Herta«, setzte die Sommer an.

»Nix ›aber Herta‹. Die Tante Herta sagt euch jetzt einmal was, Kinder. Ihr kommts auch wunderbar ohne mich aus. Müssts euch nur ein bisserl bemühen. Außerdem ist eh nicht viel los.«

Das war natürlich gelogen, bei der Polizei ist immer etwas los, man könnte sagen: Mord hat immer Saison. Aber sogar wenn aus irgendwelchen geheimnisvollen Gründen für ein paar Tage keine neuen Fälle dazukamen, dann war vielleicht bei den Ermittlern eine gewisse Entlastung zu spüren (meistens jedoch nicht, da sie aus budgetären Gründen permanent unterbesetzt waren), aber das Administrationsbüro spürte

* Zum Saufüttern (sprich: Saufiadan): bis zum Abwinken, im Überfluss, reichlich – auf jeden Fall ziemlich viel.

davon nichts. Standen keine neuen Fälle an, dann war endlich Zeit, die alten verwaltungstechnisch abzuschließen, liegen gebliebene Anträge einzureichen, Berichte reinzuschreiben, Archivierungen vorzunehmen und die Vertretung der Vertretung in anderen Abteilungen zu vertreten, wenn Urlaube, Krankenstände, Pflegeurlaube, Übersiedlungstage und Kuraufenthalte sich unglücklich überschnitten.

»Also, macht's gut, Kinder. Ich meld mich gelegentlich.« Und damit verließ Herta B. den Raum und ließ ihre Kolleginnen gleichermaßen niedergeschlagen und aufgeregt zurück. Die Sommer war dem Heulen nahe.

»Was hat sie denn? Die ist ja wie …«

»Wechseljahre.«

»… ausgewechselt, wollt ich sagen.«

»Eben. Wechseljahre«, bemerkte die Forstner und begann wieder zu tippen. Die Sommer sah sie ungläubig an. »Aber doch jetzt nicht mehr, ich meine, die Herta ist doch schon Mitte fünfzig, da hat sie die Wechseljahre doch schon hinter sich, oder?«

»Die einen so, die anderen so«, zuckte die Frischauf die Schulter, »ich glaub eher, dass was mit ihrem Geheim-Lover ist.«

»Mit Mister Bombastic?«, fragte die Sommer. Trotz der unerfreulichen Situation mussten sie lachen.* Als »Mister Bombastic« hatte ihre Chefin ihren gelegentlichen Besucher einmal bezeichnet, als die Kolleginnen sie hartnäckig bedrängten, ihnen seine Identität preiszugeben. Daraufhin hatten sie** sich kichernd ausgemalt, was denn am Lover der B. so bombastisch wäre.

Als die Forstner später das Büro für ein paar Minuten verließ, sagte die Frischauf zur Sommer: »Also wenn es nach der schlechten Laune geht, dann ist die Karin schon seit der Pubertät in den Wechseljahren.« Und wieder mussten sie lachen.

* Die Frischauf und die Sommer natürlich, die Forstner nicht.

** Die Frischauf und die Sommer natürlich, die Forstner nicht.

Die Berlakovic fuhr vom Büro schnurstracks nach Hause, schenkte sich zur Feier des Tages ein Glas Prosecco ein und stellte sich vor den großen Spiegel im Vorzimmer.

»Prost, Herta«, sagte sie zu ihrem Spiegelbild, »dein neues Leben beginnt jetzt.« Dann trank sie das Glas aus und schenkte sich unverzüglich nach. Sie warf sich aufs Sofa und begann mit der Planung. Sie würde auf jeden Fall in den Süden fliegen. Gleich morgen oder übermorgen, irgendein Last-Minute-Angebot, einfach raus, irgendwohin. Das war klar. Aber es war genauso klar, dass sie auch nach diesem Trip andere Wege beschreiten würde. Einer Herta B. standen ja alle Möglichkeiten offen, sie brauchte nur zuzugreifen.

Um vierzehn Uhr drei erkundete sie die Homepage der Volkshochschule und meldete sich für Oktober zu einem Kurs für Aquarellmalerei an.

Um vierzehn Uhr einundzwanzig buchte sie einen Kursplatz für Thai-Massage Anfang November.

Um vierzehn Uhr achtundvierzig erhielt sie die Bestätigung, dass sie den letzten Platz des ansonsten restlos ausgebuchten Kurses für Ikebana ergattert hatte.

Dann stellte sie ihren Opel Corsa zum Verkauf auf eine Online-Gebrauchtwagenbörse und verglich die Preise der angebotenen Alfa Cabrios. Das erinnerte sie daran, dass sie nie über ein paar »Italienisch für Anfänger«-Kurse hinausgekommen war, und sie buchte selbstbewusst »Italienisch für Fortgeschrittene« ab Anfang des Frühjahrssemesters. Als die Proseccoflasche leer war, entschloss sie sich, die seit Ewigkeiten in ihrem Kühlschrank »für eine besondere Gelegenheit« lagernde Flasche echten Pommery-Champagners zu öffnen. Sie ackerte die Last-Minute-Flüge nach Spanien, Italien, Südfrankreich durch und entschied dann, erst am nächsten Tag zu buchen, weil sie vorher noch einen ausgedehnten Einkaufsbummel unternehmen wollte. »Wenn schon in den Süden, dann aber mit neuer Garderobe«, kicherte sie.

Etwas später legte sie Adriano Celentano auf und sang alle

Lieder aus voller Kehle mit. Dazu tanzte sie in der Wohnung und auf dem Balkon, rauchte eine nach der anderen und rief dazwischen immer wieder: »Ja! Jetzt geht's los, jetzt geht's los, Herta!« Als ihr die Flasche mit dem Champagner nichts mehr zu bieten hatte, wurde ihr bewusst, dass sie hungrig war, und sie veranstaltete eine kleine Fressorgie, bei der zunächst Speck, dann Pralinen und schließlich geräucherter Lachs eine wichtige Rolle spielten. Da essen durstig macht, gönnte sie sich zu Speck und Brot ein kleines Bier, zu den Pralinen ein wenig Rotwein, und zum Lachs öffnete sie die letzte verbliebene Flasche Prosecco.

Als sie einige Stunden später auf der Wohnzimmercouch erwachte, war es draußen schon dunkel, und sie hatte einen äußerst unangenehmen Geschmack im Mund. Sie schleppte sich unter die Dusche und erwog kurz, im Internet nach einem Callboy-Service zu suchen. Dann verwarf sie den Gedanken wieder, und dann geschah etwas ganz und gar Unglaubliches. Das Auskunftsbüro warf sich aufs Bett und begann zu heulen.

Es war schon vorgekommen, dass ihr nach einem Anschiss des Erzherzogs die Tränen in die Augen gestiegen waren. Es war schon manchmal vorgekommen, dass sie bei einem Film ein bisschen schniefen musste. Es war schon vorgekommen, dass sie beim Begräbnis eines Kollegen oder einer Kollegin unterdrückt geschluchzt hatte. Aber geheult, so richtig geheult, aus tiefstem Herzen geheult – das hatte die Berlakovic noch nie. Ende der ersten großen Liebe, Ende der zweiten großen Liebe, Tod des Vaters, Tod der Mutter, erste Scheidung, zweite Scheidung, Unfall, Abgang Liebhaber X, Abgang Liebhaber Y – die Berlakovic hatte nicht geheult. Unzählige Kolleginnen und Kollegen hatten sich an ihrer stattlichen Brust ausgeweint, unzählige Verwandte, Bekannte und Freunde hatten sie zur Kummerkastentante auserkoren, die Berlakovic hatte sie alle getröstet – selbst geheult hatte sie nie. Aus den Protokollen, die täglich über ihren Schreibtisch gingen, konnte man unzählige menschliche Tragödien herauslesen; die Berlakovic kannte die Verwundungen der menschlichen

Seele und auch die Abgründe – geheult hatte sie nie. Und sie hatte sich auch bei niemandem ausgeheult. Das war nicht die Herta.

Die Herta musste nicht getröstet werden, *sie* tröstete.

Die Herta musste nicht aufgebaut werden, *sie* baute auf.

Der Herta musste man nicht gut zureden, *sie* redete gut zu.

Das war die Herta! Die Chefin im Hühnerstall*, die Ulknudel, die Vorlaute, die Scharfzüngige, die Abgebrühte, die … Heulsuse.

»Heulsuse! Ich bin eine verdammte Heulsuse!«, schluchzte sie auf ihrem Bett, in ihrem stillen Schlafzimmer, und das brachte sie noch mehr zum Heulen, und sie hasste sich dafür, und das brachte sie noch mehr zum Heulen und immer so weiter. Vieles brach da hervor, und sie wäre nicht Herta B. gewesen, wenn die Sache diskret und leise vor sich gegangen wäre. Wenn schon Selbstzerfleischung, dann aber richtig, und wenn schon heulen, dann lautstark und kräftig – nur so entsteht der richtige Seelenreinigungseffekt, und irgendwann, wenn alles draußen ist – ist Ruhe.

Nun ist es aber so, dass sich die Gene nicht verbiegen lassen. Einem Vogel kann man noch so geduldig das Schwimmen beibringen, passt man einmal nicht auf – schon fliegt er davon. Man erzieht ein Raubtier mit viel Liebe zum Veganer, es kommt ein Zicklein des Weges – schon brutzelt es in der Pfanne. Man wählt einen verhaltensoriginellen Egoisten zum Volksvertreter …

Das Berlakovic-Gen ließ zwar offenbar auch Heulkrämpfe zu, aber eine tagelange Krise und einen Untergang im Sumpf des Selbstmitleides ließ dieses Gen nicht zu.

Um Punkt dreiundzwanzig Uhr ging sie wieder unter die Dusche, stellte das Wasser eiskalt und holte sich ins Leben zurück.

Um dreiundzwanzig Uhr fünfzehn setzte sie sich vor den Computer und begann, alle Kurse zu stornieren, die sie am

---

* Hühnerstall: Eigenbezeichnung der vier Schreibstubengrazien.

Nachmittag gebucht hatte. Danach löschte sie das Verkaufsinsert betreffend den Corsa.

Um dreiundzwanzig Uhr sechsunddreißig begann sie mit dem Kofferpacken.

Um dreiundzwanzig Uhr neunundfünfzig wählte sie eine altbekannte Telefonnummer. Da niemand abhob, sprach sie auf die Mailbox: »Servus, Pepi, Auskunftsbüro Berlakovic, die Herta is. Du, ich brauch ein bisserl Tapetenwechsel und hab mir gedacht, in Retz ist doch demnächst das Weinlesefest – ob das nicht was wär für mich. Was meinst du? Außerdem hab ich das Gefühl, ihr könntets vielleicht ein bisserl Hilfe gebrauchen. Also, reservierts mir schon einmal ein Zimmer, morgen Vormittag bin ich da. Tschüssikowski!«

## Schierhubersolo

Einige Stunden bevor die Berlakovic ihren Entschluss gefasst hatte, waren Hawelka und Schierhuber ohne den enttäuschten Gubiani aufgebrochen, um unauffällig die Witwe auszuhorchen. Schierhuber war zur Tarnung wieder mit der Rolleicord und dem Diktiergerät bewaffnet, Hawelka beschränkte sich auf einen Notizblock, den er ohnehin meistens mithatte. Die Geschichte, die sie der Witwe aufzutischen gedachten, war denkbar einfach. Sie waren von einem Magazin beauftragt, eine Reportage über das Retzer Land, die Vorbereitungen zum Weinlesefest und natürlich über das Fest selbst zu schreiben, hatten dann allerdings von dem Mord erfahren und wollten auch darüber berichten.

»Und von welchem Magazin sind wir?«, fragte Schierhuber, als sie fast da waren.

»Sagen wir ›News‹, das ist halbwegs bekannt, und die Leute haben mehr Vertrauen, wenn sie den Namen schon einmal gehört haben. Wenn du sagst, es ist ein neues, noch unbekanntes Magazin, sind sie automatisch misstrauisch, obwohl es ihnen doch eigentlich egal sein könnte.«

»Stimmt.«

Es war ein typisches kleinstädtisches Einfamilienhaus mit der obligaten Thujenhecke rundherum.

Sie läuteten. Die Frau passte zum Haus und entsprach genau den Erwartungen der Undercover-Ermittler. Sie war Mitte sechzig, hatte die grauen Haare zu einer Unfrisur gekämmt und trug ein Kleid, das frappant an die sogenannten Kleiderschürzen der siebziger Jahre erinnerte.

»Grüß Gott, Frau Kramer, mein Name ist – ähm – Benedikt, und das ist mein Kollege Gundinger. Zunächst einmal möchte ich Ihnen mein herzliches Beileid zu Ihrem Verlust aussprechen. Wir wollen Sie auch gar nicht lange stören.«

Hawelka spulte den Text seiner vorbereiteten Geschichte

ab. Die Frau gab die Tür frei und machte eine knappe Geste. Sie gingen rein. Die Witwe führte sie nicht ins Wohnzimmer, sondern marschierte mit ihnen in die Küche.

»Von welcher Zeitschrift sind Sie, haben Sie gesagt?«

»Wir kommen von ›News‹.«

»Aha.«

»Ja, wie gesagt, ursprünglich sind wir ja hergekommen, weil wir einen Bericht über das schöne Retz machen wollen und über das Weinlesefest.«

»Gestern war schon eine Frau da, die auch von ›News‹ war. Hat sie zumindest gesagt. Und dann hat sie mir einen Presseausweis gezeigt. Haben Sie auch einen Presseausweis?«

»Einen … ja, natürlich, Moment.« Hawelka suchte verzweifelt. Das Suchen war gespielt, die Verzweiflung war echt. Ihm brach der Schweiß aus.

An das haben wir natürlich nicht gedacht, dass die ja einen Presseausweis verlangen könnte, was machen wir jetzt?, dachte er und sah Schierhuber hilfesuchend an. »Sepp, hast du vielleicht deinen Presseausweis dabei, ich glaub, ich hab ihn vergessen, so was Blödes aber auch.«

»Ja, ich hab meinen jetzt auch nicht –«

»Sie sind nicht von ›News‹, stimmt's?«

»Na ja, nicht so richtig, also wir arbeiten manchmal für ›News‹, aber –«

»Eigentlich sind wir freiberufliche Journalisten«, funkte Schierhuber dazwischen, »das heißt, er ist Journalist, und ich bin Fotograf. Freiberuflich!« Er ließ ein paarmal den Verschluss seiner Rolleicord klicken, wobei er mit der Kamera einen schnellen Schwenk durch die Küche machte.

»Freiberuflich. Warum sagen Sie dann, dass Sie für ›News‹ arbeiten?«

»Die wollten eine Reportage von uns, über Retz und so. Das machen wir gerade, und wir dachten … Also, dass die schon wen anderen wegen des Mordes geschickt haben, das haben wir nicht gewusst.«

»Tja, jetzt wissen Sie es.«

»Ja, jetzt wissen wir es.«

»Dann können Sie ja wieder gehen.« Die Witwe erhob sich. Sie machte einen sehr gefassten, beinahe gelangweilten Eindruck.

»Aber wenn Sie ein paar Minuten Zeit für uns hätten, wir können die Reportage ja einem anderen Blatt verkaufen, weil als Freiberufler muss man schauen, wo man bleibt.«

»Genau«, bestätigte Schierhuber und fotografierte, was das Zeug hielt. Er richtete das Doppelobjektiv auf die Witwe, knipste, richtete es auf eine Vase am Küchenbord, knipste, visierte das Fenster an, knipste, nahm die Kühlschranktür aufs Korn und knipste gleich zweimal.

Die Witwe sah von einem zum anderen, dann ging sie auf Schierhuber zu und legte ihre Linke auf die Kamera. »Meine Mutter hat so eine Kamera gehabt. Wissen Sie, man muss den Film mit der Hand weiterdrehen, hier, mit diesem Rad an der Seite. Und dann muss man natürlich vor jedem Knipsen den Auslöser aufziehen, so hinüber, sehen Sie? Eigentlich ist es ja hier drinnen zu dunkel, um ohne Blitz zu fotografieren. Was für einen Film haben Sie denn eingelegt? Wie viel ASA, meine ich?«

»Ja, das ist so ein Spezialfilm«, behauptete Schierhuber. »Der hat locker seine dreißig, vierzig ASAM.« Er fingerte an der Kamera herum und drehte an einem der seitlichen Räder.

»Sie haben gar keinen Film dadrinnen«, entgegnete die Witwe jetzt sehr sachlich. »Sie haben noch nie ein Foto mit dieser Kamera geschossen und haben nicht die leiseste Ahnung, wie die überhaupt funktioniert.«

»Na ja, ich üb noch«, murmelte Schierhuber, und Hawelka wischte sich den Schweiß von der Stirn.

»Ich glaube, ich hole jetzt die Polizei«, versetzte die Witwe trocken und griff nach ihrem Handy, das auf dem Küchentisch lag.

»Warten Sie, das ist nicht notwendig, weil wir wollten ohnehin gehen, es tut mir leid, dass wir Sie gestört haben, das war eine blöde Idee, wir sind schon –«, stotterte Hawelka.

»Von wem seids ihr? Von den ›Jagdfreunden‹? Haben die euch geschickt?« Ihre Stimme hatte einen harten Klang angenommen.

»Nein, nein, wir kennen gar keine ›Jagdfreunde‹.«

»Oder die vom Winzerverband?«

»Nein, auch nicht die vom Winzerverband.«

»Also?«

»Wir sind –«

»Es ist so«, mischte sich nun wieder Schierhuber ins Gespräch, »wir dürfen es nicht sagen.« Er war aufgestanden, und die Witwe musste den Kopf in den Nacken legen, um zu ihm hochzusehen. Die Stirn seines Boxergesichts hatte sich besorgt gerunzelt. Die Kinderaugen hatten sich eingetrübt.

»Ihr dürft es nicht sagen«, stellte die Witwe ironisch fest.

»Nicht sagen«, echote Schierhuber und schüttelte bedauernd den Kopf. Die Frau schaute zu Hawelka, auch er schüttelte den Kopf (was hätte er auch sonst tun sollen?).

Der Sepp tritt die Flucht nach vorne an, er versucht den großen Bluff, dachte er. Recht hat er, schlimmer kann es eh nicht werden, zu Trotteln haben wir uns eh schon gemacht, und wenn sie die Polizei über zwei verdächtige Subjekte, die sich als Reporter ausgeben, informieren will, dann tut sie das ohnehin, egal, ob wir gleich abziehen oder noch Theater spielen.

»Weil es geheim ist«, klärte Schierhuber jetzt die Frau auf, setzte sich wieder und zog sie ohne Weiteres auf den Nachbarsessel, um sich dann vertrauensvoll vorzubeugen. »Das ist eine sehr heikle Situation. Eine äußerst delikate Angelegenheit. Ich will nicht viel sagen, aber, na ja, Sie wissen schon: Befehl von ganz oben.« Er deutete mit dem rechten Zeigefinger an die Küchendecke.

»Was?«

»Na ja«, lachte er jetzt, »so ist das!«

»Was?«

»Tja, Befehl ist Befehl, da kannst gar nichts machen, mir ist's ja selber auch nicht immer recht, aber was willst da machen, da kannst gar nichts machen.«

»Was?«, fragte Kramers Witwe zum dritten Mal.

»Na ja, ins Detail kann ich da natürlich nicht gehen, da hätte ich ein Disziplinarverfahren, so schnell könnt ich gar nicht schauen. Aber so viel kann ich schon sagen: Der Notfall ist eingetreten!«

»Was denn für ein Notfall?«

»Ein sehr … Wollen Sie auch einen?« Schierhuber hatte aus seinem »Rog« einen Jägermeister herausgezogen und bot ihn der Frau an. »Nein! In diesem Haus trinken Sie den nicht. Hier wird nicht getrunken!«, sagte sie scharf. Nach kurzem Zögern steckte Schierhuber das Fläschchen zurück und »erklärte« weiter.

»In Zeiten wie diesen ist es oft notwendig, ein bisschen über den Tellerrand hinauszuschauen und sich zu fragen, wie das alles zusammenhängt. Also Sachen, die unsere Gesellschaft bewegen. Da muss man ehrlich zu sich selber sein.«

»Aha. Und der Notfall?«

»Ein Notfall ist nicht das Ende der Welt. Das müssen wir uns klarmachen, es ist nur eine weitere Herausforderung, der wir uns mutig stellen müssen. Mit der Vogel-Strauß-Taktik ist nämlich niemandem geholfen. Wir müssen wachsam sein und wachsam bleiben.«

»Gehören Sie auch zur Polizei?«

»Wenn ich diese Frage beantworte, dann verrate ich schon unsere Mission, das kann und will ich zum gegenwärtigen Zeitpunkt weder ausschließen noch bestätigen.«

»Überprüfen Sie die anderen Polizisten? Die wissen gar nichts von Ihnen, sonst hätten die doch gesagt, dass Sie auch noch vorbeikommen.«

»Es ist niemals gut, allzu viel zu verraten, aber wie schon Stalin sagte: Vertrauen ist gut, Kontrolle ist besser.«

»Also gehören Sie zu einer Aufsichtsbehörde und prüfen, wie die ihre Arbeit machen? Dann haben Sie also keinen Presseausweis, sondern einen Dienstausweis. Kann ich den einmal sehen?« Die Frau war wirklich hartnäckig. Hawelka hingegen war wirklich besorgt, er fürchtete, dass Schierhuber aus dem Schlamassel, in das er sich hineingeredet hatte, nie wieder herausfinden würde.

»Die Dienstausweise bleiben bei so einer Mission zu Hause im Kasten«, erklärte Schierhuber gewichtig. Dann griff er unter seinen »Rog«, holte eine kleine Handfeuerwaffe hervor, die Hawelka noch nie bei ihm gesehen hatte, zeigte sie der Frau rasch auf der flachen Hand und steckte die Pistole schnell wieder ein. Die Witwe sah ihn mit offenem Mund an.

»Ja, in Extremsituationen ist das oft das Einzige, auf das wir uns verlassen können.«

»Sind Sie ... ist das, sind Sie vom Geheimdienst oder so?«

»Wenn wir es wären, dann dürften wir es eh nicht sagen, also warum soll ich jetzt lügen, wenn es am Ende des Tages dann ohnehin niemand bestätigt, weil im Falle eines Falles jede Beziehung zu uns bestritten werden wird, um die nationale Sicherheit nicht zu gefährden.«

»Aber wieso? Ich meine, was hat das alles mit meinem Mann zu tun? Ich hab geglaubt, er ist – einfach ermordet worden.«

»Mord, liebe Frau«, seufzte Schierhuber jetzt, »Mord ist leider nie einfach. Da muss zunächst einmal der Mörder, oder die Mörderin, die Tat planen, das stellt man sich immer leichter vor, als es ist. Dann gehört so eine Tat auch durchgeführt, und das ist auch oft nicht so einfach, dann muss natürlich die Leiche verschwinden, das ist schon wieder nicht einfa–«

»Ja, ja, ja. Jetzt sagen Sie mir endlich –«

»In Wahrheit müssen wir in die Zukunft blicken. Dort liegt die Antwort. Und dort liegt die Hoffnung für unsere Kinder. Wir müssen eine Welt hinterlassen, die besser ist, als wir sie vorgefunden haben, wie wir gekommen sind. Es kann nicht angehen, dass die Leute sich ...«

Die schierhubersche Meisterleistung in Rhetorik dauerte noch gut zehn Minuten. Am Stammtisch der Kriminalbeamten beim »Reznicek«* wurde die Nummer später fix ins Repertoire aufgenommen. Unter dem stolzen Blick Schierhubers

* Ein Wirtshaus in der Nähe des Wiener Franz-Josefs-Bahnhofs.

spielte Hawelka seinen Kollegen die Szene gerne vor. Soweit er es schaffte, verwendete er Originalzitate. Aber auch frei improvisiert sorgte Schierhubers Solo für Heiterkeit.

»Was wollts ihr, ich hab mir gedacht, das wäre doch gelacht, wenn ich die nicht schwindlig reden könnte«, grinste Schierhuber, wenn die Kollegen sich vor Lachen auf die Schenkel schlugen.

»Das meiste ist eh von der Wahlkampfrede vom Zwettler Bürgermeister aus meiner Jugend gewesen.«

»Hast du die auswendig gelernt?«

»Nein, aber er hat jedes Jahr dieselbe Rede gehalten, da bleibt im Lauf der Zeit einiges hängen.«

Nach fast einer Viertelstunde schierhuberscher Verbaloffensive kapitulierte die Frau. Es war nicht ganz klar, ob sie tatsächlich glaubte, zwei Regierungsbeamte in geheimer Mission vor sich zu haben, oder ob sie ganz einfach müde und verzweifelt war und endlich Ruhe wollte, jedenfalls erzählte sie alles, was sie wusste oder zu wissen glaubte.

»Er war den ganzen Tag unterwegs. Schnapsverkostung in Eggenburg, Vereinssitzung in Pulkau, am Abend hab ich mir gedacht, es wird spät, und bin schlafen gegangen. Am nächsten Tag hab ich gemerkt, dass er noch nicht da war. Da hab ich mir dann Sorgen gemacht. Und irgendwann am Vormittag ist dann die Polizei gekommen und hat mir gesagt, dass er erschossen worden ist.«

»Erschossen?«

»Ja.«

»Und Sie haben keinen Verdacht.«

»Nein, ich … von seinen Vereinsgeschichten weiß ich nichts, und sonst weiß ich auch nichts, aber dass ihn die ›Jagdfreunde‹ gehasst haben wie die Pest, das weiß ich.«

»Warum?«

»Weil er ihnen den Plan mit der Don-Quichotte-Treibjagd versaut hat.«

»Worum ist es da gegangen?«

»Irgendeine große Treibjagd, die in Europa einzigartig ist.

Geendet hätte sie mit einem großen Fest bei der Windmühle oben. Der Erich und die ganzen Winzer haben dagegen prozessiert und gewonnen.«

»Das hat den ›Jagdfreunden‹ natürlich nicht gepasst, das verstehe ich. Aber die müssten ja auf die Winzer auch ang'fressen* gewesen sein, oder?«

»Ja. Ja und nein. Es ist kompliziert, weil natürlich ein paar von den ›Jagdfreunden‹ auch Winzer sind oder zumindest mit Winzern verwandt sind. Die Frauen von den ›Jagdfreunden‹ und den Winzern singen miteinander im Kirchenchor, die Kinder spielen miteinander, und da kann man nicht sagen, der gehört da dazu und der dort, sondern es gehören alle überall dazu, aber der eine gehört zum Beispiel mehr da dazu, und der andere gehört wieder mehr dort dazu, aber das wird der eine natürlich dort nicht zugeben, dass er eher da mehr dazugehört, und der andere wird das da nicht zugeben, dass er mehr dort dazugehört.«

Hawelka fühlte sich ein bisschen schwindlig. Zuerst die schierhubersche Befreiungsrede, dann die komplizierten und verflochtenen Beziehungsstrukturen einer Kleinstadtgesellschaft – langsam stellte sich leichtes Kopfweh bei ihm ein.

»Also ist es so, dass sich die beiden Gruppen nicht in offener Feindschaft gegenüberstehen, sondern sich mehr geheim bekämpfen?«

»So ungefähr. Ja.«

»Und Ihr Mann?«

»Wir sind zugezogen. Schon vor vielen Jahren, aber trotzdem zugezogen, also …«

»… also in keiner der beiden Gruppen so stark verwurzelt, dass man ihn nicht als Feind betrachten kann«, vollendete Hawelka den Satz.

»Ja.«

»Na schön. Und haben Sie einen – wie soll ich sagen? –, einen persönlichen Verdacht gegen einen bestimmten ›Jagdfreund‹, hat er mit einem eine spezielle Feindschaft gehabt?«

---

* Ang'fressen (auch ang'speist): einer Sache überdrüssig, eine Sache leid sein, etwas satthaben, sauer sein.

»Nein, niemand persönlich, keine Ahnung. Irgendeiner halt.«

»Also sind Sie überzeugt, dass es einer von den ›Jagdfreunden‹ war?«

»Nein, ja, vielleicht, ich weiß es nicht. Aber irgendwer wird es wohl gewesen sein und am ehesten einer von denen.«

Ein paar Minuten später verabschiedeten sie sich. Schierhuber hatte der Frau noch das Versprechen abgenommen, mit niemandem über ihren Besuch zu reden, es gehe um die nationale Sicherheit, wie er mit steinerner Miene hinzufügte.

»Wenn Ihnen noch was einfällt oder wer einfällt, der verdächtig ist, dann rufen Sie mich bitte an«, sagte Hawelka, als sie schon auf dem Gehsteig standen, und gab ihr einen Zettel mit seiner privaten Handynummer. Sie nickte und wollte ins Haus, als Hawelka à la Columbo sagte: »Übrigens, die Marillengeschichte mit dem Gubiani, wie war das genau? Also irgendwie hätte der doch auch ein Motiv gehabt, oder was meinen Sie?«

Die Frau hielt in der Drehbewegung inne. Täuschte sich Hawelka, oder wurde sie ein wenig blasser? Dann drehte sie sich wieder zu ihnen um und sagte: »Ja, eh. Das hab ich schon ganz vergessen gehabt.«

## Zeitungsbericht

Der Lokalreporter speicherte seinen Artikel ab, machte eine Sicherheitskopie auf einem USB-Stick und atmete tief durch. Die Gutsherrin war sehr misstrauisch gewesen, aber letztendlich hatte sie doch eingesehen, dass sie nichts zu verlieren hatte. »Ich mache Ihnen ein einmaliges Angebot«, waren seine Worte gewesen. »Als Zeichen meiner Kooperation werden Sie morgen einen Bericht in unserer Wochenzeitung finden, der haargenau Ihrer Darstellung entspricht. Da ist doch nichts Schlechtes dabei.«

Es war einige Zeit still in der Leitung geblieben, dann hatte sie eingewilligt.

»Sie wollen mehr erfahren, junger Mann? Sie wollen meine Sichtweise der Dinge schreiben? Gut. Dann hören Sie zu!« Während der folgenden zehn Minuten hatte er nicht nur zugehört, sondern sich auch stichwortartige Notizen gemacht. Nach Ende des Gespräches hatte er zu schreiben begonnen. Jetzt las er das Ergebnis nochmals durch:

> *Wie wir aus sicherer Quelle erfahren haben, muss der Mord an dem Pensionisten Erich Kramer mit weitaus komplexeren Hintergründen in Zusammenhang gebracht werden, als es zunächst den Anschein hatte. Mitte Juli dieses Jahres ging bei der hiesigen Polizeidienststelle eine Anzeige über einen Diebstahl größeren Ausmaßes ein. Gemeldet wurde der Verlust von fast zwanzig Tonnen Marillen.*
>
> *Der Besitzer einer kleinen Marillenplantage (Name der Redaktion bekannt) erklärte, dass er nach einigen Tagen der Abwesenheit Anfang Juli bei seiner Rückkehr die rund hundertachtzig Bäume vollkommen abgeerntet vorfand. Die Polizei nahm sogleich Untersuchungen auf, konnte allerdings keine Spur mehr von den Früchten*

*finden. Nachbarn und Anrainer wollen von der widerrechtlichen Ernte und dem Abtransport von Tausenden Früchten nichts bemerkt haben, obwohl das Grundstück aus der Umgebung gut einsichtig ist. Der Besitzer bezifferte den Schaden auf über vierzigtausend Euro, was dem marktüblichen Preis bei zwanzig Tonnen Frucht entspricht.*
*Die Beamten stehen immer noch vor einem Rätsel. »Bei dieser Menge müssen mehrere Personen für einige Tage beschäftigt gewesen sein, das kann doch nicht unbemerkt geblieben sein«, so ein Insider (Name der Redaktion bekannt). Gerüchteweise soll der Besitzer der Marillenplantage seine Ernte außergewöhnlich gut versichert haben. Der Mann behauptete, dass es eine heiße Spur in die Wachau gebe, auf Nachfrage konnte oder wollte die örtliche Polizei das aber nicht bestätigen. Das »Marillenphantom«, wie die Polizei den Dieb intern nennt, ist mit seiner Beute wie vom Erdboden verschluckt.*
*In diesem Zusammenhang ist nun äußerst interessant, dass der Obmann des hiesigen Obstbauvereins Zweifel an der angegebenen Menge angemeldet hat. Er wurde von den Beamten als Sachverständiger zurate gezogen. »Heuer ist leider überhaupt kein Marillenjahr, die Ernte unserer Mitglieder und meine eigene Ernte sind weit hinter den Erwartungen zurückgeblieben. Manche Bäume haben vielleicht zwanzig, dreißig Kilo getragen, andere oft nur vier, fünf Kilo. Bei der angegebenen Verlustmenge wären auf jedem seiner Bäume über hundert Kilo gewesen, das halte ich für sehr unwahrscheinlich.«*
*Dieser Obmann des Obstbauvereines war aber niemand anderer als Herr Erich Kramer, der vorgestern auf einem Feld in der Nähe von Kleinriedenthal ermordet aufgefunden worden ist.*

Den Wortlaut der persönlichen Aussagen hatte er erfunden, sie machten die Geschichte authentischer. Hier war aber ohnehin nichts zu befürchten, es konnte sich keiner beschweren, dieses und jenes nicht so gesagt zu haben. Kramer war tot, und die »sicheren Quellen« und »Insider aus Polizeikreisen« wurden nicht namentlich genannt, konnten die Sache also weder bejahen noch dementieren. Die Diebstahlsanzeige hatte es tatsächlich gegeben, das hatte ein Anruf bei der Retzer Polizei bestätigt, außerdem hatte der Beamte ihm auch gesagt, dass Kramer damals seine Zweifel geäußert hatte.

Bisher war also alles, was ihm die Gutsherrin erzählt hatte, wahr gewesen. Nur den Namen, den sie ihm genannt hatte, wollte er nicht so drucken, das war aber auch gar nicht notwendig, denn das Hauptziel des Artikels bestand darin, die Polizei auf die Sache aufmerksam zu machen und die Ermittlungen in Richtung des Marillenplantagenbesitzers zu lenken. Die ›Jagdfreunde‹ blieben dadurch weiterhin in Deckung. Die Gutsherrin konnte zufrieden sein, und er würde sich wieder auf die Straße trauen können, ohne Angst haben zu müssen, von einem ihrer Helfer zusammengeschlagen oder gar umgebracht zu werden.

Oder ging da seine Phantasie ein bisschen ihm durch? In der Nacht hatte er jedenfalls richtig Angst gehabt. Der Blick der Alten, wie sie »Wer sind Sie?« gefragt hatte, war aber auch furchteinflößend gewesen. Andrerseits: Was hatte sie schon groß erzählt, als sie ihn für jemand anderen gehalten hatte? Was war da so gefährlich für irgendjemand, dass es nicht an die Öffentlichkeit dringen sollte.

Er rief sich ihre kryptischen Andeutungen ins Gedächtnis. Es ging um Vögel, die anscheinend beim Toten gelegen waren und die jemand dann hatte verschwinden lassen. Sie behauptete, die Vögel wären nur zur Leiche dazugelegt worden, um die »Jagdfreunde« zu belasten, »irgendjemand« hätte die Tiere dann wieder weggenommen, und irgendein Hofrat hätte irgendjemand geschickt – wozu eigentlich? –, mit dem er dann verwechselt worden war.

Da war noch nichts, was Existenzen oder auch nur einen guten Ruf zerstören konnte. Aber er würde dranbleiben. Er würde weitermachen, er würde die Story bringen. Alles zu seiner Zeit. Jetzt erst einmal die Marillenbombe zünden. Er war schon gespannt auf die Reaktionen. Der Typ wurde hier quasi des Versicherungsbetruges bezichtigt und gleichzeitig zum einzigen Verdächtigen in einem Mordfall befördert. Da waren Konflikte vorprogrammiert. Der Lokalreporter liebte Konflikte! Sie waren Kraftfutter für die nächsten Schlagzeilen.

»Also, wie war das jetzt genau?«

Wären die Personalchefs der österreichischen Kriminalpolizei schlau gewesen, hätten sie die Gutsherrin in ihrer Verhörgruppe eingestellt, um besonders hartnäckige Verdächtige zu knacken. Sie hatte die kleine Unterhaltung aber auch dementsprechend inszeniert: Sie selbst saß hoch aufgerichtet in einem Lehnstuhl, der wiederum auf einer gemauerten Erhöhung neben dem riesigen Kachelofen stand. Zu ihrer Rechten hatte sie den Bürgermeister von Schrattenthal wie einen grimmigen Leibwächter aufgepflanzt, es fehlte nicht viel, und er hätte sich auf eine Hellebarde gestützt. Zur Linken des Throns, nicht mehr auf dem Podest, sondern schon auf dem Niveau des Fußbodens, stand die Dienerschaft, bestehend aus dem Schriftsteller und dem Hornisten. Drei Meter vor dieser respekteinflößenden Anordnung stand Gruppeninspektor Berger. Haltung, Miene und Stimme der Gutsherrin hatten die Temperatur im Raum um gut fünfzehn Grad gesenkt. Berger war eigentlich nicht der ängstliche Typ, aber jetzt stand ihm der kalte Schweiß auf der Stirn.

»Ja, also, wie ich Sie gestern angerufen hab, da hab ich ja erzählt, dass der Gubiani die Vögel gefunden hat und den zwei Wienern gezeigt hat, gerade wie wir sie holen wollten …«

»Das weiß ich alles.«

»Ja, eh, und dann haben wir uns gedacht, na ja, ich hab mir gedacht, wir sollen die Vögel unbedingt rausholen, und da bin ich auf die Idee gekommen, einen Warnschuss abzugeben.«

»Sie haben geschossen?«

»Ja.«

»Mit Ihrer Dienstwaffe?«

»Nein! Nein, nein, eh nicht. Mit einer privaten, kleinen, rein privat, nicht registriert. Ich hab auch nur in die Luft geschossen, wollte die Leute erschrecken. Na ja, es hat ja auch funktioniert. Sie sind uns nach, und wir haben sie vorbeigelassen und die Vögel dann weggeschafft.«

»Berger, Sie sind ein Schwachkopf! Zuerst die Vertuschungsaktion, ohne mich zu fragen –«

»Ich hab Sie nicht erreicht!«

»Dann hätten Sie eben nichts getan! Sie haben alles nur noch schlimmer gemacht. Und jetzt eine Schießerei. Das zieht immer weitere Kreise.«

»Aber jetzt ist alles wieder gut, die Vögel –«

»Und die Schusswunde? Was ist mit der Verletzung von Ihrer Begleitung?«

»Es war ein Streifschuss beim Knie. Man kann es noch nicht sagen, es dürfte vielleicht so ausheilen, ohne Arzt, aber –«

»Ja, ja, sehr schön«, schnitt ihm die Gutsherrin das Wort ab. »Was war dann?«

»Na ja, wir haben die Säcke mitgenommen.«

»Gut. Wo sind sie jetzt?«

»Verbrannt. Weil sie schon ziemlich gestunken haben.«

»Wo habt ihr sie verbrannt?«

»Wir sind extra weit weggefahren, weil wir uns gedacht haben –«

»Wo?«

»Auf einem Feld bei Raschala.«

»Wo zum Teufel ist Raschala?« Es war das erste Mal, dass der Bürgermeister sich einmischte.

»Raschala ist bei Hollabrunn, ich hab mir gedacht, das ist so weit weg … ich meine, von da zumindest, dass, wenn man was findet, dass man da –«

»Was soll man finden? Habt ihr die Vögel und die Säcke jetzt verbrannt oder nicht?«

»Ja, eh, verbrannt. Wir haben uns nur gedacht, wenn wer kommt.«

»Ist jemand gekommen? Hat euch jemand gesehen?«

»Nein.«

»Na also. Und die Reste? Asche und so?«

»Das haben wir dann am Feld vergraben, es war aber eh nicht viel, weil wir Benzin drübergegossen haben, war ein schönes Feuer, da ist kaum was übrig gebl–«

»Gut. Das wäre also erledigt«, sagte die Gutsherrin und überlegte eine halbe Minute lang. Die Vögel waren weg, jetzt war nur die Frage, ob es Fotos gab. Wer hatte wann Gelegenheit gehabt, die Tiere zu fotografieren, und was konnte so ein Foto beweisen. Nichts! Ein Bild mit ein paar Vogelkadavern konnte irgendwo aufgenommen worden sein. Wenn im Hintergrund der Eiffelturm zu sehen war, könnte man auf Paris tippen, beim Riesenrad auf Wien. Aber tote Vögel auf dem Ackerboden? Oder in einem Keller? Jeder könnte sie dorthin gelegt haben.

## Zwischenbilanz

»Sepp«, prustete Hawelka los, nachdem sie ein paar Meter gegangen waren, »Sepp, das war – ich kann nicht sagen, was, aber das war großartig! Du hast dich rausgeredet wie ein Politiker. Die hat dir alles geglaubt, obwohl du gar nichts gesagt hast. So viel heiße Luft … Bravo, Sepp!«

»Ah was!«, wehrte der Zwettler Riese beschämt ab. »Das war gar nichts. Aber nachdem sie mich mit dem Fotoapparat am falschen Fuß erwischt hat und unsre schöne Tarnung aufgeflogen ist, da haben wir ja was machen müssen, oder?«

»Du hast alles richtig gemacht«, grinste Hawelka. »Wir sollten jetzt eine Telefonaktion machen. Du weißt schon, Spitäler, Arztpraxen und so. Wegen dem Verletzten.«

»Ja, ein Jammer, dass wir diesmal kein Auskunftsbüro haben, die hätten das ruck, zuck erledigt.«

»Stimmt. Und außerdem bin ich mir nicht sicher, ob es was bringt, die Verletzung kann nicht so arg sein, sonst wäre er von dort gar nicht mehr weggekommen. Aber erwischt hast du ihn sicher.«

»Na ja, Notwehr.«

»Aber egal, zu welcher Partei der Verletzte gehört, wenn wir ihn finden, sind wir einen großen Schritt weiter.«

Sie beschlossen, in ihre Pension am Hauptplatz zu gehen und die Telefonaktion dort durchzuführen. Schierhuber bestand allerdings darauf, vorher eine Kleinigkeit zu essen. Bei der nächtlichen Runde hatte er neben dem Schloss ein Wirtshaus mit bodenständiger Kost entdeckt, und dorthin schleppte er nun seinen Partner und bestellte vor dem Essen ein sogenanntes Schierhuber-Menü*. Dann ließ er die Karte kommen und vertiefte sich umgehend in seine Lieblingslektüre, während Hawelka über die Beweggründe des Erzherzogs rätselte.

---

* Schierhuber-Menü: großes Bier und zwei Jägermeister als Beifahrer.

So gut sich die beiden als Team auch ergänzten, so gut sie sich auch ohne große Worte verstanden, in puncto Essen waren sie sehr verschieden. Für Hawelka war Essen eine lästige Notwendigkeit. Das hätte man bei seiner untersetzten Statur samt Bierbauch gar nicht vermutet, aber sein Körper verdankte seine Form eher dem Bewegungsmangel, dem Bier und den Genen, während Schierhuber sich seinen Bauch mit Messer und Gabel hart erarbeitet hatte. Deshalb bestellte Hawelka meist reflexartig die üblichen Verdächtigen: Schnitzel, Schweinsbraten und Herrengulasch. Schierhuber aber studierte Speisekarten mit Akribie und Leidenschaft, las auch zwischen den Zeilen und handelte dann oft Sondergerichte aus, die den Koch vor eine echte Herausforderung stellten.

Während sie auf das Essen warteten, lauschten sie in stummer Eintracht den Gesprächen an den Nachbartischen. Was ein simpler Charakter auf die natürliche Maulfaulheit von Männern in den besten Jahren zurückgeführt hätte, war in Wahrheit ein alter Trick, um Land und Leute zu erforschen, regionales Brauchtum kennenzulernen und die Machtverhältnisse vor Ort auszuloten. Eine unabdingbare Maßnahme für erfolgreiche Ermittlungsarbeit also. Momentan war in Retz hauptsächlich von dem bevorstehenden Weinlesefest die Rede. Ein drei Tage dauerndes Spektakel mit Festumzug, Livemusik, Verkaufsständen am Hauptplatz und so weiter. Außer dem Fest war natürlich immer noch der Mord unter den Top-Gesprächsthemen. Aber Ansatzpunkte für die Ermittlungen ergaben sich hier nicht, alles, was die beiden Männer zwei Tische weiter wussten, hatten Hawelka und Schierhuber schon selbst herausgefunden und sogar noch (das dachte Hawelka nicht ohne Stolz) ein bisschen mehr.

Nach dem Essen gingen sie zurück zur Pension auf dem Hauptplatz und suchten zunächst aus dem Online-Telefonbuch die Nummern nahe gelegener Spitäler und Ärzte raus. Dann wollten sie zu telefonieren beginnen, das heißt, sie *sollten* zu telefonieren beginnen, denn von Wollen konnte keine Rede sein, daher teilten sie sich einen zweiten (oder war es schon der dritte?) Verdauungsjägermeister und beschlossen, eine Zwischenbilanz zu ziehen.

»Wir müssen wissen, was wir haben, wo wir stehen und wo wir ansetzen könnten«, zitierte Hawelka einen der Vortragenden im Kriminalistiklehrgang. Er sagte das hauptsächlich, um vor sich selbst zu rechtfertigen, dass sie nicht schon telefonierten, bis die Handys glühten.

»Völlig richtig«, stimmte Schierhuber überzeugt zu und streckte sich auf dem Bett aus. Hawelka hatte sich an den kleinen Tisch gesetzt, sein Notizbuch zur Hand genommen und zusätzlich einen karierten A4-Spiralblock aufgeschlagen, in dem er die Erkenntnisse ihrer Bilanz aufschreiben und vielleicht auch grafisch darstellen würde. Es konnte losgehen.

»Es kann losgehen«, sagte er. Schierhuber sagte nichts.

»Sepp, es kann losgehen.« Nichts.

»Sepp?« Schweigen.

»Sepp!«

»Sepp!« Vom Bett her kamen leise Schnarchtöne.

»Sepp, Alarm!« Das Zauberwort wirkte immer. Wer noch nie hundertachtunddreißig Kilo Mannsbild verteilt auf zwei Meter vier im Alarmmodus erlebt hat, hätte es auf jeden Fall mit der Angst zu tun bekommen. Zum Glück kannte Hawelka seinen Partner in allen Lebenslagen, so auch in dieser.

Schierhuber war gerade beim Einatmen gewesen, das leise Schnarchgeräusch war gerade am Höhepunkt seiner Leistungsfähigkeit angelangt, war Sekundenbruchteile nach dem Wort »Alarm« abrupt verstummt, danach war der schwere Mann ansatzlos vom Bett gerollt, hatte sich trotz seines beachtlichen Gewichtes nahezu lautlos am Boden abgefedert, hatte Gott weiß woher seine Waffe gezogen und lag nun, die Pistole im Anschlag, mit Blick- und Schussrichtung zur Tür.

»Entwarnung, Sepp, ich wollt dich nur wecken.« Herkömmliche Polizisten wären jetzt vielleicht böse gewesen, aber Schierhuber sagte nur »Ah so«, steckte die Waffe weg, erhob sich schwerfällig* und ließ sich dann wieder gemütlich am Bett nieder.

»Wo waren wir?«

»Was wir haben, wollten wir wissen.«

»Ah ja.«

»Also, der Erzherzog hat uns in inoffizieller Mission hierhergeschickt, um herauszufinden, wer den Kramer umgebracht hat, aber er hat uns nicht alles gesagt, was er weiß.«

»Die Niederösterreicher halten irgendwas geheim.«

»Sogar der Kontakt von der Herta hat ihr nichts von der Alkoholvergiftung erzählt.«

»Auch nicht gut.«

»Nein.«

Es war ein wenig wie das Zusammenspiel einer Fußballmannschaft. Aber eher das eines Clubs aus der dritten Liga, im letzten Spiel der Saison, ohne jede Chance auf den Titel, mit einzementiertem Platz in der Rangliste und etlichen Verletzten.

»Dafür hält der Gubiani keine Informationen zurück.« Pass Hawelka.

»Zumindest die nicht, die er uns geben will.« Müder Retourpass Schierhuber.

»Ja, er will uns in eine bestimmte Richtung treiben.« Vorlage Hawelka.

»Die Vögel und die ›Jagdfreunde‹.« Ball angenommen, zögerndes Vorgehen über die Flanke. »Das ist ihm wichtig, vielleicht hat sogar er das Schützenfest im Keller veranstalten lassen.«

»Ja, damit er uns von seinem Motiv ablenkt.« Hawelka bot sich an.

»Die Marillengeschichte.« Langsames Zuspiel Schierhuber. Die Witwe hatte ihnen die Sache dann doch noch geschildert.

Hawelka riskierte ein kleines Solo. »Wenn es so war, wie sie es erzählt hat, dann hat Kramer durch seine Expertise Gubiani den Versicherungsschwindel versaut. Vierzigtausend

* Der Alarmmodus war genauso schnell aus- wie eingeschaltet, und außerhalb dieses Modus bewegte sich Schierhuber sehr gemächlich.

Euro wollte er für die verschwundenen Marillen. Das ist ein schönes Motiv, und da zahlt es sich schon aus, dass man den Verdacht einmal in eine ganz andere Richtung lenkt.«

Hawelka hatte sich durchgedribbelt und gab kurz ab, um sich in Schussposition zu bringen.

»Aber das ist auch nur die Version von der Witwe.« Weiter Rückpass von Schierhuber. Der Angriff musste neu aufgebaut werden.

»Stimmt«, antwortete Hawelka. »Die Witwe, die ist mir übrigens sehr gefasst vorgekommen, also die Trauer, meine ich, die hat sich doch ein bisschen in Grenzen gehalten, findest du nicht?«

»Ja.«

»Und von der Marillengeschichte hat sie erst angefangen, wie ich sie drauf gestoßen hab.«

»Ja.«

»Zuerst hat sie auch die ›Jagdfreunde‹ verdächtigt.«

»Ja.«

Das Spiel wollte nicht so recht in Schwung kommen. Hawelka versuchte es mit einer Serie von Kurzpässen. »Die Vögel haben wir ja selber gesehen. Eine geplante Treibjagd hat er ihnen angeblich versaut. Dann die Alkoholvergiftung und dann noch dieser Geländewagen!« Er bemühte sich, aber von seinem Flügelstürmer aus Zwettl kam nicht viel zurück. Er versuchte einen langen Pass in den gegnerischen Strafraum. »Wir schauen uns jetzt den Rathauskamerafilm an.«

Er startete sein Notebook und steckte den USB-Stick von Gubiani ein. Schierhuber zeigte ein wenig Interesse und erhob sich vom Bett, um auch einen Blick auf den Bildschirm zu werfen.

Es war enttäuschend. Die Webcam nahm alle paar Sekunden mehr oder weniger scharfe Bilder des gesamten unteren Hauptplatzes auf. Auf dem herauskopierten Ausschnitt sah man auf dem ersten Standbild einen schwarzen Wagen auftauchen, auf dem folgenden Bild war zu sehen, wie der Wagen gerade vor dem Schuhgeschäft eingeparkt wurde.

»Geländewagen, schwarz, könnte ein Lada Taiga sein oder auch nicht«, murmelte Schierhuber. Das nächste Standbild zeigte zwei Gestalten, die im Begriff waren, zum Ladeneingang zu gehen.

»Das können Männer sein oder Frauen oder Tanzbären«, sagte Schierhuber. Hawelka nickte. Natürlich war er nicht so naiv zu hoffen, dass auf einem Rathausturm-Webcam-Bild ein Kennzeichen oder gar ein Gesicht zu erkennen war, aber ein bisschen mehr hätte er sich schon erwartet.

Laut Zeitstempel des nächsten Ausschnittes waren rund dreißig Minuten vergangen, als die beiden Gestalten wieder in ihr Fahrzeug einstiegen.

»Das können alle möglichen Leute sein«, brummte Schierhuber, um sich dann vor Enttäuschung wieder aufs Bett zu legen. Es knarrte bedenklich.

»Vielleicht wollten sie ja nur Schuhe kaufen«, versuchte Hawelka die Stimmung zu heben. »Und weil sie tagsüber viel zu tun haben, sind sie in der Nacht gekommen, haben die Herbstkollektion durchprobiert und sind dann wieder heimgefahren.«

»Oder zum Wirten«, ergänzte Schierhuber im Halbschlaf. Hawelka starrte noch eine Weile auf den Bildschirm, sah, wie sich der schwarze Geländewagen wieder vom Hauptplatz stahl. Ein paar »Filmminuten« später sah er drei kleine Striche (einer ein wenig größer und dicker), die dem vor der Pension abgestellten Benz zustrebten. An dieser Stelle forderten Mittagessen, Bier und sonstige Müdigkeitsverstärker endgültig ihren Tribut.

Später erinnerte er sich noch, dass er »Das sind wir mit dem Gubiani« gedacht hatte. Aber die Aufnahme, wie sie mit dem Benz wegfuhren, hatte er schon nicht mehr gesehen, weil er den Arm vor das Notebook auf den Tisch gelegt und in die Armbeuge den Kopf gebettet hatte und so augenblicklich eingeschlafen war.

## Heurigenbefehl

Aus dem Handy drangen vier Töne – drei kurze und ein langer –, und sofort stand Hawelka Habtacht. Das war ein Reflex. Der Bildschirm des Notebooks hatte sich mittlerweile aus Langeweile abgeschaltet, Schierhuber schnarchte den Schnarch des Gerechten, und der mittlerweile hellwache Hawelka sah sich panisch nach seinem Mobiltelefon um. Seit der junge Kollege Schütz ihm beigebracht hatte, wie man Anrufern individuelle Klingeltöne zuordnen konnte, hatte Hawelka eine Leidenschaft dafür entwickelt, passende Musikstücke für seine Kontakte zu finden. Der Berlakovic zum Beispiel hatte er die Kennmelodie von »Zeit im Bild«[*] zugeordnet. Schierhuber war durch den »Radetzkymarsch« vertreten, und wenn Bettina Sommer anrief (was praktisch nie vorkam), erklang »Ich kenne nichts, was so schön ist wie du« von Xavier Naidoo. Diesmal hatte das Handy die ersten Takte von Beethovens Fünfter Symphonie gespielt. Ein sicheres Zeichen, dass der Erzherzog dran war.

»Was hat sie gesagt?«

»Äh, wer?«

»Hawelka, sind Sie in ein Retzer Weinfass gefallen? Die Witwe von dem Kramer! Was hat sie gesagt?«

»Na ja, also es gibt schon ein Motiv für die ›Jagdfreunde‹, angeblich wollten die irgendeine große Treibjagd veranstalten, irgendwo um diese Windmühle, und das hat er ihnen gründlich versaut.«

»Ist das schon überprüft?«

»Nein, weil wir dürfen ja nicht zu offiziell auftreten, deshalb –«

»Das weiß ich selber, das brauchen S' mir nicht erklären, weil an meine Anweisungen kann ich mich erinnern, zu

* »Zeit im Bild«: eine mehrmals täglich ausgestrahlte Nachrichtensendung des Österreichischen Fernsehens.

viel ist es noch nicht mit der Altersdemenz. Wenn ich vom Überprüfen rede, dann meine ich, dass Sie sich mit die Einheimischen unterhalten sollen, gehn S' zum Heurigen, da trinken die Leute ein bisserl, dann reden sie gerne ein bisserl mehr, und wenn man zuhört, dann weiß man, was man hat. Was haben S' noch?«

»Tja, dieser Gubiani, der hat auch ein Motiv, offenbar wollte er mit angeblich gestohlenen Marillen einen Versicherungsbetrug machen, den hat ihm der Kramer offenbar vermiest.«

»Überprüfen! Was noch?«

»Wir haben ein paar eher bescheidene Aufnahmen von einer Webcam am Rathausturm, also zu der Zeit, wie wir im Keller waren. Man sieht einen schwarzen Wagen, und zwei Leute gehen dann in das Schuhgeschäft.«

»Leute, die in ein Schuhgeschäft gehen? Da müssen S' mir mehr drüber erzählen. Das interessiert mich wahnsinnig, wirklich«, säuselte der Erzherzog süffisant. Dann erklang seine Stimme wieder im Posaunen-von-Jericho-Modus: »Hawelka, wenn Sie Ladendiebe fangen wollen, dann helf ich Ihnen selbstverständlich! Das mach ich gratis, das mach ich gerne. Da geb ich Ihnen die Gelegenheit, weil ich hab Beziehungen zu verschiedene Wachdienste, die freuen sich immer, wenn ein Ex-Polizist in ihre Reihen auftaucht statt die üblichen Schwindligen, die sich sonst dort bewerben. Also, wenn Sie einen Karrieresprung machen wollen, dann sagen Sie es mir ruhig, und keine falsche Bescheidenheit!«

»Nein, aber es war doch mitten in der Nacht! Und in Retz kommt man angeblich von praktisch jedem Haus am Hauptplatz in diese unterirdischen Keller, die –«

»Ein Keller ist immer unterirdisch, sonst wär's kein Keller, sondern ein Tanzboden!«

»Ja, aber die hängen alle zusammen, und deshalb hat der Gubiani gemeint –«

»Das interessiert mich nicht, was ein verdächtiger Marillenzüchter meint!«

»Jedenfalls könnten diese Leute die Vögel aus dem Keller geholt haben. Das ist doch, also ich … wir glauben, dass das zumindest ein Ansatz wäre, wenn man den Fahrzeughalter überprüfen könnte.«

Der Erzherzog schwieg für einen Moment, er schien nachzudenken, dann sagte er: »Na gut, ich lass das Kennzeichen überprüfen. Sagen Sie's an.«

»Na ja, das Kennzeichen hat man nicht erkennen können. Der Rathausturm ist relativ hoch, und die Kamera –«

»Na, was soll man dann überprüfen?«

»Ein Geländewagen, schwarz oder auch dunkelbraun. Vielleicht ein Suzuki oder ein Lada, vielleicht auch ein anderer.«

»Ja, ja, ich geb das einmal der Frischauf zum Überprüfen, sie soll Sie morgen anrufen. Und jetzt passen Sie auf, schauen Sie sich einmal eine Frau an. Luise Bednar heißt sie. Ich hab da einen Tipp gekriegt. Aber bleiben Sie unauffällig und halten S' den Schierhuber an der kurzen Leine! Machen S' keine Tanz!* Morgen Abend will ich Ergebnisse hören. Gehen S' zum Heurigen und hören Sie sich um. Das werdets ja noch können.«

»Jawohl, wir –«

Aufgelegt.

»Gut aufgelegt?«, fragte Schierhuber.

»Bestens.«

»Hab ich eh mir gedacht.«

»Wir sollen unauffällig bleiben, aber alle Angaben von allen Zeugen überprüfen, alle Gerüchte überprüfen, eigentlich alles überprüfen und dabei immer schön unauffällig bleiben. Außerdem sollen wir dem Gubiani nichts glauben, keine Ladendiebe fangen und uns eine Frau Bednar näher anschauen«, fasste Hawelka ein bisschen trotzig zusammen. Schierhuber nickte.

---

* »Keine Tanz machen«: wörtlich »keine Tänze machen«. Nicht herumtanzen. Sinngemäß: ruhig bleiben. Trotz zahlreicher ausgezeichneter Tanzschulen und vieler Bälle in der Faschingszeit hört man bei uns die Aufforderung zum Tanz leider viel seltener als die Aufforderung, keine »Tanz« (sprich: Danz) zu machen.

»Außerdem befiehlt er uns praktisch, zum Heurigen* zu gehen«, setzte Hawelka hinzu. Sofort war zu sehen, wie sehr dieser Befehl Schierhuber zusetzte. Er verzog sein Boxergesicht zu einer traurigen Grimasse, und es war zu befürchten, dass der große Mann in Tränen ausbrechen würde.

»Na geh! Und ich hab mich schon so g'freut auf das Herumtelefonieren«, greinte er.

»Ich doch auch, Sepp!«

»Wir haben's auch grade so schön da in der Pension.«

»Das stimmt. Wunderschön!«

»Und dann hätten wir ja auch die Rathauskamerabilder noch ein paarmal anschauen können.«

»Ja. Mir gefallen sie auch jedes Mal besser. Und diese vielen Details!«

»Gestochen scharf!«

»Und der Erzherzog schickt uns weg. Das ist echt gemein.«

»Noch dazu zum Heurigen!«

»Aber da kann man nichts machen, oder?«

»Nichts.«

»Befehl ist Befehl.«

Sie alberten noch eine Weile weiter, denn nach einem Telefonat mit dem Erzherzog tat es immer gut, ein bisschen Dampf abzulassen. Außerdem tappten sie eigentlich im Dunkeln, waren wegen der seltsamen Stimmung der Berlakovic beunruhigt und fühlten sich bei dieser Mission irgendwie alleingelassen. Etwas Ablenkung würde ihnen guttun. Dass man bei einem Heurigen mit den Leuten leichter ins Gespräch kam, war auch wahr, vor allem aber boten Heurige etliche kulinarische Köstlichkeiten, die besonders Schierhuber ins Schwärmen brachten.

---

* Heuriger (so bezeichnet im Weinviertel und in Wien, außerhalb auch »Buschenschank«): ursprünglich eine saisonal begrenzte Bewirtung mit selbst erzeugten Produkten. In den Weinviertler Kellergassen öffneten die Winzer für einige Wochen im Jahr ihre Presshäuser. Ungefähr zu der Zeit, als man begann, Weihnachtsartikel schon Ende September zu verkaufen, entstanden immer mehr Ganzjahresheurige, die so typische Heurigenprodukte wie Eis, Spaghetti, Kaffee und Bier anbieten und eigentlich verkleidete Gasthäuser sind.

»Eine Presswurst in Essig und Öl mit viel Zwiebel, aber fein gehackt, nicht in Ringerln«, erklärte er unumstößlich, als sie mit dem Benz vom Hauptplatz fuhren.

»Ich hab schon ewig kein Brat'lfett'nbrot mehr gegessen«, sinnierte Hawelka.

»Ja, das kommt dann als Nächstes und eines mit Grammelaufstrich. Ich glaub, da gehören wir hinauf.«

Sie hatten in der Pension nach offenen Heurigen gefragt und sechs oder sieben in unmittelbarer Umgebung genannt bekommen. Entschieden hatten sie sich für einen, der direkt neben der Retzer Windmühle lag.

»Von dort aus könnts ihr über die ganze Stadt sehen und auch rüber bis Pulkau und Eggenburg, praktisch das ganze Retzer Land sieht man da«, hatte die Frau von der Pension gesagt. Warum nicht? Ermitteln darf ja auch Spaß machen. Sie fuhren eine enge Kellergasse entlang, folgten dann einem Feldweg und waren zwei, drei Kurven später schon am Ziel. Auf einem Hügel stand tatsächlich eine völlig intakte Windmühle – das Wahrzeichen von Retz.

Schierhuber parkte den Benz ein, sie drehten ein, zwei Runden um das Bauwerk, bestaunten es angemessen und betraten dann den Hof des Heurigen. Kaum hatten sie Platz genommen, stellte jemand eine angebrochene Flasche Weißwein und drei Gläser auf ihren Tisch und ließ sich mit fröhlichem Lachen bei ihnen nieder.

»Wo wards ihr denn so lang?«, fragte Gubiani.

»Ich höre«, sagte die Gutsherrin, aber in Wahrheit hörte sie nichts, weil der Hornist kein Wort hervorbrachte. Die eisgrauen Augen der Frau machten ihm Angst, und er hatte seinen vorbereiteten Text vergessen. Vor einer halben Stunde hatte sie ihn angerufen und zu sich beordert. Er war sofort losgefahren. Jetzt stand er also da, starrte auf seine Schuhspitzen und versuchte sein Zittern zu unterdrücken.

»Nun?«

»Ich muss das falsch verstanden haben«, murmelte der Hornist. »Ich hab mir den … Also vielleicht hat er doch nichts von den Vögeln gesagt, sondern ich hab das nur hineininterpretiert in seine –«

»Wie kann man Vögel hineininterpretieren, wenn einer irgendwas erzählt? Dieser Mensch wusste überhaupt nichts. Nichts! Er ist von einem Lokalblatt und wollte die Leute über Kramer ausfragen.«

»Ja, deshalb hab ich ja gedacht, dass er –«

»Pongratz, Sie wissen, was für Sie auf dem Spiel steht. Muss ich noch deutlicher werden?«

»Nein.«

»Sie werden jetzt nach Retz fahren und mir die richtigen Menschen bringen. Es sind zwei. Die beiden, die mit Gubiani im Keller waren und die Schießerei mit Berger hatten. Sie werden sie hierherbringen, und wenn sie nicht freiwillig mitkommen, dann will ich zumindest wissen, wie sie heißen, wo sie wohnen und wie ich sie erkennen kann. Erledigen Sie das noch heute! Das ist Ihre letzte Chance. Habe ich mich deutlich genug ausgedrückt?«

»Ja.«

»Gehen Sie, Pongratz!«

Der Hornist stolperte, als er sich umdrehte und noch während der Drehung loszutrippeln versuchte. Als er endlich draußen war, atmete er tief durch. Die Gutsherrin dagegen blieb noch für mehrere Minuten auf demselben Fleck in ihrem Vorzimmer stehen, von dem aus sie den Hornisten abgekanzelt hatte. Sie hatte ihn nur für die paar Sätze herkommen lassen. Das gehörte zu ihrer Taktik. Sie hätte ihm auch am Telefon drohen können, aber sie wusste genau, dass es auf diese Weise wirksamer war. Sie ließ ihre Lakaien immer antanzen – und Lakaien waren sie alle. Der Bürgermeister von Schrattenthal, der Hornist, der Schriftsteller, Berger, der junge Kilian, alles Lakaien! Immer schön kurzhalten, immer schön die Herrin hervorkehren. Nur nicht die Zügel locker lassen! Schließlich wollte sie etwas erreichen. Und falls jemand dagegenarbeitete, würde er sie kennenlernen!

Dem Lokalreporter rauchte der Kopf. Er hatte den Artikel in seiner Redaktion durchgeboxt. Sein Chef wollte ihn auf die nächste Ausgabe verschieben, weil bei derlei heiklen Angelegenheiten nochmals genau recherchiert werden sollte und man am besten die Darstellungen aller Beteiligten einholte, um späteren Ärger zu vermeiden. Hier waren ein Vereinsobmann, die Exekutive, »Insider« und Sonstige zitiert worden, und das machte ebendie heikle Angelegenheit aus. Wiewohl bei einer Lokalzeitung ja alles heikel war.

»Haben Sie eine Ahnung, Bachl, was für einen Tanz auf dem Vulkan jede Ausgabe unseres Blattes bedeutet?«, fragte der Chef. Nein, hatte Bachl nicht. Er war erst kurze Zeit dabei und hatte, spätestens seit der Begegnung mit der Gutsherrin, große Pläne.

»Gegen die Interventionen bei einer Lokalzeitung sind die bei einem Tagesblatt geradezu selten und meist Kinderkram. Dort muss man schon einen Populisten als Arsch bezeichnen oder einen Ex-Minister als Gauner, damit einmal wer anruft. Aber hier, in der Provinz, wird jede Zeile und jedes Foto sofort zur absoluten Provokation erhoben und bietet Anlass für Empörung, Diskussion, Drohungen und so weiter. Sie, Bachl, wissen noch nicht, was passiert, wenn Sie einen Bericht über ein Fußballmatch schreiben und dazu ein Foto bringen, auf dem einer ein Tor schießt. Weil das Match ist eins zu eins ausgegangen, warum haben Sie nur das Foto vom Tor der Mannschaft X gebracht, will der Trainer der Mannschaft Y wissen. Aber der Sponsor von der Mannschaft X will wiederum wissen, warum bei dem Torfoto sein Name, den er um teures Geld auf die Trikots hat drucken lassen, völlig unleserlich ist. Danach ruft der Schiedsrichter an und fragt, warum er in dem Artikel gar nicht erwähnt ist, und so weiter. Bachl, wenn Sie heute über den Neunziger von der Frau Sowieso berichten, haben Sie morgen den Herrn weiß Gott wen am Apparat, der sich aufregt, weil über seinen Fünfundneunziger keine Sau geschrieben hat. Schreiben Sie über die Pfarrtheateraufführung von Kleinhinterntal auf einer Viertelseite, dann verlangen die Großhinterntaler für ihr Pfarrtheater eine Halbseite. Passiert ein Unfall mit einem Toten und der dementsprechenden Bildstrecke vor dem Wirtshaus vom Hinz, so verlangt der Kunz einen Unfall mit zwei Toten. Sie schreiben über die verschwundenen Marillen von diesem Gubiani, und nächste Woche hab ich stapelweise Leserbriefe, warum wir nicht über die gestohlenen Kirschen vom Greilinger berichten. Ich sag ja, jede Ausgabe ist ein Pulverfass!«

Trotzdem hatte Bachl, der junge, ehrgeizige Lokalreporter mit der bevorstehenden Sensationsstory, seinen Chef überreden können. Und jetzt würde er sich der Gutsherrin widmen. Die hatte etwas zu verbergen, und er würde herausfinden, was. Durch den durchgeboxten Artikel hatte er ihr Vertrauen gewonnen, er war gespannt, was sie ihm als Nächstes diktieren würde. Aber was auch immer – parallel dazu begann er seine Recherchen über sie, den Bürgermeister, den Schriftsteller und die »Jagdfreunde«. Die Marillengeschichte barg schon ein bisschen Sprengstoff, doch das große Munitionslager lag noch im Dunkeln. Er würde es finden.

## Pfarrersköchin

Die Berlakovic war bereits um sechs Uhr aufgestanden, hatte eilig gepackt, geduscht und war losgefahren.

Sie fühlte sich kein bisschen verkatert, war im Gegenteil hellwach, frisch und voller Tatendrang. An den gestrigen Tag dachte sie keine Sekunde lang. Stattdessen drehte sie das Radio auf volle Lautstärke, trällerte zuerst die alten Hits auf Radio Wien mit, um ab Stockerau einen Italo-Sampler aufzulegen und Celentano, Cutugno und Co. an die Wand zu singen. Sie ließ durch das offene Fenster kühle Morgenluft ins Wageninnere, und der Luftzug zerzauste ihr das Haar.

»Jetzt geht's los! Jetzt geht's los!«, schrie sie in den Pausen zwischen den Liedern begeistert. Sie würde den beiden helfen, den komischen Erzherzogauftrag auszuführen, und im Handumdrehen wäre der Mörder gefangen, das spürte sie ganz deutlich. Und nebenbei würde sie sich durch das Angebot am Weinlesefest kosten.

Als die Autobahn kurz vor Sierndorf zu Ende war, verengte sich die Straße zu einer Art Bobbahn, und sie musste ein paar Kilometer hinter einem tschechischen Lkw herzockeln. Als die Fahrbahn für eine kurze Strecke wieder zweispurig wurde, schaltete sie herunter und gab dem Corsa die Sporen. Dann schloss sie das Fenster, drehte die Musik leiser und wählte Hawelkas Kurzwahl. Leider meldete sich nur die Mailbox.

»Kleiner Weckruf, ihr Siebenschläfer!«, rief sie, um dann ein lautes »Kikeriki!« nachzureichen. Sie unterbrach die Verbindung und rief Schierhubers Handy an. Auch nur die Mailbox.

»Burschen, das geht aber nicht, wenn die Herta einmal aufs Land kommt, will sie auch einen g'scheiten Empfang haben, ich erwarte mir einen roten Teppich, Blumen und ein Willkommenslied. Zur Not tut's auch ein Gedicht. Also, frisch ans Werk, in einer halben Stunde bin ich da!«

Damit unterbrach sie die Verbindung, drehte lauter und begann wieder zu singen. Nebenbei checkte sie mit dem Smartphone mögliche Unterkünfte in Retz. Es gab etliche Privatzimmer, eine Pension am Hauptplatz und ein »Hotel Althof«, dessen Zimmer eher in der gehobenen Preiskategorie angesiedelt waren. Aber »Was kostet die Welt?« schrie sie gegen Musik und Motorgeräusche an. »Ich hab Urlaub, und ich will mir was gönnen, also werd ich im Hotel residieren! Vielleicht ist die Honeymoon-Suite noch frei, wer weiß, was auf so einem Weinlesefest für Mannsbilder herumrennen!«

Als sie Hollabrunn passiert hatte, überlegte sie kurz, ob sie die Frischauf anrufen und ihr von ihrem Plan erzählen sollte, aber dann verwarf sie den Gedanken wieder. Die kommen auch ohne mich aus. Und ich ohne sie – bei aller Freundschaft. Dann sang sie mit Paolo Conte im Duett und fühlte sich unheimlich leicht und frei.

Im »Althof« wurde es dann nicht gerade die Honeymoon-Suite, aber sie ergatterte ein recht schönes Zimmer. Sie packte erst gar nicht aus, stellte nur ihr Gepäck ab, orderte ein opulentes Frühstück und fragte an der Rezeption nach Hawelka und Schierhuber. Nein, diese Herren logierten nicht hier. Vielleicht haben sie falsche Namen angegeben, überlegte sie und beschrieb die beiden. Leider nicht, lautete die Auskunft. Ein Irrtum war ausgeschlossen, Hawelka konnte man vielleicht verwechseln, aber Schierhuber musste auffallen. Außerdem hatte sie den Benz nirgendwo am Hotelparkplatz gesehen. Also rief sie, gemütlich kauend und Kaffee schlürfend, bei der Pension am Hauptplatz an. Ja. Ein Herr Hawelka und ein Herr Schierhuber seien Gäste im Haus. Allerdings hätten die beiden ihre Zimmer diese Nacht nicht benutzt und seien bis jetzt noch nicht aufgetaucht.

»Suchen Sie Ihren Herrn Gemahl?«

Die Berlakovic hatte gar nicht bemerkt, dass der Tisch hinter ihr besetzt war. Nun drehte sie sich um und erblickte eine Frau um die sechzig, die aussah, als käme sie direkt vom Pferderennen in Ascot. Sie trug einen, nun ja, eher originellen Hut mit einer enorm breiten Krempe, ein fliederfarbenes Kleid und einen teuer aussehenden Halsschmuck. Die dazu passende Brosche, in Herzhöhe ans Kleid geheftet, hatte als Blickfang gegen ihr Dekolleté einer böhmischen Amme keine Chance.* Ihre Ringe waren aus Gold und keineswegs schlicht zu nennen. Ihr Make-up als dezent zu bezeichnen wäre eine glatte Lüge gewesen. Auf dem Tisch vor ihr war ein Frühstück angerichtet, gegen das sich jenes der Berlakovic geradezu ärmlich ausnahm.

»Nein, nein, keinen Gemahl, ich suche einen Kol… Freund, nur einen Freund.«

»Ja, einen Freund. Das ist schön. Aber so was verstehen die Herren ja nicht, dass man als Frau oft nur einen Freund braucht. Die denken halt gleich an was anderes und machen sich falsche Hoffnungen, wollen halt immer nur das eine, die Herren. Weil auch Herren sind mehr oder weniger Männer. Sie verstehen?«

Oh ja, die Berlakovic verstand. Wenn man jahrzehntelang bei der Polizei arbeitet und ein fleischgewordenes Auskunftsbüro ist, entwickelt man eine unglaubliche Menschenkenntnis und kann zwischen den Zeilen lesen, sogar wenn man die Zeilen nicht liest, sondern nur hört. Frauen wie die an dem Tisch hinter ihr kannte die Berlakovic. Und es waren nicht die uninteressantesten. Und wenn sie momentan ohnehin nichts tun konnte, weil sich die beiden Helden irgendwo die Nacht um die Ohren geschlagen hatten und möglicherweise gerade in einem der grenznahen tschechischen Bordelle aufwachten**, dann wäre es doch vielleicht ganz lustig, sich ein bisschen mit dieser Frau zu unterhalten, die offenbar genau das anstrebte. Um das Gespräch gleich in die amüsante Rich-

* Obwohl die letzten böhmischen Ammen in Wiener Adels- und Großbürgerhäusern schon vor gut hundert Jahren im Dienst gestanden sein dürften (und kaum ein Zeitgenosse je eine solche erblickt hat), haben sie im Gehirn etlicher Männer den immerwährenden Standard für üppige Brüste eingraviert. Und Schmerzen in die Rücken ihrer Leidensgenossinnen.

** Allerdings nicht in den Armen einer böhmischen Amme.

tung zu steuern, sagte sie: »Also eigentlich sind es ja zwei. Freunde mein ich.«

»Oho! Meine liebe Frau, sie sind keine von der faden Sorte!« Die Fliederkleidfrau mit Hut drohte ihr spielerisch mit dem Finger. »Zwei Freunde! Oder was man halt so Freunde nennt. Und dann kann man sich so schwer entscheiden, nicht wahr? Aber der Mensch wächst ja mit der Aufgabe, und Sie sind jung und kräftig. Na, und diese Freunde, die sind zufrieden mit dieser – Manége-à-trois?«*

»Aber ja«, sagte die Berlakovic und kämpfte tapfer gegen ihr Lachen an. »Sind Sie auch Gast hier?«, fragte sie.

»Nein, nein, ich habe ein Haus in der Nähe und komme nur zum Frühstück hierher. Man gönnt sich ja sonst nichts. Ab und zu lernt man auch interessante … Leute kennen. Aber sagen Sie, wollen Sie mir nicht ein wenig Gesellschaft leisten? Zumindest bis Ihre beiden Herren auftauchen?«

Die Berlakovic willigte ein, und sie übersiedelten auf einen größeren Tisch, um sich frühstücksmäßig auszubreiten. Die Hutfrau mit Fliederkleid redete den Kellner mit »mein junger Freund« an, was dieser zu hassen schien. Trotzdem blieb er diensteifrig und höflich, anscheinend hatte er schon öfter Trinkgeld in hohen Dosen von ihr erhalten.

»Und Sie, was wollen Sie hier so treiben mit Ihren Herren?«

»Wir wollen, das heißt, ich will, weil die beiden wissen ja noch gar nicht, dass ich da bin, es soll eine Überraschung werden, also ich will mir die schöne Gegend anschauen, mich verwöhnen lassen und zum Weinlesefest gehen.«

»Verwöhnen lassen! Ja, das ist gut, das ist ausgezeichnet. Es gibt hier auch Sauna und ein Schwimmbecken auf dem Dach, man sieht den Rathausturm und, na ja, da ist dieser neue Masseur, also für eine unternehmungslustige Frau wie Sie ist das sicherlich interessant. Ich meine, die Herren hier in Retz, die eingefleischten Retzer selbst, sind ja nicht so besonders. Sie

---

* Ménage-à-trois: Dreiecksverhältnis (wörtlich: Haushalt zu dritt), in der Version der Dame mit Hut: Manége-à-trois: Reitschule zu dritt.

verstehen?« Sie zwinkerte der Berlakovic von Frau zu Frau zu, und diese nickte lachend und zwinkerte zurück.

»Es gibt ja kaum mehr Herren, die auf die Bedürfnisse einer Frau richtig eingehen, aber wozu erzähle ich Ihnen das, Sie sind ja bestens versorgt.«

Sie orderte zwei doppelte Mocca kurz und dazu den besten Cognac auf der Karte, »damit der Kreislauf in Schwung kommt«, wie sie rasch erklärte. Schierhuber würde sich ausgezeichnet mit dieser Dame verstehen. Aber auch die Berlakovic kam großartig mit ihr aus. Sie tranken den Mocca, nachdem sie den Cognac hineingekippt hatten, redeten übers Wetter, das Weinviertel, das bevorstehende Weinlesefest und über das Restaurant des Hotels. »Man kann ja fast nur hierher gehen«, wie die Frau erklärte. »Vielleicht gerade noch ins ›Weinschlössel‹, aber sonst ist ja hier alles viel zu gewöhnlich, das brauche ich ja nicht, ich will es mir ja gut gehen lassen, ich habe mich lange genug abgeschuftet.«

»Was haben Sie denn beruflich gemacht?«, fragte die Berlakovic einigermaßen gespannt.

»Ich war für viele Jahre freiberufliche Gesellschafterin und habe ältere geistliche Herren betreut. Durchweg feine Männer des Glaubens, die in den letzten Jahren ihres Lebens ein wenig Ansprache und Hilfe in allen Belangen des Lebens benötigt haben.«

»Aha. Das klingt interessant.«

»War es auch. Ich war sozusagen der Engel des Herrn, der diesen betagten Geistesmenschen die Letzte Ö... nein, schaun Sie sich das an, jetzt hätte ich fast ›die Letzte Ölung‹ gesagt, aber ich meine natürlich die letzte Stütze, ich war ihnen die letzte Stütze im Leben.«

»Sie Ärmste, das war sicher nicht immer einfach.«

»Ja, das kann man sagen. Einfach war es nicht. Männer sind ja nie einfach, und mit dem Alter wird das immer schlimmer mit ihnen, sie werden bockig und stur, oft richtiggehend kindisch und vernachlässigen die Körperpflege, ich könnte Ihnen Geschichten erzählen ...«

»Das glaub ich.«

»Nein! Das glauben Sie eben nicht, was man da alles erlebt. Aber, mein Gott, es sind halt alte Leut, und andrerseits, es kommt so viel zurück.«

Das glaub ich auch, dachte die Berlakovic, die zwar nicht viel von Schmuck verstand, mittlerweile aber keine Zweifel mehr daran hegte, dass es sich um echte und teure Stücke handelte, die an der anderen glänzten.

»Und jetzt sind Sie im wohlverdienten …?«

»Genau. Jetzt widme ich mich nur mehr den schönen Dingen im Leben. Zuerst habe ich die aktiven Priester betreut, ich meine, beruflich aktiv natürlich.« Sie lachte ein wenig derb, und die Berlakovic freute sich schon auf die Gespräche mit ihrer neuen Freundin, wenn ein bisschen mehr Alkohol geflossen sein würde.

»Aber dann habe ich mich mehr auf die pensionierten Herren verlegt. Die sind zwar nicht mehr so aktiv gewesen und wie gesagt oft auch kindisch, aber dafür dankbar für alles Schöne, das sie noch erleben durften, und – geh, bringen Sie uns doch noch zwei Instinktiv*, mein junger Freund … nein, für mich keinen Kaffee mehr dazu, allzu viel ist ungesund, besonders für den Pfarrersmund, das habe ich meinen Herren immer gesagt, wenn sie es mit dem Essen übertrieben haben. Wie gesagt, stur und bockig, aber sie haben dann doch auf mich gehört, ich habe meine Methoden gehabt … am Schluss hat mir noch jeder aus der Hand gefressen. Sie sind auch so eine, die gut mit den Männern umgehen kann, oder? Sagen Sie nichts! Ich kenn mich aus, meine Liebe, mir machen Sie nichts vor, wir beide sind aus demselben Holz geschnitzt, ich merk so was.«

Sie lächelte der B. verschwörerisch zu, und diese lächelte zurück, wenn auch ein bisschen gezwungen, weil ihr unfreiwillig ihr Gelegenheitsbesucher eingefallen war, den sie zukünftig nicht mehr als Gelegenheitsbesucher willkommen heißen würde. Schnell schob sie diese Gedanken beiseite. Es

* Die Dame meint: Digestif.

galt, Hawelka und Schierhuber zu finden, es galt, einen Fall zu lösen, und es galt, die Frau ihr gegenüber in erzählerische Höchstform zu bringen, dann hatte sie, die Berlakovic, an späteren polizeilichen Lagerfeuern genügend Munition, um stundenlang für Heiterkeit zu sorgen. Die Cognacs kamen, und sie prosteten sich zu. Es hätte ein gemütlicher Vormittag werden können, aber das Auskunftsbüro wollte doch langsam herausfinden, wo ihre Schützlinge steckten.

»Ich werde dann einmal eine Runde durch Ihr schönes Städtchen drehen, vielleicht finde ich ja was Interessantes.«

»Aber ich werde Sie durch Retz führen, meine Liebe. Das ist ja selbstverständlich.«

Die Berlakovic nickte zustimmend. Dieses Original an ihrer Seite würde sicherlich eine Fremdenführerin der besonderen Art abgeben. Sie vereinbarten, sich eine Viertelstunde später auf dem Hotelparkplatz zu treffen, und die B. ging auf ihr Zimmer, um sich »frisch zu machen«. Zunächst versuchte sie nochmals, ihre Schützlinge zu erreichen. Diesmal hinterließ sie keine Nachricht auf der Mailbox. Dann unterdrückte sie erneut den Drang, die Frischauf oder die Sommer anzurufen, zog sich um und eilte hinunter.

Die Pfarrersköchin saß in einem knallroten Mercedes Cabrio und war glänzend gelaunt. »Endlich einmal eine Frau nach meinem Geschmack hier«, rief sie euphorisch aus. »Die einheimischen Weiber sind ja dermaßen langweilig, aber Sie und ich, meine Liebe, wir werden ein prächtiges Gespann abgeben, das weiß ich jetzt schon. Oder nicht?«

»Da bin ich mir ganz sicher«, antwortete die Berlakovic. »Aber wir haben uns noch gar nicht richtig vorgestellt, ich finde, wir könnten Du zueinander sagen, oder? Ich bin die Herta Berlakovic. Sag einfach Herta zu mir.«

»Aber natürlich! Ich heiße Bednar, Luise Bednar, aber für dich bin ich natürlich die Luise.«

## Dunkelhaft

Als Hawelka erwachte, war es stockdunkel. Er lag auf Sandboden und fror. So viel wurde ihm schnell bewusst. Auch seiner furchtbaren Kopfschmerzen wurde er sich rasch bewusst. Aber sonst wusste er nicht viel. Grundsätzlich war das kein Problem, viele Leute wissen ja oft nicht viel. Wenn einer glaubt, viel zu wissen, dann stimmt das meistens gar nicht, und alles zu wissen ist überhaupt unmöglich. Hawelka hatte es eigentlich meist mit dem alten Griechen gehalten, der behauptet hatte zu wissen, dass er nichts wusste. Und auf vieles war er auch gar nicht neugierig.

So weit, so gut, aber einige Dinge hätte er jetzt doch gerne gewusst. Zum Beispiel, warum er hier war, wo genau er hier war und wie er hierhergekommen war. Und weil er schon einmal dabei war, wollte er auch gleich noch wissen, wo Schierhuber war und wie spät es war. Außerdem hätte er sich besser gefühlt, wenn er gewusst hätte, wo die nächste Toilette war, was gestern Abend geschehen war und wie spät es gewesen war. Denn ob gestern Abend gestern Abend war oder noch heute Abend oder aber schon vorgestern Abend, das war ihm keineswegs klar.

Er tastete sich ab und versuchte, in seiner viel zu leichten Sommerjacke sein Handy zu finden. Vergebens. Seine Brieftasche war da, sein Autoschlüssel war da, sein Handy war nicht da. Seine Dienstwaffe konnte ohnehin nicht da sein, die hatte er, wie immer, gar nicht mitgehabt. So weit, so schlecht.

Apropos schlecht – ihm selber war auch schlecht. Dieses Übelkeitsgefühl zusammen mit dem Kopfweh, der vollen Blase, der Kälte und den vom Schlafen auf dem harten Boden schmerzenden Gliedern sorgte für eine Gesamtsituation, mit der Hawelka einfach nur unzufrieden sein konnte.

Und dann kam auch noch ein ungutes Gefühl dazu. Es war zwar so, dass er sich an nichts erinnerte, aber dass es einen Partner gab, der Schierhuber hieß, und dass der eigentlich immer in seiner Nähe sein sollte – daran erinnerte er sich sehr wohl. Und er erinnerte sich auch daran, dass dieser Schierhuber ein begnadeter Schnarcher war. Soll heißen, wenn er hier irgendwo in der Nähe schlief, dann wäre das nicht leicht zu überhören. Hawelka hielt den Atem an, um zu lauschen, und dachte im selben Augenblick daran, wie unnötig das war, er hatte nämlich bis dahin auch nicht gerade viel Wirbel gemacht, aber unabhängig davon war das Ergebnis eindeutig:

Niemand schnarchte.

Was unter anderen Umständen erfreulich gewesen wäre, machte ihm jetzt ziemliche Sorgen. Zum einen natürlich wegen der Ansprache, denn wenn man in fremder Umgebung im Dunkeln erwacht und sich einem der Verdacht aufdrängt, dass das noch eine Zeit lang so bleiben wird, dann freut man sich über jede Form von Ablenkung, zum Beispiel einen Gesprächspartner, mit dem man die bescheidene Lage erörtern kann. Zum anderen aber war es einfach die Sorge um seinen Partner, denn wenn jemand nicht schnarcht, dann kann das zwar bedeuten, dass er es sich spontan abgewöhnt hat, aber dann würde er wenigstens leise weiteratmen, was momentan – Hawelka hielt erneut die Luft an und lauschte angestrengt – nicht der Fall war. Nun wuchs seine Sorge, denn wenn jemand nicht atmet, bedeutet das selten, dass er es sich spontan abgewöhnt hat, sondern … also da gibt es verschiedene Möglichkeiten. Hawelka hoffte jetzt inständig, dass er Schierhuber deshalb nicht atmen hörte, weil er gar nicht da war.

Komisch, dachte er. Bis vor ein paar Sekunden hab ich gehofft, dass der Sepp da ist, und jetzt wünsch ich mir, dass er nicht da ist.

Irgendwo im Hinterkopf hegte er auch die Hoffnung, dass Schierhuber nicht nur nicht da wäre, sondern dort, wo er stattdessen wäre, auch nicht mehr lange bliebe, sondern kommen und ihn befreien würde. Am besten sehr bald, weil der Durst, der Blasendruck und die Sorgen jetzt rapide zunahmen. Das Kältegefühl sowieso. Er begann, auf der Stelle zu marschieren und mit den Armen um sich zu schlagen, um das Blut wieder zum Zirkulieren zu bringen.

Was haben die geschrieben? Um die zehn, zwölf Grad hat es da herunten, überlegte er. Mit dem Sommergewand hab ich da keine Chance. Es war ihm klar, dass er wieder in einem der hundert Kellergänge sein musste, möglicherweise auch in einem separierten Verschlag wie dem mit den Vogelkadavern oder in dem versperrbaren Abteil eines Hauskellers, jedenfalls waren Boden und Wände aus dem typischen gepressten Sand, so viel hatte er bald ertastet. Mit ausgestreckten Armen machte er ein paar Schritte in irgendeine Richtung, gelangte an eine Wand, drehte sich auf dem Absatz um, ging in die entgegengesetzte Richtung, stieß wieder gegen eine Wand, machte eine Vierteldrehung, Schritt, Schritt, Schritt, streifte dann seitlich an eine Wand, aber immerhin, das könnte eine Röhre sein, und eine Röhre ging in eine bestimmte Richtung, und in die Richtung würde er jetzt auch gehen.

Während er langsam vorwärtsmarschierte, dachte er erleichtert daran, dass er bei seinem vorigen Herumtasten an nichts Liegendes gestoßen war, genauer: an keinen liegenden Körper. Noch genauer: an keinen toten Schierhuber.

»Sepp!«, rief er. »Sepp!« Es klang nicht besonders laut, der Sand schluckte alle Geräusche. Aber wenn der andere vielleicht nur zehn, fünfzehn Meter entfernt in einer anderen Nische oder einem Seitengang war, dann musste er ihn hören.

Außer er schlief und schnarchte außerhalb von Hawelkas Hörweite friedlich vor sich hin. Dann würde ihn ein »Sepp!« sicher nicht so leicht wecken.

»Alarm! Alarm, Sepp, Alarm!« Das war das Zauberwort. Wenn hier irgendwo ein Polizist aus Zwettl geschlafen hatte, dann war er jetzt wach. Wieder hielt Hawelka den Atem an und lauschte. Es blieb absolut still.

Die Gutsherrin faltete die Zeitung zusammen. Der Reporter hatte Wort gehalten und die Marillengeschichte genau so gebracht, wie sie es wollte. Damit würden sich also jetzt nicht nur die Ermittler herumschlagen müssen, sondern auch eventuelle Quereinsteiger. Sie überlegte gerade, ob sie den Hornisten zu sich zitieren sollte, als er von selbst anrief.

»Es tut mir leid, ich hab sie nicht finden können. Ich weiß mittlerweile, wer sie sind, aber ich hab nicht mit ihnen reden können, sie sind verschwunden. Gestern Nacht.«

»Pongratz, ich hab genug von Ihren Ausflüchten. Wer sind diese Leute?«

»Sie heißen Hawelka und Schierhuber und wohnen seit zwei Tagen in der Pension am Hauptplatz. Gestern Abend waren sie beim Windmühlenheurigen, aber es war immer jemand bei ihnen, also hab ich dann vor der Pension im Auto gewartet, bis sie heimkommen, aber sie sind nicht gekommen, bis jetzt nicht, ich bin um vier heimgegangen und hab jetzt noch mal angerufen, aber sie sind noch nicht da.« Während der Hornist berichtete, machte sich die Gutsherrin ein paar Notizen. Schließlich sagte sie: »Suchen Sie die Männer, Pongratz, und bringen Sie sie hierher.« Dann legte sie auf.

»War das Pongratz?«, fragte der Schriftsteller. Er hatte seit dem Frühstück kaum ein Wort gesagt.

»Ja. Er hat diese Maulwürfe identifiziert, aber sie sind ihm entwischt.«

»Das ist alles sehr betrüblich«, entgegnete er. Dann starrte er wieder zur Decke wie schon die ganze Zeit zuvor. Die Gutsherrin sah ihn aus schmalen Augen an.

»Merkenbrechter, ich will, dass Sie nach Retz fahren und sich dort ein wenig umsehen.«

»Nach Retz? Aber ich war schon seit Monaten nicht mehr in Retz.« Das war richtig. Eigentlich hatte er den Hof seit Monaten überhaupt nicht verlassen.

»Umso besser«, sagte die Gutsherrin. »Sie werden unauffällig nach zwei Herren Ausschau halten, einem … Hawelka und einem Schierhuber. Sie wohnen in der Pension am Hauptplatz. Wie sie aussehen, werde ich bald erfahren und Ihnen dann mitteilen.«

»Ich weiß nicht, ob ich dafür der geeignete Mensch bin.«

»Sind Sie.«

»Ich habe da meine Zweifel. Es –«

»Ich nicht.«

»Aber ich weiß wirklich nicht, ob ich das richtig machen werde, ich –«

»Gehen Sie! Wir sagen Ihnen dann schon, ob's passt oder nicht!«

Sie hatte ihn so heftig angefahren, dass er unwillkürlich aufsprang. »Wie Sie wünschen«, blökte er zurück und stampfte beleidigt zur Tür.

»Und Merkenbrechter«, hielt ihn die Gutsherrinnenstimme zurück, »behalten Sie dabei auch gleich Pongratz im Auge. Aber unauffällig! Er darf nicht merken, dass wir ihn kontrollieren, verstanden? In letzter Zeit kommt er mir sehr angespannt vor. Das ist er zwar sonst auch immer, aber irgendwie wirkt er auf mich wie das wandelnde schlechte Gewissen. Also, behalten Sie ihn im Auge. Haben wir uns verstanden?«

»Verstanden«, murmelte der Schriftsteller und ging.

»Haben wir uns verstanden?«

»Verstanden«, murmelte die Frischauf und wartete, dass der Erzherzog endlich ging. Vor zehn Minuten war er ins Auskunftsbüro gekommen und hatte sie kollektiv wegen ein paar Nichtigkeiten angeschnauzt. Das war nicht neu. Neu hingegen war, dass er persönlich kam. Normalerweise zitierte er die Auskunftsbürofrauen zu sich in die Kanzlei. Und weil Kanzlei mit Kanzel zu tun hat, kanzelte er sie dort ab. Dass er jetzt in ihr Reich eindrang, empfanden die drei Grazien als höchst unangenehm und hofften, dass es ein Einzelfall blieb.

»Apropos«, der Erzherzog drehte sich in der Tür um, »haben sich zufällig die Kollegen Hawelka und Schierhuber aus Hamburg gemeldet?«

»Wieso aus Hamburg?« Die Frischauf hatte automatisch gefragt, und erst als sie das erschrockene Gesicht der Sommer sah, wurde ihr der Fehler bewusst. Unbewusst hingegen machte sie jetzt eine Bewegung, als wolle sie sich auf den Mund schlagen.

»Na, weil sie dort sind«, schnappte die Forstner ebenso geistesgegenwärtig wie verächtlich aus ihrer Ecke.

»Nein, die Kollegen haben sich nicht gemeldet. Nicht einmal eine Karte haben sie uns geschickt aus Hamburg.«

Die Sommer hatte ihrer Stimme einen leicht anklagenden Ton gegeben, sie schürzte die Lippen und warf dem Erzherzog einen vorwurfsvollen Blick zu, als habe er persönlich die Karte abgefangen. Das kam sehr natürlich und war ein erprobtes Mittel bei praktisch allen Männern, mit denen sie zu tun hatte – außer beim Erzherzog. Der war anscheinend unempfänglich für alle Signale, die eine Bettina Sommer senden konnte. Aber durch die Vorarbeit der Forstner genügte ihre kleine Einlage, um den Erzherzog bezüglich Hamburg in Sicherheit zu wiegen.

»Falls die Herren sich doch einmal bequemen sollten anzurufen, dann sein S' doch so knieweich und stellen mir das Gespräch durch«, schloss der Erzherzog seine Truppeninspektion ab und schloss die Tür hinter sich.

»Scheiße, das war knapp, ich blöde Urschel hab nicht nachgedacht, ich war schon drauf und dran, ihm zu sagen, dass sie in Retz sind.« Die Frischauf schüttelte den Kopf über sich selbst.

»Aber das weiß er doch eh«, sagte die Sommer, »und wissts ihr was? Ich glaub, er weiß auch, dass wir es wissen. Weil er ist vielleicht ein alter Grantscherben* und kann ganz schön beleidigend sein, aber dumm ist er nicht. Das muss ihm doch klar sein, dass die zwei uns gesagt haben, dass er sie nach Retz geschickt hat, oder?«

»Wurscht**«, kam es aus der Forstner-Ecke, und gleich darauf war das maschinengewehrartige Geräusch ihres Tippens

---

* Grantscherben: ein Topf voll schlechter Laune.

** Wurscht – Variante 1: Abkürzung für »Des is wurscht«: »Nach reiflicher Überlegung bin ich zu der Erkenntnis gelangt, dass alle vorliegenden Möglichkeiten zu ein und demselben Ergebnis führen, die Frage, welche Wahl also nun zu treffen ist, ist somit irrelevant.« Variante 2: Abkürzung für »Des is ma wurscht«: »Dieses Thema interessiert mich in etwa ebenso brennend wie ein Exkurs über die Verdauung von Kim Jong-un.«

zu hören, das sie vorhin erst auf eindringliche Aufforderung des Erzherzogs unterbrochen hatte.

»Vielleicht ist das auch so eine Art ›offizielle‹ Regelung. Er weiß es zwar genau, darf es aber nicht sagen, damit er sich absichert.«

»Ja, stimmt, das kann so ein Geheimauftragdings sein!«, ereiferte sich jetzt Bettina Sommer. »Wo der Präsident dem James Bond sagt: ›Dieses Gespräch hat nie stattgefunden, wenn Sie auffliegen, dann kennen wir uns nicht, und meine Generäle dementieren alles.‹«

Aus der Forstner-Ecke kam ein verächtliches Schnauben. Es konnte aber auch sein, dass die Forstner einen beginnenden Schnupfen hatte. In ihrem Anschlag hingegen war keine Unregelmäßigkeit feststellbar. Die Frischauf, die gegen schlechte Laune ebenso immun war wie der Erzherzog gegen weibliche Reize, ließ sich nicht aus der Ruhe bringen und führte die Blödelei fort: »Glaubts ihr, er hat ihnen auch selbstschießende Hemdknöpfe und ferngesteuerte Kampfgelsen* mitgegeben? Und im Schierhuber seinem alten Benz ist jetzt ein Raketenwerfer eingebaut?«

»Das hat der Sepp bestimmt schon längst selber erledigt«, mutmaßte die Sommer. »Außerdem haben sie sich sicher verkleiden müssen.«

»Ja, der Josef mit langen Haaren und Hipster-Vollbart und der Sepp als Punkerin.«

»Genau, und sie reden nur in Geheimcodes: Alphapunk von Hipster-Guru, ich sehe einen Nullsiebenundsiebziger links vom Zielobjekt. Geben Sie elf vierzig!«

»Verstanden, Hipster-Guru, aber passen Sie auf, dass kein Dreiundachtziger in der Nähe ist.«

Sie lachten ein bisschen, während sich das Tipptempo der Forstner noch ein wenig steigerte und der Strich ihrer

* In Österreich werden lästige Mücken »Mücken« genannt. Mücken, die ein hohes singendes Geräusch von sich geben, stechen und einem das Blut aussaugen, heißen »Gelsen«. »Kampfgelsen« sind die bösartigsten Gelsen und somit die Ninjas unter den Mücken.

zusammengekniffenen Lippen noch ein bisschen schmaler wurde. Dann wurde auch die Frischauf wieder ernst.

»Hat sich die Herta vielleicht bei dir gemeldet?«

»Nein. Bei dir?«

»Auch nicht. Das ist schon irgendwie komisch. Gestern der plötzliche Urlaubsantrag und ein überstürzter Abgang und jetzt Funkstille. Ich hab sie schon zweimal angerufen, aber sie hebt nicht ab. Glaubst du, wir müssen uns Sorgen machen?«

»Ich weiß nicht. Normalerweise ist die Herta nicht gerade der Mensch, um den man sich Sorgen machen muss.«

»Ja, aber die komische Laune vorgestern und so ... irgendwas ist mit ihr.« Die Frischauf zückte ihr Handy und versuchte es noch einmal. »Mailbox. Na ja, vielleicht braucht sie ihre Ruhe und will nicht abheben, weil sie glaubt, wir wollen was Dienstliches von ihr.«

»Kann schon sein. Probieren wir's am Nachmittag noch einmal.«

Hawelka irrte durch die Dunkelheit. Der Gang war nicht breiter als eins fünfzig. Wenn er die Arme ausstreckte, berührten seine Fingerspitzen gerade noch die Seitenwände. Es schien eine Weile einfach geradeaus zu gehen, dann stand er vor einer Wand, orientierte sich tastend und folgte dann einem scharfen Linksknick. Es war ihm, als ginge es leicht bergab. Nach ein paar Metern hielt er inne.

»Blödsinn«, sagte er laut, »wenn ich rauskommen will, muss ich ja bergauf gehen.« Er drehte sich um, tastete sich zurück zum Knick und suchte die Wände nach einer anderen Öffnung oder Abzweigung ab. Leider fand er nichts, also ging er zurück zum Ausgangspunkt. Wie lange war er bis zum Knick gegangen? Vielleicht drei Minuten im Dunkeln? Mit vorsichtigen, kleinen Schritten, das konnten nicht mehr als zwanzig Meter sein. Aber schon nach einer halben Minute stand er wieder an einer Wand, und die einzige Möglichkeit weiterzukommen war rechts von ihm. Auch dieser Weg führte bergab. Hawelka fluchte.

Aber wenn ich nichts übersehen habe, dann waren da unterwegs keine anderen Abzweiger, der Weg zum Ausgang muss also da unten irgendwo sein. Er ging weiter, in der Hoffnung, unten irgendwo auf einen Abzweiger zu stoßen, der ihn dann hinaufführte.

Nach ungefähr dreißig Metern streifte etwas über seinen Kopf. Er erschrak gewaltig, riss die Hände zur Abwehr über den Kopf und prellte sich die Finger an der Decke. War der Gang schon die ganze Zeit so niedrig gewesen? Er zog den Kopf ein und ging gebückt ein paar Meter weiter, eine Hand auf den Kopf gelegt, die andere nach vorne in die Dunkelheit gestreckt, um nirgends anzustoßen. Dann hatte er Gewissheit. Die Decke wurde immer niedriger, und als er die Arme ausstrecken wollte, bemerkte er, dass der Gang auch immer schmaler wurde. Nach drei Metern ging es nicht mehr weiter. Die Kellerröhre endete hier.

Verzweifelt ließ er sich zu Boden sinken und atmete tief durch. Noch immer war ihm kalt, und noch immer dröhnte sein Kopf. An seine Blase wollte er gar nicht denken. Eigentlich wollte er gar nichts mehr denken und auch gar nichts mehr tun. »Aber dann verrecke ich hier unten«, sagte er sich, »ich muss weiter.« Also rappelte er sich nach zwei, drei Minuten wieder hoch und kämpfte sich den Weg zurück. Der erste bergab führende Gang musste der richtige gewesen sein. Wieder schätzte er die Zeit, die er bisher für seine Expedition gebraucht hatte. Sieben Minuten? Acht? Zehn? Wenn nichts dazwischenkam! Beim ersten »Rückmarsch« hatte er seinen Ausgangspunkt irgendwie verpasst und war in die verdammte Sackgasse gelangt. Dann dreh ich aber durch, sagte er sich.

Diesmal ging alles gut, nach gut fünf Minuten erreichte er wieder den Linksknick und spürte die Neigung des Untergrundes. Von nun an ging's bergab, witzelte er in Gedanken und begann, seine Schritte zu zählen. Sieben, acht, neun … bei normalem Gehen ist ein Doppelschritt ungefähr eins zehn, eins zwanzig lang, überlegte er. Vorher war ich übervorsichtig, da war ein Doppelschritt vielleicht nur achtzig oder knapp darüber, aber jetzt müsste sich ziemlich genau ein Meter ausgehen. Dreizehn, Vierzehn.

Was es brachte, seine Schritte in Meter umzurechnen, wusste er nicht genau. Es war kaum anzunehmen, dass irgendwo auf einem Schild stand: »Nach zwanzig Metern biegen Sie links ab!« Übrigens war auch nicht anzunehmen, dass auf dem Schild stehen würde: »Nach vierzig Doppelschritten biegen Sie links ab!« Aber die Entfernung zu einem markanten Punkt zu wissen ist schon ganz nützlich, egal, ob in Schritten oder Metern. Wenn man noch mal zurückmuss zum Beispiel. Siebenundzwanzig, achtundzwanzig, neunundzwanzig, dreiß… Er stand vor einer Wand. Tastete sich nach links und stand ebenfalls vor einer Wand. Tastete sich nach rechts und folgte der Röhre. Er merkte sich die dreißig Schritte von vorhin und die Rechtsabbiegung, die beim Rückweg eine Linksabbiegung sein würde, und begann erneut zu zählen, eins, zwei, dann hielt er inne.

Etwas hatte sich verändert. Es war mehr ein Gefühl als eine tatsächliche Wahrnehmung. Er streckte die Arme zur Seite. Der Gang war breiter geworden, seine Fingerspitzen erreichten die Wand nicht mehr. Seitenschritt nach links – keine Wand. Noch einer – nichts. War das wieder eine Kurve oder ein Knick? Zwei Seitenschritte zurück, zur Ausgangsposition, jetzt nach rechts – nichts. Zweiter, dritter, vierter – nichts. Arme nach oben strecken – nichts. Springen – keine Decke zu erreichen. Er war in einen größeren Raum gelangt. Jetzt spürte er auch unter seinen Füßen die Veränderung. War er zuvor auf sandigem Untergrund gegangen, so war hier der Boden mit Ziegeln ausgelegt. War das vielleicht ein größerer Lagerraum für Weinfässer gewesen? Augenblicklich wurde er euphorisch.

Wenn die schwere Fässer hereingebracht haben, dann ist der Raum sicher nicht weit vom Eingang entfernt, dachte er. Die werden doch nicht mit der schweren Last unter der halben Stadt durchmarschiert sein.

Gleich darauf stolperte er über einen Stein, fing sich gerade noch ab, stieß an einen zweiten, dann gleich an einen Haufen aus mehreren, und nachdem er sich gebückt und den Boden vor sich abgetastet hatte, wurde es ihm klar: Das Gewölbe war an dieser Stelle eingestürzt, vor ihm kein Ausweg, nur mehr ein Haufen Sand und Ziegel.

»Nein! Neinneinneinnein ... So eine verdammte –« Er brach ab. Das lag am Lungenvolumen. Hawelka war kein geübter Sänger, das sehr emotional vorgetragene »Nein!« und danach das lang gezogene »Neinneinneinnein« hatten die Lunge leer gepumpt. Das reflektorische Einatmen vor dem akzentuierten »So eine verdammte –« hatte zu wenig Luft in die Lunge befördert, als dass sich das nächste Wort laut und deutlich, mit lang gezogenem »e« am Schluss, ausgehen würde. Daher hatte er an dieser Stelle Luft holen müssen, und in diesem kurzen Moment der Stille hatte er links von sich etwas gehört. Eine Art ... Schnaufen? Oder war es ein Grunzen? Er hielt die soeben angesaugte Luft an und konzentrierte sich. Wieder ein seltsames Schnauben. Waren hier etwa Tiere unter der Erde? Würde ihn ein Höhlenbär anfallen? Wieder ein Grunzen und Brummen, dann ein ausgiebiges lautes Gähnen.

Ein Gähnen?

»Mein Gott, hab ich Schädelweh!«, sagte Schierhuber. »Eines von den siebzehn Achteln muss schlecht g'wesen sein.«

Die Pfarrersköchin hatte ihren auffälligen Hut mit einem langen Seidenschal unter ihrem Kinn festgebunden – »Damit wir den Fahrtwind so richtig schön genießen können!« – und eine große Sonnenbrille aufgesetzt. So waren sie zunächst eine Runde durch die Umgebung gebraust, wobei die Pfarrersköchin unablässig redete. Was genau, konnte die Berlakovic wegen der Wind- und Motorengeräusche nicht verstehen, sie begnügte sich damit, ab und zu beifällig zu nicken oder »Ja, ich verstehe!« zu schreien. Eine durchaus ungewohnte Rolle für sie.

Nachdem sie auf diese Art an Schrattenthal vorbeigefahren und bei Pulkau abgebogen waren, näherten sie sich Retz nun von einer anderen Seite. Nach Deinzendorf und Zellerndorf bogen sie in Watzelsdorf erneut ab und hatten bald darauf einen herrlichen Blick über die Stadt und die umliegenden Hügel.

»Na, ist das schön?«, fragte die stolze Fremdenführerin, als hätte sie selbst zuerst das Land erschaffen und danach die Stadt gegründet.

»Ja, ich verstehe!«, schrie die Berlakovic zurück, die kein Wort verstanden hatte.

Zurück in der Stadt, fuhren sie an einem Schloss vorbei, zwängten den Wagen durch eine schmale Gasse und drehten dann eine Ehrenrunde um den Hauptplatz. Es fehlte nicht viel, und die Pfarrersköchin hätte dem Volk zugewinkt.

»Sie bauen schon die Stände für das Weinlesefest auf.«

»Ich hab schon davon gehört«, sagte das Auskunftsbüro, das momentan eher ein Auskunftsempfänger war. Dann deutete ihre neue Freundin im Vorbeifahren auf diverse Gebäude und ratschte ein paar Begriffe herunter (Rathaus, Sgraffitohaus, Verderberhaus, »Konditorei Julia«, Znaimertor, Windmühlengasse), um schließlich nach einer kurzen Strecke durch eine

Kellergasse, die mitten in der Stadt begann, stolz zu verkünden: »Und das ist die Windmühle, das Wahrzeichen der Stadt.«

Das Erste, was der Berlakovic auffiel, war der Parkplatz gleich neben der Mühle. Nicht weil er so gut zu der alten Windmühle gepasst hätte, sondern weil dort Schierhubers Benz stand und in der Septembersonne funkelte.

Der Schriftsteller war unglaublich wütend. Er war nicht der Mann für solche Aufträge! Sich »umhören« und jemanden »beschatten«! Das war etwas für stumpfsinnige Befehlsempfänger oder romantische Abenteurer, aber doch nicht für ihn! Er war ein Geistesmensch. Ein Denker! Ein Philosoph! Gerade jetzt war er in eine Phase eingetreten, in der ihm jederzeit der »große Einfall« kommen konnte. »Der große Einfall«, wie er es nannte, war das alles Entscheidende, der göttliche Funke, die geniale Idee. Das, was jedes Werk braucht, um zu etwas Besonderem zu werden. Und die Gutsherrin wollte das Besondere, das war klar.

Das war ihm klar, und das war auch dem Hornisten klar. Deshalb saß er nun schon seit Monaten auf dem Gutshof und sinnierte vor sich hin. Geschrieben hatte er in dieser Zeit ungefähr vierundvierzig Zeilen. Es waren jeweils die ersten zwei oder drei Sätze einer Inhaltsangabe des Werkes. Gezählte sechzehn Blätter, die er allesamt nach den Anfangssätzen wütend aus der Schreibmaschine* gerissen und zerknüllt hatte. Die Gutsherrin fragte in regelmäßigen Abständen nach seinen Fortschritten, und er merkte wortkarg an, dass das Werk immer klarere Konturen annehme und dass er in eine entscheidende Phase eingetreten sei. Das war vielleicht ein bisschen geschönt gewesen. Aber nicht wirklich gelogen. War nicht das Suchen, das Denken, das Fischen im Nichts auch eine entscheidende Phase? Na eben.

Aber jetzt, und das war das Verrückte, jetzt, wo sie ihm diesen unübersichtlichen, stumpfsinnigen Auftrag gegeben

---

* Joseph F. Merkenbrechter war keiner dieser stillosen Schmierenschreiber, die einen Computer verwendeten.

hatte, jetzt, wo er Detektiv spielen sollte, gerade jetzt hätte er dringend an der Schreibmaschine sitzen müssen. Denn jetzt löste sich der Knoten endlich. Nach monatelangem Dahindümpeln auf dem Gutshof, nach monatelangen Grübeleien und ersten Sätzen und tiefer Verzweiflung, nach monatelangen Lügen über den Fortschritt des Werkes, nach monatelanger Furcht vor der Gutsherrin – hatte er endlich eine Idee. Aber nicht irgendeine vage Idee, nicht irgendeine Idee für die ersten Sätze der Inhaltsangabe, sondern eine große Idee das ganze Werk betreffend. Diese große Idee war wie eine Eingebung.

Freilich war die Idee noch nicht sehr konkret, es musste noch einiges klarer werden, sich aus dem Nebel des genialen Chaos herauslösen, aber eines konnte er ganz deutlich erkennen: Es handelte sich um etwas Großes.

Und gerade jetzt sollte er den Hornisten überwachen. Was für eine Idee! Die Gutsherrin wusste natürlich, dass er nicht der geeignete Mann dafür war. Der Auftrag war nur eine ihrer Machtdemonstrationen. »Wess' Brot ich ess, dess' Lied ich sing«, das hatten schon die fahrenden Sänger im Mittelalter zur überlebensnotwendigen Maxime erhoben, und so war es heute für ihn. Aber nicht mehr lange. Das Werk würde den Meister loben, und dann wäre Merkenbrechter mit einem Schlag der Geiselhaft der Gutsherrin entkommen, und auch mit dem Hornisten musste er sich dann nicht mehr herumschlagen.

Den Hornisten hasste er.

Den Bürgermeister von Schrattenthal hasste er womöglich sogar noch mehr.

Aber am meisten hasste er die Gutsherrin, in deren Zweitwagen er nun in Retz einfuhr. Zuerst dachte er daran, direkt vor dem Haus des Hornisten zu parken, aber dann fiel ihm ein, dass Pongratz den Wagen natürlich erkennen würde. Also parkte er zwei Gassen weiter, setzte sich eine Sonnenbrille auf (was unnötig war, weil ihn der andere mit oder ohne Brille kennen würde) und schlenderte an Pongratz' Haus vorbei. Es war nicht festzustellen, ob jemand zu Hause war. Also drehte er eine gemächliche Hauptplatzrunde und setzte sich sodann in den Vorgarten einer Pizzeria, um vor sich hin zu brüten und den Vorübergehenden finstere Blicke zuzuwerfen. Keine fünf Minuten später kam der Hornist. Der Schriftsteller verbarg sich hinter einer Zeitung, die er geistesgegenwärtig vom Nachbartisch genommen hatte. Der Hornist setzte sich drei Tische weiter, ohne ihn zu bemerken.

Der Lokalreporter hatte den Schriftsteller und den Hornisten von Weitem erkannt und war ihnen ausgewichen. Die Gutsherrin hatte nach dem Erscheinen seines Artikels zwar ein wenig Vertrauen zu ihm gefasst, dennoch musste sie nicht unbedingt erfahren, dass er sich nach wie vor in Retz herumtrieb. Die Marillenstory war eine Sache, die Vögel eine andere. Er würde beide recherchieren und beide Geschichten an die Öffentlichkeit bringen und ganz nebenbei auch den Mord aufklären. Wo genau er jetzt ansetzen sollte, war noch nicht ganz klar, aber er musste auf jeden Fall mit der Witwe reden. Allerdings war er nicht sicher, ob deren Haus nicht beobachtet wurde. Er hatte es einige Male am Telefon versucht, aber niemand hatte abgehoben.

Irgendwann muss sie doch raus, einkaufen, frische Luft schnappen, Behördenwege wegen des Begräbnisses erledigen oder sonst was, dann rede ich sie an, dachte er und ließ sich auf einer Bank beim Rathaus nieder. Ringsum wurden Stände für das Fest aufgebaut, und er vertrieb sich die Zeit damit, den Arbeitern zuzusehen. Er war kaum zwei Minuten gesessen, als ein untersetzter Mann mit verschmitzter Miene sich neben ihm niederließ.

»Na, genießen Sie auch einen freien Tag im schönen Retz?«

»Äh, ja … zum Teil. Ein bisschen werde ich auch arbeiten müssen.«

»Tja, das bleibt uns allen nicht erspart manchmal, gell? Immer wenn man ein bisschen ausspannen will, holt einen die Arbeit ein, haha. Aber von irgendwoher kenn ich Sie, kann das sein?«

»Ich weiß nicht. Vielleicht. Ich schreibe für die Lokalzeitung.«

»Ah ja, das wird es sein«, freute sich der andere. »Sie sind also ein Mann des Wortes, haha, aber ich hab mich noch gar nicht vorgestellt. Gubiani, heiß ich, Karl Gubiani.«

»Sepp!«, schrie Hawelka freudig überrascht. Dann beruhigte er sich sofort wieder, in Männerfreundschaften gibt es so etwas wie Sich-vor-Freude-in-die-Arme-Fallen nicht, Angst-umeinander-Haben gibt es schon gar nicht. Das wäre wegen der Dunkelheit auch nicht gut möglich gewesen, er ahnte nur ungefähr, wo Schierhuber lag oder stand. Also fragte er in die Finsternis: »Sag einmal, hast du die Achteln gezählt? Waren es wirklich nur siebzehn?«* Was er damit eigentlich ausdrücken wollte, war: Kannst du dich tatsächlich an irgendwas erinnern?

»Vielleicht siebzehneinhalb, mehr sicher nicht. Aber ich kann mich nicht genau erinnern.«

»Nicht genau?«

»Jetzt, wo wir davon reden, also nicht genau, oder besser gesagt – überhaupt nicht. Nein. Aber irgendwas muss wirklich wodrinnen gewesen sein. Normal ist das nicht. Und hast du auch so Schäd'lweh?«

»Aber so, dass die Hälfte genug wär.«

»Wo sind wir da eigentlich?«

»Im Retzer Keller, schätz ich.«

»Der geht mir langsam auf die Nerven, der Keller«, brummte Schierhuber und fluchte gleich darauf, weil er sich den Fuß an herumliegenden Ziegeln gestoßen hatte. Dann fragte er: »Und wie sind wir da hereingekommen?«

»Ich hab gehofft, dass du das noch weißt, weil ich hab keinen blassen Schimmer.«

»Ich auch nicht. Apropos Schimmer: Hast du ein Handy oder was anderes, was leuchtet?«

»Nein.«

---

* Natürlich wusste Hawelka, dass das mit dem einen schlechten unter siebzehn Achteln nur ein Spruch war, aber zum Schein darauf einzugehen gehört mit zu den ungeschriebenen Gepflogenheiten von Männergesprächen.

»Ich auch nicht. Dienstwaffe, Handy, Schlüsselanhängerlampe, alles weg. Da war einer ganz schön gründlich.«

Hawelkas Mut sank. Wenn nicht einmal mehr Schierhuber, der Inspektor Gadget unter den Polizisten, Brauchbares in den Tiefen seiner Rocktaschen fand, dann war die Lage hoffnungslos.

»K.o.-Tropfen«, meinte Schierhuber jetzt aus der Entfernung. Anscheinend hatte er es vorläufig aufgegeben, sich näher heranzutasten. Hawelka verstand nicht gleich.

»Bitte? K.o.-Tropfen?«

»Ich weiß nichts mehr, du weißt nichts mehr, wir sind mit irgendwem mitgegangen oder hergebracht worden, haben Schädelweh und haben uns austasch'ln* lassen. Das geht nicht mit ein paar Achteln, da hat uns wer K.o.-Tropfen gegeben, das schwör ich dir.«

Die Schierhuber-Theorie klang logisch. Tatsächlich waren die Zeiten, wo Hawelka durch exzessiven Alkoholgenuss einen Filmriss gehabt hatte, schon etliche Jahre – nein, das stimmte nicht, das heißt, es stimmte schon, dass er viele Jahre keinen Filmriss gehabt hatte, bis … ja, bis auf den Filmriss bei der Forstner vor knapp zwei Wochen. Also theoretisch könnte es bei ihm gestern wieder passiert sein, aber bei Schierhuber schien Alkohol, auch in großen Mengen, kaum Wirkung zu zeigen.

»Wir sind essen gegangen«, versuchte Hawelka eine Rekonstruktion des vorigen Tages.

»Das weiß ich noch. Tadelloses Essen. Dann in die Pension.«

»Ja. Wir haben die Bilder von der Rathauskamera gesehen. Und uns geärgert, dass man das Kennzeichen nicht erkennen kann. Und dann hat der Erzherzog angerufen, oder?«

»Genau. Und der hat gesagt, wir sollen irgendeine Frau …«

»… genau, eine Frau Benda oder so sollen wir uns anschauen, ich hab den Namen eh aufgeschrieben.«

---

* Austasch'ln (austascheln): die Taschen von jemandem untersuchen und ausräumen (wenn es sich lohnt).

»Und? Sind wir zu der Frau hin?«

Das war eine gute Frage. Hawelka wusste es nicht mehr. Aber dass sie irgendwo Alkohol getrunken hatten, war klar, K.o.-Tropfen hin oder her, Wein war auch mit im Spiel gewesen. Wein in einem Wirtshaus oder …

»Beim Heurigen! Wir waren beim Heurigen. Bei der Windmühle«, rief Hawelka, die Spur weiterverfolgend. »Wer war noch mit uns dort, Sepp?«

»Ich kann mich nicht erinnern. War überhaupt jemand mit, oder waren wir alleine? So viele Leute kennen wir ja gar nicht in Retz.«

»Der Gubiani! Sicher, der Gubiani war dort, glaub ich.«

»Sicher? Ich weiß nicht.«

Schierhuber war keineswegs überzeugt, aber das war die Zwettler-Art. Hawelka hingegen sah jetzt ganz deutlich Gubiani vor sich, wie er ihnen ständig nachschenkte und lachend irgendwelche Geschichten erzählte.

»Doch, der Gubiani war dabei, jetzt bin ich mir ganz sicher«, sagte er, und das ließ eigentlich nur einen Schluss zu: »Er hat uns hier reingelockt. Zuerst abgefüllt, dann vielleicht noch mit K.o.-Tropfen nachgeholfen und uns schließlich hier runtergeführt und uns alleine gelassen. So muss es gewesen sein.«

»Vielleicht.«

»Sicher, Sepp! Wahrscheinlich haben wir ihn mit der Marillengeschichte konfrontiert, und er hat gemerkt, dass es jetzt ernst für ihn wird, und wollte uns da entsorgen.«

»Vielleicht.«

»Aber die wichtigere Frage ist jetzt: Wie kommen wir hier raus? Bist du schon die ganze Zeit dort gelegen, wo du jetzt bist?«

»Keine Ahnung, glaub schon.«

»Wir müssen einen Ausgang finden. Er muss ja auch irgendwo raus sein, oder? Und selbst wenn die Tür jetzt versperrt ist, es ist zumindest eine Chance. Am besten, wir gehen einmal die Wände da entlang.«

Schierhuber grunzte zustimmend, dann tastete er sich über Ziegel und Schutt zur nächsten Wand. »Bin bei einer«, meldete er sodann.

»Gut, warte, ich hab auch schon eine, ich geh nach links, von mir aus gesehen.«

Sie brauchten fast eine halbe Stunde. Es gab Nischen, gemauerte Weinregale aus Ziegeln, die teilweise zusammengefallen waren, kurze Blindröhren, die nach ein paar Metern im Sand endeten, und jede Menge Schutt beim eingestürzten Teil des Kellers. Sie waren sehr vorsichtig und sehr gründlich. Am Schluss hatten sie sich ein ziemlich genaues Bild von dem Raum gemacht, leider ohne Ausgang. Einzig die Röhre, durch die Hawelka gekommen war, führte aus dem Raum.

»Wir müssen da wieder rauf. Irgendwo muss ich eine Tür übersehen haben, das heißt übertastet haben, weil gesehen hab ich ja nichts.«

Statt einer Antwort hörte Hawelka in einiger Entfernung ein Plätschern. Schierhubers Blase war also auch gut gefüllt gewesen. Gute Idee, Sepp, dachte er und tat es dem anderen gleich. Dann brachen sie auf.

»Und wie lange waren die beiden da?«, fragte die Berlakovic die Kellnerin.

»Genau weiß ich das auch nicht, gestern war viel los, die sind zuerst alleine gesessen, dann hat sich wer dazugesetzt, dann war ein kurzes Gewitter, da sind alle hineingeflüchtet, da hab ich sie auch noch gesehen, aber da sind sie wieder bei wem am Tisch gesessen, später waren sie dann weg, ich weiß nicht, wann, ich hab nicht kassiert bei denen, da müsst ich den Chef fragen.«

»Ja, meine Liebe, sind Sie doch so gut und holen uns den Chef, meine Freundin vermisst ihre zwei Männer, und da müssen wir sie doch unterstützen«, sagte die Pfarrersköchin und winkte auffordernd mit ihrem leeren Glas. Sie saßen seit einer guten Stunde da. Die Berlakovic hatte nur Schierhuber beschreiben müssen, und die Kellnerin hatte sich sofort erinnert. »Ah, der mit dem Boxergesicht und den Kinderaugen«, hatte sie gesagt.

Der Chef kam, setzte sich zu ihnen und kramte in seinem Gedächtnis. Ja, er habe bei denen kassiert, da seien aber sechs oder sieben an einem Tisch gesessen. Könnte sein, dass sie alle miteinander weggegangen waren oder kurz nacheinander, vielleicht im Viertelstundenabstand, maximal, oder eben alle miteinander. Ob er jemanden gekannt habe, der dabeigesessen war? Ja, wahrscheinlich vom Sehen, aber nicht näher, wie man einen Stammgast kennt oder einen Nachbarn oder so. Aber bis auf die zwei Gesuchten waren es alle Hiesige. Aber Namen … Das heißt, der Kellerführer, der ehemalige, der heute in der Zeitung steht*, der war dabei, glaube er zumindest.

»Wer steht in der Zeitung?«, fragte die Berlakovic.

»Ja, junger Mann, jetzt reden Sie doch nicht um den heißen

* Oft ein schlechtes Vorzeichen. Wer in der Zeitung *steht*, *sitzt* möglicherweise bald darauf.

Brei herum, so sagen Sie doch meiner Freundin schon, um wen es sich handelt. Eine Berühmtheit vielleicht? Wenn sogar die Presse über ihn berichtet – und lassen Sie mir noch Wein kommen, was ist denn das für ein Heuriger, wo die Gäste verdursten, wenn der Wirt redet und doch nicht sagt, wer in der Zeitung steht?« Die Pfarrersköchin war ein wenig ungeduldig geworden.

»Am besten, ich bring Ihnen die Zeitung her, dann können Sie selbst lesen. Und für Sie noch ein Achterl Zweigelt, Gnädigste? Oder möchten Sie noch die Karte studieren?«

»Ach was, bringen Sie uns ein Flascherl Zweigelt und ein Wasser dazu, dann sind wir schon ganz zufrieden«, wedelte die Pfarrersköchin ab. Das »Gnädigste« des Wirtes hatte sie unverzüglich gnädig gestimmt, und die Lösung mit dem großen Gebinde verhieß einen fröhlichen Nachmittag mit ihrer Freundin Herta.

Die Freundin Herta überflog nun eilig die Marillengeschichte. »Name der Redaktion bekannt«, das war nicht besonders hilfreich. »Wenn die schreiben: ›Name der Redaktion bekannt‹, warum weiß dann der Wirt–«

»Liebe Herta, du musst ein bisschen umdenken. Wir sind hier in einer Kleinstadt. So. Die Kleinstadt ist sehr … klein. Deshalb ist hier alles … kleiner.« Die Pfarrersköchin hatte kurz den Faden verloren, anscheinend war sie kurz davor, mitten im Satz falsch abzubiegen, erwischte aber dann doch noch die richtige Ausfahrt: »Es ist alles sehr intim, und jeder weiß natürlich alles, die einen gleich, die anderen am nächsten Tag, und wenn jemand ganz selten aus dem Haus geht und wenig Leute trifft, dann erfährt er es eben eine Woche später, aber dann weiß es wirklich jeder. Die Zeitung bringt keine Neuigkeit, sondern nur den Beweis, dass die Geschichte wirklich stimmt.«

»Genau«, setzte der Wirt hinzu, der soeben die Wasserkaraffe und den Zweigelt brachte, »dass der Marillendieb eher ein Marillenphantom ist, das wissen die Retzer schon, seit der Kellerführer den Diebstahl angezeigt hat. Na ja, und dass der

Kramer ihn aufblatt'lt* hat, ist auch kein Geheimnis. Und dass der Gubiani dann natürlich –«

»Der Gubiani? Reden Sie von meinem guten Freund Gubiani?«, rief die Pfarrersköchin theatralisch dazwischen. »Was ist mit ihm? Ist ihm etwas passiert? So reden Sie doch!«

Sie riss der Berlakovic die Zeitung förmlich aus der Hand und versuchte, ihre Augen auf die Schrift zu fokussieren, was ihr sehr schwerfiel.

»Ich seh's ja nicht ohne Brille«, murrte sie und reichte das Blatt unwirsch an den Wirt weiter. »Lesen S', junger Mann, lesen S'.«

Offenbar weiß in einer Kleinstadt doch nicht jeder alles, dachte die Berlakovic amüsiert über ihre Freundin Luise, wenn auch nicht ganz so amüsiert, weil die Sorge um ihre beiden Waldviertler stieg. Der Wirt gab der Pfarrersköchin mittlerweile eine grobe Zusammenfassung des Marillenartikels. Diese schüttelte immer wieder den Kopf und wollte den Wirt schon zurechtweisen, aber in diesem Moment wurde er an die Schank gerufen, und so zog sich der Bote rasch aus der Affäre, bevor ihm der Kopf abgeschlagen wurde. Die Pfarrersköchin wandte sich also an die Berlakovic.

»Das ist Blödsinn, alles Blödsinn. Der Gubiani hat nichts mit dem Ganzen zu tun. Das ist eine ehrliche Haut, ein Spaßvogel. Mit dem kann man stundenlang sitzen und lachen. Na ja, vielleicht waren es nicht ganz so viele Marillen, die gestohlen worden sind, das kann schon sein, und es war kein feiner Zug vom Kramer, ihn deshalb –«

»Kennst du den Kramer? Ich meine, hast du den Kramer gekannt?«, hakte die Berlakovic schnell ein.

»Was? Wen?«

»Den Kramer, das Mordopfer. Hast du den gekannt? Du musst meine Neugier entschuldigen, aber es passiert schließlich nicht alle Tage, dass man jemanden trifft, der mit den Leuten aus der Zeitung praktisch auf Du und Du ist. Und

* Aufblatt'lt (aufgeblättert). Sinnbildlich wie ein Buch aufblättern: jemandes Geheimnis offenbaren, ihn bloßstellen.

jetzt kennst du vielleicht auch noch ein Mordopfer. Ziemlich aufregend!«

»Ja«, die Pfarrersköchin musste das Gesagte sich erst setzen lassen, »... ziemlich aufregend ...« Sie schenkte sich ein Glas gegen die Aufregung ein.

Die Berlakovic tat es ihr gleich und schwieg. Jetzt hieß es, die andere schön kommen zu lassen.

»Der Kramer, na ja, ein komischer Kauz irgendwie. Obstbauvereinsvorstand. Früher war er im Stephansdom Fremdenführer. Das war so ein Rechtschaffener, wenn du verstehst. Aber natürlich nur nach außen hin, so was kennt man ja. Angeblich war seine Frühpension nicht so ganz freiwillig. Ich weiß ja nichts Näheres, obwohl einer meiner Herren früher Dompfarrer dort war.«

»Was, einen Dompfarrer hast du auch ... gepflegt? Das ist ja interessant!«

»Na ja, gepflegt, ja. Der war tatsächlich recht bald zu pflegen, er war auch schon sehr alt. Ein wirklicher Gottesmann ... einige meiner Herren waren ja mehr Mann als Gottesmann, aber der war tatsächlich schon mehr bei Gott.«

»Und der hat den Kramer gekannt?«

»Ja, ja, gekannt.« Die Pfarrersköchin schien sich über dieses Thema nicht näher auslassen zu wollen, fragte stattdessen: »Was ist da jetzt mit deinen Freunden, mit deinen Herren, wo sind die jetzt?«

Die Berlakovic zuckte die Schultern, sie hätte es selbst gerne gewusst, aber auch der Wirt war keine große Hilfe gewesen, also musste sie ihre neue Freundin über diesen Gubiani aushorchen. Wenn dieser nämlich ein Mordmotiv wegen der Marillengeschichte hatte, dann konnte es durchaus sein, dass Hawelka und Schierhuber ihm zu nahe getreten waren und er sie ... na ja, nein, das war doch ein wenig zu abenteuerlich. Außerdem konnten der Sepp und der Josef ganz gut auf sich selbst aufpassen. Aber wie es aussah, war Gubiani einer der Letzten gewesen, der die beiden gestern gesehen hatte, also würde sich ein Gespräch mit ihm auf jeden Fall lohnen.

»Sag einmal, dieser Gubiani, dieser Spaßvogel, weißt du, wo man den findet? Oder kennst du ihn nicht näher?«

»Der Gubiani«, sagte die Pfarrersköchin genüsslich, »das ist tatsächlich ein Spaßvogel und ein Hansdampf in allen Gassen. Ein sehr lebenslustiger Mensch, ein agiler Mann! Ich kenne ihn tatsächlich ein bisschen näher.« Sie machte eine bedeutungsvolle Kunstpause und spielte ein bisschen mit ihrem Glas. »Du willst vermutlich erfahren, ob ihm die beiden gestern gesagt haben, wo sie noch hinwollen oder so. Ich vermute ja, dass sie ein bisschen Abenteuer über der Grenze gesucht haben und –«

»Ohne Auto?«, fragte die Berlakovic unabsichtlich laut.

»Ach so, ja, das Auto, das Auto ... Vielleicht sind sie ja mit jemandem mitgefahren, oder ich weiß auch nicht. Männer! Da weiß man ja nie.«

Sie schien ihren tollen Bekannten der Berlakovic nicht so recht vorstellen zu wollen. Aber ein Auskunftsbüro wäre kein Auskunftsbüro, wenn es nicht Mittel und Wege gefunden hätte, ihre Freundin zu überreden, nach einem letzten Achtel »auf den Weg« mit ihr aufzubrechen, um Gubiani zu suchen.

Mittlerweile war es dem Schriftsteller unerträglich langweilig geworden. Von seinem Sitzplatz aus sah er den Lokalreporter mit einem anderen Mann auf der gegenüberliegenden Seite des Hauptplatzes in Richtung Klostergasse verschwinden. Als sie einen Moment stehen blieben, erkannte er in dem anderen Mann: Gubiani. Das war interessant. Das sollte die Gutsherrin wissen. Er überlegte eine Weile, wie er sie verständigen konnte. Natürlich hatte er kein Handy, so etwas lehnte er ab. Es war auch die Frage, was wichtiger war, die Gutsherrin sofort über die Verbindung des Reporters zu Gubiani zu informieren oder weiter am Hornisten dranzubleiben. Es war doch zu dumm, sich mit solchen nebensächlichen Problemen herumschlagen zu müssen, wenn es darum ging, seine große Idee für das große Werk in Ruhe zu überdenken und reifen zu lassen.

Er rekelte sich ein bisschen und warf einen Blick auf den

Hornisten. Der wiederum hatte seinerseits Gubiani und den Reporter gesehen und rutschte unruhig auf seinem Sitz herum, wobei er immer wieder den Kopf wendete, um nach der Kellnerin Ausschau zu halten. Als sie endlich auftauchte, zahlte er rasch und stürzte davon. Der Schriftsteller folgte der Karawane mit Respektabstand.

Im Keller wurde die Lage langsam ungemütlich. Hawelka konnte nicht genau abschätzen, wie viel Zeit seit seinem Erwachen vergangen war, aber es mussten mehrere Stunden sein. Schierhuber behauptete fest, es wären genau vier, seit Hawelka ihn gefunden hatte, aber im Prinzip war die Zeit egal. Sie hatten ja reichlich davon. Nachdem sie dreimal die gesamte Strecke zurückgelegt hatten, die Hawelka gleich nach dem Aufwachen gegangen war, wurde ihnen klar, dass er keinen Ausgang übersehen hatte – weil es gar keinen gab. Gubiani, oder wer auch immer sie hereingelockt hatte, musste den Ausgang kontrolliert zum Einsturz gebracht haben.

»Ich bin sicher, irgendwo unter dem Sand und den Ziegeln da ist der Ausgang. Wahrscheinlich war der Raum schon halb eingestürzt, und nachdem er uns runtergelockt hat, hat er nur noch mit dem Krampen nachhelfen müssen, um den Durchschlupf auch verschütten zu lassen«, sagte Hawelka und trat ein paarmal verzweifelt gegen die Sandmassen. Wenn sie gewusst hätten, wo anzusetzen war, hätten sie sich glatt mit den Händen freigraben können, aber sie hatten keine Ahnung. Der Raum musste einmal nahezu quadratisch gewesen sein, etwa zehn mal zehn Meter vielleicht, und war anscheinend an der bewussten Seite auf einer Breite von gut sechs Metern eingestürzt. Der Sand wiederum reichte ungefähr drei Meter in den Raum hinein. Sich mit bloßen Händen da durchzubuddeln war keine Kleinigkeit.

»Und wenn wir die alte Röhre um einen Meter verfehlen, dann können wir wieder von vorne anfangen. Das ist unmöglich«, meinte Hawelka verzweifelt.

»Unmöglich«, bestätigte Schierhuber. Das hörte sich sehr

beruhigend an. Um irgendetwas zu tun, beschlossen sie, nochmals die gesamte Strecke abzutasten. Sie gingen Seite an Seite, sodass jeder die ganze Zeit mit seiner Hand Kontakt mit der Seitenwand der Röhre hatte. Bei den Abzweigungen nahmen sie sich Zeit, alle Möglichkeiten zu prüfen, soll heißen, einer blieb am Kreuzungspunkt stehen und summte leise als akustischer Orientierungspunkt für den anderen, und dieser tastete die Umgebung ab.

Trotzdem brachte auch die vierte Expedition kein Ergebnis. Erschöpft ließen sie sich auf dem riesigen Sandhaufen nieder, unter dem sich irgendwo ihr Ausgang befand.

»Wir sind gefangen und bleiben gefangen, Sepp«, seufzte Hawelka resignierend.

»Ja«, antwortete Schierhuber. »Aber wenn das so ist, dann können wir noch ein bisschen schlafen, weil recht fit bin ich noch nicht.«

Dann gähnte er geräuschvoll, und bald darauf hörte Hawelka des Zwettlers leises Schnarchen.

## Politikum

»Das ist ein Politikum, haha, ein richtiges politisches Ränkespiel, da kommt man als kleiner Fisch unter die Räder, so schnell kann man gar nicht schauen. Im Prinzip bin ich ja ein Bauernopfer, ein richtiges Bauernopfer, genauso wie der Kramer.«

Sie waren vor dem Kloster in ein offenbar leer stehendes Haus abgebogen, dessen Tür halb offen stand. Nun stieg Gubiani eine Kellertreppe hinab, und der Reporter folgte ihm zögernd. »Ich zeige Ihnen einmal etwas, das können Sie dann in Ihrer nächsten Ausgabe schreiben, da sind ein paar Marillen nichts dagegen«, hatte ihm Gubiani schon am Hauptplatz zugeflüstert. Jetzt war er ganz in die Erklärung des »Politikums« vertieft, während sie im Schein seiner Taschenlampe immer weiter hinunterstiegen.

»Die Wachau ist die Marillengegend, und Retz ist die Weingegend, so war es immer schon, und es gibt genügend Leute, die ein starkes Interesse daran haben, dass das auch so bleibt. Denen ist der alte Gubiani mit seiner Marillenplantage natürlich ein Dorn im Auge. Die haben von Anfang an gegen mich gearbeitet. Die Winzer, die ›Jagdfreunde‹ und sogar der Obstbauverein selber. Die haben um ihre Vormachtstellung in der Schnapsproduktion gefürchtet, dabei war ich ja erst am Anfang mit meinen Marillen.«

»Und deshalb hat mir jemand eine falsche Geschichte erzählt?«, fragte der Reporter misstrauisch.

»Na ja, falsch, also ganz falsch jetzt auch wieder nicht direkt, natürlich waren es nicht ganz so viele Marillen, wie ich angegeben hab, haha, das ist aber ganz normal, das macht jeder. Aber das Pech ist, ich war gar nicht versichert, weil ich einmal ein bisschen knapp war und gekündigt hab. Aber die Bäume haben auch nur deshalb weniger getragen, weil der Kramer und seine Kumpane meine Plantage sabotiert haben. Die haben ja Schädlinge ausgesetzt und was weiß ich was noch alles.«

Sie hatten den Keller des leer stehenden Hauses bereits wieder verlassen, Gubiani hatte wie selbstverständlich eine alte Tür mit einem Sperrhaken geöffnet, und nun marschierten sie dicht hintereinander durch eine enge, niedrige Röhre. Nach einem kurzen geraden Stück gelangten sie an eine direkt aus dem gepressten Sand gehauene Treppe, die sie noch weitere fünf Meter unter das Kellerniveau führte.

»Kommen wir da auch wieder raus?«, fragte der Reporter und versuchte, sein mulmiges Gefühl durch ein männliches Lachen zu kaschieren.

»Ich auf jeden Fall, haha«, lachte Gubiani zurück. Der Gang am Fuße der Treppe war womöglich noch enger als der erste und führte leicht bergab.

»Haben Sie auch eine Taschenlampe dabei?«

»Nein«, antwortete der Reporter, »nur mein Handy, das hat so eine Taschenlampen-App. Soll ich?«

»Nein, nein, heben Sie die für später auf und den Akku vom Handy für die Fotos. Die Vögel haben wir ja leider nicht geknipst, aber dass sie da waren, das können die zwei Wiener bezeugen, haha.«

Dem Reporter war nicht recht wohl in seiner Haut, er hatte den Mann erst vor einer halben Stunde kennengelernt und wusste von ihm nur, dass er ein Mordmotiv wegen eines verhinderten Versicherungsbetruges hatte, und er, Bachl, hatte dazu beigetragen, dass dieses Motiv nun für jedermann in der Zeitung nachzulesen war. Eigentlich logisch, dass ihn der andere hassen musste. Unter normalen Umständen wäre er deshalb sicher nicht mit einem mutmaßlichen Mörder alleine in den verzweigten Retzer Keller gestiegen. Andrerseits wollte er ja seine Sensationsgeschichte haben und – das war Gubianis bestes Argument gewesen: »Die Gutsherrin ist ja auch nicht ganz astrein, nicht wahr?«

Das war nicht ganz von der Hand zu weisen, schließlich hatte sie ihm gegenüber praktisch zugegeben, dass da Vögel im Spiel gewesen waren, und der Bürgermeister, offenbar ihr Handlanger, hatte ihn ja auch verfolgt, und letztendlich wirkte der quirlige Gubiani gegen sie und den seltsamen Hornisten direkt normal. Von dem Schriftsteller einmal ganz zu schweigen, dachte er.

»So, da wären wir. Bitte einzutreten.« Wieder hatte der Kellerführer eine alte Tür aufgesperrt, und sie betraten einen winzigen Keller, von dem aus eine alte Holzleiter nach oben führte. Gubiani nahm die Taschenlampe zwischen die Zähne und kletterte behände hinauf. Der Reporter konnte die Sprossen kaum sehen und tastete sich langsam empor. Ein seltsames leises Brummen lag in der Luft und wurde mit jeder Leitersprosse ein wenig lauter. Oben angekommen, öffnete Gubiani die Tür zu einem kleinen Gewölbe. Dieses war nicht mit Ziegeln ausgemauert, sondern wie die meisten Röhren direkt aus dem Sand gehauen. Ungefähr in der Mitte des Raumes standen eine Heizkanone und eine Art Klimagerät, von dem zwei Schläuche wegführten.

»Da, das können Sie fotografieren für die Zeitung, Sie haben eh ein Handy dabei, machen S' ein paar schöne Bilder, schreiben S' eine schöne Geschichte, haha, das wird die Leute interessieren, nicht die paar Marillen vom alten Gubiani.«

Bachl, der Sensationsreporter, verstand kein Wort, das heißt, er verstand jedes Wort, begriff aber den Sinn dahinter nicht. Warum sollte er in einem Kellergewölbe eine alte Heizkanone und ein Klimagerät knipsen? Von der Heizkanone stank es penetrant nach Öl, und die Luft war trocken und viel heißer als in den üblichen Kellern der Stadt.

»Ich verstehe nicht –«

»Wissen Sie, dass die Deutschen in den 1940ern daran dachten, unter der Stadt eine Rüstungsfabrik einzurichten?«

»Äh … nein.«

»Ja, ja, und das war auch der Anlass für den einzigen ernsthaften Versuch, die ganzen Röhren zu vermessen und Pläne anzufertigen, haha.«

»Schön. Das ist ja sehr schön, aber –«

»Ja, sehr schön. Aber wissen Sie, warum da nichts draus wurde aus der unterirdischen Fabrik? Und wissen Sie auch, warum man bis heute keine Tiefgarage unter dem Hauptplatz gemacht hat, obwohl Platz genug wäre? Wissen Sie das?«

»Um ehrlich zu sein, nein.«

»Weil man da belüften müsste. Nicht so wie einen Weinkeller, sondern richtig belüften. Belüften und trocknen und – wenn dann da wer arbeiten soll – dann auch heizen.«

»Ja, das ist interessant. Kostet sicher ganz schön viel Ge–«

»Papperlapapp Geld! Um das geht es gar nicht. Es geht um etwas ganz anderes. Hier herrschen eine Luftfeuchtigkeit von siebenundachtzig Prozent und eine Temperatur von ungefähr acht Grad. Das ist gut für den Sand und gut für die ganze Stadt, durch den Druck bleibt alles stabil wie schon seit tausend Jahren. Aber wenn hier durch eine starke Belüftung die Luftfeuchtigkeit sinkt und durch Beheizung die Temperatur steigt, dann trocknet das Ganze aus und … Haben Sie als Kind in der Sandkiste gespielt?«

»Was? Ob ich … ich weiß gar nicht mehr. Ich glaube schon.«

»Das Schönste war doch, wenn man Wasser in der Kiste gehabt hat, oder? Da hat man dann Sandkuchen backen können, die wirklich schön in Form geblieben sind, und eine Sandburg hat man richtiggehend verputzen können mit dem Gatsch, haha. Aber wenn man am nächsten Tag gekommen ist und die Sonne alles ausgetrocknet hat, dann war es aus mit der Herrlichkeit, oder? Einmal mit dem Finger draufdrücken, und der Sandkuchen ist zerfallen – nur mehr ein Häufchen Sand, genauso die Burg.«

»Ja, das stimmt.«

»Natürlich stimmt's, natürlich stimmt's, und jetzt stellen Sie sich einmal Folgendes vor, Herr Reporter: Auf so einer festen, gepressten, feuchten Sandmasse steht ein Haus. Darunter ist ein Keller, sagen wir zwei, drei, fünf Meter unter dem Sand. Das hält, da brauchen Sie überhaupt keine Angst haben, das Haus steht hundert Jahre und noch länger, sogar wenn Sie einen zweiten Stock draufsetzen oder einen dritten, ganz egal, das Haus steht auf dem gepressten Sand.«

»Gut.«

»Aber wenn unten im Keller jemand einheizt und belüftet und die Luft immer trockener und die Temperatur immer höher wird, dann fängt der Sand langsam zum Austrocknen an. Und wenn das wochenlang so weitergeht und monatelang so weitergeht, dann fängt der Sand unter dem Druck von oben irgendwann einmal zu rieseln an. Und dann –«

»Stürzt der Keller ein!«

»Richtig, richtig!«

»Und das Haus oben sinkt in den eigenen Keller!«

»Und dann haben wir ein Loch, wo einmal ein Haus war, haha.«

»Oh Gott, und das da … das ist so eine Anlage zur Austrocknung des Kellers?«

»Wonach sieht es denn sonst aus? Da wird geheizt und getrocknet, dass es eine helle Freude ist. Und das Besondere ist, wir sind da an einer Schwachstelle vom Hauptplatz, hier ist die Sandschicht keine zwei Meter dick, keine zwei Meter!«

»Aber das ist doch … Wer macht denn so was? Wer hat das da aufgestellt?«

»Machen S' einmal die Fotos. Wir können nicht allzu lange bleiben, wenn sie uns da erwischen, dann haben wir ein echtes Problem, machen Sie die Fotos, und dann gehen wir raus, und ich erkläre Ihnen alles, Sie sollen alles wissen, alle Zusammenhänge erkläre ich Ihnen, das können Sie dann so schreiben, wie ich es sage, das ist kein Problem.«

Gubiani war während der letzten Minuten immer hektischer, beinahe manisch geworden, er drängte Bachl aus dem Raum, stieg die Leiter hinunter und rannte mit der Taschenlampe voraus. Schon hatte er gut fünf Meter Vorsprung.

»Warten Sie doch, ich seh ja nichts!«, keuchte der Lokalreporter und stolperte in Richtung des schwankenden Taschenlampenlichtes.

»Kommen S', kommen S'!«, schrie Gubiani, der mit einem Mal stehen geblieben war.

Dann wurde es dunkel.

## Ratestunde

»Warum sollte er das machen?« Planmäßig torpedierte Schierhuber die soeben von Hawelka aufgestellte Vermutung über den Tathergang. Nicht dass ihm diese Rolle schwergefallen wäre, als Zwettler war Schierhuber sozusagen schon rein genetisch bedingt ein begnadeter Zweifler und somit prädestiniert für eine sofortige und umfassende Hinterfragung sämtlicher Theorien. Normalerweise fragte er nicht: »Warum sollte er das machen?«, sondern eher: »Warum hätt er das tun solln?«, aber irgendwie hatte sich in der letzten halben Stunde ein offizieller Ton in ihrem Spiel ergeben, so als wäre Hawelka der Ankläger und Schierhuber der Verteidiger des jeweiligen Verdächtigen.

Die Stimmung vor ihrem Spiel war eher durchwachsen gewesen. Nachdem sie sich zum vierten Mal durch die Röhren getastet hatten, war ihnen klar geworden, dass sie keine Tür mehr finden würden. Der einzige Ausgang war wohl unter dem Schuttberg im eingestürzten Teil des Kellers.

»Die Sau muss den Eingang zum G'wölb bewusst z'sammfallen haben lassen«, wie Schierhuber es treffend auf den Punkt gebracht hatte. Wer »die Sau« jetzt genau war, hatten sie natürlich nicht sagen können, die Tendenz ging aber eher in Richtung Gubiani. Nach einigem Hin und Her überlegten sie, warum er das getan haben könnte, kamen auf keinen grünen Zweig und beschlossen, sich auf andere Gedanken zu bringen. Das war vor fast zwei Stunden gewesen.

Dann waren sie im Dunkeln gesessen, und Schierhuber hatte von seiner bewegten Jugend in Zwettl berichtet. Von den Jahren als Ministrant, als Trommeljunge bei der Blasmusik und schließlich als Mitglied des berüchtigten Zwettler Ponny Clubs.

»Es hat fünf Mopedtypen gegeben«, hatte er Hawelka gleich mit der ganzen Wahrheit konfrontiert. »Die Stangl-Puch, das war das Postler-Moped, dann die blaue Puch DS 50, die Daisy, die hat schon Platz für zwei gehabt, dann die Vespa, für die Mods, dann die Kleinmotorräder und natürlich das Ponny von KTM.«

»Okay«, hatte Hawelka in die Dunkelheit geantwortet. Was hätte er sonst auch sagen sollen?

»Sicher, die Kleinmotorräder haben sich dann noch einmal aufgeteilt, in die Puch Monza, die Puch Cobra und die Zapp. Bist du deppert! Die wassergekühlte Zapp … also Zündapp hat sie eigentlich geheißen, die Firma, aber es haben immer alle ›Zapp‹ gesagt. Die hat man auffrisieren können, bis sie über einen Hunderter* gegangen ist, manchmal sogar hundertzehn.«

»Hast du eine gehabt?«

»Nein, nein, die haben die Eltern verweigert, ich bin nur mit der vom Frierß Andi gefahren. Geschwindigkeitsrekord bei Ottenstein! Hunderteinundzwanzig bergab. Na ja, mein G'wicht hat schon geholfen.«

»Super, Sepp. Und was für eine hast du gehabt?«

»Ich war beim E.Z.P.C.!«, verkündete Schierhuber stolz. Hawelka rätselte eine Weile herum, gab aber bald auf. »Okay, ich weiß es nicht, hilf mir mit E.Z.P.C., Sepp.«

»Der E.Z.P.C. war der ›Erste Zwettler Ponny Club‹, wir waren die Höllenreiter vom ganzen Bezirk. Hast du gewusst, dass man mit einer Ponny stehend freihändig fahren kann?«

»Echt?«

»Ja, wir haben bergab oft Formationsfahrten gemacht, stehend, freihändig, Staffel links, Staffel rechts, Kette und so weiter. Wir waren die Sensation im Waldviertel. Bergauf haben wir sie in den Rechtskurven immer auf die Schürze gelegt, bis die Funken gesprüht haben.«

Es mussten schöne Fahrten gewesen sein, denn Schierhubers Stimme hatte fast wehmütig geklungen. Jetzt hatte Hawelka auch ein Bild zur Ponny vor sich gesehen. Es war eine

* Die mit einem Moped erzielte Höchstgeschwindigkeit ist das Maß aller Dinge. Meist wird sie nur unter Laborbedingungen erzielt, sprich: mit Rückenwind, leicht bergab, dicht über den Lenker gebeugt und den Gashebel mit eiserner Hand bis zum Anschlag aufgedreht.

Art Roller, ein wenig klobiger und länger gestreckt als die Vespa, ziemlich schwer.

»Bei uns in Horn sind nur alte Männer mit einer Ponny gefahren«, hatte er nachdenklich gesagt und es sofort bereut.

»Bei uns sonst auch«, war Schierhubers Antwort gleichmütig aus der Finsternis gekommen. »Aber unsere Ponnys waren etwas Besonderes. Ausgeräumter Auspuff, zum Teil haben wir ein Spezialgemisch und andere Zündkerzen verwendet, und natürlich waren sie super lackiert. Die vom Grusch Markus ganz in Schwarz, mit ein paar hellen Spezialstreifen, pipifein poliert und die Felgen weiß.«

»Klingt schon gut.«

»Der Besenbäck Josy wiederum hat eine violette gehabt, oder nein, mehr so lila war die ... auch mit weißen Streifen und einer weißen Sitzbank. Oberedel! Die ist glatt einen Achtziger gegangen.«

»Und deine?«

»Meine hab ich vergoldet. Ungefähr fünf Spraydosen Goldlack hab ich verbraucht. Weißt eh, mit dem man normalerweise Nüsse vergoldet, für Nikolaus. Wenn du mit der in der Sonne gefahren bist, hat gleich die ganze Umgebung geleuchtet.«

»Äh, sicher sehr schön ...« Hawelka hatte überlegt, ob Schierhuber ihm als Nächstes gestehen würde, sein Moped auch mit funkelnden Strass-Steinen aufgehübscht zu haben.

»Ja, superschön, leider hab ich keinen Sitzüberzug gefunden, der dazu gepasst hätte. Jetzt hab ich eben die Sitzbank auch golden lackiert.«

»Sehr originell!«

»Ja, nur leider hat der Lack dort nicht so gut gehalten, und ich hab dann immer so eine Art Goldstaub am Arsch und auf den Oberschenkeln gehabt. In Zwettl haben sie dann oft gesagt: ›Da kommt der Sepp mit dem Goldarsch.‹ Das waren noch Zeiten!«

Sie hatten noch eine Weile weiter über ihre Jugend in Horn und Zwettl geredet, dann waren sie langsam wieder auf den Fall zu sprechen gekommen. Und nun spielten sie schon fast eine Stunde lang das Spiel, soll heißen: Einer erklärte, wie es sich abgespielt haben könnte und wer Kramer erledigt hatte. Der andere brachte Einwände vor. Naturgemäß war es eher Hawelka, der einen Vorstoß unternahm, und Schierhuber, der seinem Zweifel Ausdruck verlieh.

»Also, warum hätte er das tun sollen?« Gemeint war Gubiani, und Hawelka hatte ihn soeben wiederholt zum Täter erklärt. Schon da hatte Schierhubers Einwand gelautet: »Warum?«, aber das war leicht gewesen: »Na, wegen der Marillengeschichte«, hatte Hawelka lässig geantwortet. Aber jetzt wollte Schierhuber von ihm wissen, warum Gubiani die Vögel rundherum gelegt hatte.

»Um den Verdacht auf die ›Jagdfreunde‹ zu lenken«, meinte Hawelka.

»Aber das hätt er auch billiger haben können, oder? Da hätte eigentlich schon der Schuss in die Brust genügt und von mir aus noch ein paar Stiefelabdrücke.«

Das stimmte irgendwie. »Trotzdem«, beharrte Hawelka, »so ist die Spur noch eindeutiger, und er belastet die ›Jagdfreunde‹ noch direkter.«

»Vielleicht.« Dieses »Vielleicht« war die nachhaltigste Zwettler Zweiflerwaffe. Schierhuber sagte dieses »Vielleicht« stets so, dass sein Gegenüber sofort wusste, was los war. Trotz der sie umgebenden Dunkelheit sah Hawelka auch ganz deutlich, wie Schierhuber das Gesicht ein wenig verzog und den Kopf leicht hin und her wiegte. Ein schierhubersches »Vielleicht« hieß oft: »Es mag sein, dass es so gewesen ist, aber das kann ich nicht recht glauben«, manchmal bedeutete es auch: »Von allen Möglichkeiten, die es gibt, ist die von dir vorgebrachte die allerunwahrscheinlichste, trotzdem nehme ich sie wider alle Vernunft in meine Überlegungen auf.« Meistens bedeutete das Schierhuber-Vielleicht einfach: »Nie im Leben!«

»Was gefällt dir daran nicht?«, fragte Hawelka und konnte nicht vermeiden, dass seine Stimme ein wenig trotzig klang.

»Die Vögel«, kam die Antwort ungewohnt prompt. »Siebenunddreißig Rohrweihen, hat er gesagt. Siebenunddreißig! Die sitzen ja nicht wie die Stare in den Weingärten und warten darauf, dass du sie abschießt. Die musst du schon eine Weile suchen und dann gleich siebenunddreißig, das machst du nicht zwischen Jause und Abendessen und auch nicht in einer ganzen Nacht oder in zwei. Und wahrscheinlich auch nicht an einem Ort.«

»Vielleicht«, sagte Hawelka nachdenklich. Nicht, um sich zu revanchieren, sondern weil die Überlegung seines Partners durchaus berechtigt war.

»Also«, fuhr Schierhuber, den die Dunkelheit ungewohnt redselig gemacht hatte, fort, »wenn dir einfällt, du willst jemand umbringen und den Verdacht natürlich von dir ablenken, dann gehst du doch nicht her und legst dich drei Tage auf die Lauer, knallst siebenunddreißig Greifvögel ab, damit du die örtliche Jägerschaft belastest. Noch dazu, wenn du selber keiner bist. Dann musst du vielleicht lange auf die Pirsch gehen, bis du die Vogerln beieinanderhast. Und ein Gewehr brauchst du auch, und sehen darf dich auch niemand.«

»Ja, das stimmt«, murmelte Hawelka. »Aber dasselbe gilt ja nicht nur für den Gubiani, sondern für alle anderen auch.«

Sie spielten weiter, diesmal unter anderen Vorzeichen. Die neue Theorie, die Hawelka jetzt entwickelte, ging von einem beliebigen Jäger aus, er nannte ihn »Mister X«.

»Also, ich bin Mister X, und der Kramer ist mir auf die Zehen gestiegen. Warum, wissen wir noch nicht, vielleicht ist mir der Kramer auch nicht auf die Zehen gestiegen, sondern der Gutsherrin, und die hat mir jetzt erklärt, dass Kramer wegmuss. Okay. Ich bring ihn also um. Mit Alkohol, damit der Verdacht nicht auf mich fällt, weil wenn ich ihn mit der Schrotflinte erwische, dann denkt jeder gleich an Jäger.«

»Vielleicht«, meinte Schierhuber.

»Also geb ich ihm eine Überdosis Alkohol und lege ihn irgendwohin, wo er es schön gemütlich hat. Dann verzieh ich mich und fertig!«

»Vielleicht.«

»Und dann fällt mir ein, dass von meinen Jagdkameraden

ja jeder momentan vier, fünf Rohrweihen zum Abhängen zu Hause hat, ich rufe sie an, wir sammeln, und siehe da: Siebenunddreißig kommen zusammen, wir fahren zurück zu dem toten Kramer, ich schieß ihm noch in die Brust, dann legen wir die Viecher im Kreis um ihn herum und zischen ab.«

»Vielleicht.«

»Das ist doch Blödsinn, Sepp!«, rief Hawelka jetzt. »Warum hätte ich das tun sollen? Das ergibt doch überhaupt keinen Sinn! Zuerst vertusche ich etwas, dann mach ich die Vertuschung wieder rückgängig. Warum hätte ich das tun sollen?«

Da stockte die Antwort des anderen. Das heißt, die Antwort kam nicht stockend, sondern kam gar nicht, stattdessen drangen leise Schnarchgeräusche aus Schierhubers Richtung, die rasch an Lautstärke und Intensität gewannen. Normalerweise hätte Hawelka jetzt geschwiegen, um den anderen nicht zu stören, er lebte nach der Devise »Schlafen und schlafen lassen«, aber jetzt war er doch zu sehr vom Fall und ihrer Lage aufgewühlt, als dass er alleine in der Dunkelheit sitzen wollte, während der Zwettler vor sich hin sägte.

»Sepp!«

»Hm? Was ist?«

»Du bist eingeschlafen.«

»Wirklich? Schau dir das an!« Schierhuber schien nicht böse über das Einschlafen und nicht böse über das Erwachen. Auch über ihre aussichtslose Lage schien er nicht besorgt zu sein. Einmal mehr fragte sich Hawelka, was im Kopf seines Partners vorging. Was trieb ihn an, was regte ihn auf, was war ihm zuwider, was brauchte er dringend?

»Jetzt wär mir ein Jägermeister recht«, seufzte es neben Hawelka aus der Finsternis.

»Mir auch«, antwortete Hawelka. »Außerdem würd ich mich gegen ein Schnitzel und ein Bier nicht wehren.«

»Oder einen Schweinsbraten.« Schierhuber war diesmal nicht wählerisch.

Die nächste halbe Stunde verbrachten sie mit der Aufzählung sämtlicher Speisen und Getränke, die ihnen jetzt besonders schmecken würden. Dann wünschten sie sich etliche wärmende Kleidungsstücke und weiche Betten mit dicken Tuchenten. Das brachte sie schließlich auf allgemeinere Wünsche, wie zum Beispiel, den Fall zu lösen, den Erzherzog in Pension zu schicken, zu wissen, was der Berlakovic über die Leber gelaufen war, und einiges mehr. Den Wunsch, mit Bettina Sommer nackt über einen einsamen Strand zu spazieren, äußerte Hawelka nicht laut, er wollte Schierhuber nicht mit seinen Privatphantasien belasten. Damit diese Privatphantasien ihn selbst auch nicht zu sehr belasteten, zwang er sich, wieder an den Fall zu denken, aber das war auch nicht gerade erbaulich.

Wir blicken nicht durch, wir kommen nicht weiter, wir kämpfen gegen Windmühlen, dachte er. Bin ich vielleicht Don Quichotte? Und der Sepp? Ist er dieser Diener vom Don? Dieser Sancho Panza? Und wer ist dann das Pferd? Die Handlung der Geschichte bekam er nicht mehr recht zusammen, aber der alte Don hatte immer von einem Mädel geträumt – der Name fiel ihm jetzt auch nicht ein – irgendwas mit a am Schluss … War es Tusnelda?

Egal, so kommen wir nicht weiter, dachte er, und wie es ausschaut, kommen wir hier gar nicht mehr raus. Wieder fühlte er Panik in sich aufsteigen, deshalb sagte er: »Sollen wir nicht noch eine Runde drehen? Vielleicht haben wir doch irgendwas übersehen? Und vom Herumsitzen kommen wir auch nicht raus. Was meinst du?«

»Vielleicht«, entgegnete Schierhuber und erhob sich brummend. Wieder tasteten sie sich durch die Röhren, und wieder brachte es nichts. Bis Schierhuber plötzlich innehielt und meinte: »Hörst du das?« Hawelka lauschte in die Stille, tatsächlich war da etwas. Ein sehr gedämpftes Geräusch. Ein steter Ton, der vibrierend in der Luft hing.

»Das kommt von dort«, sagte Schierhuber. Wo »dort« war, sagte er nicht, vermutlich hatte er eine eindeutige Handbewegung gemacht, die Hawelka leider nicht sehen konnte.

»Welche Richtung?«, fragte er.

»Da vorne, links«, kam die Antwort im Brustton der Überzeugung. Sie stolperten los, aber schon nach wenigen Metern wurde ihnen klar, dass das Geräusch weg war. Falsche Richtung also. Sie gingen zurück, vorsichtig, bis das Geräusch wieder zu vernehmen war. Aber auch in der Gegenrichtung wurde es rasch leiser.

»Das ist nur an der einen Stelle zu hören. Ist da vielleicht irgendwo ein Dampfloch*?«

Sie starrten durch die Finsternis nach oben, es war aber keinerlei Lichtschein zu sehen. Trotzdem waren sie jetzt ganz sicher, dass das Geräusch von oben kam. Die Röhre war an dieser Stelle ungewöhnlich hoch, Hawelka erreichte die Decke nicht einmal mit ausgestreckten Händen. Schierhuber mit seinen etwas über zwei Metern musste sich auf die Zehen stellen und die Arme ganz ausstrecken, dann berührten seine Fingerspitzen gerade den rauen Sand.

Er verbrachte die nächsten zehn Minuten damit, die fünf oder sechs in Frage kommenden Quadratmeter abzutasten, sprang immer wieder hoch, um an die Decke zu klatschen und dann enttäuscht zu verkünden: »Da ist nichts!« Dann ging er einen winzigen Schritt nach links, Sprung, nichts. Zwei winzige Schritte nach rechts, Sprung, nichts. »Langsam wird mir warm«, keuchte er, dann tat er einen winzigen Schritt nach vorne, Sprung, nichts. Aber immer wenn er Pause machte, hörten sie das Geräusch, und das war der Ansporn weiterzumachen. Nach unzähligen Sprüngen und etlichen original Zwettler Wirtshausflüchen stieß er plötzlich einen unwillkürlichen Schrei aus. Sprang noch einmal, dann noch einmal und noch einmal.

»Da ist was!«, verkündete er dann.

* Die sogenannten Dampflöcher sind Belüftungsschächte für die Kellerröhren, an der Oberfläche meist an einem schweren Stein mit seitlichen Öffnungen zu erkennen.

## Stephansdom

»Wir müssen eine kleine Essenspause machen, meine Liebe, denn ein leerer Sack steht nicht, wie der ehemalige Pfarrer von Drosendorf immer gesagt hat.«

Die Anekdoten über den ehemaligen Pfarrer von Drosendorf sorgten schon seit einer Stunde für gute Laune. Davor war die Stimmung der Berlakovic ein wenig eingeknickt, weil sie bisher weder Gubiani noch Hawelka oder Schierhuber gefunden hatten. Außerdem hatte sie drei Anrufe der Frischauf ignoriert, und das wurmte sie nun. Mit der Sensibilität eines Seismografen hatte ihre neue Freundin das gespürt und sofort Gegenmaßnahmen ergriffen. Ein paar Schlucke Marillenschnaps aus einem besonders schön verzierten silbernen Flachmann gehörten ebenso dazu wie die Geschichten über ihre ehemaligen »Herren«.

»Oft hat er nach dem Wirtshaus nicht mehr gewusst, wo sein Wagen steht, dann hat er sich hingestellt, die Arme ausgebreitet und wie beim Hochamt gerufen: »Auto, wo bist du?«, auch mitten in der Nacht.«

»Und«, fragte die Berlakovic, »hat's geholfen?«

»Ich weiß nicht, ob es dann erschienen ist oder sich sonst wie gemeldet hat«, gluckste die Pfarrersköchin. »Kinder hat er zwei oder drei gehabt. Deshalb haben sie ihn dann ja auch nach Bad Traunstein versetzt, obwohl – den Leuten ist es egal gewesen, hat eh jeder alles gewusst, sie haben oft gesagt: ›Schau, da geht der kleine Pfarrer‹, wenn der Bub, der ihm am ähnlichsten gesehen hat, vorbeimarschiert ist.«

»Und die heilige katholische Kirche hat ihn gar nicht irgendwie … gekündigt oder so?«, wunderte sich die Berlakovic.

»Nein, nein, die Versetzung war alles. Was ist auch schon dabei? Ich sag ja immer, solang die Pfarrer sich mit Frauen vergnügen, bespringen sie wenigstens keine Ministrantenbuben. Na, hab ich nicht recht?«

Eigentlich eine gesunde Ansicht, überlegte die Berlakovic. Dann fragte sie: »Und was ist aus dem kleinen Pfarrer geworden? Oder den anderen?«

»Ich weiß es nicht, aber der große Pfarrer hat den Müttern richtiggehend Alimente bezahlt, hat er mir erzählt. Nur der einen nicht, die eh gut verheiratet war und wo der Mann, ein großer Bauer, geglaubt hat, dass es von ihm selber ist. Der war der Einzige in ganz Drosendorf, der nicht gewusst hat, dass seine liebe Frau nicht nur viel geistlichen Beistand, sondern auch viel geistlichen Beischlaf gebraucht hat. Hast du das Wortspiel bemerkt? Das hat er selber erfunden, geistlichen Beischlaf – köstlich. Aber wie gesagt, er war auch ein besonders männlicher Gottesmann.«

»Kein besonders göttlicher?«, fragte die Berlakovic anzüglich, und nach einem kurzen Blickwechsel brachen sie in Gelächter aus. Die Berlakovic war im Kollegenkreis dafür bekannt, dass sie besonders ordinär lachen konnte, aber die andere stand ihr um nichts nach.

»Und du hast ihn dann im hohen Alter … gepflegt?«

»Ja, da war er schon ziemlich alt, aber trotzdem ein sehr vitaler Mann. Sehr agil und sehr kräftig.«

Ein kleiner Schluck aus dem Silberflachmann begleitete die schönen Erinnerungen. Dann kam man auf wichtigere Dinge zu sprechen.

»Wo essen wir?«

»Gehen wir wieder in den ›Althof‹«, schlug die Pfarrersköchin vor.

»Besteht eine Chance, dass sich dein Gubiani auch dorthin verirrt?«

»Eher nicht.«

»Dann gehen wir lieber wohin, wo wir ihn treffen könnten«, meinte die Berlakovic. Also fuhren sie ins Schlosswirtshaus, in dem Schierhuber am Vortag die Küche auf Trab gebracht hatte. Es waren nur drei Tische besetzt. Am größten Tisch saß eine Gruppe ausgelassener Chorsängerinnen, am Tisch neben dem Eingang spielten vier Männer Karten, und im letzten Winkel saß ein altes Ehepaar. Gubiani war nicht zu sehen.

Der Schriftsteller war todmüde. Er verfolgte den Hornisten seit Stunden. Das einzige Auffällige war, dass der Hornist sich so unauffällig benahm. Zunächst hatte es so ausgesehen, als würde er Gubiani und dem Lokalreporter nachtrippeln, er war aber unterwegs abgebogen und in seinem Haus in der Klostergasse verschwunden. Nachdem der Schriftsteller eine Weile gewartet hatte, telefonierte er mit der Gutsherrin, um sich ihren Segen für den Abbruch der sinnlosen Überwachung zu holen.

»Sie bleiben in Retz und beobachten ihn weiter. Ich habe da so einen Verdacht, und den werden Sie überprüfen.«

»Aber er hat den ganzen Tag nichts Nennenswertes getan, und jetzt sitzt er in seinem Haus.«

»Mich interessiert vor allem die Nacht. Nachts werden die Ratten aktiv! Sie bleiben dran, Merkenbrechter!«

Der Schriftsteller fluchte. Es klang nicht sehr poetisch. Dann eilte er in das nächste geöffnete Lokal am Hauptplatz und versorgte sich mit Kaffee und Zigaretten. Wenn er tatsächlich die ganze Nacht hierbleiben sollte, brauchte er sein Auto. Er holte es und parkte vier Häuser weit entfernt. Nach der siebenten Zigarette kam ein Unterschriftensammler die Gasse herauf und läutete nacheinander an den Haustüren. Beim Hornisten wurde nicht geöffnet.

Merkenbrechter kam ein furchtbarer Verdacht. Er musste Gewissheit haben. Er stieg aus und läutete ebenfalls. Was er dem anderen erzählen würde, wenn er öffnete, wusste er nicht. Aber er kam ohnehin nicht in diese Verlegenheit. Im Haus blieb es still. Er schlug einige Male gegen die Tür und rief: »Pongratz! Pongratz, ich bin's!«, aber alles blieb ruhig. Der Vogel war ausgeflogen.

Hawelka wog ungefähr fünfundachtzig Kilo. Schierhuber über hundertdreißig. Nachdem sie das auf Hawelkas Wunsch geklärt hatten, überdachte Schierhuber seinen ursprünglichen Vorschlag noch einmal.

»Wenn du mich auf die Schulter nimmst, dann kann ich die Falltür wahrscheinlich aufdrücken«, hatte er gesagt, nachdem sie lange gerätselt hatten, wo im Keller etwas »zum Draufsteigen« liegen könnte. Ein Weinfass wäre ideal gewesen, aber das Röhrensystem, in dem sie gefangen waren, hatte schon lange keine Fässer mehr gesehen. Und so hatte Schierhuber dann eben die Idee geboren, die er jetzt ein wenig widerwillig modifizierte: »Na ja, dann steigst halt du auf meine Schultern …«

Es wurde auch so schwer genug.

Damit Hawelka aufsteigen konnte (er war schon in der Schule kein großer Turner gewesen), mussten sie eine Seitenwand der Röhre zu Hilfe nehmen. Da es sich aber um gewölbte Röhren handelte, wuchs diese Wand ab einem Meter Höhe zur Mitte, was das Aufstehen des ursprünglich knienden Schierhuber erschwerte und den auf seinen Schultern sitzenden Hawelka in eine fatale Schräglage brachte. Schierhuber war ungeheuer kräftig, aber wenn man sich gerade am Übergang von einer knienden in eine halb aufgerichtet stehende Stellung befindet, dann sind auch läppische fünfundachtzig Kilo, die sich auf den Schultern nach rechts legen wie ein Motorradfahrer, eine zu große Belastung. Sie stürzten beide, und Hawelka prellte sich die Schulter, die als Erstes aufschlug.

Die Aufmerksamkeit der Pfarrersköchin hatte in der letzten halben Stunde stark nachgelassen, sie wirkte müde und ein wenig desorientiert, aber als der Kellner Kaffee und Cognac brachte, besserten sich Laune und Zustand rasch wieder. Sie war in ihren Erzählungen wieder bei einem »Herren« angekommen.

»Mein alter Dompfarrer konnte stundenlang über ›seinen‹ Dom reden, selbst als er schon nur mehr im Bett gelegen ist, hat er nur über den Dom geredet, weniger über den lieben Gott als über den lieben Dom. Ich könnte ganze Bücher schreiben über den lieben Dom. Wann er erbaut worden ist, warum er erbaut worden ist, von wem er erbaut worden ist und so weiter und so weiter. Die Bauphasen, die Baukosten, die Bauzahl – alles.«

Die Berlakovic nickte, war aber in Gedanken bereits bei ihrem Plan B.* Wenn ihre beiden Schützlinge bis zum nächsten Morgen nicht aufgetaucht waren, würde sie den offiziellen Weg gehen müssen und eine Suche einleiten lassen. Die Köchin würde sie nicht weiterbringen, und von Gubiani war immer noch nichts zu sehen. Sie wollte etwas tun, war aber zum Abwarten und Zuhören verurteilt. Eine Rolle, die ihr so gar nicht behagte.

»Die Bauzahl ist natürlich siebenunddreißig«, erklärte die Pfarrersköchin gerade und winkte dem Kellner.

»Bauzahl?«

»Die Bauzahl des Stephansdoms, meine Liebe«, nickte sie jetzt bedeutungsvoll. »Die Siebenunddreißig ist die Bauzahl. Diese Zahlen kommen immer wieder vor: die Drei, die göttliche Zahl, die Vier, die weltliche Zahl, die Sieben, die Summe der beiden, die Siebenunddreißig, also die drei und die sieben hintereinander, und so weiter.«

»Aha«, schierhuberte die Berlakovic.

»Der Grundriss der Kirche, also des Domes, mein ich, ist einhundertelf Fuß breit und dreihundertdreiunddreißig Fuß lang, meine Liebe. Das ist eine Tatsache. Das lass ich mir nicht ausreden!«, lallte die Pfarrersköchin und hob dann den Kopf schwerfällig zur Seite. »Was denn? Ach so, bringen Sie uns noch … irgendwas.« Der Kellner schaute verwirrt.

»Kaffee«, orderte die Berlakovic, die keine Kostverächterin war, aber langsam befürchtete, die andere hinaustragen zu müssen.

»… mit Cognac!«, ergänzte die Köchin und fuhr fort: »Und der Südturm ist vierhundertvierundvierzig Fuß hoch. Aber vierhundertvierundvierzig und dreihundertdreiunddreißig ist nach Adam Riese immer noch ein Drei- oder Vierfaches

* »B« wie Berlakovic.

von einhundertelf. Und jetzt raten alle am Tisch mit, was einhundertelf ist … Na?«

»Eine Primzahl?«, versuchte es die Berlakovic aufs Geratewohl.

»Einhundertelf ist nichts anderes als dreimal siebenunddreißig!«, rief die Pfarrersköchin triumphierend aus und schwenkte ihr Glas begeistert.

Die Berlakovic prostete ihr anerkennend zu. »Also doch keine Primzahl.«

»Nein, keine Primelzahl, sondern eine Bauzahl. Siebenunddreißig.«

»Gut. Ja.« Die Berlakovic verstand es trotzdem nicht. Sie wollte wieder auf ein interessanteres Thema kommen, nahm den Dom zum Anlass und sagte: »Du, dieser Tote, dieser Krämer –«

»Kramer.«

»Ja, der Tote, war der nicht Fremdenführer im Stephansdom? Das hast du mir doch erzählt, oder?«

»Ja.«

»Lustig, oder, dass du einen Dompfarrer gepflegt hast, der so viel vom Dom geredet und so viel über den Dom gewusst hat, und du weißt auch so viel, und der tote Kramer muss doch auch eine Menge über den Dom gewusst haben, als Fremdenführer.«

»Das weiß ich nicht«, sagte die Pfarrersköchin brüsk und wendete sich ab. »Die Privatblödheiten von anderen Leuten gehen mich nichts an. Da misch ich mich nicht ein.«

»Ich meine ja nur, ich hätt nie geglaubt, dass ich in Retz jemand finde, der sich mit dem guten alten Steffel auskennt«, erklärte die Berlakovic, aber die andere wollte das Domthema anscheinend nicht mehr fortsetzen, was aber auch daran liegen konnte, dass sie momentan auf dem Trockenen saß und sie diesen Zustand möglichst rasch ändern wollte.

Sie schickte sich an, den Kellner zu rufen, wurde aber durch eine Gruppe neuer Gäste abgelenkt. Nachdem es ihr gelungen war, ihren Blick scharf zu stellen, hellte sich ihr Gesicht auf.

»Na, da ist er ja, mein Guter«, wandte sie sich an ihre Freundin. Diese verstand nicht und musterte die Ankommenden. Es waren vier Herren im fortgeschrittenen Alter, die jetzt auf ihren Tisch zukamen und – die Augen der Berlakovic wurden groß.

»Oh mein Gott«, sagte sie.

»Bier, bis ich ›Halt!‹ sag«*, befahl Schierhuber in einem Ton, der keinen Widerspruch duldete, und ließ sich auf den freien Platz neben der Pfarrersköchin fallen. Der Kellner erkannte den Ernst der Lage und eilte im Laufschritt zur Schank.

»Zwei Bier«, rief ihm Gubiani hinterher, drückte den Lokalreporter auf den freien Sitz neben der Berlakovic und setzte sich ans Tischende.

»Mir auch zwei!«, ergänzte Hawelka. »Herta, was machst du in Retz?«

»Na, das ist ja eine schöne Begrüßung!«, sagte die Angesprochene und musterte die vier Männer. Sie sahen schrecklich aus. Der »Freund« der Köchin hatte verschwollene Augen, die sich langsam blaugrün färbten, der junge Mann neben ihm schien völlig mit den Nerven fertig zu sein und zitterte heftig, am schlimmsten aber hatte es Hawelka und Schierhuber erwischt. Beide waren sie blass, von oben bis unten verdreckt und schweißverklebt. Ihre ohnehin schütteren Haare standen in alle Richtungen, und sie rochen, als hätten sie wochenlang nicht geduscht und in ihren Kleidern geschlafen.

»Ihr riecht ein bisschen … streng, meine Buben. Wisst ihr, wie ihr ausschaut? Ihr brauchts dringend ein Bad. Äh, brauchts ihr sonst noch was?«

»Einen Chiropraktiker«, stöhnte Hawelka. Seine Schulter schmerzte höllisch.

»Das sind Ihre Freunde?«, fragte die Pfarrersköchin eine halbe Oktave höher als sonst.

»Andere hab ich keine gekriegt«, sagte die Berlakovic und zuckte begleitend mit den Schultern.

---

* Das bedeutet, dass der Kellner das Gewünschte unverzüglich zu bringen hat und danach das Trinkgefäß im Auge behalten muss. Sobald Gefahr droht, dass der Pegel sich unter ein Viertel der Normfüllmenge senkt, muss das nächste Bier ohne Verzögerung serviert werden. So oft, bis der Auftrag durch »Halt!« storniert wird.

Nach einem Moment der Stille löste sich die Anspannung durch einen hysterischen Lachanfall aller Beteiligten.

»Andere … andere, haha, hat sie nicht gekriegt, haha«, krähte Gubiani. Er hatte Lachtränen in den blau geschlagenen Augen. Zwei oder drei kullerten ihm bereits über die Wange.

»Was? Was?«, bebte die gesamte Pfarrersköchin vor Heiterkeit. »Andere hast du keine gekriegt, meine Liebe? Das ist köstlich, also einfach köstlich!«

»Also, Pepi, ich bin ehrlich froh, euch zu sehen, aber ich glaub, ihr könntets wirklich eine Dusche vertragen.«

»Ja«, antwortete Hawelka. »Eine Dusche, frisches Gewand, eine Spritze gegen die Schmerzen in der Schulter, ein weiches Bett, achtundvierzig Stunden Schlaf, einen Schutzzauber gegen den Erzherzog, aber jetzt wollen wir erst einmal was trinken, dann essen, dann wieder trinken, dann schlafen, nur noch schlafen.«

»Anrufe?«, schnarrte der Erzherzog und sah die drei Grazien drohend an. Es war erst zehn Uhr, und er war mittlerweile schon zum dritten Mal an diesem Tag im Auskunftsbüro aufgetaucht.

»Viele«, sagte Janne Frischauf, die ihn mit Absicht missverstand. »Zuerst der Hofrat Platschek vom Ministerium, der wissen wollte, wann der Fall Grubmüller abgeschlossen sein wird, dann der Kollege Sojka, der sich krankgemeldet hat, der Oberst Stockinger von der Alarmabteilung hat –«

»Papperlapapp!«, schnappte der Erzherzog. »Ob einer von die Waldviertler angerufen hat, will ich wissen.«

»Aber nein, die sind doch in Hamburg«, flötete die Frischauf mit Unschuldsmiene.

»Na und? Gibt's in Hamburg vielleicht keine Telefone?«, bellte der Alte jetzt wütend. »Funktionieren dort die Handys vielleicht nicht?«

»Ich weiß nicht. Doch, wahrscheinlich schon. Jedenfalls haben sie sich noch nicht gemeldet. Die werden vielleicht so ein dichtes Programm haben dort, dass sie gar nicht zum Anrufen ko–« Aber da war Zauner schon wieder draußen und hatte die Tür hinter sich zugeknallt. Die drei sahen sich an. Die Forstner eher ausdruckslos, die anderen beiden grinsten vor sich hin.

»Der Pepi und der Sepp lassen ihn ganz schön dunsten«, meinte die Sommer schadenfroh.

»Ja. Und die Herta lässt uns ganz schön dunsten«, ergänzte die Frischauf. »Ich mach mir echte Sorgen. Gestern hab ich es am Abend noch einmal probiert und heute in der Früh auch schon und –«

In dem Moment läutete ihr Handy, und auf dem Display erschien »Herta ruft an«.

»Herta! Du lebst!«, rief die Frischauf erleichtert aus. »Wir haben uns die größten Sorgen um dich gemacht. Wo bist du denn?«

»In Hamburg«, antwortete die Berlakovic und lachte.

»In Hamburg?«

»In Hamburg mit Windmühle und Kellergasse und mit zwei ganz besonderen Mannsbildern.«

»Was? Du bist in Retz? Mit dem Pepi und dem Sepp? Was machst du denn? Spielst du Miss Marple? Wie geht's denn den beiden? Der Erzherzog fragt schon seit gestern in der Früh dauernd, ob sie sich gemeldet haben.«

»Na ja, bis jetzt hab ich sie nur ganz kurz gesehen, sie haben ausgeschaut wie die Sandler*, gerochen wie Schafböcke, gefressen, als wenn sie schon sehr lang an einer Hungersnot gelitten hätten, und Bier getrunken wie … wie … na ja, wie immer halt. Ich glaub, sie haben sich mit zwei komischen Gestalten im Retzer Keller verirrt und sich dann geprügelt. Jetzt schlafen sie sich erst einmal aus. Und wie geht's im Hendelstall?«

»Na ja, wie immer eigentlich. Der Alte ist unausstehlich, und die Arbeit rennt uns nach, aber wir lassen uns nicht erwischen.«

---

* Wienerisch für Obdachlose.

»Bravo! So lob ich mir das. Du, könnt ihr mir einen kleinen Gefallen tun?«

»Für unsere Lieblings-Herta machen wir alles!«

»Ihr müsstet ein paar Leute für mich überprüfen. Natürlich inoffiziell und unauffällig und so weiter – du weißt schon.«

»Klar. Schieß los!«, sagte die Frischauf erleichtert, weil ihre Lieblings-Herta klang wie immer. Die Krise schien vorüber zu sein. Sie angelte sich einen Kugelschreiber und einen Block. Die Berlakovic gab ihr die Namen durch und versprach, sich bald wieder zu melden. Dann legte sie auf.

Die anderen beiden sahen sie fragend an.

»Die Herta ist bei unseren Mordbuben in Retz und spielt Detektivin.«

»Na bravo!«, meinte die Forstner. Dann begann sie wieder zu tippen.

»Du bist wahnsinnig, Pongratz«, stöhnte der Schriftsteller, »wenn du schon keine moralischen Grundsätze gelten lässt, dann gib mir wenigstens einen Beweis, dass du ein Künstler bist, und sprich mir nach: Das Werk steht über allem!«

»Die Zwölftonmusik steht über allem!«, schrie der Hornist. Er war völlig derangiert, seine Haare standen seitlich weg, das Hemd hing aus der Hose, und eines der Schuhbänder hatte sich gelöst. Sein Gesicht hatte einen ungesunden grünlich weißen Farbton angenommen, und der Schriftsteller spürte kleine Speicheltröpfchen auf seinem Gesicht, wenn der andere sprach. Dass Pongratz auf seiner Brust kniete, machte die Sache nicht angenehmer.

»Ich verstehe dich! Ich verstehe dich!«, stieß der Schriftsteller jetzt erregt hervor. »Aber wenn du das Große und Ganze nicht sehen kannst, dann bist du verloren, für die Kunst völlig verloren!«

»Kunst?«, schrie der Hornist jetzt. »Kunst?«

Draußen war es heller Vormittag, aber durch die kleinen verstaubten Scheiben des Presshauses drang nur wenig Licht. Sie waren inzwischen bei der fünften oder sechsten Flasche

Rotwein angekommen und hatten sich dementsprechend warmgeredet.

»Kunst?«, schrie der Hornist nochmals. »Ich werde dir sagen, was Kunst ist, mein Freund, ich sag es dir. Ich sage: Kunst ist, wenn dir gar nichts andres übrig bleibt! Kunst ist, wenn dich etwas weitertreibt! Kunst ist, wenn du dir den Arsch aufreißt! Kunst ist, wenn du niemals weiterweißt! Kunst ist, wenn du niemals glücklich wirst! Kunst ist, wenn du was im Kopf gebierst! Kunst ist …«

Und so weiter und so weiter. Er sprach seinen Erguss rhythmisch und akzentuiert, als wolle er für eine Rolle vorsprechen.

»Am Text könnte man noch feilen«, meinte der Schriftsteller und befreite sich mit einem Ruck, der den anderen von seiner Brust hinunterwarf. »Aber durch diese Rhythmik klingt es sehr … kraftvoll.«

»Wirklich?«, fragte der Hornist verzückt. Er hatte sich aufgerappelt und öffnete eine weitere Flasche, obwohl die vorige noch nicht leer war.

»Ja, ja! Das macht sich gut, wirklich. Aber du weißt, dass die Gutsherrin Zwölftonmusik nicht ausstehen kann, und du weißt, wir haben einen Auftrag, einen bezahlten Auftrag.«

»Sie missbraucht uns, sie missbraucht uns! Dieses Teufelsweib missbraucht uns! Uns und die Kunst. Denn die Kunst sagt: Was du dem geringsten meiner Vertreter angetan hast, das hast du mir angetan.«

»Gut gesprochen, Pongratz, gut gesprochen«, murmelte der Schriftsteller, der damit beschäftigt war, seinerseits eine weitere Flasche zu öffnen.

»Das Werk, ihr Werk ›Die Hussiten in Retz‹*, ist ein Spektakel, ein durchsichtiges Manöver ihrer politischen Ambitionen, und wir spielen mit, wir machen mit, wir lassen uns kaufen, ich habe sogar … ach was, wir sind armselig, armselige Feig-

* Eigentlich die »Taboriten«, ein besonders militanter Ableger der Hussiten, die sich auf ihren Kreuzzügen im 15. Jahrhundert (1425) unter der Retzer Stadtmauer durchgruben, durch die Keller in die Stadt eindrangen und dieselbe sodann in Schutt und Asche legten.

linge sind wir!«, klagte der Hornist und starrte betrübt auf die Flasche, deren Korken er soeben abgebrochen hatte.

»Ich lasse mich nicht kaufen, ich nicht«, knurrte der Schriftsteller plötzlich böse. »Ich lasse mich vielleicht bezahlen, aber kaufen lasse ich mich nicht. Niemals!«

»Wir sind armselige Feiglinge, armselige …« Der Hornist versuchte, die Reste des Korkens mit dem Finger durch den Flaschenhals nach unten zu drücken.

»Ich bin Villon!«, schrie der Schriftsteller außer sich. Er hatte seine Flasche erfolgreich geöffnet, war auf den Tisch gesprungen und schwenkte drohend die Faust. Leider hielt diese noch die Flasche, und der Rotwein spritzte durch die Gegend.

Als der Schriftsteller am Vorabend das Haus des Hornisten leer vorgefunden hatte, war er eine Weile ratlos im Auto sitzen geblieben. Die Gutsherrin würde toben, aber was konnte er machen? Dann hatte jemand an das Autofenster geklopft. Pongratz war aus dem Nichts aufgetaucht. Sie kannten sich erst ein paar Monate, konkret erst, seit die Gutsherrin sie einander vorgestellt und für ein Auftragswerk verpflichtet hatte. Von Anfang an waren sie sich unsympathisch gewesen. Dass der Hornist den anderen nun erwischt hatte, war Anlass für ein ausführliches Gespräch gewesen. Die gegenseitige Aversion hatte sich verstärkt. Nun waren sie gerade dabei, das zu ändern.

»Ich bin Villon!«, schrie der Schriftsteller erneut. Mittlerweile schwankte er mehr als Pongratz, der versuchte, ihm die Flasche abzunehmen.

»Und ich bin der Bürgermeister«, sagte der Bürgermeister. Er stand in der offenen Presshaustüre und betrachtete die Szene. Die beiden Künstler hielten inne, und nachdem sie es geschafft hatten, das unglaubliche Bild zu fokussieren, starrten sie ihn mit offenem Mund an. Durch den Schock hielten sich sogar ihre Körper für einige Momente ganz ruhig und gerade. Das Schwanken hatte aufgehört, das Zittern von Pongratz war ohnehin seit der ersten Flasche Vergangenheit. Der Bürgermeister tat einen Schritt zur Seite, und die Gutsherrin betrat den Raum.

Hawelka erwachte und spürte sofort einen übermächtigen Tatendrang. Das kam eher selten vor. Er konnte nicht sagen, ob ihn das Jagdfieber wegen der Gefangenschaft im Dunkeln gepackt hatte oder wegen der ungewöhnlichen Befreiung, die noch mehr Rätsel aufgab. »Jedenfalls haben wir genug Zeit verplempert«, sagte er laut zu seinem Spiegelbild. Dann duschte er in Windeseile, putzte die Zähne wie ein Wilder und ging frühstücken. Er ließ Schierhuber schlafen und widerstand auch der Versuchung, die Berlakovic in ihrem Hotel anzurufen. Er brauchte ein wenig Zeit für sich alleine, um nachdenken zu können.

Da ihm das im Gehen am besten gelang, marschierte er nach dem Frühstück los. Ein bestimmtes Ziel hatte er nicht, wollte aber hinaus aus der Stadt, in der schon Hochbetrieb herrschte. An diesem Tag sollte das Weinlesefest eröffnet werden, und überall liefen die letzten Vorbereitungen. So überquerte er den Hauptplatz, lief durch das sogenannte Znaimertor und bog in die Windmühlgasse ein. An deren Ende folgte er nicht dem Weg Richtung Windmühle, sondern bog in Richtung des Hügels daneben ab. Er brauchte Ruhe und genoss die warme Herbstluft, froh, nicht mehr unter der Erde zu sein. Wenig später stand er auf dem Hügel, und mit diesem Blick auf die friedliche Kleinstadt von oben begann er seine Gedanken zu ordnen.

Jetzt denken wir einmal ganz logisch, dachte er. Was soll das alles da? Wie war das? Gubiani drängt sich uns förmlich auf und will uns in eine bestimmte Richtung dirigieren. Gut. Zu dem Zweck zeigt er uns tote Vögel, es kommt zu einer Schießerei, bei der aber jemand von Schierhuber angeschossen wird. Dann zeigt er uns die Bilder der Rathauskamera mit einem Geländewagen und den Leuten, die anscheinend in das Schuhgeschäft und von dort in den Keller gehen. Vielleicht! Dann trinkt er mit uns beim Windmühlheurigen und dann …

Filmriss! Jemand dirigiert uns zu einem der Kellereingänge, verabreicht uns K.o.-Tropfen und lässt uns in dem Kellerlabyrinth zurück. Wer, wenn nicht Gubiani? Aber nachdem wir ewig versuchen rauszukommen und es nicht schaffen, taucht er plötzlich mit diesem Reporter auf und befreit uns. Angeblich, nachdem er und der andere auch eingesperrt worden sind. Wer soll das glauben? Andrerseits, das blaue Auge …

Gubianis blaues Auge war tatsächlich ein Rätsel. Nicht das zweite, das war leicht erklärt, das trug Schierhubers Handschrift, ganz klar, und da war Hawelka ja auch dabei gewesen. »Ein Reflex in einer Ausnahmesituation«, wie der Zwettler entschuldigend zu Gubiani gesagt hatte, nachdem er ihm aufgeholfen hatte. Aber das erste blaue Auge?

»Ich hab dem Herrn Reporter etwas gezeigt, etwas, das ihr euch auch anschauen solltets, also wenn ihr ausgeschlafen seids«, hatte Gubiani eifrig erklärt. »Und auf dem Rückweg schlägt mir jemand die Taschenlampe aus der Hand, und dann – zack, haut mir wer mit einem Prügel auf den Kopf, das heißt, er will mir auf den Kopf hauen, sieht mich aber im Dunkeln nicht g'scheit und streift nur mein Aug, und ich seh Sternderln.«

Wenn er das tatsächlich inszeniert hat, dann ist das ein ganz schöner Aufwand, dachte Hawelka. Er müsste bewusst irgendwo dagegengerannt sein, um sich ein Veilchen zu holen. Und wozu?

»Und während ich mir noch den Schädel halt und der Reporter dauernd ›Was ist los? Gibt's kein Licht mehr?‹ schreit, läuft der andere schon davon, schaltet seine Lampe immer nur kurz ein, und bis ich wieder grade stehen kann, ist er schon irgendwo abgebogen, und finster war's«, hatte Gubiani weitererzählt. »Dann hat's ein paar Minuten gedauert, bis wir meine Lampe am Boden gefunden haben, und dann wollten wir am kürzesten Weg raus, aber auf einmal hör ich was …«

Spätestens ab hier stimmte Gubianis Geschichte, gehört hatte er nämlich Hawelkas Schmerzensschrei, als dieser vom hohen Schierhuber-Ross auf die Schulter gefallen war. Obwohl diese höllisch wehtat, hatte er kurz darauf einen weiteren Aufstiegsversuch unternommen, bei dem Schierhuber wie ein Sumoringer in der Mitte der Kellerröhre gehockt war und Hawelka versucht hatte, von hinten auf seine Schultern zu klettern. Als er seine Beine fast schon vorne gehabt hatte, war plötzlich Gubiani mit einer Taschenlampe um die Ecke gekommen.

»Ja, was machts denn ihr da?«

Vor lauter Überraschung hatte Sumo-Sepp gezuckt, war Kletter-Pepi gestürzt und hatte seinen Kollegen aus der Hocke mit zu Boden gerissen. Beide hatten wie die Maulwürfe in das Taschenlampenlicht geblinzelt, das nach so langer Zeit in Dunkelheit heftig in den Augen geschmerzt hatte.

»Na, da schau, da purzeln sie vor lauter Freude übereinander, haha«, war es von Gubiani gekommen, und beinahe hätte er dem Reporter vor Vergnügen auf die Schulter geschlagen.

Das war ein Fehler gewesen.

»Ein Reflex in einer Ausnahmesituation.« Schierhuber hatte den stöhnenden Gubiani wieder auf die Füße gezogen, ihm in das Gesicht geleuchtet, in dem das neue blaue Auge sich beeilt hatte, auf die Größe des anderen anzuschwellen, und teilnahmsvoll gefragt: »Tut's weh?« Eine Entschuldigung im herkömmlichen Sinn war das keine gewesen, aber Gubiani war hart im Nehmen und nicht nachtragend.

Was besonders peinlich war – Hawelka und Schierhuber hatten bei einer bestimmten Biegung auf dem Weg durch ihr Kellergefängnis einen Spalt übersehen. Groß genug für einen Schierhuber und dennoch so raffiniert genau im inneren Scheitelpunkt der Biegung aus dem Sand gegraben, dass man daran vorbeimarschieren musste (weil man ja an der äußeren Wand der Biegung nach einem möglichen Abzweiger tastete). Durch diesen Spalt waren Gubiani und der Reporter zu ihnen gelangt, und durch diesen Spalt hatten die vier im Schein der Taschenlampe und unter Gubianis sachkundiger

Führung alsbald den Ausgang erreicht. Dann hatten sie sich ins Schlosswirtshaus geschleppt.

Alles gut und schön, dachte Hawelka und betrachtete die friedliche Umgebung. Aber die Frage bleibt immer noch, was am Vorabend passiert ist, nachdem wir uns nach der Sauferei beim Heurigen am Windmühlenparkplatz von Gubiani verabschiedet haben …

Er hielt erschrocken inne. Da war etwas! Mitten im Denken war etwas gewesen. Etwas wie ein Geistesblitz, nein, vielmehr wie ein Bild. Jetzt war es wieder weg.

Nicht denken, nicht denken!, dachte er verzweifelt. Wenn ich an nichts denke, dann kommt es vielleicht wieder.

Aber auf Befehl an gar nichts zu denken ist gar nicht so leicht, wie man denkt. Man kennt ja das Spiel, das mit der Aufforderung beginnt: »Versuch einmal, nur eine Minute nicht an einen rosa Elefanten zu denken.« Schon ist es passiert! Obwohl man zuvor Monate, vielleicht sogar Jahre keine Sekunde an einen rosa Elefanten gedacht hat, denkt man plötzlich an einen. Und Hawelka, der in diesem Moment nicht denken wollte, damit das Bild, das kurz in seinem Kopf aufgeblitzt war, wiederkam, der dachte jetzt an alles Mögliche. Noch dazu gleichzeitig.

Nicht denken, nicht denken! Was war das für ein Bild? Wir waren beim Parkplatz … Hat uns der Gubiani angelogen? Wie sind wir in den Keller – mysteriöser Unbekannter – Parkplatz? Nicht denken! Sind wir in den Benz gestiegen und dann wieder ausgestiegen? Das Bild muss wieder her! Nicht denken! Ich mach die Augen zu, dann kommt es vielleicht wieder. Ich denk schon wieder! Parkplatz … Gubiani … Nein, wenn ich an den Gubiani denke, kommt vielleicht kein anderes Bild. War es jemand, den wir kennen? Heuriger, Bild, Parkplatz, Bild, mysteriöser Unbekannter, Bild … Wir wollten heimfahren … Warum sind wir nicht losgefahren?

Vergebens.

Das Bild kam nicht wieder. Aber die Tatsache, dass es kurz aufgeblitzt war, bewies doch, dass es da war, dass da etwas war – und dem wollte er auf den Grund gehen. Er sah sich um. Gegenüber von dem Hügel, auf dem er saß, war die Windmühle zu sehen. Entschlossen sprang er auf und begann, eilig den Hügel hinunterzulaufen. Er wollte hinüber zur Mühle, vor allem aber zu dem Parkplatz davor. Wenn er sich auf den Parkplatz stellte, am besten neben Schierhubers Benz (der immer noch dort abgestellt war), dann würde das seinem Gedächtnis vielleicht auf die Sprünge helfen. Versuchen musste er es auf jeden Fall.

Eine gute Viertelstunde später stand er auf dem Parkplatz. Er war schweißüberströmt und völlig außer Atem. Sein Tatendrang war vollkommen verflogen, er hatte Durst und Angst, dass er zusammenklappen würde. Er stützte sich an der Motorhaube von Schierhubers Wagen ab und versuchte, Atem und Herzschlag wieder zu normalisieren.

Ich muss endlich anfangen, Sport zu machen, dachte er. Mein Körper ist ja ein Wrack, meine Kondition praktisch nicht vorhanden, weshalb mich die kleinste Anstrengung an den Rand des Zusammenbruchs bringt. Ich zittere ja rich–

Da war es!

Zittern. Er zitterte. Und der Mann in der Nacht hatte auch gezittert. Es war ein nervöses Zittern gewesen, auf dem Parkplatz hatten sie es gar nicht gesehen, erst später, als sie mit ihm im Presshaus gesessen waren und getrunken hatten, bevor sie mit ihm in die Kellerröhre hinabgestiegen waren. Am Parkplatz war es viel zu dunkel gewesen, als dass sie sein Zittern hätten sehen können, er hatte an die Scheibe geklopft und sie aufgefordert mitzukommen, er müsse ihnen etwas zeigen, etwas für den Fall Entscheidendes. Vom Zittern war am Parkplatz noch nichts zu sehen gewesen, und auch seine kleinen Trippelschritte waren ihnen erst im Licht der Kellergasse aufgefallen.

Pongratz, dachte Hawelka. So hat er sich vorgestellt. Pongratz! Natürlich! Wir sind ihm nachgegangen, einer der ersten Keller nach der Windmühle war es, er war nervös und hat uns gleich eingeschenkt, keinen Wein, nein, es war irgendein

Schnaps! Er hat gemeint, dass wir den brauchen werden, wenn wir sehen, was er uns zeigen will. Da müssen die K.o.-Tropfen drinnen gewesen sein. Dann sind wir hinunter in die Kellerröhre und, und ... Weiter konnte er sich nicht mehr erinnern. Er stieß sich von der Motorhaube des Benz ab und ging los. An der Windmühle vorbei, am Windmühlenheurigen vorbei, über den kurzen Weg, bog dann in die schmale Kellergasse ab und sah die Presshäuser forschend an.

»Das da? Nein, das ist es nicht, das auch nicht, das da vielleicht? Ich weiß nicht ... Oder vielleicht das dort drüben? So ein Dreck! Ich weiß es nicht mehr. Der Sepp muss her, jetzt gleich. Aus mit Schlafen oder Frühstücken, jetzt muss der Sepp her!«

Er griff in alle Taschen, konnte aber sein Handy nicht finden.

»Aber natürlich, das hat er mir ja weggenommen, nachdem er uns außer Gefecht gesetzt hat. Dem Sepp hat er es auch abgenommen, der Hund.« Während er halblaut vor sich hin redete, ging er rasch bergab, wieder hinunter in die Stadt. Die Entfernungen hier waren ja alle sehr gering. Wenn man nicht wie ein Verrückter einen Hügel hinaufeilte, konnte man sogar mit Hawelkas Kondition das Städtchen in kürzester Zeit durchqueren.

Wir brauchen neue Handys, dachte er. Neue Handys und neue SIM-Karten. Dann überlegte er, ob er nicht im Hotel der Berlakovic vorbeischauen und sie bitten sollte, gleich mitzukommen.

Die Herta hat ein Handy und ein Auto. Mit ihr kann ich den Sepp abholen, dann können wir den Benz holen, und dann kaufen wir uns diesen Pongratz und quetschen ihn aus. Das blöde Spiel da muss jetzt ein Ende haben, egal, ob wir in offizieller Mission da sind oder nicht, wir sind doch keine Kasperln, dass man mit uns machen kann, was man will. Seine Wut steigerte sich immer mehr, und dadurch vergaß er, zum »Althof« zu gehen, sondern steuerte geradewegs die Pension am Hauptplatz an.

Schierhuber war weder in seinem Zimmer noch im Frühstücksraum. »Der ist vor zehn Minuten gegangen«, wusste die Besitzerin der Pension. »Eine Dame hat vorhin da angerufen und mich gebeten, ihn ans Telefon zu holen. Sie erreicht ihn am Handy nicht, hat sie gesagt. Wie er gegangen ist, wollte er wissen, wie er zum ›Althof‹ kommt. Er ist dort zum Frühstück verabredet, hat er gesagt, dabei ist es schon fast Mittag.«

»Ich geh jetzt, und wenn wer fragt, dann sagen S' ihm, am Montag kann er wieder antanzen!« Der Erzherzog hatte die Tür gerade weit genug geöffnet, um den Kopf kurz durch den Spalt stecken zu können. Noch bevor er die Klinke niedergedrückt hatte, war das »Ich« zu hören gewesen, und das »antanzen« wurde bereits vom Geräusch der schließenden Tür übertönt.

»Es fragt aber keiner!«

Einen Moment lang sahen sich die Sommer und die Frischauf sprachlos an. War das wirklich die Forstner gewesen, die das gesagt hatte? Trocken, aufmüpfig, laut und ein ganz klein wenig bissig. Tatsächlich die Forstner?

Die Heldentat war zwar nicht so mutig, wie es zunächst schien, denn wer den Erzherzog kannte, der wusste, dass dieser, wenn er kurz angebunden war, bereits Millisekunden nach Schließen der Tür den halben Gang hinuntermarschiert war. Dennoch, dass die Forstner plötzlich freche Sprüche losließ, durfte als kleine Sensation gewertet werden.

»Bravo, Karin!«, lachte die Frischauf und holte sogleich eine kleine Flasche Sekt aus dem Gemeinschaftskühlschrank des Auskunftsbüros. »Die Antwort muss gefeiert werden.«

Sie prosteten sich zu und meinten einhellig, dass der frühzeitige Abgang des Alten den Freitag noch ein bisschen schöner machte.

»Aber komisch ist das schon«, sagte Bettina Sommer. »Normalerweise geht er doch nie früher! Termin hat er nämlich keinen eingetragen, das hab ich nachgeschaut.«

»Vielleicht muss er zum Arzt?«

»Kann schon sein, ich wünsch ihm einen Zahnarzttermin mit Bohren!«

»Nein, Urologe ist besser, eine Prostatauntersuchung.«

»Gastroskopie wär auch nicht schlecht!«

»Oder die vom anderen Ende, wie heißt die? Häm…«

»Wurscht.« Das war wieder die Forstner.

»Nein, so heißt sie nicht, die hat irgendeinen lateinischen Namen, irgendwas mit Ko…«

»Koloskopie?«

»Vielleicht. Ist die Koloskopie eine Po-loskopie?«

Sie malten sich noch ein paar Minuten lang möglichst unangenehme Untersuchungen für den Erzherzog aus, dann machten sie sich wieder an die Arbeit. Schließlich mussten sie zusätzlich zum normalen Pensum noch ein paar Informationen für die Berlakovic beschaffen.

»Setz dich nieder und schneid dir ein Brot ab«, begrüßte ebenjene, nur circa achtzig Kilometer entfernt, Hawelka im »Hotel Althof«. Sie wies mit einladender Geste auf den reichlich gedeckten Tisch. Schierhuber war in seinem Element. Nach der unterirdischen Gefangenschaft musste er seine Speicher wieder auffüllen, und er bemühte sich redlich.

»Pongratz.«

»Was?«

»Wer?«

»Ich hab mich erinnert. Dieser Mensch am Parkplatz. Pongratz heißt der!«

»Jetzt sag schon, Pepi, was hat der gemacht?«

»Er hat uns am Parkplatz angeredet. Es war, wie der Gubiani gesagt hat. Der Sepp und ich sind alleine zum Auto gegangen, und der Pongratz hat uns angeredet. Dann sind wir mit ihm zu einem Presshaus gegangen, ganz in der Nähe. Dort haben wir Schnaps getrunken – da müssen die K.o.-Tropfen drinnen gewesen sein, weil dann sind wir runter in den Keller, und weiter kann ich mich an nichts erinnern. Die Presshäuser dort hab ich mir angeschaut, aber ich weiß nicht mehr, welches es war. Wir müssen hin, Sepp, vielleicht erinnerst du dich dann.«

Hawelkas Enthüllung erzeugte sofort eine euphorische Stimmung. Hektisches Treiben setzte ein. Die Berlakovic wollte sofort mit den beiden zu den Presshäusern, sprang auf und trank ihren Kaffee im Stehen aus. Schierhuber begann umgehend, schneller als üblich zu kauen und mehrere Semmeln gleichzeitig zu belegen. Hawelka trank ein Glas Orangensaft und schenkte sich unverzüglich nach. Die Anstrengungen des Vormittages hatten ihn durstig gemacht. Die Berlakovic mahnte zum Aufbruch.

»Na kommts, ihr Mordbuben, wir müssen den Keller finden und –«

»Wart einmal, Herta, wir brauchen einen Plan, du hast doch deinen Wagen da, oder?«

»Sicher. Du nicht?«

»Der steht bei der Tankstelle, Richtung Unternalb. Wie ich angekommen bin, hat die Pensionswirtin gesagt, dass der Hauptplatz für das Weinlesefest gesperrt wird, also hab ich ihn weiter weg geparkt. Wenn du uns rauf zur Mühle bringst, dann können der Sepp und ich die Presshäuser anschauen und dann gleich den Benz mitnehmen und dann –«

»Warum«, fragte Schierhuber kauend, »suchen wir nicht diesen Pongratz? Der wird uns schon das richtige Presshaus zeigen, wenn ich ihn freundlich darum bitte, und so nebenbei kann er uns noch ein paar andere Fragen beantworten.« Sein sonst so gutmütiges Boxergesicht hatte einen grimmigen Ausdruck angenommen, der die Geständnisbereitschaft des Hornisten zweifellos fördern würde. Dass das Schierhuberfrühstück im Eiltempo zu Ende gebracht werden musste, würde sich auch nicht gerade positiv auf die Gesprächskultur auswirken.

»Gute Idee«, meinte Hawelka, »hast du noch eine Reservewaffe?«

Was für eine Frage! Er bereute sie sofort. Das war eigentlich eine Partnerbeleidigung. Ein Schierhuber verfügte über eine gut sortierte Sammlung diverser Pistolen für alle Lebenslagen.

»Ich meine, natürlich hast du eine einstecken, aber mir wär auch wohler, wenn ich …« Ohne mit der Wimper zu zucken, holte der Zwettler ein überaus handliches Modell aus seiner Rocktasche und reichte es Hawelka. Am Nebentisch räusperte sich jemand, und Hawelka steckte die Pistole rasch ein. Dabei spürte er ein Kärtchen in seiner rechten Jackentasche und hielt inne.

Er hatte seit Jahren eine feste Packordnung. In der linken Tasche eine Packung Papiertaschentücher und seine Schlüssel, in der rechten die Dienstwaffe (wenn er sie ausnahmsweise dabeihatte) und gelegentlich ein Päckchen Zigaretten. Das Schulterhalfter lehnten er und sein Partner kategorisch ab. »Das trägt so auf«, wie es der modebewusste Josef Schierhuber einmal treffend formuliert hatte. Die Geldbörse trug Hawelka in der einen, das Handy in der anderen Innentasche der Jacke. Ein Kärtchen hatte also in der rechten Tasche nichts verloren. Sofort holte er es heraus.

Es war eine Visitenkarte, auf deren Rückseite fast unleserlich geschrieben stand: »Wir müssen reden. Rufen Sie mich an, sobald Sie wach sind. Bachl.« Er kannte keinen Bachl. Ratlos drehte er die Karte um, dort stand: »Raimund Bachl – Journalist«, dazu seine E-Mail-Adresse beim Lokalblatt sowie eine Telefonnummer.

Hawelka erinnerte sich jetzt, dass ihm der junge Mann neben Gubiani am Abend die Karte zugesteckt hatte. Automatisch griff er in seine Innentasche – nichts.

»Verdammt, Sepp, wir brauchen neue Handys, die hat er uns ja abgenommen.«

Ohne sein engagiertes Kauen zu unterbrechen, reichte ihm Schierhuber ein Handy über den Tisch. Er war nicht nur waffenmäßig bestens ausgestattet.

»Und wo hast du so schnell eine neue SIM-Karte her?«

»Ich hab immer drei.«

Eigentlich klar. Unter dem fragenden Blick der Berlakovic, die sich mittlerweile auch wieder gesetzt hatte, wählte Hawelka die Nummer. Schon nach dem ersten Läuten meldete sich der Lokalreporter.

»Nicht genug, dass sie mein Brot fressen und meine Teppiche zertrampeln, nicht genug, dass sie sich von mir aushalten lassen, meine Gutherzigkeit und Menschenliebe ausnutzen, nicht genug, dass sie das große Werk offensichtlich sabotieren und dadurch die Hand beißen, die sie füttert, nein – sie besaufen sich auch noch bis zum Umfallen und bieten einen Anblick, der meine Augen beleidigt. Vom Geruch dieser Jammergestalten will ich gar nicht reden. Auspeitschen sollte man diese Versager!«

Die Gutsherrin war ein wenig ungehalten. Der Bürgermeister von Schrattenthal versuchte erst gar nicht zu beschwichtigen, er wusste, dass es ihren Zorn nur noch steigern würde.

»Ein Möchtegernschreiberling und ein heruntergekommener Orchestermusiker! Wie hab ich mir einreden können, dass die mit ihrer Arbeit der großen Idee und dem großen Werk auch nur annähernd gerecht werden können! Der eine bringt wirre Partituren mit grässlichen Tonfolgen – von Melodien will ich in dem Zusammenhang gar nicht reden – und der andere nur grobe Inhaltsangaben ohne jeden Sinn und Zweck, nichts als Blabla!«

Sie wog ungefähr fünfundvierzig Kilo und reichte dem Bürgermeister nicht ganz bis zum Hals. Aber schon alleine ihre eisblauen Augen konnten einem Angst machen. Normalerweise sprach sie nur in kurzen Befehlen, aber heute war sie zum Plaudern aufgelegt.

»Aber ich werde mich nicht von meinem Ziel abbringen lassen, nicht durch solche … Würmer, nicht durch solche … Aasfresser! Diesmal werden wir die Hussiten vertreiben! Und niemand wird uns hindern! Keine Vogeljäger, keine Hobbydetektive, keine Möchtegernkünstler, keine Lebenden und keine Toten! Was sagen die ›Jagdfreunde‹?«, wechselte sie unvermittelt das Thema.

»Sie stehen fest hinter Ihnen. Sie sind bereit. Immer bereit!«

»Gut. Gut. Und wie weit sind Sie mit den Behürden*, Bürgermeister?«

* Da öffentliche Stellen, statt zu unterstützen, oft unnötige Hürden auf- und darstellen, nannte die Gutsherrin sie nie anders als »Behürden«.

»Es geht voran. Sehr zäh, aber es geht voran. Nicht bei allen Stellen sitzen die richtigen Leute, aber meine Freunde und ich, wir arbeiten daran.«

»Ja, ich brauche Ergebnisse. Und die Sache Kramer muss endlich abgeschlossen werden. Von allen Seiten und allen Stellen. Wo sind diese Saboteure jetzt?«

»Genau dort, wo sie uns am besten nützen.« Jetzt gestattete sich der Bürgermeister ein zufriedenes Lächeln.

»Recht so!« Die Gutsherrin lächelte nicht.

»Vielleicht doch eher wie den da, aber in einer kräftigeren Farbe? Ich weiß nicht, das ist furchtbar!«

»Den in einer anderen Farbe hab ich nicht, aber einen ähnlichen in Grün, ein total knalliges Grün, ein saugeiler Schuh, genau für Ihren Typ und passt zur Jeans genauso wie zu einem Leinenrock.«

»Den probier ich noch, aber nur mehr den einen, dann entscheid ich mich, ich schwör's!«

Seit einer guten halben Stunde hielt die Berlakovic nun die Verkäuferin im Schuhhaus auf Trab. Rund um sie waren zwei Dutzend geöffnete Schachteln verteilt, und Schuhe in allen Farben standen vor ihr. Flache Sohlen, leichter Absatz, hoher Absatz, halb offene, ganz offene, geschlossene und ein paar Riemchensandalen, die den Sommerschlussverkauf überlebt hatten. Die Verkäuferin hatte eine auffallend helle Strähne in ihren dunklen Haaren und bemühte sich, es der Berlakovic recht zu machen. Jetzt hinkte sie wieder in Richtung Lager, und die Berlakovic seufzte theatralisch.

Nachdem sich Hawelka mit dem Journalisten für den frühen Abend zum Informationsaustausch verabredet hatte, wollten sie Pongratz auf den Zahn fühlen. Die Adresse hatten sie im Hotel erfragt, es hatte nicht lange gedauert, offenbar kannte in Retz jeder jeden. Sie fuhren zum Haus und läuteten. Leider ohne Erfolg, der Vogel war ausgeflogen. Dann hatten sie die Presshäuser gemustert, ohne dass Schierhuber eines bekannt vorgekommen wäre. Beim anschließenden Kriegsrat hatten sie die Aufgaben verteilt. Hawelka und Schierhuber wollten die Stadt nach Pongratz absuchen und unter Umständen sogar Gubianis Dienste in Anspruch nehmen, um ihn zu finden. Die Berlakovic sollte die Belegschaft, vor allem aber die Räumlichkeiten vom Schuhhaus Mühlberger in Augenschein nehmen. Die beiden hatten ihr von der nächtlichen Schießerei im Keller und den Aufnahmen der Rathauskamera erzählt. »Vielleicht kannst du ja herausfinden, ob es einen direkten Abgang zum Keller gibt«, hatte Hawelka gemeint.

»Das ist er. Genau in der richtigen Größe, bequem, auffällig und trotzdem elegant. Etwas für die unternehmungslustige Frau«, pries die Verkäuferin den Schuh und sah die Berlakovic kaugummikauend an.

»Die unternehmungslustige Frau, das bin genau ich«, behauptete die Berlakovic und begutachtete das Wunderwerk in Grün. »Ist ja einiges los bei euch in Retz«, meinte sie dann. »Jetzt das Weinlesefest und vor ein paar Tagen sogar ein Mord!«

»Der war bei Kleinriedenthal, nicht in Retz, aber es stimmt schon, der Kramer ist ein Retzer – gewesen.«

»Haben Sie ihn gekannt?«

»Nicht näher, nur so vom Sehen aus. Seine Schuhe hat er nicht bei uns gekauft.«

»Geh, setzen Sie sich doch, Sie Arme«, gab sich die B. mütterlich. »Den ganzen Tag da herumstehen und Schachteln schleppen, mit Ihrem Bein.« Die andere nickte, setzte sich und begann, die nicht in Frage kommenden Schuhe in Reichweite zurück in die Schachteln zu legen.

»Was ist denn passiert?«

»Ah, nichts. Beim Tanzen bin ich aufs Knie gefallen.«

»Am Kirtag?«

»Nein, nicht beim Kirchweihfest, sondern beim Proben fürs Weinlesefest. Ich hab eine Showtanzgruppe. Wir machen beim Umzug mit und vor der Tribüne dann eine spezielle Choreografie.«

»Beeindruckend! Das muss ich mir anschauen!«, rief die Berlakovic begeistert aus. »Aber jetzt fallen Sie natürlich aus!«

»Nein, nein, es wird schon besser, und der Doktor hat gemeint, er gibt mir vorher noch eine Spritze, dann wird's schon wieder gehen. Und, wie stehen Sie drinnen?«

»Ja, ganz gut, der fühlt sich gut an. Warten Sie, ich geh ein paar Schritte damit. Apropos, habts ihr da ein Klo?«

»Links hinten, gleich nach dem Lagereingang.«

»Ich komm gleich.« Die Berlakovic stampfte ein paarmal mit den neu beschuhten Füßen, drehte eine kleine Runde im Geschäft und wanderte dann in Richtung Lager. Vor dem Durchgang drehte sie sich um. Außer der Verkäuferin, die immer noch Schuhe zusammensuchte, war niemand im Geschäft. Herta inspizierte das Lager, fand die Klotür, fand eine Tür, auf der »Privat« stand, und wäre fast an einer dritten Tür vorbeigegangen, da ein Paravent davorstand. Sie sah kurz über ihre Schulter und drückte die Klinke. Unversperrt! Dahinter Stufen, die abwärtsführten. Sie drehte das Licht auf und versuchte abzuschätzen, ob die Zeit für eine kurze –

»Das ist die falsche!«, rief die Verkäuferin vom Lagereingang her. Sie balancierte einen Stapel Schuhschachteln auf ihren Unterarmen.

»Mein Gott, bin ich blöd«, lachte die Berlakovic und schloss die Tür wieder. »Geht's da in die Familiengruft?«

»Nur in den Keller«, kam die Antwort, und gleich darauf fiel der Schuhkartonstapel. »So ein Dreck!«

»Warten Sie, ich helf Ihnen.«

Sie sammelten die Schachteln ein, suchten heruntergefallene Deckel. »Stimmt es, dass man in Retz von den Hauskellern in den ›großen‹ Keller kommt?«

»Wenn die Besitzer den ihren nicht zugemauert haben, schon.«

»Faszinierend! Also könnten wir jetzt da hinuntermarschieren und – sagen wir – beim Eingang zum ›Erlebniskeller‹ wieder raus?«

»Na ja, unten ist schon eine Tür eingebaut, aber ich hab den Schlüssel.«

Nachdem sie die Kartons verstaut hatten, kaufte die Berlakovic die grünen Schuhe und die Nachsommerschlussriemchensandalen.

»Für den nächsten Sommer. Ich weiß, dass ich eigentlich von der Figur her nicht ganz zu den Sandalen passe, die sind eher für griechische Göttinnen gedacht.«

»Sind wir nicht alle Göttinnen?«, grinste die Verkäuferin.

»Das stimmt«, lachte die Berlakovic. »Göttinnen – oder Hexen.«

»Ich sicher.«

»Was? Göttin oder Hexe?«

»Wenn ich mich gleich entscheiden muss – eher Hexe. Göttin ist vielleicht ein bisserl fad auf Dauer.«

»Gute Wahl! Ich bin auch eher eine Hexe. Wiederschaun!«

Aber dann drehte sich die Berlakovic in der offenen Tür noch einmal um. »War das ein guter Arzt, der Ihnen das Knie gerichtet hat?«

»Der war super!«

»Weil ein Bekannter von mir ist heut in der Früh so blöd hingefallen, jetzt überleg ich, wo ich ihn hinschicken könnt.«

»Ich schreib Ihnen die Nummer auf, Dr. Krucka heißt er.«

Die Berlakovic betrachtete den Zettel mit der Telefonnummer. »Kassenarzt?«

»Das weiß ich jetzt nicht genau.«

»Haben Sie selbst bezahlt? Ich frag nur, weil mein Bekannter ein bisserl sparsam ist. Also – um bei der Wahrheit zu bleiben: Ein sieriger Hund ist er.«

»Nein, das ist ein Bekannter, der hat mich gratis behandelt, also er ist ja eigentlich Chirurg am Hollabrunner Krankenhaus und hat da seine Praxis, die ist eher privat, ich glaub, keine Kassen.«

»Dann brauch ich meinem Bekannten die Nummer gar nicht geben.« Sie steckte den Zettel trotzdem ein und ging.

Die Berlakovic verließ das Hexentreffen hochzufrieden. Sie wusste nun, dass es im Schuhgeschäft einen Kellerzugang gab, sie hatte eine Frau mit einer Knieverletzung kennengelernt, die zufälligerweise in ebendiesem Schuhgeschäft arbeitete und einen Schlüssel für den Zugang besaß, sie hatte Namen und Telefonnummer des behandelnden Arztes – und sie hatte neue Schuhe, die sie sofort anzuziehen gedachte!*

Als sie ihren Corsa ausparkte, läutete ihr Handy. »Schierhubersepp«, war auf dem Display zu lesen. Da Schierhuber aber praktisch nie anrief, sondern sein Handy nur hatte, um sich anrufen zu lassen, war es vermutlich Hawelka.

»Herta Berlakovic, Sexgöttin und Auskunftshexerei! Was darf ich für Sie tun?«

»Du klingst ja so zufrieden, Herta, hast du was rausgefunden?«

»Ja, und ihr dürft mich beglückwünschen und zum Mittagessen einladen. Und dann schick ich euch zum Arzt.«

»Danke, aber die Schulter ist schon wieder besser, und dem Sepp geht es sowieso immer gut.«

»Aber dieser Arzt wird euch gefallen. Er hat kürzlich eine Knieverletzung behandelt.«

»Gratuliere!«

»Hat der Sepp nicht gesagt, dass er ungefähr in Kniehöhe geschossen hat?«

»Stimmt! Äh, glaub ich. Warte – Sepp? Kniehöhe? – Ja, Kniehöhe.«

»Und der Schmerzensschrei, könnte der auch von einer Frau gekommen sein?«

»Na ja, es war irgendwie chaotisch, ich kann mich nicht mehr so genau erinnern. Es war mehr ein kurzer Aufschrei und dann ein Fluch oder so. Der Sepp hat gemeint, es muss mehr so ein Streifschuss gewesen sein, weil der oder die sonst nicht mehr weggekommen wäre. Der Schrei, der Fluch … ja, könnte auch eine Frau mit einer kräftigen Stimme gewesen sein.«

»Also, den Arzt solltet ihr auf jeden Fall einmal interviewen. Was war überhaupt bei euch los? Habt ihr diesen Pongratz gefunden?«

---

* Die Riemchensandalen würde sie Hawelka und Schierhuber gegenüber vorerst nicht erwähnen und möglicherweise nicht einmal im Auskunftsbüro herzeigen.

»Nichts.«

»Kein Bild, kein Ton?«

»Nichts.«

»Nicht einmal ein Tönchen?«

»Nichts.«

»Oh, ihr Armen. Na, kommts ins Wirtshaus. Die göttliche Tantra-Herta wird euch wieder aufrichten.«

»Herta, du Luder!«*

Noch Minuten nachdem Hawelka aufgelegt hatte, dröhnte ihm das Berlakovic-Lachen im Ohr.

* Seit sie mit der Berlakovic gemeinsam ermittelten, war nicht nur ein scherzhaft anzüglicher Ton aufgekommen, sondern auch allgemein hatte sich die Stimmung gehoben.

## Weinlesefest

»Und hopsasa und trallala, hier sind die Ergebnisse aus Wien, präsentiert von ›Dreistimmig‹, dem Auskunftsbüro, dem die Leitkuh fehlt! Echt, Herta, du gehst uns wirklich ab. Pack doch die zwei älteren Herren zusammen und komm heim! – Also die Pfarrersköchin heißt wirklich Luise Bednar, hat ein Zinshaus in Wien, um das sich eine Hausverwaltung kümmert, und einen Anteil an einem Andenkengeschäft im ersten Bezirk. Außerdem sind zwei Bauplätze in Unterretzbach und zwei Häuser in Retz auf ihren Namen eingetragen. Na, wie findet ihr das?«

»Ganz schön für eine Pfarrersköchin. Oder war sie früher etwas ganz anderes?«

»So genau lässt sich das nicht mehr feststellen, aber sie hat ein paarmal geerbt. Die meisten Erbschaften waren eher klein – welcher pensionierte Pfarrer hat schon Vermögen? –, aber einer stammte offenbar aus einer recht reichen Familie und hat seine Verwandten um ein paar Jährchen überlebt. Von dem hat sie das Zinshaus und die Geschäftsanteile. Er selbst war zwanzig Jahre Dompfarrer im Stephansdom. Ich hab mich erkundigt, normalerweise vermachen die geistlichen Herren ihr Vermögen der Kirche oder der Caritas, aber irgendwie muss sie ihre Pfleglinge überredet haben.«

»Mädels, ihr seids ein Wahnsinn. Ich bin stolz auf euch! Der Pepi und der Sepp auch.«

Obwohl das Mittagessen längst vorbei war, saßen sie immer noch im Gastgarten des Schlosswirtshauses. »Wir brauchen einen Kampl*!«, hatte Schierhuber behauptet.

»Bei deiner Haartracht brauchst du keinen Kampl, sondern ein Staubtuch«, hatte die Berlakovic trocken erwidert.

»Nein, einen Kampl, einen Kampfplan«, hatte sie der Zwett-

* Kampl: österreichischer Ausdruck für Kamm.

ler über den militärischen Sprachgebrauch aufgeklärt, und Hawelka hatte zugestimmt.

Also waren Theorien aufgestellt und wieder verworfen worden, eine Einteilung über die Arbeitsverteilung war getroffen und wieder verworfen worden, und bevor sie eine neue Einteilung treffen konnten, hatte die Frischauf angerufen, und die Berlakovic hatte ihr Handy auf Lautsprecher geschaltet. Die drei Grazien hatten ihrer Chefin zuliebe eine Extraschicht an Computern und Telefonen eingeschoben.

»Das Ergebnis kann sich sehen lassen, bravo!«, lobte die Chefin nochmals. »Ihr seids meine –«

»Moment, das ist ja noch nicht alles«, unterbrach die Frischauf. »Das war einmal die Köchin. Dann ist da der Herr Gubiani, der tatsächlich so heißt. Sein Vater war Italiener, ist nach dem Krieg nach Österreich gekommen und hat sich in Wien angesiedelt. Der Sohn, also euer Gubiani, ist ganz schön herumgekommen, war Maler und Anstreicher, Lagerarbeiter, Leichenträger am Zentralfriedhof und irgendwann Fremdenführer – Spezialität Stephansdom.«

»Was? Aber das war doch der Kramer auch, oder?«

»Ganz genau, aber der Gubiani ist schon ein paar Jahre früher gegangen, hat sich dann als Schnapsbrenner in der Wachau versucht und lebt jetzt bereits längere Zeit da oben in Kleinriedenthal. Als Kellerführer im Retzer Keller war er anscheinend nicht angemeldet, jedenfalls findet sich weder bei der Sozialversicherung noch beim Finanzamt ein Hinweis. Offiziell ist er Pensionist.«

»Immer wieder der Stephansdom!«, rief die Berlakovic aus und wandte sich an ihre Begleiter. »Passts auf, da fällt mir etwas ein, die Pfarrersköchin hat mir gestern in ihrem Dusel etwas von der ›Bauzahl‹ des Stephansdomes vorgeschwafelt. Siebenunddreißig. Offenbar ist das –«

»Siebenunddreißig?«, fragte Hawelka aufgeregt. »Tatsächlich siebenunddreißig? Es waren siebenunddreißig Vogelkadaver rund um den Toten aufgelegt!«

»Hallo, Retz? Seid ihr noch da?«, ertönte die Stimme der

Frischauf aus dem Handylautsprecher. »Weil ein bisserl was hab ich noch für euch … natürlich nur, wenn es euch interessiert!«

»Ja, natürlich, Janne, entschuldige, aber wir sind gerade auf etwas gestoßen, das auch ganz interessant sein könnte. Also, was hast du noch?«

»Die Nächste auf der Liste, die du uns gegeben hast, Herta, ist die Frau Schuhmann, die du als Gutsherrin bezeichnet hast. Also die ist interessant …«

»Weil?«

»Weil es gar nichts über sie gibt. Keine Aufzeichnungen vorhanden. Ich meine natürlich, Grundbucheintrag und Reisepass und so weiter schon, aber keinerlei Vergangenheit, keine noch so kleinen Aktenvermerke, die ist …«

»… ein unbeschriebenes Blatt.«

»Ein unbeschriebenes Blatt, ganz genau. Wie eine Kronzeugin oder eine Person, die der Staatssicherheitsdienst decken will!«

»Kommt mir auch so vor«, murmelte die Berlakovic und ging im Geiste die Liste ihrer Kontakte durch, die da vielleicht helfen könnten.

»Na ja, wie auch immer, über die gibt es einfach nichts. Und dann wolltest du noch was wissen über die Witwe vom Opfer, die – warte, wo hab ich's? Ah, Annemarie Kramer, geborene Bednar, sie ist seit –«

»Was?«

»Bitte, heißt das! Ich muss das leider trainieren, weil die Gundel jetzt auf alles, was man zu ihr sagt, ›Was?‹ fragt.«

»Wer?«

»Mein Fräulein Tochter, Gundula. Sie ist halt grad –«

»Ich kenn deine Tochter, du Bleampl*, du sollst sagen, von wem du redest. Wer hat früher Bednar geheißen?«

»Hörts ihr mir nicht zu, wenn ich red? Die Witwe. Die Kramerin! Vor ihrer Ehe hat sie Bednar geheißen. Wie die Köchin.«

* Bleampl (auch Bauernbleampl, Reserl) – von Bleaml beziehungsweise Bleamal: ein Blümchen. Liebevoll spöttischer Ausdruck für ein hübsches, argloses, vielleicht sogar etwas einfältiges Wesen.

»Nur zufällig? Oder sind sie wirklich verwandt?«
»Schwestern.«

Retz ist eigentlich ein gemütliches kleines Städtchen. Auf der einen Seite von ein paar Hügeln eingefasst, auf der anderen von freien Feldern umgeben, liegt es malerisch hingegossen im westlichen Weinviertel und träumt vor sich hin. Ein Schloss, ein Kloster, zwei Kirchen, die Stadtmauer, der historische Hauptplatz mit dem beeindruckenden Rathaus – und natürlich die Windmühle, die gleich neben der Stadt auf einer leichten Erhöhung thront.* Und der berühmte Keller.

Die Eingeborenen sind größtenteils fleißige Leute, milde gestimmt vom Wein, gastfreundlich, gutmütig und brav. Ab und zu spaltet sich eine Partei, dann wird ein bisschen gestritten, und dann geht alles wieder seinen gewohnten Gang. Nur wenig vermag diesen gemütlichen Alltagstrott zu unterbrechen.

Einmal im Jahr allerdings herrscht Ausnahmezustand. Am Hauptplatz werden Verpflegshütten und eine große Bühne aufgebaut, Wagen werden geschmückt, Dirndl angelegt, ein Vergnügungspark wird auf den Sportplatz gestellt, Umzüge, Ansprachen und Absprachen werden geprobt, Choreografien einstudiert und Schuhe geputzt.

Man zeugt zukünftige Winzerköniginnen, und wem das nicht gleich gelingt, der hatte zumindest eine schöne Probe.

Vor allem aber wird der Hochzeit zu Kana gedacht, als Jesus den Gastgebern aus der Patsche half, indem er Wasser in Wein verwandelte. In Erinnerung an diese nette Geste lassen auch die Retzer Großzügigkeit walten, und aus dem Brunnen am Hauptplatz sprudelt während der Eröffnungszeremonie plötzlich Wein.

Ob dieses Wunders gab es daher früher regelrechte Pilgerfahrten nach Retz. Was dem Gebrechlichen die Reise nach Lourdes, um vom heiligen Wasser zu kosten, war vielen Wie-

* Bei den Einheimischen heißt diese Erhöhung großspurig »Windmühlberg«, wobei die Bezeichnung »Berg« für diese Kuppe einem Alpenländer nur ein mitleidiges Lächeln entlocken würde.

ner Obdachlosen die Zugfahrt nach Retz, um vom Gratiswein zu trinken. Bei der Rückfahrt, am Ende des Tages im Paradies, waren die Eisenbahnwaggons durch den Atem der Pilger von unvergleichlichem Aroma erfüllt.

Diese Zeiten der Pilgerfahrten sind vorbei, aber Jubel, Trubel und Heiterkeit schweben immer noch über der Stadt, wenn es heißt: Es ist Weinlesefest!

Sie hatten vereinbart, dass sich Hawelka zunächst alleine mit dem Reporter treffen sollte. Es war ein überaus interessanter Austausch. Allerdings nicht ohne Anfangsschwierigkeiten.

»Darf ich Sie zunächst fragen, wer Sie sind?«

»Warum?«

»Na ja, das gehört zu meinem Beruf als Journalist.«

»Ich hab geglaubt, Sie wissen, wer ich bin, Sie haben mir ja Ihre Karte zugesteckt. Warum?«

»Na, um zu reden. Wie wir Sie im Keller gefunden haben und wie der Gubiani mit Ihnen geredet hat, habe ich schnell gemerkt, dass Sie beide zum Recherchieren hier sind, und deshalb müssen wir reden.«

»Gut. Das können wir. Ich bin da.« Hawelka war sonst nicht so unkooperativ, aber er hatte keine Lust, dem anderen den undurchsichtigen Erzherzogsauftrag zu erklären, den er sich selbst nicht recht erklären konnte.

»Kennen Sie einen …«, der Reporter warf einen Blick in sein Notizbuch, »… Zauner? Einen Hofrat Zauner?«

»Vielleicht.«

»Ich glaube, dass Sie ihn sehr gut kennen. Und eine Frau Schuhmann glaubt das ebenfalls. Sie hat mich nämlich mit Ihnen verwechselt und mir etwas für diesen Herrn Zauner mitgegeben. Eine Nachricht, die sinngemäß lautet: Sie braucht ihn nicht, und er soll sich um seine eigenen Angelegenheiten kümmern.«

»Wer ist Frau Schuhmann?« Er wusste es seit dem Bericht der Frischauf, wollte es aber vom Journalisten hören.

»Man nennt sie die Gutsherrin, sie wohnt in Schrattenthal. Sie ist wohl so etwas wie die Präsidentin der ›Jagdfreunde‹.«

»Aha.«

»Ich bin nach Retz gekommen, um für unser Lokalblatt über den Mord zu berichten, und dabei hat mich ein Herr Pongratz angesprochen und zur Gutsherrin gebracht.«

»Weiter!«

»Offenbar hat er mich mit Ihnen verwechselt – später hab ich mir gedacht, vielleicht hat er mich auch nicht verwechselt, jedenfalls hat die Gutsherrin in dem Glauben, dass ich Sie bin, von den Rohrweihen geredet. Also ungefähr so: Die haben nichts mit dem Mord zu tun, jemand hat sie nachträglich zur Leiche gelegt, damit die ›Jagdfreunde‹ in Verdacht geraten. Und dann hat sie mir die Nachricht für diesen Hofrat Zauner mitgegeben.«

»Verstehe.«

»Und dann hat jemand angerufen, und dabei hat sie offenbar erfahren, dass ich nicht der bin, für den sie mich gehalten hat, und –«

»Und?«

»Und die Lage wirkte so bedrohlich, dass ich abgehaut bin.«

»War vielleicht auch besser so.«

»Am nächsten Tag hab ich sie angerufen und ihr angeboten, eine Art Sachverhaltsdarstellung drucken zu lassen, und sie hat mir die Marillengeschichte diktiert, die kam ja dann auch so in die Zeitung.«

»Ah ja.« Hawelka kannte die Geschichte mittlerweile von der Berlakovic.

»Dann hab ich ein bisschen gegoogelt und einen Hofrat Zauner gefunden. Er ist Chef der Mordkommission in Wien.«

»Ach ja.«

»Das heißt, Sie sind auch von der Mordkommission?«

»Äh … ja.« Wozu noch leugnen? Der Lokalreporter war nicht dumm. Wenn Hawelka mit offenen Karten spielte, konnte er vielleicht mit dem Mann handeln und eine groß aufgebauschte Geschichte in dem Blatt verhindern. Es war nicht auszudenken, was der Erzherzog mit ihm und Schierhuber machen würde, wenn die »Geheimsache« an die große Presseglocke gehängt wurde.

»Jetzt interessiert mich nur: Warum untersucht jemand von der Wiener Kriminalpolizei die Sache, die doch eigentlich vom Landeskriminalamt Niederösterreich bearbeitet wird?«

»Das ist eine sehr heikle Angelegenheit, über die ich nicht, oder sagen wir noch nicht, reden darf. Das heißt aber nicht, dass ich nicht mit Ihnen … zusammenarbeiten will. Ich verstehe ja, dass Sie eine Geschichte für Ihre Zeitung brauchen, und wenn das alles vorbei ist, dann kann ich Ihnen sicher ein paar Fakten zukommen lassen. Aber momentan ist –«

»Aber es geht um den Mord?«

»Ja.«

»Haben Sie schon jemanden im Visier?«

Das war eine gute Frage. Hatten sie jemanden im Visier? Eigentlich alle und keinen. Gubiani hatte ein Motiv, außerdem hatte er sich von Anfang an auffällig benommen, die Pfarrersköchin war die Schwester der Witwe, obwohl das in Retz niemand zu wissen schien, Pongratz hatte sie in den Keller gesperrt und war seither verschwunden, die »Jagdfreunde« hatten sie in eine Schießerei verwickelt, die Gutsherrin hatte offensichtlich von ihrem Kommen gewusst und zog unsichtbare Fäden im Hintergrund. Die Schuhverkäuferin war möglicherweise im Keller gewesen, als –

»Also was? Haben Sie jemanden im Visier oder nicht?«

»Ich darf über laufende Ermittlungen keine Auskunft geben.«

»So geht das nicht! Ich habe Ihnen gesagt, was ich weiß, und Sie –«

»Na ja, Sie haben mir erzählt, dass die Gutsherrin Sie verwechselt hat und dem Hofrat was ausrichten lässt. Okay. Das ist aber jetzt auch nicht gerade der Schlüssel zu dem Fall.«

»Ich weiß noch mehr!«

»Schießen Sie los.«

»Nein, nein. Ich will auch etwas, verstehen Sie?«

»Wenn Sie gewisse Dinge jetzt in die Zeitung geben, dann kann das die ganze Ermittlung gefährden.«

»Gut. Ich kann Ihnen eines versprechen. Bis der Fall abgeschlossen ist, werde ich nur das schreiben, was Sie autorisieren. Von mir aus geb ich Ihnen das auch schriftlich. Aber ich will jetzt und hier ein paar Informationen von Ihnen! Sonst trennen wir uns hier als Freunde, und Sie erfahren etwas sehr Wichtiges erst aus der Zeitung, wie alle anderen.«

Hawelka überlegte.

Aber nicht lange.

»Abgemacht.«

»Schau dir die an«, sagte die Berlakovic und deutete auf die Bühne. Dort hatte soeben eine Band zu spielen begonnen. Vorne standen vier Frauen in Glitzerkleidern, spielten mit ihren Federboas und trällerten einen Schlager aus den dreißiger Jahren. Schierhuber und die Berlakovic hatten das Eröffnungsspektakel mit dem Weinbrunnen aus sicherer Entfernung verfolgt und Leute beobachtet. Jetzt waren die Brunnen versiegt, die Reden verklungen, und man hatte Platz für die Künstlerinnen gemacht.

»So möcht die Herta auch singen können«, seufzte sie.

»Vierstimmig?«*, fragte Schierhuber. »Das könnt schwer werden.«

»Nein, du Depp! So schön, mein ich. Hörst du das nicht? Die treffen jeden Ton und strahlen dabei so eine Leichtigkeit und Freude aus. Und schlecht ausschauen tun sie ja auch nicht. Was sagst du als Mann?«

Der Angesprochene ließ seinen Blick über die vierstimmige Weiblichkeit gleiten. »Eh super, aber die eine hat eine komische Frisur«, diagnostizierte er dann. »Und die Schuhe von der da links, na ja.«

»Haha, Josef Schierhuber, ihr persönlicher Stylingberater«, lachte die Berlakovic. »Komm, wir hören noch ein bisserl zu, bis der Pepi kommt. Trinken können wir da auch was.«

»Genehmigt.«

Dank der imposanten Gestalt des Zwettlers hatten sie bald

---

* Ein schierhubersches Wortspiel: »4stimmig« ist der Name eines bekannten österreichischen Vocal-Ensembles mit Retzer Wurzeln.

einen Stehtisch vor einer der Hütten erobert. Die Sicht auf die Bühne war ausgezeichnet, und der Wein, den Schierhuber eilfertig herbeibrachte, hob die Stimmung.

»Was glaubst du, liefert dieser Reporter uns einen Hinweis, oder will er den Pepi nur aushorchen, damit er eine Geschichte für sein Blattl hat?«

»Gestern hat ihn der Gubiani in der Reiss'n g'habt*, der wird ihm schon was eingeredet haben. Die Frage ist halt immer, ob's stimmt.«

»Ja, der erzählt immer irgendwelche Raubersg'schichten – und die Bednar genauso. Und wenn sie nicht gerade lügen, dann verschweigen sie was. He, da drüben steht er ja, der Gubiani. Aber die Köchin ist noch nicht da.«

»Die Köchin ist noch nicht da«, echote Schierhuber, »aber der Pepi kommt dahinten.«

Sie winkten, und tatsächlich wurde Hawelka auf sie aufmerksam und bahnte sich einen Weg zu ihnen. Auf der Bühne hatten sich die Frauen in Windeseile umgezogen, präsentierten sich in feschen Stewardessenkostümen mit schräg aufgesetzten Käppis und sangen »Bei mir bist du scheen«. Die gut gelaunte Berlakovic nahm den Neuankömmling um die Hüften und sang ihm den Refrain ins Ohr.

»Danke, Herta, das hebt mein Ego. Was darf ich dir spendieren?«

»Was dürfen wir dir spendieren, mein Held? Hast du ihn ordentlich ausgequetscht? Oder hat es eh nichts zum Ausquetschen gegeben, ich meine, hat es sich gelohnt?«

»Unter einem der Häuser da drüben wird der Keller ausgetrocknet, damit er einstürzt.«

»Was?«

»Der Gubiani hat wieder einmal Fremdenführer gespielt und dem Reporter was Schönes gezeigt.«

Er erzählte ihnen alles, was er von Bachl erfahren hatte. Die Musik und das begeisterte Publikum um sie herum machten

* Jemanden »in der Reiss'n« haben: jemanden in den Fingern, den Fängen, den Klauen, den Krallen haben, ihn »bearbeiten«, ihn zerreißen.

es nicht gerade einfacher. Eigentlich musste er die Geschichte zweimal erzählen, einmal brüllte er Schierhuber ins Ohr, dann wieder der Berlakovic.

»Glaubst du ihm das?«

»Warum sollte er uns anlügen? Außerdem ist das so schräg, das kann sich kein Journalist ausdenken.«

»Was machen wir?«

»Wir fahren jetzt zu dieser Gutsherrin. Egal, ob wir auffliegen oder nicht, ich hab es satt.«

»Okay«, sagte Schierhuber und trank aus.

»Nehmt ihr mich mit?«

»Es ist besser, du hängst dich an Gubiani und horchst ihn aus. Du kannst ihm ruhig sagen, was wir wissen. Auch der Köchin, wenn sie auftaucht. Es ist Zeit, dass wir ein bisserl Druck aufbauen. Aber pass auf dich auf! Geh nicht alleine mit ihm irgendwohin, wo …«

»… wo es dunkel ist«, vollendete die Berlakovic den Satz. »Danke, Pepi, das hat meine Mutter mir schon gesagt, wie ich meine erste Verabredung gehabt hab. Da war ich dreizehn.«

»Ja, aber diesmal geht es nicht um deine Unschuld, sondern vielleicht ums Leben, und wir brauchen dich noch.«

Mit dieser überaus charmanten Bemerkung gingen die beiden ab, schoben sich durch die Menge und waren schnell aus dem Blickfeld der Berlakovic verschwunden. Diese drängte sich jetzt ebenfalls durch die Leute und schlug sich zu Gubiani durch.

»Wo ist denn meine Freundin, die Luise, deine Bekannte? Wir haben uns seit gestern nicht mehr gesehen.«

Ohne Weiteres hakte sie sich bei Gubiani unter. Dieser schien hocherfreut, lud sie unverzüglich zu einem Glas ein. Noch bevor sie angestoßen hatten, segelte die Pfarrersköchin auf sie zu.

»Sie kommen recht spät. Außerdem unangemeldet. Kommen Sie weiter, die Schuhe dürfen Sie anlassen.«

»Gehen Sie nicht aufs Weinlesefest?«, fragte Hawelka, um das Gespräch in Gang zu bringen.

»Warum sollte ich das tun?«

»Na ja, es schaut so aus, als wäre nicht nur ganz Retz dort, sondern alle aus der Umgebung …«

»Ich bin nicht alle. Setzen Sie sich dorthin. Nein, nicht da, dort hinüber, und Sie daneben.«

Sie trug ein eng anliegendes dunkelgraues Kleid und hatte die grauen, fast weißen Haare zu einem strengen Dutt hochgesteckt. Seit dem Eintreffen der beiden bohrte sich ihr Blick abwechselnd in die Augen von Hawelka und die von Schierhuber. Hawelka war das extrem unangenehm, Schierhuber schien es gar nicht zu bemerken. Sie nahmen die angewiesenen Sitzplätze ein und warteten ab.

Die Gutsherrin blieb stehen und musterte sie, wie es vielleicht eine Lehrerin im 19. Jahrhundert mit ihren ungezogenen Schülern getan hatte. Sie machte keinerlei Anstalten, ihnen etwas anzubieten.

»Nun? Was haben Sie bisher herausgefunden?«

Eigentlich wollte ich die Fragen stellen, dachte Hawelka, aber ihre absolute Autorität machte ihn nervös, und ihm fehlte der richtige Einstieg.

»Hätten Sie vielleicht was zum Trinken?«, fragte Schierhuber leutselig. »Wir sind ein bisserl ausgetrocknet. Es muss ja nichts Besonderes sein, ein Bier vielleicht oder auch nur ein weißer G'spritzter …«

Die Augenlider der Gutsherrin zogen sich zu schmalen Schlitzen zusammen, und Hawelka überkam kurz die irrationale Angst, dass die Frau im nächsten Moment auf seinen Partner zuspringen würde, um ihn mit Haut und Haar zu fressen. Stattdessen machte sie auf dem Absatz kehrt und verschwand ohne ein Wort.

»Bravo, Sepp«, flüsterte Hawelka dem anderen zu. Er bewunderte das Talent des Zwettlers, angespannte Situationen durch ungewöhnliche Manöver zu entschärfen. Der zuckte nur mit den Schultern und meinte halblaut: »Ich hab ja wirklich einen Durst wie ein Radlfahrer. Du nicht?«

Aber da kam die Gutsherrin auch schon wieder zurück und stellte ein Tablett mit Wein, Wasser und Gläsern vor ihnen ab.

»Nehmen Sie sich selbst.«

Schierhuber übernahm das Einschenken. Die Gutsherrin beobachtete sie immer noch beide mit inquisitorischem Blick. Selbstverständlich war sie stehen geblieben und hatte die Arme vor der Brust gekreuzt.

»Also?« Sie schien immer noch auf die Antwort ihrer Frage (»Was haben Sie bisher herausgefunden?«) zu warten. Aber dank der Schierhuber-Einlage hatte sich Hawelka mittlerweile gefasst, und nach dem Motto »Auf einen groben Klotz gehört ein grober Keil« wagte er einen Vorstoß.

»Kannten Sie den Toten?«

»Flüchtig.«

»Können Sie sich vorstellen, wer ihn ermordet hat?«

»Nein.«

»Oder wer ein Motiv hat?«

»Nein.«

»Wer sind die ›Jagdfreunde‹?«

»Nicht einmal das haben Sie herausfinden können?«

»Wir haben uns ein gewisses Bild gemacht, aber ich möchte gerne Ihre Definition hören.«

»Die ›Jagdfreunde‹ sind in erster Linie Jäger. Mit Jagdschein, Waffenpass und allen sonstigen Formalitäten.«

»Aber organisiert, oder? Eine Art Verein. Nicht wahr?«

»Formal. Ja. Ich bin die Vorsitzende. Ehrenhalber. Obmann ist der Bürgermeister von Schrattenthal.«

»Und wozu ein Verein? Ich meine, man jagt doch meistens alleine, oder?«

»Blödsinn.«

»Bei der Treibjagd natürlich nicht«, mischte sich Schierhuber ein. »Und auch sonst ist der Verein ganz praktisch, wenn man sich eine gepachtete Jagd teilt zum Beispiel oder wenn man Jagdausflüge ins Ausland unternimmt, wenn man das Revier nach kranken oder verletzten Tieren durchsucht, das ist immer besser in Gemeinschaft, das macht schon einen Sinn.«

Er nickte verständnisvoll und schenkte sich nach. Täuschte sich Hawelka, oder lag so etwas wie Anerkennung im Blick der Gutsherrin, der jetzt ein wenig länger an dem unbekümmerten Schierhuber-Gesicht hängen blieb?

Es läuft eigentlich gar nicht so schlecht, dachte er. Bis jetzt hat sie mir jede Frage beantwortet.

»Was ist mit den Vögeln? Mit den Rohrweiden?«

»Rohr*weihen*! Lernen S' Biologie, Herr Polizist!«

»Äh … ja. Entschuldigung, Rohrweihen. Was ist mit denen?«

»Was meinen Sie?«

»Haben die ›Jagdfreunde‹ etwas mit den Vögeln zu tun?«

»Wer sagt das?«

»Sagen wir, ein Vögelchen hat es mir gezwitschert.« Hawelka war richtig übermütig geworden.

»Soll das lustig sein?«

»Während einer laufenden Untersuchung dürfen wir unsere Quellen natürlich nicht preisgeben.«

»Die ›Jagdfreunde‹ haben diese Vögel nicht geschossen. Das genügt.«

Was war das für eine Formulierung? Warum sagte sie nicht »Die ›Jagdfreunde‹ haben mit den Vögeln nichts zu tun«?

»Die ›Jagdfreunde‹ haben die Vögel nicht geschossen, sagen Sie, das heißt aber nicht, dass sie –«

»Das genügt!«

»Haben Sie eine Idee, warum die Tiere bei der Leiche gelegen sind?«

»Nein.«

»Glauben Sie, dass es sich dabei um eine Art Ritual gehandelt hat?«

»Nein.«

»Aber Sie müssen doch zugeben, dass es eher ungewöhnlich ist, oder?«

»Ja.«

»Und trotzdem glauben Sie nicht, dass –«

»Und Sie, Herr Polizist? Sie glauben vermutlich, dass die ›Jagdfreunde‹ auf diesem Feld eine perverse Tier-und-Menschenopfer-Feier abgehalten haben. In Kutten und Kapuzen, jeder mit dem Gewehr über der Schulter und mit einem toten Vogel in der Hand. Und die haben sie dann im Kreis um den toten Kramer abgelegt.«

»Warum im Kreis?«

»Woher soll ich das wissen?«

»Nein, ich meine, warum meinen Sie überhaupt, dass die toten Vögel im Kreis um das Opfer abgelegt waren? Außer dem Herrn …«

»Schober«, kam Schierhuber zu Hilfe.

»… ja, Schober, danke. Also außer dem Herrn Schober hat die Anordnung auf dem Feld doch niemand gesehen. Außer natürlich den Leuten, die sie weggebracht haben. Angeblich.«

Die Gutsherrin schwieg. Ihre Miene war wie versteinert. Aber das war sie auch schon vorher gewesen.

»In der Nacht, in der auf uns geschossen worden ist, stand übrigens so ein Geländewagen auf dem Retzer Hauptplatz.«

»Ich habe keinen.«

»Es sind zwei Personen in das Schuhhaus Mühlberger gegangen. Mitten in der Nacht. Und später wieder herausgekommen. Dieses Schuhgeschäft hat auch einen Keller.«

»Jedes Retzer Haus hat einen Keller.«

»Ja, und von den meisten kann man auch in den ›großen‹ Keller gelangen. Kennen Sie die Verkäuferin mit der hellen Strähne?«

»Nein.«

»Kennen Sie einen Herrn Pongratz?«

»Ich weiß, wer er ist.«

»Sie kennen ihn also?«

»Er ist von mir für ein Projekt engagiert worden.«

»Ein Kellerprojekt?«

»Ein Festspielprojekt.«

»Bitte?«

»Ich bin dabei, Retz zu einer Festspielstadt zu machen. Ich lasse dafür ein historisches Singspiel schreiben. Pongratz komponiert die Musik dafür.«

»Aha«, meinte Hawelka ein wenig ratlos. Singspiel? Was sollte das sein?

»Worum geht's denn da?«, brachte sich nun Schierhuber ein. »Was Lustiges zum Weinlesefest? Ein fröhlicher Schwank?«

»Wohl kaum. Es geht um die Hussiten in Retz.«

»Aha, die Hussiten also … ja, die sind ganz schön herumgekommen, oder? Wann waren die jetzt genau …?«

»1425.«

»Jessas, wie die Zeit vergeht! Ist das schon wieder so lang her?«, brummte Schierhuber.

»Sie haben keine Ahnung, oder?«, fragte die Gutsherrin mit schneidender Stimme.

»Äh, nein, eigentlich nicht«, gestand Hawelka.

»1425 belagerten die Hussiten die Stadt ganze zehn Tage lang erfolglos. Danach gruben sie sich unter der Stadtmauer durch, gelangten in das Kellersystem und waren plötzlich mitten in der Stadt. Sie mordeten, plünderten und brandschatzten. Wenig später taten sie das Gleiche auch in Pulkau und Schrattenthal.«

»Oh, das tut mir leid«, murmelte Hawelka verlegen. Schierhuber, dem diese Eröffnung offenbar sehr zusetzte, musste sein Glas mit einem einzigen großen Schluck leeren und sich nachschenken.

»Und dieses Ereignis wird sich 2025 zum sechshundertsten Mal jähren«, ergänzte die Gutsherrin.

»Und da wollen Sie dann dieses Gesangsspiel aufführen lassen?«

»Das Werk wird schon früher zur Uraufführung gelangen.

Wir werden diese Festspiele etablieren – bis 2025 werden wir nicht warten können. Die Leute gehören wachgerüttelt.«

War sie vorher einsilbig und eiskalt gewesen, hörte man ihrer Stimme nun eine gewisse Leidenschaftlichkeit an. Ihre Augen funkelten. Die beiden Ermittler verstanden nicht ganz.

»Wieso?«, fragte Schierhuber unbedarft. »Glauben Sie, dass die Hussiten noch einmal vorbeikommen? Nach sechshundert Ja–«

»Reden Sie keinen Stuss!« Sie wurde ein wenig laut. »Es geht nicht um die Hussiten, es geht um uns! Egal, wer da ›vorbeikommt‹ oder hereinwill. Es ist unsere Stadt, unser Land. Übrigens ging es damals wie heute um Religion oder um kranke Auswüchse des menschlichen Gehirns unter dem Deckmantel der Religion!«

»Ja, ich … verstehe«, sagte Hawelka, der zwar nicht ganz verstand, aber zu ahnen glaubte, in welche Richtung das ging. »Und die ›Jagdfreunde‹ sind also auch der Meinung, dass –«

»Dass Plündern und Vergewaltigen und Morden und Brandschatzen etwas ist, das man verhindern sollte? Dass man wachsam sein sollte? Meinen Sie das? Meinen Sie das? Ja, dieser Meinung sind auch die ›Jagdfreunde‹!« Die letzten Sätze hatte sie geschrien. Ihre Augen schleuderten Blitze auf Hawelka. »Aber das macht aus ihnen noch keine verrückte Mörderbande, die im Mondschein Menschenopfer mit toten Vögeln verziert!« Das kam sehr bestimmt, aber schon etwas ruhiger.

Hawelka sortierte seine Gedanken. Er durfte den Faden nicht verlieren. »Dieser Herr Pongratz ist also von Ihnen beauftragt worden, etwas zu komponieren, richtig?«

»Haben Sie Probleme mit Ihrem Gedächtnis?«

»Nein, ich will nur ganz sichergehen. Sie sind also seine Arbeitgeberin?«

»Er hat ein Problem mit der Lunge. Er kann nicht mehr im Orchester spielen. Er ist auch nicht mein Angestellter. Das Werk ist eine Auftragsarbeit. Er hat einen Vorschuss bekommen.«

»Haben Sie ihm noch andere Aufträge erteilt?«

»Worauf wollen Sie hinaus?«

»Ihr Herr Pon–«

»Er ist nicht ›mein‹ Herr Pongratz!«

»Nein. Also, der Herr Pongratz hat uns vorgestern Abend unter einem Vorwand in einen Keller gelockt, uns eine Kostprobe von irgendeinem Schnaps –«

»Marille«, schaltete sich der Edelbrandsachverständige ein.

»Richtig. Also eine Kostprobe Marillenschnaps gegeben, die offenbar mit K.o.-Tropfen versetzt war, und uns sodann bewusstlos im Keller zurückgelassen. Wir konnten uns erst nach mehreren Stunden befreien. Haben Sie ihm den Auftrag dazu gegeben?«

»Warum sollte ich?«

»Sagen Sie es mir, gnädige Frau. Vielleicht, um uns loszuwerden.«

»Sie sind dumm.«

»Haben Sie ihn beauftragt?«

»Nein.«

»Des Weiteren«, fuhr Hawelka fort, »habe ich einen Augenzeugen, der beschwören kann, dass in einem Kellerraum eine Heizkanone und eine Belüftungsanlage stehen. Diese ... Konstruktion soll den Sand austrocknen, sodass die Tragfähigkeit des Kellers nachlässt und das darüberstehende Haus einstürzt. Wissen Sie etwas davon?«

Sie schien einen Augenblick zu zögern, dann fragte sie: »Hat Ihnen Gubiani davon erzählt?«

»Das tut nichts zur Sache.«

»Das tut sehr wohl etwas zur Sache. Dieser Mensch wird alles tun, um den Verdacht von sich abzulenken. Sie kennen die Marillengeschichte?«

»Ja. Allerdings hat Gubiani behauptet, gar nicht versichert gewesen zu sein. Was hätte es da für einen Sinn gehabt, Marillen als gestohlen zu melden, die nie existiert haben?«

»Er hat Sie also schon komplett eingewickelt. Das kann er.

Bei dummen Menschen zumindest. Innerhalb kürzester Zeit überzeugt er sie von seiner Version einer Geschichte.«

Hawelka kam nicht mehr dazu, etwas zu erwidern, da es klopfte und gleich danach ein etwa sechzigjähriger Mann mit grauem Bart eintrat.

»Bürgermeister, das sind die beiden.«

»Meine Herren!«

»Nehmen Sie Platz, Bürgermeister.«

Der Bürgermeister nahm Platz.

»Schluckerl Wein?«, fragte Schierhuber, der ganz den zuvorkommenden Gastgeber spielte und ohne abzuwarten ein unbenutztes Wasserglas bis zur Hälfte füllte. Wieder verengten sich die Lider der Gutsherrin.

»Erzählen Sie ihnen, wie die ›Jagdfreunde‹ zu den toten Rohrweihen stehen, Bürgermeister.«

»Wir haben in diesem Fall eine ganz klare Meinung, die sich übrigens mit der Meinung des Landesjägermeisters sowie der Meinung jeden Waidmanns, der diese Bezeichnung auch verdient, deckt. Von Anfang an verfolgen wir in dieser Sache eine ganz klare Linie, die –«

»Schneller!«

»Also, obwohl sich Rohrweihen vor allem von Mäusen und Kleinvögeln ernähren, hält sich offenbar bei manchen Möchtegernjägern noch immer hartnäckig die Vorstellung, dass diese Vögel maßgeblich zum Rückgang von Hasen und Fasanen beitragen. Manche übereifrige Neulinge halten es daher für legitim, diese Tiere abzuschießen.«

»Siebenunddreißig Stück auf einmal?«, unterbrach Hawelka.

»Die Tiere haben sich in unterschiedlichen Stadien der Verwesung befunden. Der oder die Täter haben also über einen längeren Zeitraum Jagd auf die Rohrweihen gemacht und die Vögel gesammelt. Vielleicht, um sie dann als Trophäen, als Zeugnisse ihrer Heldentat, zu präsentieren.«

»Woher wissen Sie das?«

»Das ist zugegebenermaßen eine Vermutung, aber anders –«

»Nein, ich meine, woher wissen Sie, dass die unterschiedlich stark verwest waren? Ich hab mir gedacht, Sie haben nichts damit zu tun?«

»Das ist –«

»Haarspalterei!«, schnitt die Gutsherrin dem Bürgermeister das Wort ab. »Diese Vögel sind verschwunden, und daher ist es egal, wie stark sie verwest waren. Die ›Jagdfreunde‹ haben nichts damit zu tun, und das sollte Ihnen genügen. Sie können das Ihrem Chef sagen, und Sie können ihm auch sagen, dass ich in Kontakt mit den niederösterreichischen Behörden bin. Und die werden sich eine Einmischung in den Fall verbitten. Speziell, wenn diese Einmischung aus Wien kommt. Wir brauchen hier keine Wiener Hilfspolizisten!«

»Ich bin aus Zwettl«, bemerkte Schierhuber mit einigem Stolz in der Stimme.

»Wollen Sie leugnen, dass Zauner Sie geschickt hat?«

»Na ja, das ist … darüber dürfen wir leider nicht reden, Sie wissen schon – Amtsgeheimnis.«

»Sie haben meine Gastfreundschaft lange genug in Anspruch genommen. Verlassen Sie jetzt mein Haus!« Sie wies mit ausgestreckter Hand zum Ausgang.

»Gut«, sagte Hawelka, weil ihm nichts anderes einfiel. Sie standen auf, Schierhuber leerte sein Glas, und dann marschierte er hinter Hawelka in Richtung Tür. Dort drehte er sich um.

»Danke für den Wein, wirklich ein gutes Tröpferl«, bemerkte er noch. »Übrigens, wissen Sie, wo sich der Pongratz momentan aufhält? Wir hätten da noch ein paar Fragen an ihn.«

»Nein.«

»Keine Idee?«

»Nein.«

»Sie vielleicht, Herr Bürgermeister?«

»Nein.«

»Na dann, gute Nacht.«

Mittlerweile hatten die vier Frauen auf der Bühne sowohl musikalisch als auch kostümmäßig die Gegenwart erreicht. Sie trugen Lack und Leder, dazu dunkle Sonnenbrillen und sangen etwas von Lady Gaga. Vor der Bühne wurde getanzt, und der Abend näherte sich dem Höhepunkt, ein Feuerwerk war angekündigt. Die Berlakovic schüttete seit einer guten halben Stunde ihren Wein unter dem Heurigentisch auf den Boden, während sie darauf achtete, Gubiani und der Pfarrerskköchin ständig nachzuschenken. Eigentlich trauerte sie jedem vergossenen Schluck nach, aber sie wollte um jeden Preis nüchtern bleiben und die beiden aushorchen.

Sie saßen jetzt weiter unten am Hauptplatz, wo Tische und Bänke aufgestellt waren und allerlei Schmankerl zum Wein angeboten wurden. Sie gab sich spendabel, zahlte eine Flasche nach der anderen und animierte die beiden, »G'schichten aus Retz« zu erzählen. Noch hatte sie der Köchin nicht offenbart, dass sie von deren Verwandtschaft mit der Witwe wusste. Diesen Trumpf wollte sie sich für eine günstige Gelegenheit aufheben.

»Ich war beim Ballett«, erklärte diese gerade. »Ich war die Regenballerina. Man hat mich so genannt, weil meine Füße nur so leicht wie Regentropfen den Boden berührt haben.« Sie machte Anstalten aufzustehen, vielleicht um einige Tanzschritte zu zeigen, erhob sich leicht schwankend, überlegte es sich dann aber zum Glück und ließ sich zurück auf die Heurigenbank plumpsen.

»Wie alt warst du da?«, fragte Gubiani mit grinsendem Vollmondgesicht, seine beiden Veilchen leuchteten mittlerweile grün.

»Acht oder neun, ich weiß es nicht mehr genau. Ich hab das dann aufgeben müssen, weil kein Geld im Haus war. Aber mein Bewegungstalent und mein Balancegefühl, meine ganze Leichtigkeit, das habe ich alles immer noch.«

»Das sieht man sofort«, bestätigte die Berlakovic.

»Ich habe eben immer … auf mich geschaut, mich nicht gehen … lassen, verstehen Sie, meine Liebe? Man muss immer … Ein gesunder Geist wohnt in einem gesunden Körper! ›Mens sana in corpore sano‹, wie der Pfarrer von Drosendorf immer gesagt hat.«

»Ein g'scheiter Mann.«

»Ja, ja, und dann hat er noch das andere gesagt, mir fällt es jetzt nicht ein, es war der Wahlspruch von den Franziskanern, dieses ›Bettle und –‹, nein, nein, so: ›Bete und arbeite!‹. Genau! Und es waren nicht die Franziskaner, es waren die Benediktiner!«

»Egal«, beruhigte die Berlakovic. »Ich kenn sie alle beide nicht.«

Gubiani schlug sich auf die Schenkel.

»Ora et deflora!«, zitierte die Pfarrersköchin jetzt laut und hob mahnend den Zeigefinger. Irgendwer am Nebentisch lachte auf. Sie prosteten hinüber, und die Berlakovic beeilte sich nachzuschenken.

»Sag einmal«, wandte sie sich dann an Gubiani, »du hast mit diesem Bachl, diesem Zeitungsmenschen, eine kleine Spezialführung veranstaltet? Hat er zumindest erzählt.«

»Freilich, hab ich!«, nickte Gubiani eifrig, der sich nicht im Geringsten darüber zu wundern schien, dass die Berlakovic davon wusste.

»Und was ist das jetzt für eine Sache mit dem Keller, der gerade ausgetrocknet wird?«

»Na, was wird sein? Einstürzen wird er! Rums!« Gubiani sah sie so verschmitzt an, als hätte er einen großartigen Witz erzählt.

»Na, einstürzen wird er!«, wiederholte die Pfarrersköchin betont und breitete die Arme mit nach oben gedrehten Handflächen aus, als hätte sie sich schon seit Stunden bemüht, ihrem begriffsstutzigen Gegenüber diesen Sachverhalt näherzubringen, und würde mit diesem Ausruf einen resignierenden Schlusspunkt setzen.

»Aber wer macht denn so was?«, fragte die Berlakovic.

»Na, macht man so was?«, wendete sich die Pfarrersköchin anklagend Gubiani zu. Um ein Haar hätte sie dabei mit ihrem

Ellbogen ihr Glas vom Tisch gefegt. Die Berlakovic rückte es eilig aus der Gefahrenzone.

»Na, die Gutsherrin doch! Sie und ihre ›Jagdfreunde‹! Aber das glaubt mir ja niemand. Für was ich red, weiß ich nicht, keiner glaubt dem alten Gubiani, und in der Zwischenzeit stürzt die halbe Stadt ein, haha. Wir sitzen hier gemütlich, und jeden Moment kann sich der Boden auftun.«

»Das Jüngste Gericht!«, rief die Pfarrersköchin theatralisch, und diesmal schaffte sie es. Die Gefahrenzone war von der Berlakovic nicht richtig eingeschätzt worden und das Glas nahe der Tischmitte keineswegs in Sicherheit. Vom Schwung der Pfarrersköchin wurde es in hohem Bogen weggeschleudert und landete gute drei Meter weiter unter einem anderen Tisch. Die Verursacherin selbst hatte gar nichts davon bemerkt, ebenso wenig Gubiani, der gerade einen Bekannten am Nebentisch erkannt und begrüßt hatte, nur die Berlakovic sah dem Glas nach, und dann hatte sie eine Erscheinung.

Neben dem Tisch, unter dem das Glas gelandet war, stand der Erzherzog.

## Schwestern

Der »Gasthof zum Sam« war ein Lokal, an dem die Nichtraucherbestimmungen spurlos vorübergegangen waren. Geraucht wurde praktisch überall. Gegessen, getrunken und gescherzt übrigens auch. Das Publikum konnte durchaus als bunt gemischt bezeichnet werden. Alte, Junge, Kartenspieler, Automatenspieler, einsame Trinker, kleine Gruppen, denen die Nachtluft am Hauptplatz mittlerweile zu frisch geworden war, und nun auch die Berlakovic, Hawelka und Schierhuber.

Als die beiden Ermittler eine Stunde zuvor von der Gutsherrin zurückgekehrt waren, hatte die Berlakovic sie schon ungeduldig erwartet. Die Pfarrersköchin und Gubiani waren zu dem Zeitpunkt in eine lebhafte Unterhaltung mit neu hinzugekommenen Bekannten vertieft gewesen. Die Berlakovic hatte seit ihrer Vision darauf verzichtet, die Pfarrersköchin mit der Verwandtschaft zur Witwe zu konfrontieren.

»Er ist da«, hatte sie zur Begrüßung nur gesagt. Die beiden Ermittler hatten geglaubt, sich verhört zu haben.

»Was? Wer? Pongratz?«

»Nein. Er!«

»Er, dessen Name nicht genannt werden darf?«

»Höchstpersönlich.«

»Unmöglich!«

»Ich schwöre!«

»Unglaublich!«

»Gehen wir.«

In einer Art Schockzustand waren sie losmarschiert. Voran Hawelka, dann die Berlakovic und am Ende der kleinen Karawane Schierhuber. Planlos waren sie durchs nächtliche Retz gewandert und hatten jeder für sich überlegt, was das plötzliche Auftauchen des Alten zu bedeuten hatte. Dann war man sich darüber einig gewesen, dringend einen Schluck gegen den Schock zu benötigen und außerdem einen Kriegsrat abhalten zu müssen, und so waren sie dann wieder am Hauptplatz gelandet und zum »Sam« gegangen.

»Er war da. Ich habe ihn gesehen, zwei, drei Meter vor mir. Er ist einfach dagestanden und hat mich angeschaut. Mich und die Pfarrersköchin und den Gubiani.«

»Hat er dich erkannt?«

»Auf jeden Fall.«

»Hat er was gesagt?«

»Kein Wort.«

»Und dann?«

»Ich hab nicht gewusst, was ich tun soll. Ihn grüßen? Aufstehen und zu ihm hingehen? Wegschauen? Aber ich hab gar nicht wegschauen gekonnt. Ihr wissts ja, wie das beim Erzherzog ist, man ist wie das Kaninchen vor der Schlange. Aber während ich noch geschaut und überlegt hab, hat er sich einfach umgedreht und ist weggegangen. Einfach so.«

»Donnerwetter, Herta. Ein echt arges Erlebnis«, sagte Hawelka und klopfte ihr mitfühlend auf die Schulter. Schierhuber hingegen zeigte seine Empathie stumm, indem er der Berlakovic einen großen Cognac bestellte und ihr zuliebe auch einen mittrank. Eine Weile rätselten sie herum, was das Auftauchen des Alten zu bedeuten hatte.

»Auf jeden Fall nichts Gutes«, sagte die Berlakovic. Das war nicht schwer, dazu musste sie keine Wahrsagerin sein.

»Das stimmt, morgen wird er dem Sepp und mir den Kopf abreißen«, brummte Hawelka in sein Bier. Er versuchte sich zu erinnern, wie viele ausgemachte Telefonate mit dem Erzherzog er versäumt hatte. Zuerst eines, weil sie durch die Gefangenschaft daran gehindert waren, dann noch einmal eines, weil sie nach der Befreiung einfach andere Prioritäten hatten als einen Telefonrapport beim Alten, dann noch einmal eines heute und ... oder hatte er etwa schon vor der Kellerexpedition eines ausgelassen? Egal, den Kopf würd er ihnen ja trotzdem abreißen.

»Aber warum kommt er selber her? Was ist das für ein Fall? Das ist doch nicht normal, oder?«

Sie stellten ein paar Theorien auf. Die Berlakovic glaubte an eine finstere Geschichte aus der Vergangenheit.

»Vielleicht kann die Janne einmal prüfen, ob der Kramer früher auch bei der Fremdenlegion war.«

Hawelka wiederum bevorzugte eine Variante, in der politische Gruppierungen eine wichtige Rolle spielten und der Geheimdienst ihre Hilfe brauchte.

Sieger des Ratespiels wurde Schierhuber, der die Vermutung äußerte, dass der Erzherzog ein Verhältnis mit der Pfarrersköchin hatte, weil »er es sich ja auch nicht herausschwitzen kann«*. Sie gratulierten dem glücklichen Gewinner, bestellten eine neue Runde und widmeten sich kurz den Bildern, die sich mit Macht vor ihre geistigen Augen drängten.

Dann begannen sie, ihr über das Gespräch – konnte man das ein Gespräch nennen? – mit der Gutsherrin zu berichten.

»Also will die eine Art Theaterstück aufführen und damit die Retzer Bevölkerung – was? Warnen, dass fremde Mächte vor der Stadt darauf lauern, die Kirche niederzubrennen?« Die Berlakovic schüttelte ungläubig den Kopf. »Das kann sie doch nicht ernst meinen.«

»Ich fürchte, die meint alles ernst, was sie sagt«, widersprach Hawelka freudlos. Er wollte eigentlich alleine sein und nachdenken.

Wenn ich das jetzt noch einmal alles ordne, dann finde ich was. Irgendein Muster, ein Detail, das wir bisher …

Aber er kam nicht weit. Denn Gubiani und Begleitung traten ein. Das »Sam« hat die Gasträume im ersten Stock eines alten Retzer Hauses, was bedeutet, dass die Gäste eine Treppe hochsteigen müssen. Gubiani hatte einiges Geschick und nicht wenig Kraft aufbringen müssen, um seine Begleiterin nach oben zu bugsieren.

---

* Ein Weinviertler Spruch, der ungefähr besagt: Auch wenn eine Verbindung seltsam erscheinen mag, Männer und Frauen haben nun einmal ihre geschlechtlichen Bedürfnisse und müssen diesen Tribut zollen, auch wenn sie manchmal versuchen, sich mit anstrengenden Tätigkeiten abzulenken. Tatsächlich ist bisher kein Fall bekannt, bei dem Männer ihr Ejakulat durch die Schweißdrüsen losgeworden sind.

Diesmal red ich sie auf die Schwester an, dachte die Berlakovic sofort und winkte die beiden zu ihrem Tisch.

»Der Herr sei mit euch!«, begrüßte sie die Pfarrersköchin und fiel schwer auf die Bank neben Schierhuber.

»Amen!«, assistierte Gubiani brav.

»Zwei geistliche Getränke!«, rief er dann, und keine Minute später brachte der Kellner zwei Cognacgläser. Offenbar nahmen die beiden hier öfter einen Absacker.

»Meine Liebe, ihr seid so plötzlich verschwunden, das ist nicht die feine Art, wir sind ein bisschen traurig, nicht wahr?« Obwohl sie offenbar die Berlakovic meinte, sah die Pfarrersköchin die ganze Zeit Schierhuber an.

Dieser widmete sich ungerührt seinem Bier. Hawelka überlegte, Gubiani wegen des geplanten Spektakels der Gutsherrin zu befragen. Sicher wusste dieser Hansdampf auch darüber Bescheid.

»Ja, meine Liebe«, begann die Berlakovic jetzt ebenfalls ein wenig theatralisch, »wir sind auch traurig, weil du uns gar nichts erzählt hast von deiner Schwester …«

»Ach was«, wischte die Bednar den Vorwurf beiseite, »diese Frau ist nicht … sie kommt in meinem Leben nicht vor, ich rede nicht von ihr, sie ist … eine Persona non gradita, verstehst du?«

»Trotzdem finde ich eure Verwandtschaft irgendwie interessant, so wie die Dinge liegen, oder?«

»Ja, ja, sie ist eine – ich will nicht sagen, was. Ihre aufgeblasenen Reden, ihre gespielte Vornehmheit, das ist alles Fassade, und natürlich wissen das alle. Trotzdem hat sich ein Mann gefunden, der sie wieder geheiratet hat. Ein stattlicher Mann! Ich mag auch stattliche Männer. Könnten Sie einmal, nur für mich, nur einmal Ihre Muskeln anspannen?«

Schierhuber tat zuerst, als hätte er nichts gehört. Es war ihm überaus peinlich. Dennoch winkelte er nach der dritten Aufforderung den Oberarm ab und spannte die Muskeln. Die Pfarrersköchin drückte mit bewundernder Miene am Ergebnis herum.

»Das ist einmal ein Mann«, stellte sie fest. »Meine alten Herren waren da natürlich klar im Nachteil – meist nur Haut und Knochen, bis auf den Pfarrer von Drosendorf, der war überall sehr … gut gebaut.«

Sie sah Schierhuber tief in die Augen, und die Berlakovic musste einen Hustenanfall vortäuschen und hielt sich ein Taschentuch vor den Mund.

»Sie sind aber auch nicht gerade ein Krispind'l*. Das schätze ich ja so, wenn ein Mann noch ein Mann ist und einen Bauch hat und dazu steht. Ich finde, Männer mit Bauch haben etwas sehr –«

»Was meinen Sie mit ›wieder geheiratet‹?«, fragte Hawelka, der genau aufgepasst hatte.

»Natürlich nur wegen des Geldes, sonst war er eher ein stilles Wasser, aber stille Wasser …« Sie hatte den Faden verloren, sah sich nach einem Kellner um und wendete sich dann erneut Schierhuber zu. Das Stichwort fiel ihr wieder ein.

»Sie zum Beispiel, Sie sind auch so ein stilles Wasser, oder? Sie reden nicht viel. Das ist männlich. Ich hasse es, wenn Männer so daherplappern wie die alten Weiber. Wenn ein Mann ständig die Goschen offen hat, kann man ihn schon abschreiben. Wenn er aber eher ein stilles Wasser ist – He, mein lieber Freund!« Sie drehte sich mit einem Ruck zu dem müden Kellner um, der den Nebentisch abwischte. »Sie sind ein bisschen unaufmerksam heute. Sie sehen doch, dass die Herren Durst haben und meine Freundin natürlich auch. Und obwohl Sie das sehen, lassen Sie sie vor den leeren Gläsern sitzen, das ist …«

Schierhubers Glas war noch halb voll, Hawelka hatte überhaupt erst zweimal an seinem Bier genippt, Gubiani und die Berlakovic waren noch nicht bei der Hälfte, und sogar ihr eigenes Glas mit dem »Getränk« war noch nicht leer, man konnte aber schon ahnen, was sie mit der Ansprache an den Kellner vorbereitete.

---

* Krispind'l: schmächtige Person.

»... das ist unverantwortlich! Wir werden jetzt etwas für unsere Gesundheit tun. Es ist Baucherlzeit! Bringen Sie uns eine Runde, junger Mann, wir müssen diese hart arbeitenden Männer für ihre Aufgabe stärken.«

Offenbar waren ihr die noblen Getränke mittlerweile egal. Der Kellner seufzte und machte sich ans Einschenken. Als er vier Gläser gefüllt hatte, kam ihm eine Idee, und seine Augen begannen boshaft zu blitzen. Er stellte das ursprünglich vorbereitete fünfte Glas wieder zurück ins Regal und brachte nur den anderen Cola-Weinbrand.

»Also vier Baucherl, für die Herren und die Dame«, sagte er und wandte sich rasch ab.

»Na, und wo bleibt mein Baucherl?«, fragte die Pfarrersköchin. Ihre Stimme war ein wenig schrill geworden.

»Ach so. Ich hab geglaubt, nur die Herren müssen sich stärken«, versetzte der Kellner. Das Getränk für die Berlakovic verschwieg er nobel.

»Ich bin keine Frau, die Männer beim Trinken alleinlässt. Das ist unhöflich und gehört sich nicht. Die Herren und ich, wir werden jetzt Bruderschaft trinken. Ein Baucherl, mein lieber Freund, aber ohne Verzug. Ich zahle bar!«

»Wegen des Geldes hat sie geheiratet?«, fragte Hawelka. Zum einen, weil er den Informationsfluss am Laufen halten wollte, zum anderen, um das Bruderschaftstrinkritual hinauszuzögern. Vielleicht würde sie ja ganz darauf verzichten, wenn er das Thema wechselte.

»Diese – ich will nicht sagen, was ...«

»Schwester?«, assistierte die Berlakovic.

»Na ja, von mir aus Schwester, auch schon was, sie ist mit einer Registrierkassa im Hirn geboren, sie ist das geldgierigste Weib, das ich kenne, und ich kenne eigentlich nur geldgierige Weiber. Mir selbst ist Geld egal, sozusagen wurscht. Das war schon immer so.«

Und das sagt eine Mercedes-Cabrio-Fahrerin mit einem Zinshaus und gut gefüllten Bankkonto, dachte Hawelka.

»Ein durch und durch schlechtes Weib!«, zog sie jetzt Resümee. Sie hatte tatsächlich das Bruderschaftstrinken vergessen und ihr Glas auch ohne geleert. Ebenso wie ihr »geistliches« Getränk von vorhin.

Auch Schierhuber hatte Bier und Baucherl zu sich genommen, vor den anderen sammelten sich die gefüllten und halb gefüllten Gläser.

»Wir nehmen noch einmal das Gleiche, junger Mann!«, rief die Pfarrersköchin über die Schulter dem Kellner zu, während sie auf Hawelkas unberührtes Baucherlglas schielte und zu überlegen schien, ob sie ihm wohl aushelfen sollte, wenn er momentan nicht in Form war.

»Sie benutzt spezielle Werkzeuge, wenn sie einen Mann … na, Sie wissen schon. Ich selbst«, wandte sie sich jetzt an Schierhuber und legte ihm vertraulich eine Hand aufs Knie, »ich selbst habe nie solche Werkzeuge, solche *Accessoires*, verwendet. Ich gehöre zu den natürlichen Frauen, die keinerlei Hilfsmittel benötigen. Die Natur hat uns ja alles gegeben. Alles, was notwendig ist.« Sie sah lächelnd an sich hinab, ihre Hand lag immer noch auf dem Schierhuber-Knie. Dieser sah erwartungsfroh dem Kellner mit der neuen Baucherlrunde entgegen.

»Aber mir ist sie eigentlich ganz bieder vorgekommen«, meinte Hawelka jetzt. Viel versprach er sich nicht mehr von den teils unverständlichen Ausführungen der Pfarrersköchin.

Aber das mit dem »wieder verheiratet« und das mit dem Geld, das prüfen wir noch, dachte er.

»Wie sie nach ihrer Scheidung hierhergekommen ist vor – ich weiß nicht, vor zwanzig Jahren, hat sie nur ein Argument gehabt, das für sie gesprochen hat, und das war zwischen ihren –«

»Trinken wir auf die Liebe, haha!«, mischte sich jetzt Gubiani lautstark ein und prostete der Runde zu. Sein verschwollenes Gesicht verzog sich beim Lachen zu einer geradezu lächerlichen Grimasse.

Offensichtlich ein sehr überzeugendes Argument, dachte Hawelka.

»Auf so eine primitive Ebene habe ich mich nie begeben, das habe ich nicht nötig. Aber es ist eben ein weiter Weg, bis man sich zur Gutsherrin hochge–«

»Wart einmal, Luise«, versuchte Gubiani zu unterbrechen, »ich hab da noch etwas Wichtiges auf dem Herzen, das muss ich unseren Freunden gleich erzählen. Es geht um eine heiße Spur, die ich heute dem Reporter schon –«

Sie bringt schon alles durcheinander, dachte Hawelka. Jetzt redet sie von der Gutsherrin. Das wird heute nichts mehr.

»Wie ist das jetzt?«, wollte die Berlakovic wissen. »Ist sie tatsächlich Gutsherrin?«

»Einen Adelsfimmel hat sie, sonst nichts … Gutsherrin! Der Schuhmann ist ihr natürlich ins offene Messer gelaufen, hat sie geheiratet, und sie hat geerbt. Na sicher lässt sie sich einen solchen Leckerbissen wie den Gutshof nicht entgehen!« Wieder legte sie ihre Hand auf Schierhubers Knie und beugte sich nahe zu ihm.

»Von wem reden Sie jetzt?«, fragte er.

»Ab sofort gibt es kein ›Sie‹ mehr«, antwortete sie mit ihrer tiefsten Stimme und wäre beinahe von der Bank gerutscht. »Sag Luise zu mir!«

»Also gut, Luise, von wem redest du?«

»Wir singen der Luise ein Lied, ein Lied! Wir singen der Luise ein Lied!«, schmetterte Gubiani los.

»Du sei ruhig!«, stellte sie den Sänger unwillig ab. »Na, von wem werd ich wohl reden? Von meiner lieben Schwester, dieser –«

»Die Gutsherrin? Die Schuhmann ist Ihre … ist deine Schwester?«

»Jawoll!«, rief die Pfarrersköchin aus und kippte vornüber, direkt auf Schierhubers Schoß.

## Dienstgespräch

»Hallo? Ich möchte gerne mit dem Herrn Oberstleutnant Matzinger sprechen ... Wie? Ja ... Oberst Matzinger, natürlich. Ist er da?«

»Es ist Samstag, der Herr Oberst ist nicht auf der Dienststelle. Wer spricht denn?«

»Hawelka, Gruppeninspektor Hawelka, von der Wiener Kriminalpolizei, also, vom LKA Wien, Abteilung Leib und Leben.«

»Wenn es dringend ist, dann kann ich Sie auf sein Diensthandy verbinden. Ich weiß aber nicht, ob er abhebt. Soll ich?«

»Ja, ich warte.«

Es gibt Polizisten, die sind richtige Draufgänger. Springt irgendwo ein Terrorist über eine Wiese, schon jagen sie ihm nach. Barfuß, ohne Feuerschutz, ohne Deckung, bewaffnet mit nichts als einem Messer zwischen den Zähnen. Tickt in irgendeinem Zug eine Bombe, springen sie zuerst von einer Brücke auf das Dach der Lokomotive, werfen drei, vier Killer aus dem Speisewagen und entschärfen den Sprengsatz dann ungefähr drei Tausendstelsekunden vor Ablauf der Zeit. Vor lauter Nichtaufregung und Coolness sinkt ihre Körpertemperatur währenddessen auf fünfunddreißig Grad, und wenn sie bei dem ganzen Theater irgendetwas aufregen soll, muss die fesche Spionin schon ganz schön Hand anlegen. Diese Polizisten sind so. Sie können nicht anders! Draufgänger eben.

Solche Polizisten schrecken aber auch keine Sekunde davor zurück, ihren Chef zu hintergehen, zu verraten und zu verkaufen. Vorausgesetzt, es dient der Wahrheitsfindung und der Gerechtigkeit. Der Chef kann der höchstdekorierte Veteran des Landes sein, eine Persönlichkeit, die regelmäßig Geheimdienstchefs und Staatspräsidenten zum Tarockieren trifft – das ist solchen kaltschnäuzigen Polizisten ganz egal. Sie gehen unbeirrt ihren Weg, und wenn der Fall gelöst ist, dann hat sich entweder der Chef doch noch als ganz prima Kumpel erwiesen, oder die ganze Verschwörung ist aufgedeckt und er selbst in die Luft gesprengt worden.

Hawelka gehörte leider nicht zu dieser Sorte Polizisten. Deshalb schwitzte er jetzt, als hätte er einen Dauerlauf hinter sich. Dabei war er gerade erst aufgestanden, und seine einzige körperliche Leistung war das Heben des Handys gewesen. Aber Hawelka war Hawelka und würde aller Voraussicht nach auch Hawelka bleiben. Er hatte zwei Stunden wach gelegen und überlegt und sich hin und her gewälzt und weiter überlegt und endlich den Entschluss gefasst. Schließlich hatte er dann nur noch eine gute Stunde gebraucht, bis er tatsächlich anrief. Mit anderen Worten, er hatte in dieser Nacht gar nicht geschlafen, weil sie erst nach vier vom »Sam« weggekommen waren.

Nach der Eröffnung der komplizierten Verwandtschaftsverhältnisse war zwar nichts Vernünftiges mehr aus der Pfarrersköchin herauszuholen gewesen, und Gubiani hatte ohnehin nur mehr den Clown gespielt, aber dennoch war die Zeit nicht ganz unnütz verstrichen. Manchmal hatte Hawelka nämlich die Fähigkeit, geistig abzutauchen, während er mitten in einer lärmenden Gesellschaft war. Und dann dachte er nach.

Als er soeben in der Vermittlung des LKA Niederösterreich nach Oberst Matzinger gefragt hatte, lagen praktisch schon sechs Stunden Denkerei hinter ihm. Viele Zweifel, viele Skrupel, ob er denn den Erzherzog hintergehen durfte und die Niederösterreicher anrufen. Das heißt, *den* Niederösterreicher, denn anders als die Berlakovic, die Gott und die Welt kannte und praktisch in allen Abteilungen und Dienststellen jemanden sitzen hatte, kannte er bei der dortigen Kriminalpolizei ganz genau nur einen Mann: Oberst Matzinger.

Was haben wir?, hatte er beim Zubettgehen gedacht. Einen toten Menschen, siebenunddreißig tote Vögel, einen Clown, der uns im Keller herumführt, einen verschwundenen Hornisten, der uns im Keller eingesperrt hat, den Bürgermeister vom Nachbarstädtchen, ein paar »Jagdfreunde« und einen

Erzherzog, der uns offensichtlich absichtlich nicht alles sagt, was er weiß. Dann haben wir den Stephansdom, und zwar mehrmals. Stephansdom, die erste: Der Tote war Fremdenführer im Stephansdom. Stephansdom, die zweite: Gubiani war Fremdenführer im Stephansdom – allerdings nur kurz, und es ist auch schon länger her, aber immerhin. Stephansdom, die dritte: Die Pfarrersköchin hat einen ehemaligen Dompfarrer gepflegt. Und Stephansdom, die vierte: Die Bauzahl des Domes ist Siebenunddreißig, und die Zahl der toten Vögel ist auch siebenunddreißig. Ein bisschen viel Stephansdom, um zufällig zu sein.

Was haben wir noch? Ah ja, wir haben die drei Schwestern. Drei sehr unterschiedliche Schwestern. Offensichtlich weiß in Retz niemand, dass sie verwandt sind, und sie selbst scheinen auch keinen Wert darauf zu legen, einander zu sehen. Mindestens zwei sind ziemlich verfeindet: die Gutsherrin und die Pfarrersköchin.

Den Rest der Nacht hatte er mit diesen Leuten Puzzle gespielt. Er hatte sie aufmarschieren lassen und miteinander streiten lassen, er hatte sich vorgestellt, welche geheimen Verbrechen sie in der Vergangenheit aneinandergekettet hatten und warum Kramer jetzt tot war.

Vielleicht war es so, dachte er: Gubiani war Fremdenführer und hat kleine »Andenken« aus dem Dom organisiert, für die irgendwelche Sammler viel Geld zahlen. Die Gutsherrin zum Beispiel? Sie ist eher konservativ eingestellt. Die »Jagdfreunde« auch. Ist es möglich, dass da welche dabei sind, die ihre Schlösser und Gutshöfe gerne mit einem Heiligenbild oder Kruzifix von einem Seitenaltar einer Seitenkapelle vom Stephansdom schmücken? Oder einem Totenschädel aus der Krypta? Um ausländische Gäste augenzwinkernd zu beeindrucken oder sogar zu beschenken? Und dann hat ihn der Kramer aus dem Geschäft gedrängt und die Gutsherrin beliefert? Das wäre ein Motiv und die Siebenunddreißig ein subtiler Hinweis, warum der Kramer hat sterben müssen.

Oder war der Dompfarrer der Auslöser? Die Bednar hat

ihn gepflegt und ihn dazu gebracht, ihr seinen gesamten Besitz zu überschreiben. Vielleicht hat der Kramer ein Verhältnis mit ihr angefangen, um …

Oder hat die Gutsherrin von den »Andenken«, die Kramer aus dem Dom mitgenommen und irgendwie ins Ausland verkauft hat, erfahren und in ihrem strengen Moralbegriff beschlossen, dass dieser religiöse Frevel nur durch den Tod zu …

Oder hat die Bauzahl mit der Zahl der Vögel insofern zu tun, als …

So war es immer weitergegangen. Ein Gedanke jagte den anderen.

Herausgekommen war nichts.

Fangen wir am Anfang an, hatte er gegen halb fünf gedacht. Warum haben die die Aussage von dem ersten Zeugen am Tatort nicht ernst genommen? Haben die Druck von »oben« bekommen? Wenn ja, von wie weit »oben«? Wenn wir nur jemand von »oben« kennen würden, dann wäre es … Dann hatte er eine Denkpause gemacht. Ein leichtes Prickeln war durch ihn gelaufen, weil er plötzlich einen Einfall gehabt hatte. Er kannte jemand von »oben«! Oberst Matzinger.

Vor zwei, drei Jahren hatte es einen Mordfall in dem winzigen Dorf Vestenötting im Waldviertel gegeben. Das LKA Niederösterreich war zu diesem Zeitpunkt grob unterbesetzt gewesen, weshalb man Verstärkung in Wien angefordert hatte. Die beiden Verstärker hießen Hawelka und Schierhuber. Ihre erste Begegnung mit Matzinger war durchwachsen verlaufen. Genauer gesagt hatte er sie nach allen Regeln der Kunst zur Sau gemacht. Später hatten sie herausgefunden, dass seine Aversion gegen sie zu einem Gutteil seinen Erfahrungen mit dem Erzherzog geschuldet war. Mit anderen Worten: Matzinger hasste Zauner und wollte ihm etwas heimzahlen.

Hawelka und Schierhuber hatten den Fall schließlich aufgeklärt und sich den Respekt des Niederösterreichers erworben. Das war sogar so weit gegangen, dass der Oberst ihnen Posten beim LKA in St. Pölten angeboten hatte. Die beiden hatten lange überlegt. Einerseits wären sie dort mit offenen Armen empfangen worden und den Bosheiten des Erzherzogs entkommen, andererseits waren sie, wie sie waren, soll heißen, sie waren Hawelka und Schierhuber und mochten keine Veränderungen. Sie hatten dankend abgelehnt. Der Oberst war enttäuscht gewesen. Es war also keineswegs sicher, dass er Hawelka gegenüber eine große Hilfsbereitschaft an den Tag legen würde.

Trotzdem, probieren muss ich es.

»Matzinger.«

»Guten Morgen, Herr Oberst, hier spricht Hawelka.«

»Der Kaffeesieder*? Ich hab geglaubt, der ist schon gestorben?«

»Nein, Hawelka, Gruppeninspektor Hawelka von der Wiener Kriminalpolizei – wir kennen uns, das heißt, ich weiß nicht, ob Sie sich an mich erinnern. Die G'schicht in Vestenötting vor drei Jahren, die Mordsache Birnstingl, mein Kollege Schierhuber und ich –«

»Hawelka! Stottern S' nicht herum, natürlich weiß ich, wer Sie sind! Und den Schierhuber vergisst man auch nicht so leicht. Was wolln S' denn, am Wochenende?«

Hawelka sagte es ihm.

Es blieb eine Weile still in der Leitung, dann sagte Matzinger nachdenklich: »Diese Sache, wissen Sie, das ist ein bisschen kompliziert. Da gibt es ein paar … Schwierigkeiten. Ich darf da nicht darüber reden.« Es schien, als bedauere der Oberst es sogar.

»Ach so, ja, verstehe.« Er hatte es kommen sehen. Warum sollte Matzinger ihm auch helfen? »Ja, dann … entschuldigen Sie die Störung, Herr Oberst.«

»Andrerseits, wenn ich damit Ihrem Erzherzog eins auswischen kann, dann vergesse ich vielleicht einmal kurz, dass das ein Dienstgespräch ist. Oder noch besser, wir beenden das

---

* Kaffeesieder: alter Wiener Ausdruck für den heutigen neudeutschen »Barista«. Matzinger spielt hier auf den Chef des Café Hawelka in der Wiener Dorotheergasse an. Georg Danzer hat den legendären Künstlertreff in dem Lied »Jö schau« verewigt.

hier.« Und ohne Weiteres legte er auf. Hawelka starrte verblüfft auf das Handy der Berlakovic, das sie ihm seit gestern als Leihgabe zur Verfügung gestellt hatte.

Was soll das?, dachte er.

Zwanzig Sekunden später rief eine unbekannte Nummer an. Er meldete sich.

»Ich ruf von meinem Privathandy an. Das ist sicherer. Sie sind kein schlechter Polizist, und wenn es gegen den alten Zauner geht, bin ich dabei. Allerdings darf ich tatsächlich nicht viel sagen. Aber ein paar sachliche Fragen werd ich Ihnen beantworten.«

Zehn Minuten später stand Hawelka unter der kalten Dusche, fror erbärmlich und sang trotzdem laut vor sich hin, bis jemand aus dem Nebenzimmer heftig an die Wand trommelte und »Ruhe!« schrie.

Hawelka sang trotzdem weiter.

Die Frischauf rief kurz vor zehn an, als sich die Runde gerade zum Frühstück im »Althof« eingefunden hatte.

»Schwuppdiwuppdi, hier sind die Guten-Morgen-News von der guten Janne-Tant! Und das an einem Samstagvormittag, ich hab was gut bei euch!«

»Bitt dich gar schön, Janne, ein bisserl leiser«, jammerte die Berlakovic, »ich hab so einen Kopf!«

»Oho! Schwere Ermittlungsarbeit am Weinlesefest?«

»Aber wie! Nein, wirklich, dazwischen tun wir schon auch ermitteln, aber gestern Nacht haben wir Zeugen, oder sagen wir, Verdächtige zum Reden bringen müssen, und das Ende vom Lied war, dass der Sepp eine Pfarrersköchin am Schoß liegen gehabt hat und ich mir alles zuhalten hab müssen, damit mich ein alter Retzer Kellerführer nicht meiner Unschuld beraubt.«

»Huch! Wie schrecklich! Dabei ist dir die doch heilig … War er so furchtbar?«

»Na ja, er hat wenigstens einen italienischen Namen gehabt, das ist schon was. Ansonsten, du weißt ja, was die Tante

Jolesch sagt: ›Alles, was ein Mann schöner ist als ein Aff, ist ein Luxus‹, und in dem Fall war der Luxus in weiter Ferne, also …«

Die Frischauf lachte schallend. Sie war froh, dass die Berlakovic ihr Tief offenbar überwunden hatte.

»Wir haben gestern Babysitter gehabt«, erzählte sie jetzt. »Freier Abend, nur zu zweit, tandaradei, ganze Nacht, nur zu zweit, tandaradei!«

»Ach, deshalb –«

»Sag einmal, Herta, kannst du die Janne fragen, ob sie etwas herausgefunden hat? Oder wollts ihr nur plaudern?«

Normalerweise war Hawelka nicht so ungeduldig. Aber seit seinem Telefonat mit Matzinger brannte er darauf, die anderen einzuweihen, und gerade als er loslegen wollte, war die Kellnerin gekommen, um sie nach den Frühstückswünschen zu fragen, und als das geklärt war, hatte die Frischauf angerufen, und jetzt scherzten die zwei Frauen, als gäbe es keinen Fall und kein Morgen.

»Oha! Janne, ich muss dienstlich werden, sonst wird der Pepi böse, und dann kann alles Mögliche passieren.«

»Was?«, fragte die Frischauf. »Kommt dann der Krampus? Oder noch schlimmer, der Erzhe–«

»Waaaah! Das ist ja das Schärfste! Das hab ich dir ja noch gar nicht erzählt. Er ist da!«

»Der Krampus?«

»Der Erzherzog! Ich hab ihn gesehen, gestern in der Nacht, am Weinlesefest, und es war richtig unheimlich.«

»Hat er statt Augen glühende Kohlen gehabt und nach Schwefel gestunken?«

»Ja.«

»Ein Bocksbein?«

»Ich schwöre!«

»Hörner?«

»Ja doch!«

»Und einen furchtbaren langen –«

»Ja, ja, ja!«

»Verdammt! Dann ist er es wirklich! Was macht der Alte in Retz? Gestern ist er früher vom Büro weg, wir haben gleich Prosecco aufgemacht und –«

»Du, Janne, der Pepi schaut schon ganz finster, vielleicht erzählst du mir erst einmal, was ihr herausgefunden habt, ich meine, wenn ihr was herausgefunden habt, das heißt, habt ihr was herausgefunden? Ihr habt doch was herausgefunden, oder?«

»Ach ja. Warte: Spaßmodus auf ›Aus‹, Dienstmodus auf ›An‹. Informationseinheit marsch! Also, die Bettina hat gestern Überstunden im Büro gemacht und mir die Ergebnisse an die private Mailadresse geschickt, was sie nicht dürfte, aber wurscht, und ich darf euch jetzt die frohe Botschaft verkünden: Wir haben den Geländewagen! Vielleicht. Ohne Kennzeichen ist es ein bisschen schwierig. Aber wenn man davon ausgeht, dass die nicht aus Kärnten oder dem Burgenland kommen, sondern eher aus dem Bezirk, dann sind zwar in Hollabrunn dreihundertvierzig Geländewagen angemeldet. Aber wenn der Sepp meint, es ist vielleicht ein Lada Taiga, dann sind das nur achtundzwanzig im Bezirk. Bevorzugte Farbe ist grün. Dunkel sind nur vier. Einer ist blau, zwei sind schwarz, und einer ist so dunkelbraun.«

Die Berlakovic hatte wieder auf Lautsprecher geschaltet. Hawelka mischte sich ein: »Die könnten es alle sein.«

»Ja, stimmt. Namen und Adressen der Fahrzeughalter hab ich in einer Mail zusammengeschrieben, und das ist in drei, zwei, eins, null Sekunden in eurer Mailbox. Tschüssikowski!« Und damit legte sie auf.

Die Berlakovic synchronisierte die Mailbox ihres Handys. Sie sahen sich die Namen an.

»Einer in Kleinriedenthal, das ist ein schwarzer, und, da schau, einer in Schrattenthal, der dunkelbraune.«

»Der in Kleinriedenthal wäre logischer, oder?«

»Warum?«, fragte die Berlakovic, die keine Details kannte.

»Weil laut dem Herrn Schober, das ist der, der die Leiche gefunden hat, der Wagen ungefähr eine Viertelstunde nach seinem Anruf bei der Retzer Polizei aufgetaucht ist«, klärte Hawelka sie auf. »Wie heißen die Besitzer?«, wandte er sich dann an Schierhuber, der das Berlakovic-Handy an sich genommen hatte und aus kurzer Entfernung konzentriert las. Bahnte sich da etwa Alterskurzsichtigkeit an?

»Kerschbaum und Krucka.«

»Und welcher ist der aus Kleinriedenthal?«

»Krucka, Jürgen, Doktor.«

»Dr. Krucka, Jürgen? Das ist doch der, den mir die Schuhhexe empfohlen hat!«, rief die Berlakovic.

»Häh?«

»Ich hab euch doch erzählt, dass die Schuhverkäuferin gehinkt ist und mir etwas von einem Tanzunfall erzählt hat. Der Arzt, der sie behandelt hat, heißt Krucka.«

»Das muss er sein«, war sich Hawelka plötzlich ganz sicher. Das heißt, er war sich überhaupt nicht sicher, aber den anderen Namen kannte keiner von ihnen, und die anderen Adressen waren gut dreißig Kilometer entfernt, während die Adresse des Doktors in Kleinriedenthal war, also jener Ortschaft, wo die Leiche gefunden worden war.

»Wir fahren hin«, sagte er entschlossen.

»Nach dem Frühstück«, sagte Schierhuber ebenso entschlossen.

»Okay.«

Während sie aßen, brachte Hawelka seine Mitstreiter auf den neuesten Stand. Die Berlakovic sah ihn ein wenig bewundernd an. Schierhuber blieb eher gelassen.

»Und das hat dir der Matzinger freiwillig erzählt? Einfach so?«

»Ich glaube, er mag den Erzherzog wirklich nicht und würde sogar seine Mutter verkaufen, wenn er den Alten damit ärgern könnte.«

»Das heißt also, dass die Niederösterreicher gar nicht mehr zuständig sind?«

»Sie haben selber ein Amtshilfeersuchen gestellt, damit eine unabhängige Ermittlung gesichert ist. Jemand hat die Aussage von Schober doch ernst genommen und offenbar eine Nachverfolgung von Gruppeninspektor Bergers Handyverbindungen angeleiert. Da ist rausgekommen, dass er doch einen Anruf von Schober bekommen und ein paar Minuten mit ihm geredet hat.«

»Und da haben sie gleich –«

»Oberst Matzinger sagt, dass sie das sehr genau nehmen, und wenn es um einen Beamten geht, der möglicherweise etwas Illegales gemacht hat, dann wenden sie sich meistens gleich an eine Dienststelle von einem anderen Bundesland.«

»Wieso?« Die Berlakovic verstand nicht.

»Weil da am Land auf jeder Polizeistation in jedem Dorf und jeder kleinen Stadt irgendeiner sitzt, der irgendwen kennt, der mit irgendwem verwandt ist, der einen Schwager in der Landesregierung oder im Landeskriminalamt oder bei der richtigen Partei sitzen hat. Und wenn da was ist, dann laufen die Telefone heiß, und wenn es verdeckte Ermittlungen gegen die Mitzitant gibt, dann weiß die das zehn Minuten nachdem diese Ermittlungen befohlen worden sind.«

»Na, du hast ja eine schöne Meinung von die Niederös–«

»Das hat mir der Matzinger so gesagt. Und der muss es schließlich wissen, oder?«, grinste Hawelka.

»Das heißt, eigentlich sind unsere Ermittlungen jetzt offiziell, oder? Der Erzherzog hat es uns nur noch nicht sagen können, weil du ihn nicht angerufen hast. Glaubst du, er ist deshalb selber nach Retz gekommen? Um uns zu sagen, dass wir in offizieller Mission hier sind?«

»*Wir* sind in offizieller Mission hier, Herta«, sagte Hawelka. »*Du* bist unsere geheime Allzweckwunderwaffe und musst dich schön bedeckt halten.«

»Na geh!«, schmollte die B.

»Der Sepp und ich, wir fahren und behandeln den Onkel Doktor, und du –«

»Ich schau, was ich über die Stephansdom-Connection herausfinde«, teilte sich die Berlakovic selbst ein. »Ich schau einfach bei der Witwe vorbei.«

»Na, viel Glück«, murmelte Schierhuber. »Die ist nicht gerade gesprächig.«

»Ach was, von Frau zu Frau … Ich sag ihr einfach, dass ihre Schwester was fallen gelassen hat, und schau mir ihre Reaktion an. Wenn ich schon nicht zum Doktor darf.«

Als sie sich am Parkplatz trennen wollten, kam Gubiani angelaufen. Sein Gesicht schimmerte in allen Farben.

»Ich weiß, wo der Pongratz ist!«, schrie er schon von Weitem. »Und er ist nicht alleine, haha, aber weglaufen tun sie uns nicht, die zwei Lausbuben.«

»Wo? Wo ist er?«

»Wer ist bei ihm?«

»Den kenn ich nicht, aber alle zwei sind sie im Keller eingesperrt, so wie sie es mit uns gemacht haben, haha. Da hat uns einer die Arbeit abgenommen und sich gedacht, dort findet sie niemand, aber der alte Gubiani kennt den Retzer Keller wie seine Westentasche! Die können wir schön bequem einsammeln, die zwei.«

»Das erledige ich«, knurrte Schierhuber entschlossen und legte Gubiani seine Pranke auf die Schulter. »Gehen wir!«

»Aber Sepp, du kannst doch nicht alleine –«, versuchte die Berlakovic einzuwenden, aber der Zwettler lachte nur.

»Ohne K.o.-Tropfen kann mir keiner blöd kommen. Außerdem hab ich ja die da.« Er zeigte kurz seine Pistole und drückte Gubianis Schulter ein wenig fester. Dieser duckte sich in Erinnerung an die Blaue-Augen-Aktion instinktiv ein wenig und stieg dann mit Schierhuber in den Benz.

»Wir treffen uns in ungefähr einer Stunde wieder da.«

Hawelka, der wusste, dass man dem anderen in dieser Stimmung besser nicht widersprach, nahm den Corsa, um zu Krucka zu fahren, und die Berlakovic machte sich zu Fuß auf den Weg zum Haus der Witwe.

Kruckas Haus in Kleinriedenthal war ein großes, bestens renoviertes Bauernhaus. Vor der Einfahrt stand ein Jaguar. Den Lada hat er wahrscheinlich irgendwo hinter dem Haus geparkt, dachte Hawelka und läutete. Eine Frau in kurzem Kleid öffnete.

»Grüß Gott, Kriminalpolizei. Ist der Doktor da?« Hawelka hatte mittlerweile genug von Maskeraden und Versteckspielen; wenn sie seine Marke sehen wollte, würde er sie ihr zeigen. Wer prüft schon die Zuständigkeitsbereiche, wenn ihn ein Kriminalbeamter sprechen will? Die Frau machte große Augen und bat ihn herein. Dann führte sie ihn ins Wohnzimmer, rief ihren Mann und blieb abwartend stehen, als er kam. Er war Mitte vierzig.

»Ja?«

»Dr. Jürgen Krucka?«

»Ja.«

»Sie haben einen schwarzen Lada Taiga.«

»Ja.«

»Ich möchte ihn gerne sehen.«

»Warum?«

»Was glauben Sie?«

»Ich … hab keine Ahnung.«

»Das glaub ich weniger. Schauen wir ihn uns doch einfach an. Kommen Sie!« Hawelka fand, dass sein energisches Auftreten durchaus Wirkung zeigte, der andere war mittlerweile ziemlich nervös.

Sie gingen hinters Haus, wo ehemalige Stallungen zu Nebengebäuden für die Freizeit umgebaut worden waren. Fitnessbereich, Sauna, Bastelraum und Garagen. Der schwarze Lada war vor Kurzem gewaschen worden.

»Wissen Sie«, sagte Hawelka, »auch wenn Sie den Innenraum noch so sorgfältig gereinigt haben, die Kollegen von der Spurensicherung finden immer was.« Das war natürlich übertrieben. Wenn die Vogelkadaver in ihren Säcken auf eine Plastikfolie gelegt worden waren, würde sich nichts finden, aber er wollte einfach einmal kräftig auf den Busch klopfen. Und richtig …

»Das wird nicht nötig sein, ich –«

»Ja?«

»Gehen wir hinein und reden wir drinnen weiter«, bat der Doktor, der mittlerweile ordentlich schwitzte.

»Wenn's hilft.«

Sie setzten sich ins Wohnzimmer. Von der Frau war nichts zu sehen. Hawelka sah sich in dem Raum um. Modern, viel helles Holz und Glas, blankes Parkett, ein stylisher Kachelofen mit Sichtluke, große Fenster, eine halb offene Terrassentür, draußen Liegen, um die Septembersonne zu genießen. Alles sehr geschmackvoll. Und der Jaguar vor der Tür … Die leben nicht schlecht, dachte er.

Krucka, der ihm nun gegenübersaß, hatte seinen Blick bemerkt. Er deutete auf die schlichten, aber sicher teuren Möbel, nickte und sagte mit leiser Stimme: »Ich komme aus armen Verhältnissen. Meine Mutter war krank, schwer krank … Jetzt bin ich reich. Schwerreich. Erfolgreich. Hab ein schnelles Auto, ein großes Haus, eigentlich alles, was man sich wünschen kann.«

Eine Frau hat er auch noch nebenbei, aber die muss man ja nicht extra erwähnen, dachte Hawelka. Die Rede des Doktors kam ihm so künstlich vor, als wäre sie ein einstudierter Monolog. Vielleicht aus einem Arztroman?, überlegte er. Sein Gegenüber hätte auch gut in die Verfilmung eines Arztromans gepasst, ein Mann, den Frauen anziehend finden. Jetzt allerdings ein wenig aus der Fassung.

»Ich bin stolz auf das alles, weil ich es mir selbst geschaffen habe. Vermutlich hat die Krankheit meiner Mutter meine Berufswahl beeinflusst, aber nicht jeder Arzt wird erfolgreich. Ich schon.«

»Gratuliere.«

»Ja, aber etwas fehlt mir.«

Hawelka tat ihm nicht den Gefallen nachzufragen. Er lehnte sich gemütlich zurück und praktizierte die schierhubersche Methode*.

»Wir sind zugezogen, ich habe hier keine große gesellschaftliche Bedeutung und kaum einflussreiche Freunde, wenn Sie

* Durch bedeutungsvolles Schweigen wird das Gegenüber so lange verunsichert, bis es praktisch zu jedem Geständnis bereit ist.

verstehen, was ich meine. Ich bin Oberarzt, aber für eine Stelle als Primar oder als Leiter eines Krankenhauses braucht es eben ein bisschen mehr als zufriedene Patienten nach einer Siebzig-Stunden-Woche.«

Jetzt klingt es schon ein bisschen weniger einstudiert, auch wenn man den Text wahrscheinlich von jedem Spitalsarzt dreimal die Woche hören kann, dachte Hawelka.

»Ich habe den Jagdschein gemacht und mich sozusagen um die Aufnahme bei den ›Jagdfreunden‹ beworben. Das ist eine … lose Gemeinschaft passionierter Jäger. Einige von ihnen sind sehr einflussreich.« Er warf Hawelka einen prüfenden Blick zu. Dieser schierhuberte immer noch vor sich hin.

»Geld alleine genügt nicht. Sie müssen eine Art Einladung oder sagen wir Empfehlung von zwei Mitgliedern haben. Nach ein paar Monaten hatte ich die – den einen habe ich im Krankenhaus erfolgreich operiert, da war er natürlich gerne bereit, und den anderen haben wir öfter eingeladen, und anscheinend hat er uns sympathisch gefunden. Aber für die Ernennung zum Mitglied gibt es da noch eine Hürde. Es ist eine Art Aufnahmeprüfung: der Streich.«

Streich?, dachte Hawelka. Soll das heißen, das Ganze war ein Streich, der aus dem Ruder gelaufen ist? Spielen die »Jagdfreunde« neben der Jägerei gerne Max und Moritz?

»Es gibt nur drei Regeln für den Streich. Erstens: Es muss illegal sein. Das ist eine Vertrauenssache. Man liefert sich sozusagen den ›Jagdfreunden‹ aus, macht sich dadurch erpressbar. Zweitens: Es muss trotzdem nützlich sein. Drittens: Es muss mit dem Waidwerk zu tun haben. Das sind die Regeln. Und, na ja, man darf sich natürlich nicht erwischen lassen.«

Hawelka überlegte, ob es jetzt an der Zeit war, den anderen ein wenig aufzumuntern und die Methode durch ein »Hm« oder »Aha« aufzuweichen. Die Frage ist nur, warum er mir das alles so bereitwillig erzählt, dachte er.

»Meistens schießen die Kandidaten einen streunenden Hund, der das Wild verschreckt, in Kärnten hat einmal einer einen Bären geschossen, der großen Schaden angerichtet hat.

Ein Wolf war auch schon einmal dran. Ab und zu ein Wilderer, na und so weiter, halt, was gerade da ist. Aber ich bin ehrgeizig, und ich wollte etwas Besonderes leisten. Seit einigen Jahren nimmt hier in der Gegend die Rohrweihenpopulation in einem Ausmaß zu, das für die Hasen und die Fasane eine ernst zu nehmende Gefahr darstellt.«

Hawelka sagte nichts, gestattete sich aber ein leichtes Nicken. Nicht als Zustimmung, sondern zum Zeichen, dass er verstanden hatte.

Der Doktor schien zu überlegen, ob er das Thema noch weiter ausführen sollte, zuckte dann mit den Schultern und fuhr fort: »Jedenfalls hab ich innerhalb von drei Wochen siebenunddreißig von ihnen geschossen, das muss mir erst einmal einer nachmachen. Die Vogelleichen hab ich mit nach Hause genommen und hinten im Stadl* gesammelt. Ich wollte vierzig beisammenhaben und dann dem Aufnahmekomitee präsentieren: ›Ali Jaga und die vierzig Räuber‹.«

»Räuber?«

»Die Rohrweihen sind Raubvögel. Trotzdem ist ihr Abschuss illegal. Ich hätte den Streich optimal ausgeführt und wäre mit Handkuss aufgenommen worden.«

»Und der Kramer?«

»Wer?«

»Na, das Mordopfer, die Leiche!«

»Ach so, ja, natürlich, der Tote …«

»Hat er Ihnen mit Anzeige gedroht, oder war das auch eine Aufnahmebedingung bei den ›Jagdfreunden‹?«

»Was? Nein! Ich kenn den Mann überhaupt nicht! Das heißt, ich *kannte* ihn nicht. Ich meine, bis auf das, was in der Zeitung steht. Und dass rund um den Toten Vogelleichen gelegen sein sollen, das hab ich auch nur aus der Gerüchteküche, aber irgendwie könnte ich es mir schon vorstellen, dass das stimmt. Weil warum sollte mir sonst jemand meine toten Rohrweihen stehlen?«

---

* Stadl: Scheune.

Hawelka lehnte sich zurück und brach in Gelächter aus. Nicht weil er die Sache lustig fand, sondern weil sie das oft genug bei anderen Verhören geprobt hatten und weil es ihm mittlerweile in Fleisch und Blut übergegangen war. Auch wieder so eine Sache, die sie ein erfahrener Ermittler im Kurs für Vernehmungen gelehrt hatte. Egal, ob man eine Geschichte glaubte oder nicht, egal, ob sie lustig war oder nicht, wenn man es für sinnvoll hielt, eine Aussage anzuzweifeln, oder sie zumindest noch einmal bestätigt haben wollte, lehnte man sich zurück, breitete die Arme aus und lachte dem Gegenüber herzlich, fast schon bewundernd ins Gesicht. Der damit ausgedrückte, aber nicht ausgesprochene Text lautete ungefähr: »Also, mein Lieber, alle Achtung, für so viel Phantasie muss ich dich ehrlich bewundern. Was du dir alles ausdenken kannst! Bravo! Find ich echt großartig. Wirklich! Aber du glaubst doch nicht im Ernst, dass ich das für bare Münze nehme, oder? Das war ein Scherz. Ein Späßchen von dir. Sicherlich, ein gelungenes Späßchen, und ich habe ja auch sehr gelacht.«

Hawelka lachte dem Arzt eine gute halbe Minute ins Gesicht, bis er merkte, dass der andere die Botschaft verstanden hatte, dann sagte er: »Wir müssen langsam zurück zur Sache kommen, denn dazu sind wir hier.«

»Hören Sie, ich weiß, dass das angesichts der Tatsachen ein bisschen komisch klingt, aber die Vögel wurden –«

»Kennen Sie das Schuhgeschäft am Retzer Hauptplatz?«

»Wie bitte?«

»Wo waren Sie in der Nacht vom 15. auf den 16. September?«

»Was?«

»Haben Sie die Schuhverkäuferin noch im Wagen verbunden?«

»Wen?«

»Womit haben Sie geschossen?«

»Ich versteh nicht … Die Vögel?«

»Egal, wir werden die Blutspuren auch so nachweisen können, selbst wenn es sich nur um einen Streifschuss beim Knie handelt.«

»Was für ein Streifschuss?«

»Haben Ihnen die ›Jagdfreunde‹ Geld gegeben?«

»Geld? Aber wofür denn?«

»Oder war es eine persönliche Sache zwischen Ihnen und Kramer?«

»Nein, es war gar nichts!«

»Also doch im Auftrag der ›Jagdfreunde‹!«

»Nein. Nein! Hören Sie, ich –«

»Also was jetzt? Etwas Persönliches oder etwas im Auftrag? Sie müssen sich entscheiden!«

»Ich habe nichts damit zu –«

»Warum eigentlich ausgerechnet die Frau aus dem Schuhgeschäft?«

»Was?«

»Warum ist sie mit in den Keller? Hat sie gewusst, dass Sie beabsichtigen, Gubiani und uns umzubringen?«

»Wer? Umbringen? Gubiani?«

»Wissen Sie, dass die Rathauskamera praktisch den ganzen mittleren und unteren Hauptplatz überwacht?«

»Ich ...«

Hawelka war relativ zufrieden mit dem Verlauf der Befragung. Er erhoffte sich keine Antworten und keine Details. Ziel war es einfach, den Befragten in totale Verwirrung zu stürzen und sein möglicherweise gut vorbereitetes Lügenkonstrukt zum Einstürzen zu bringen. Die von Hawelka im Maschinengewehrtempo vorgebrachten kreuz und quer geschossenen Fragen ohne bestimmte Methode und ohne dem anderen Zeit zum Nachdenken zu geben, sorgten schon für erste Risse im Schutzpanzer.

»Wo sind die Vögel jetzt?«

»Ich weiß es nicht. Sie wurden –«

»Haben Sie die Schrotflinte hier, mit der Sie Kramer in die Brust geschossen haben?«

»Ich hab ihn nicht –«

»Warum zuerst die Alkoholvergiftung? Haben Sie ihm reinen Alkohol gespritzt?«

»Ich?«

»Ich muss Sie ersuchen mitzukommen, Herr Dr. Krucka.«

»Die Rohrweihen wurden mir gestohlen! Warum glauben Sie mir nicht? Jeder hätte sie aus dem Stadl nehmen können. Und meine Frau kann bezeugen, dass ich in der bewussten Nacht –«

»Und die Frau aus dem Schuhgeschäft? Wo hat sie sich ihre Schussverletzung zugezogen?«

»Die Frau aus dem … Ah! Die mit der hellen Strähne in den Haaren? Die Kostümbildnerin?«

»Kostümbildnerin?«

»Eine Verrückte! Die hat eine Showtruppe. Tanz, Klamauk, Modeschau. Sie näht über hundert Kostüme für so eine Show, macht Choreografien, tanzt selber und führt Regie.«

»Und warum war sie im Keller?«

»Ich hab keine Ahnung, wovon Sie reden, sie hat keine Schussverletzung, sondern ein kaputtes Knie von einem Sturz beim Tanzen. Ich hab sie behandelt, ich muss es doch wissen.«

»Wer wusste überhaupt, dass Sie für Ihren Streich tote Rohrweihen sammeln?«

»Ich weiß nicht! Der … die … meine Frau, der Mayerhofer, das ist ein Jagdfreund, der mich einmal ›erwischt‹ hat, wie ich drei in den Lada gepackt habe, dem hab ich meinen Plan dann erzählen müssen, keine Ahnung, wem er es noch gesagt hat. Ich … weiß nicht, anderen Jagdfreunden vielleicht? Vielleicht sogar der Gutsherrin oder dem Kerschbaum. Na ja, und der Gubiani, der war –«

»Moment!«, unterbrach Hawelka. Was war das eben gewesen. Wo hatte er den Namen schon einmal gehört? »Kerschbaum? Gubiani? Wer ist Kerschbaum, und woher kennen Sie Gubiani?«

»Kerschbaum heißt der Bürgermeister von Schrattenthal, und Gubiani wohnt drei Häuser weiter. Er ist sozusagen das Faktotum von Kleinriedenthal und Umgebung. Ein Verrückter, könnte man meinen! Weiß alles, macht alles, kann alles, ist überall. Aber ein erstklassiger Kerl, eine Seele von einem Menschen, wie man so sagt. Hat uns geholfen, wie wir hier umbauen haben lassen, hält unseren Garten in Schuss, malt aus.«

»Und er hat von den Vogelkadavern gewusst?«

»Ich schätze schon, er war öfters hier, auch hinten im Stadl – nein, Moment, ich hab ihm ja selber vom Streich erzählt, aber da hab ich erst einen Vogel gehabt, das war ein Versehen, hab ihn mit einem Rebhendl verwechselt. Genau, da bin ich erst auf die Idee gekommen, wie mein ›Streich‹ aussehen wird.«

»Und Ihre Frau kann bestätigen, dass Sie in –«

In diesem Moment läutete Schierhubers Dritthandy in Hawelkas Tasche. Es war der Vorbesitzer selbst.

»Wir haben sie«, verkündete wortgewaltig der Zwettler. Dann legte er auf.

## Löwinnenhöhle

Der Schriftsteller sah endlich so aus, wie er sich selbst schon immer gerne gesehen hatte: bleich, hohlwangig, mit fieberglänzenden Augen, innerlich zerrissen, durch seine hohe Empfindsamkeit ständig am Rande des Nervenzusammenbruchs balancierend und nur durch einen Irrtum des Schicksals immer noch am Leben (wenn auch schon an der Schwelle zum Jenseits). Ein Opfer durch und durch.

Er besaß nicht das Unterfutter von Hawelka und das von Schierhuber schon gar nicht, weshalb ihm die letzten dreißig Stunden in der kühlen Kellerröhre überhaupt nicht gut bekommen waren. Dass der Hornist und er von Gutsherrin und Bürgermeister aus einer exzessiven Zecherei gerissen worden waren, die auch ohne Kellerhaft für gewaltiges Unwohlsein gesorgt hätte, machte die Sache nicht besser.

»Sie beide werden sich bis auf Weiteres hier aufhalten und tun, wofür ich Sie schon viel zu lange bezahle. Schreiben und Komponieren!« Das waren die Worte der Gutsherrin gewesen, nachdem der Bürgermeister die beiden in die Kellerröhre des Presshauses gedrängt hatte, die nicht mit anderen Kellern verbunden war und daher einen Kerker bildete. Die Gutsherrin hatte ihnen zwei Kugelschreiber und ein paar Notizblöcke zugeworfen, der Keller war versperrt worden, und dann sahen sie dreißig Stunden nur mehr die beiden Glühbirnen, die sie nicht einmal abdrehen konnten, weil der Schalter draußen im Presshaus war. Aber an Schlaf war bei der Temperatur ohnehin nicht zu denken gewesen. An vernünftiges Arbeiten auch nicht, der Hornist hätte ein Klavier zum Komponieren benötigt und Merkenbrechter, nun ja, einen Schreibtisch, eine Schreibmaschine, ein warmes Zimmer, eine warme Mahlzeit, Ruhe, Ruhe, Ruhe und vor allem nicht die Gegenwart von Pongratz, der ihm mit einem wirren Geständnis die Ohren vollgejammert hatte.

Ebendieser Pongratz, ehemaliger Hornist und jetziger Komponist, sah bei Hawelkas Ankunft noch ein wenig schlimmer als der Schriftsteller aus. Sein Zittern hatte sich verstärkt, und es war nicht festzustellen, ob es von der Nervosität oder der Kälte herrührte. Seine beiden Veilchen und einige kleinere Beulen hingegen rührten eindeutig von Gubiani her.

»Ein Reflex in einer Ausnahmesituation«, hatte sich dieser anschließend bei Pongratz entschuldigt, und Schierhuber hatte gegrinst. »Ja, der alte Gubiani zahlt mit Zinsen«, erklärte dieser soeben Hawelka und betastete vorsichtig sein eigenes Gesicht. Sie saßen auf einem Tisch vor dem Presshaus in der noch warmen Septembersonne, um die beiden aufzutauen.

Hawelka begann seine Befragung sofort.

»Wer –«

»Die Gutsherrin!«

»Waru–«

»Sie wollte, dass wir endlich arbeiten.«

»Seit w–«

»Anderthalb Tage schon. Das ist gegen die Menschenrechte!«

»Wer von Ihnen hat Kram–«

»Niemand. Das heißt, ich nicht! Ich schwöre es. Für ihn würde ich meine Hand allerdings nicht ins Feuer legen.«

Hawelka wünschte wirklich, dass der Schriftsteller nicht jede seiner Fragen mit einer herausgeplatzten Antwort abgekürzt hätte.

»Wer hat uns –«

»Er war's! Er hat es mir selbst erzählt!«

Umsonst gewünscht.

»Waru–«

»Weil er sie beide aus dem Weg haben wollte, weil er geglau–«

»Ruhe! Sie sind jetzt nicht gefragt!«, brüllte Hawelka ansatzlos. Das war gar nicht seine Art, doch der überdrehte Schriftsteller ging ihm schwer auf die Nerven. Er bremste sich aber sofort wieder.

»Ich frage Sie, Herr Pongratz: Warum haben Sie meinen Kollegen und mich entführt, mit K.o.-Tropfen wehrlos gemacht und dann in einem Kellerlabyrinth zurückgelassen?«

Der Hornist sah kurz zu ihm hoch und richtete dann seinen Blick wieder ins Nirgendwo, er hatte die Arme um den Leib geschlungen und wiegte sich zitternd vor und zurück. Seine Veilchen waren immer noch im Anschwellen, während er seinen Mund zu einem immer schmaleren Strich zusammenpresste, wie um sich selbst daran zu hindern, Antwort zu geben.

»Kommen S', Herr Pongratz, jetzt reden S' schon, dann sind Sie's los«, probierte es Hawelka aufmunternd. Aber Pongratz schwieg. Schierhuber trat vor und legte ihm die Hand auf die Schulter, der andere schielte von unten zu ihm hoch, das Zittern schüttelte jetzt seinen ganzen Körper.

»Verhörstufe zwei?«, fragte Schierhuber und hatte aus unerfindlichen Gründen plötzlich eine Beißzange in der Hand. Sie musste im Presshaus herumgelegen sein und den Zwettler inspiriert haben. Richtige Verbrecher hätten sich von so einem Manöver nicht aus der Ruhe bringen lassen, aber weder der Hornist noch der Schriftsteller war ein Profi. Beide starrten die Zange mit schreckgeweiteten Augen an. Auch Gubiani schaute ungläubig.

»Stufe zwei?«, wiederholte Schierhuber seine Frage.

»Stufe zwei«, antwortete Hawelka resignierend und hoffte inständig, dass der andere tatsächlich nur bluffte.

»Das dürfen Sie nicht! Das ist Polizeigewalt, Folter, das ist gegen die Menschenrechte!«, schrie der Schriftsteller.

»Wir sind da im Weinviertel«, antwortete Schierhuber, als wäre damit jede Maßnahme zu rechtfertigen, und brachte die Beißzange dicht vor das Gesicht des Hornisten.

»Ich … es … es war eine Probe!«, stammelte dieser jetzt heiser.

»Ja, ja, eine Probe, er hat es mir selber erzählt, wie wir da im Keller gesessen sind. Alles hat er mir erzählt. Alles! Er ist krank, er –«

»Ich will es von ihm hören!«

»Ich bin nicht krank! Ich lebe für die Kunst. Es war ... Es ist wegen der Kunst. Man muss brennen! Nur dann gelingt –«

»Gut. Sie brennen für die Kunst. Alles gut und schön, aber jetzt sagen Sie mir, warum Sie uns eingesperrt haben und was das für eine Probe war, die –«

»Ich wollte das Rathaus einstürzen lassen.«

»Was?«

»Ich wollte das Rathaus einstürzen lassen.«

»Das große Haus auf dem Hauptplatz? Einstürzen lassen?«

»Ja.«

»Wieso?«, fragte Hawelka, aber Gubiani schien etwas anderes zu beschäftigen.

Er mischte sich ein: »Da, wo du die zwei eingesperrt hast, bist du über hundert Meter vom Rathauskeller weg, und der Raum mit der Heizkanone, der ist auch dort, nur ein unterirdisches Stockwerk darüber, da kannst du das Rathaus nicht einmal kitzeln!«

»Ich weiß. Das war ja die Probe. Ich habe feststellen wollen, wie lange das Austrocknen dauert, wie lange man braucht, bis ein Keller einstürzt. Das Rathaus sollte ja erst bei der Uraufführung in sich zusammenfallen.«

»Was?«*

»Ja, bei der Uraufführung, auch wenn die erst in ein, zwei Jahren stattfindet. Er hat jetzt schon geprobt, wie er ein Gebäude einstürzen lassen kann, indem er unter den entscheidenden Ankerpunkten im Fundament den Boden nachgeben lässt. Er hat es mir erzählt, er hat es mir gestanden! Ich ...«

»... bin jetzt ein bisschen ruhig«, vollendete Schierhuber drohend und hielt Merkenbrechter die Beißzange vor die Nase.

»Der Raum, der ausgetrocknet wird, ist unter einem Hinterhofhaus in der Klostergasse. Es wäre kein großes Aufsehen gewesen, wenn das Haus einstürzt. Und ich hätte dann gewusst,

* Hawelkas Fragen waren ein wenig simpel, aber er war einfach überfordert.

wie lange es dauert und wann ich meine Vorbereitungen treffen muss. Die Uraufführung der »Hussiten in Retz« wäre in die Geschichtsbücher eingegangen. Weil mit dem letzten Akkord und dem letzten Paukenschlag wäre das Retzer Rathaus in sich zusammengestürzt. Es gibt Berechnungen, es sind nur zwei bestimmte Kammern unter dem Erlebniskeller. Wenn die zusammenfallen, dann fällt auch der öffentliche Keller in sich zusammen, das Fundament gibt nach, das Rathaus rutscht ab, dadurch ist die Statik nicht mehr gegeben, der Turm neigt sich, fällt auf die Vorderfront, das ganze Gebäude kracht zusammen!«

Der Hornist hatte sich in sein Geständnis hineingesteigert, war immer lauter, immer leidenschaftlicher geworden und wäre sicher auch aufgesprungen, wenn ihn Schierhubers Hand auf der Schulter nicht fest auf seinen Sitz gepresst hätte.

»Sie haben geprobt? Geprobt für einen Anschlag auf das Rathaus?«

»Schon seit Wochen.«

»Und uns haben Sie in den Keller darunter gebracht, um was genau zu proben?«

»Ich … es musste doch … ich musste prüfen und probieren … wie es sich anfühlt, wenn … wenn man alles aufgibt, alles, für das Werk, alles für die Zwölftonmusik! Es gibt keine Moral, es gibt kein Richtig oder Falsch, wenn man sich ganz einer großen Sache verschreibt! Keine Kompromisse!«

»Deshalb haben Sie beschlossen, zwei Menschen zu töten und –«

»Vier! Vier Menschen!«, rief Gubiani aus. »Vergessts nicht, dass er den Reporter und mich auch lebendig begraben hat wollen!«

»Das war nicht gewollt, ihr beide hattet da nichts verloren, die ganze Sache wäre aufgeflogen!«

»Aber uns beide«, sagte Hawelka gezwungen ruhig, »uns haben Sie in vollem Bewusstsein als Versuchskaninchen ausgewählt.«

»Die Gutsherrin hat gesagt, dass Sie herumschnüffeln, dass

Sie Unruhe stiften, dass Sie … ich habe gedacht, wenn Sie die Gutsherrin verhaften, dann wird das Projekt scheitern.«

»Warum sollten wir die Gutsherrin verhaften?«

»Ich … weiß nicht.«

»Weil sie Kramer erledigt hat? Oder den Auftrag dazu gegeben hat? Oder hat die Gutsherrin tatsächlich nichts mit dem Tod von Kramer zu tun, weil Sie ihn umgebracht haben? War das auch eine Probe? Wollten Sie da auch ausprobieren, wie es sich anfühlt?«

»Nein, nein, mit dem Kramer hab ich nichts zu tun!«

»Lüge!«, schrie Gubiani. »Du warst es!« Er wandte sich an Hawelka. »Der ist doch wahnsinnig, dem kommt es auf einen Toten mehr oder weniger nicht an, wahrscheinlich hat der Kramer einmal was gegen die Zwölftonmusik gesagt, und zack, hat er ihn erschlagen.«

»Der Kramer ist nicht erschlagen worden«, warf Schierhuber der Ordnung halber ein.

»Wurscht! Er hat ihn –«

»Nein! Ich lüge nicht«, wimmerte der Hornist.

Das Schierhuber-Zweithandy läutete. Hawelka meldete sich. Es war die Berlakovic.

»Ah! Bei Frauen dauert's immer ein bisschen länger, wenn sie eine kurze Auskunft einholen, gell, Herta«, rief Hawelka gut gelaunt in den Hörer. Das Teilgeständnis des Hornisten hatte ihn euphorisch gestimmt.

»Passiert ist was!«

»Jetzt? Schon wieder?«

»Der Erzherzog hat mich angerufen. Ihr … Wir sollen sofort zu ihm kommen.«

»Und wo ist er?«

»Auf dem Gutshof in Schrattenthal.«

»Okay. Hast du was herausgefunden? Über die Stephansdom-Connection? Wir haben in der Zwischenzeit den Fall praktisch gelöst, nur noch ein paar Kleinigkeiten.«

»Na ja, wie man's nimmt. Am besten, ihr kommts einmal her«, antwortete die Berlakovic.

»Okay, wir brauchen ohnehin seinen Segen, dass wir jetzt offiziell ermitteln dürfen. Sepp, wir holen die Herta und fahren zum Gutshof.«

»Und was machen wir mit denen?« Schierhuber deutete auf Schriftsteller und Hornist.

»Wir nehmen sie mit«, entschied Hawelka. Kurze Zeit später saßen Merkenbrechter und Pongratz in Handschellen auf der Rückbank des Corsas.

»Sepp, holst du die Herta ab? Das Kramer-Haus liegt eh am Weg.«

»Wird gemacht.«

Hawelka fuhr los, und Schierhuber eilte zu seinem Wagen. Gubiani, der unbedingt mitfahren wollte, lief neben ihm her, wobei er in einem fort schwatzte.

»Jetzt habts ihn. Bravo. Der kommt euch nicht mehr aus. Ein echter Wahnsinniger. Das hätt ich mir auch nicht gedacht. Alles wegen seiner komischen Oper. Aber die Idee ist nicht schlecht. Beim Finale fällt das Rathaus zusammen. Da hätten die Leute g'schaut, haha.«

Der Benz war gute dreihundert Meter entfernt geparkt. Wegen des Weinlesefestes waren viele Straßen gesperrt, in diesem Fall unglücklicherweise genau eine, die den Schierhuber-Wagen auf die Seite verbannte, von der aus man Schrattenthal nur durch einen kilometerlangen Umweg erreichen konnte.

»Wir müssen da rüber.«

Das war leichter gesagt als getan, da in der Zwischenzeit der Umzug begonnen hatte. Der Höhepunkt jedes Weinlesefestes ist ja ein Corso bunt geschmückter Wagen, beladen mit Dirndln und Trauben, dazwischen frohes Jungvolk, Musik, Blumen und Tänzerinnen.* Zwischen den Zuschauern beiderseits der Straße schoben sich die einzelnen Gruppen mit ihren Fahrzeugen dicht hintereinander in Richtung Hauptplatz, wo die große Ehrentribüne stand, auf der die Kommission und allerlei Prominenz die Show verfolgten.

---

* Ungefähr wie beim Karneval in Rio, mit kleinen Abstrichen ...

»Keine Chance«, sagte Gubiani, »wir müssen außen rundum fahren.«

»Ah geh …«

Später erinnerte sich Gubiani an jedes Detail, an jedes der entsetzten Gesichter, sogar an einzelne Falten im Kostüm des Mädchens in der ersten Reihe. Er würde dieses Detail nie vergessen, obwohl alles nur Sekunden dauerte.

Hinter einem Traktor, von dessen Anhänger herab Sturm* ausgeschenkt wurde, kam eine Tanzgruppe, die als lebende Achterbahn auftrat. Alle hatten die Karosserie eines Achterbahnwägelchens umgehängt und bewegten sich synchron zum behaupteten Verlauf der Strecke. Sprich, wenn die Steilkurve sich nach links zog, legten sich alle schräg nach links, wenn es hinunterging, schoben alle das Becken vor, lehnten den Oberkörper zurück und beugten den Kopf mit aufgerissenen Augen und Mund nach unten, kreischten und so weiter. Das Besondere war, dass sich das Ganze wellenförmig abspielte, die Ersten fuhren natürlich voraus und kippten zuerst nach rechts, dann folgten die mittleren, dann die hinteren Reihen. Als Schierhuber die Lücke zwischen dem Anhänger und den ersten beiden Mädchen der Achterbahn ausnutzte und aufs Gas stieg, kreischten nicht nur die Mädchen, sondern auch alle Zuschauer, wodurch die Aufmerksamkeit der gut fünfzig Meter entfernten Ehrengäste auf der Tribüne ebenfalls geweckt wurde.

Der Benz schoss quer über die Straße. Die erste Achterbahnwagenreihe stoppte auf den Fußballen, mit schreckgeweiteten Augen, gerade noch vor dem Vornüberkippen, mit heftig rudernden Armen, um das Gleichgewicht zu halten. Die zweite Reihe drohte aufzulaufen, war aber diszipliniert genug, die Änderung in der Choreografie durch zeitverzögerte Kopie der Bewegung ihrer Vorderreihe wiederzugeben, dann die dritte, die vierte und so fort. Heftiger Applaus brandete auf.

---

* Sturm: Traubenmost, der bereits zu gären begonnen hat und je nach Fortschritt des Prozesses leicht bis stark alkoholisch ist. Er schmeckt ein wenig säuerlich und macht bei ordentlicher Dosierung Abführmittel praktisch überflüssig.

Später, bei der Siegerehrung, begründete die Jury die Wahl der Gruppe »In nomine Instituti« zu den Siegern des Festumzuges mit der »besonders originellen, gefährlich aussehenden und sicherlich oft geprobten Show-Einlage mit dem Beinaheunfall«.

Aber als diese Siegerehrung in Retz stattfand, hatte das Drama in Schrattenthal schon längst seinen Lauf genommen. Eine gute Stunde davor raste Schierhuber durch die Stadt.

»Bist du wahnsinnig?«, stöhnte Gubiani. »Das war … Hast du gesehen, wie knapp das war? Die Kleine in der ersten Reihe hat schon am Wagen gekratzt!«

»Ah, das tut dem nichts, der hält schon was aus.«

»Ja, aber sie nicht! Ich meine, das war echt lebensgefährlich!«

»Aber nein, ich hab gesehen, dass sich das ausgeht. Augen hab ich immer schon ganz gute gehabt.«

Sie erreichten das Haus der Kramers, vor dem die Berlakovic schon auf dem Gehsteig wartete. Sie war aber nicht alleine.

Als Hawelka das Haupthaus des Gutshofes betrat, drang eine Menge unschöner Worte aus dem Wohnzimmer. Sie waren durchwegs unterhalb der Gürtellinie angesiedelt, und manche davon taten ihm fast körperlich weh. Außerdem wehrte sich irgendetwas in ihm, und er mochte nicht akzeptieren, dass diese Worte gegen seinen Vorgesetzten gerichtet waren, der für ihn irgendwie … unantastbar gewesen war. Schlimm genug, dass der Erzherzog überhaupt hier war! Hawelka hätte dieses Zusammentreffen liebend gerne vermieden. Also hielt er sich zunächst im Hintergrund, nicht mehr im Vorhaus, schon im Wohnzimmer, aber durch den seitlichen Eingang hinter dem Kachelofen verborgen. Seine kostbare Fracht hatte er im Corsa eingesperrt, außerdem waren die Künstler immer noch mit Handschellen gefesselt. Dass der Erzherzog das Ziel der verbalen Attacken war, hatte Hawelka vor allem daraus geschlossen, dass die Gutsherrin zunächst nach jedem ihrer Halbsätze, bald jedoch nach jedem zweiten Kraftausdruck ein

»Zauner« hinterherzischte. Sie betonte das Wort, als handle es sich um etwas sehr Ekeliges.

»Ich habe Verbindungen, die du dir nicht einmal vorstellen kannst – Zauner! Weil du ein dummer Beamter bist, der schon längst in Rente gehen sollte, Zauner! Du bist ein …* Zauner! Ein … bist du, Zauner! Du … Zauner!«

»Ja, ja, is schon gut, jetzt wissen wir's dann, beruhig dich wieder.«

Hawelka war fassungslos. War das Zauner gewesen? Der Erzherzog? Hatte er diese Antwort gegeben? Hawelka musste es erfahren! Er trat ein wenig vor, gerade so viel, dass er ums Eck spähen konnte. Unwillkürlich schnappte er nach Luft.

Der Erzherzog saß völlig entspannt in einem Lehnstuhl und betrachtete versonnen das Whiskyglas in seiner Hand. Ein Bein hatte er lässig über das andere geschlagen und wippte sachte mit dem freien Fuß.

»Es freut mich, dass du dir trotz deines – wie sagt man? – sozialen Aufstieges zur ›Gutsherrin‹ ein paar liebe Worte aus der guten alten Zeit behalten hast. Einige von denen hab ich schon lang vergessen gehabt, ich glaub, die waren in gewissen Etablissements eine Zeit lang recht beliebt.«

Die Gutsherrin verlor ein wenig die Contenance und warf einen Gegenstand nach dem Erzherzog, verfehlte ihn allerdings weit.

»Du … sitzt blöd in meinem Haus herum, säufst meinen Whisky und glaubst, dich in Retzer Angelegenheiten mischen zu können!«

»Es ist nicht meine Manier, dass ich mich unrechtmäßig bereichere. Ich werde dir dann einen angemessenen Betrag dalassen, der den tatsächlichen Wert der Konsumation deutlich übersteigen wird. Und diese Überbezahlung ist übrigens in den vorher angesprochenen gewissen Etablissements auch üblich, aber das weißt du ohnehin, ›Frau Gutsherrin‹.«

Das Interessante war, dass der Erzherzog das Wort »Guts-

* Der Anstand verbietet uns, diese Ausdrücke zu wiederholen.

herrin« ungefähr ebenso angewidert aussprach wie sie zuvor »Zauner«. Ansonsten sprach er in einem lockeren Plauderton, den Hawelka bei ihm nie zuvor gehört hatte. Die Wortwahl war dieselbe, auch der Sarkasmus war geblieben, aber seine schneidende Stimme setzte er hier nicht ein, und auch die Lautstärke hatte er auf Zimmerlautstärke heruntergeschraubt. Für ihn schien das eher ein scherzhaftes Geplänkel unter alten Freunden zu sein. Die Gutsherrin sah das anders.

»Schleich dich aus diesem Haus, Zauner, du ... Oder ich hol ein Gewehr und schieß dir ... die ... ab! Aber da tu ich mich schwer, weil du ... hast ja gar keine!«

Vielleicht ist es Zeit für ein bisschen Deeskalation?, dachte Hawelka und trat vor.

»Grüß Gott. Stör ich eh nicht?« Die Gutsherrin warf ihm nur einen kurzen Blick zu.

»Natürlich stören Sie!«

»Hawelka, Sie sind ein bisserl schwer zu erreichen gewesen, und das werden wir in aller Ruhe besprechen müssen«, meinte der Erzherzog süffisant, »aber vielleicht haben Sie ja was Wichtiges zu erledigen gehabt, beim Heurigen oder beim Weinlesefest oder im Wirtshaus, da bleibt einem natürlich keine Zeit, sich bei seinem Vorgesetzten zu melden.«

»Ich war verhindert, wir sind sozusagen ... gekidnappt worden.«

»Bravo, Hawelka! Sie und der Zwettler Lack'l lassen sich also in Retz kidnappen. Auch da werden wir drüber reden müssen. Aber eines sag ich Ihnen vorab. Sie ermitteln hier jetzt offiziell, und das schon seit ein paar Tagen – das Amtshilfeersuchen hab ich da in der Tasche.«

»Ja, darüber wollte ich eh mit Ihnen reden, Herr Hofrat.«

»Wenn Sie sich unterhalten wollen, dann tun Sie das draußen auf der Straße und nicht in meinem Haus«, bellte die Gutsherrin Hawelka an. »Nehmen Sie diesen ... diesen ...«

»Exmann«, assistierte Zauner ungerührt.

»... Exmann mit hinaus, dass ich ihn nie wiederseh! Das wird eine Dienstaufsichtsbeschwerde, ich habe meine Beziehungen, und ich werde dafür sorgen, dass man dich in Rente schickt, Zauner! Aber unfreiwillig und unehrenhaft, du …«

Hawelka sah den Erzherzog an, dann die Gutsherrin und dann wieder den Erzherzog. Hatte er richtig gehört? Exmann? Wer? Zauner?

»Ja, Hawelka, Sie hätten es sowieso im weiteren Verlauf erfahren. Aber jetzt würd ich gerne erfahren: Was haben Sie? Wo stehen wir? Und was gedenken Sie zu tun?«

Der Erzherzog hatte seinen Plauderton beibehalten, höchstwahrscheinlich um die Gutsherrin damit zur Weißglut zu treiben. Es gelang ihm nicht schlecht. Ihr Gesicht hatte vor Wut einen grünlich fahlen Ton angenommen.

»Wir haben einen Arzt, der angeblich illegal Rohrweihen erlegt hat, weil er angeblich eine Art Aufnahmeritual bei den ›Jagdfreunden‹ bestehen wollte.«

»Schön, Hawelka«, meinte der Erzherzog beifällig.

»Schwachsinn!«, blaffte die Gutsherrin.

»Wir haben jemand, der diesem Arzt angeblich die toten Vögel gestohlen und dann rund um die Leiche aufgelegt hat.«

»Aha.«

»Angeblich!«

»Wir haben einen Herrn Gubiani, der diese Kadaver angeblich im Retzer Keller gefunden und uns dann gezeigt hat. Das heißt, gezeigt hat er sie uns wirklich. Ob er sie tatsächlich nur gefunden hat, ist nicht so sicher.«

»Soso.«

»Wir haben mindestens zwei Personen, die uns, also den Kollegen Schierhuber, den Herrn Gubiani und mich, in diesem Keller unter Beschuss genommen und, als wir sie daraufhin verfolgten, die Vögel an sich gebracht haben.«

»Mhm.«

»Diese Personen haben einen dunklen Geländewagen benutzt, wie ihn zum Beispiel ein Herr Kerschbaum, der Bürgermeister von Schrattenthal, besitzt. Dieser ist einer der führenden ›Jagdfreunde‹ und verkehrt oft in diesem Haus.«

»So was!« Der Erzherzog klang immer spöttischer.

»Dunkle Geländewagen gibt es unzählige«, zischte die Gutsherrin.

»Und was weiter, Hawelka?«

»Wir haben zwei Verdächtige, das heißt, ich habe sie, nämlich in Handschellen draußen im Wagen, die angeblich auf Befehl von Ihnen, gnädige Frau, vom Bürgermeister in einer Kellerröhre eingesperrt waren.«

»Na, sehr schön, ›Frau Gutsherrin‹.«

»Lüge!«

»Einer dieser Verdächtigen hat einen Anschlag auf das Retzer Rathaus geplant. Er wollte es einstürzen lassen, indem er die Keller darunter austrocknet, bis der Sand nachgibt.«

»Kein feiner Zug von ihm.«

»Ja. Um die Sache richtig anzugehen, hat er die Aktion probiert, soll heißen, er hat schon seit Wochen einen anderen Keller unter einem Hinterhofhaus ausgetrocknet. Die Anlage haben der Kollege Schierhuber und ich selbst gesehen. Zuvor hat er uns allerdings mit Hilfe von K.o.-Tropfen gekidnappt und in ein Labyrinth darunter gebracht, wo er uns durch den einstürzenden Keller begraben wollte.«

»Auch nicht nett.«

»Er sagt, er hat Angst gehabt, dass wir das Projekt gefährden.«

»Welches Projekt?«

»Eine Oper: ›Die Hussiten in Retz‹. Der Mann ist Komponist und ehemaliger Hornist, der andere Mann im Wagen ist Schriftsteller. Beide sollten im Auftrag dieser Dame hier die Oper schreiben. Als Höhepunkt hat er den Rathauseinsturz geplant.«

»Na ja, ein richtiger Künstler halt«, stellte der Erzherzog fest.

»Ich glaube, er ist – verwirrt.«

»Ah ja, so sagt man jetzt zu die Depperten. Was hamma noch?«

»Wir haben drei Schwestern. Diese Dame hier –«

»Das können S' weglassen, diese Frau hat sich vor ein paar

Jahren, bald nach unserer Trennung, den ›Herrn Gutsherren‹ geangelt, und der hat nicht so viel Glück gehabt wie ich, der hatte nach kurzer Ehe einen Unfall, und seither ist meine Ex eine ›Frau Gutsherrin‹, aber sicher keine Dame«, raunzte der Erzherzog.

Die Dame selbst stand kurz vor der Explosion, sagte aber nichts.

»Ja, also, sie ist die Schwester der Witwe des Ermordeten, und dann haben die beiden noch eine Schwester, die wiederum mit dem Herrn Gubiani – na ja, mindestens gut befreundet ist.«

»Ist das die, über die du, ›Frau Gutsherrin‹, schon früher nur abfällig geredet hast?«

»Ich rede nicht mit dir, Zauner, du …!«

»So, Hawelka«, begann der Alte, ohne die Frau zu beachten, »wenn S' mir jetzt auch noch sagen, wer den Kramer umgebracht hat, dann können wir den Fall abschließen, den Niederösterreichern einen feschen Schlussbericht überreichen und: Habt acht, rechts um, marsch, ab nach Hause. Also?«

»Also, das ist noch nicht hundertprozentig klar, wir müssen den Hornisten, also den Herrn Pongratz, noch einmal –«

»Das wird gar nicht nottun«, sagte Schierhuber, der in diesem Moment eintrat. Ihm folgte eine kleine Karawane. Die Berlakovic, die Witwe Annemarie Kramer und schließlich Gubiani, der intensiv auf die Kramer einflüsterte.

Die Berlakovic trat neben Schierhuber und sagte: »Die Frau Kramer wird aussagen.«

»Aber nein«, jammerte Gubiani und fuchtelte abwehrend mit den Händen. »Sie will nicht aussagen, sie will einen Anwalt. Weil das ein Missverständnis ist, gell, Annamirl, ein ganz großes Missverständnis, da hat die Herta was falsch verstanden, das ist –«

»Da hat es früher einen schönen Spruch gegeben in der Werbung: ›Mach mal Pause, Coca-Cola‹, und das sag ich jetzt auch: Mach mal Pause!« Der Erzherzog hatte mühelos von seinem vorigen Plauderton in den Kasernenhofmodus geschaltet. Gubiani verstummte.

»Vielleicht setzen Sie sich erst einmal nieder, Frau Kramer, und die anderen stehen auch nicht herum wie der Ochs vorm neuen Tor, sondern suchen sich was zum Si–«

»In meinem Haus fordere ich zum Sitzen auf und nicht du, Zauner, du …!«*

»Also dürfen wir uns nicht setzen?« Die Witwe Kramer hatte sich bis jetzt im Hintergrund gehalten. Aber nun war sie an Schierhuber vorbeigegangen und deutete fragend auf einen freien Platz am Tisch. Die Gutsherrin, die mitten im Raum stand, starrte sie an wie ein Gespenst. Sie schien zusammenzusacken, blieb allerdings stehen.

»Setz dich«, sagte sie dann leise. Die Witwe setzte sich. Sie sah irgendwie apathisch aus. Vielleicht hatte sie Beruhigungsmittel geschluckt. Nachdem sie sich gesetzt hatte, herrschte einige Sekunden Stille im Raum. Dann hörte man, wie im Vorhaus die Tür aufgerissen wurde, und kurz darauf segelte die Pfarrersköchin herein. Sie hatte schon draußen zu reden begonnen und hörte erst auf, als sie neben der Witwe am Tisch saß.

»Da sind ja alle! Ich hab euch in Retz gesehen, vor dem Haus von der Annemarie, aber bevor ich dort war, seid ihr schon davongebraust, als wäre der Teufel hinter euch her. Da bin ich euch nachgefahren. Was macht ihr denn mit der armen Annemarie? Diese Frau steht unter Schock, das muss man doch verstehen, die hat ihren Mann verloren, da kann man sie doch nicht einfach aus ihrem Haus entführen, schon gar nicht daher, ihr seids wirklich Rohlinge! – Gibt es hier nichts zu trinken?«

»Für dich sicher nicht«, zischte die Gutsherrin böse, hartnäckig die Tatsache ignorierend, dass sie auch den anderen nichts angeboten hatte. Der Erzherzog hatte sich offenbar selbst bedient. Das tat jetzt auch die Pfarrersköchin un-

* Wieder verbietet es sich von selbst, das Schimpfwort der Gutsherrin wiederzugeben. Es sei nur so viel erwähnt: Das Wort »Häus'l« bezeichnet nicht einfach ein besonders kleines Haus, sondern wird in Österreich auch für den Abort verwendet.

gerührt, indem sie aufstand, an den Barschrank trat und sich die Whiskyflasche samt Glas herausnahm. Sie schenkte sich ein, nahm aber die Flasche gleich mit zum Tisch.

»Die Frau Kramer wird aussagen«, wiederholte die Berlakovic, um die neu Hinzugekommene und die übrige Versammlung wieder zum Thema zurückzubringen.

»Was denn aussagen? Es gibt nichts auszusagen, meine Liebe, was soll das Ganze? Hast du ihr das eingeredet? Pfui Teufel, und ich habe dich für meine Freundin gehalten! Du bist eine gewöhnliche ...!« Die Pfarrersköchin ließ keinen Zweifel daran, dass nicht nur ihre Schwester, die Gutsherrin geworden war, schmutzige Wörter kannte.

»Na, Hawelka, was machen S' jetzt?«, fragte der Erzherzog, als erkundigte er sich nach dem Wetter. Er sah sehr zufrieden aus.

Hawelka räusperte sich. »Ich überprüfe die Fakten. Leider sind die Unterlagen über die Frau Schuhmann unter Verschluss. Ich kann also nicht überprüfen, ob Frau Schuhmann tatsächlich ihre Exfr–«

»Das kann ich Ihnen schriftlich geben, wenn S' wollen, wenn wir nur die Silbe ›Ex‹ schön dick unterstreichen, weil ich bin nicht auf viele Dinge im Leben stolz, aber wenn ich auf was stolz bin, dann, dass ich die ›Frau Gutsherrin‹ rechtzeitig rausgeworfen hab. Der Herr Schuhmann hat leider nicht das Glück gehabt und hat sie ein paar Jahre ertragen müssen bis zum Unfall; oder vielleicht sollt man sagen: bis zum gnädigen Tod.«

Die Gutsherrin machte Fortschritte, das Glas, das sie blitzschnell vom Tisch genommen und nach Zauner geworfen hatte, verfehlte ihn diesmal nur um wenige Zentimeter. Er nickte anerkennend.

»Das war schon besser. Aber schau, ›Frau Gutsherrin‹, es ist noch kein Meister vom Himmel gefallen, beim nächsten Mal klappt es sicher. Aber du musst nicht immer im Mittelpunkt stehen, vielleicht sollten wir lieber einmal deiner Schwester zuhören, weil deswegen sind wir hier.«

»Ich hab ihm zwei Flaschen Marillenschnaps eingeflößt«, erzählte die Witwe jetzt niemand Bestimmtem. »Das hat fast eine Stunde gedauert, weil er immer wieder ausgespuckt und geröchelt hat. Manchmal wollt er nicht schlucken, da hab ich ihm die Nase zugehalten. Dann hat er geschluckt, nach Luft geschnappt, und dann hat er den nächsten Schluck bekommen. Dauernd hat er sich fast totgesoffen und mir das Leben zur Hölle gemacht.«

»Red kein blödes Zeug! Sie können dir nichts, aber auch schon gar nichts –«

»Mir ist das wurscht, was die mit mir machen. Hauptsache, das … andere ist vorbei. Nach der Stunde hat dann endlich die Alkoholvergiftung eingesetzt.«

»Ich müsst noch wissen, warum genau«, sagte Hawelka vorsichtig.

»Er ist heimgekommen und hat es nicht einmal mehr die Stiegen hinaufgeschafft, so besoffen war er. Ich hab ihn stützen müssen. Halb stützen, halb ziehen, und er wollt, dass ich ihm die Schnapsflasche bring. Also eh normal. – Waren Sie schon einmal mit einem Alkoholiker verheiratet?«, fragte Kramers Witwe und sah ihm direkt in die Augen.

»Was für ein schreckliches Schicksal«, seufzte die Pfarrersköchin und trank eilig ihr Glas leer.

»Jetzt muss ich aber auch einmal was sagen«, mischte sich der Erzherzog wieder ein. »Mit einem Alkoholiker verheiratet sind gar viele, liebe Frau. Über siebenhunderttausend haben einen sogenannten problematischen Umgang mit dem Alkohol, und wenn ich richtig bin, gelten in Österreich ungefähr dreihundertvierzigtausend Menschen als ernsthaft alkoholkrank, der Frauenanteil ist angeblich irgendwo bei dreißig Prozent, sind wir großzügig und sagen wir hundertzwanzigtausend Frauen, dann bleiben noch zweihundertzwanzigtausend Männer über. Selbst wenn da nur jeder Zweite verheiratet ist, gibt's also hundertzwanzigtausend Tranklergattinen. Das ist bedauerlich, und speziell du, sozusagen meine Ex-Schwägerin, hast meine volle Anteilnahme, weil es gibt lustigere Hobbys.

Aber wenn eine jede von denen anfängt, ihrem Mann Marillenschnaps einzuflößen, bis er ihm aus die Ohren rinnt, dann haben wir da Zustände wie bei die Wilden und auf einen Sitz ein Massensterben. Es ist halt einmal so, dass es ein Gesetz gibt, und ich bin ein großer Freund von die Gesetze. Und wenn eine jemand umbringt, dann müss ma was machen!«

»War er gewalttätig?«, fragte Hawelka, als hätte er Zauner nicht gehört.

»Selten.«

»Aber dann versteh ich nicht –«

»Steter Tropfen höhlt den Stein«, warf die Berlakovic ein. »Sie hat es einfach nicht mehr ausgehalten.«

Es dauerte noch eine gute halbe Stunde, bis alles klar war. Hawelka wurde bei der Befragung immer sicherer, beinahe hatte er vergessen, dass der Erzherzog anwesend war. Die ganze Sache lief wie auf Schienen.

»Was haben Sie gemacht, als es vorbei war mit ihm?«

»Radio gehört.«

»Und später?«

»Meine Schwester angerufen.«

Hawelka wandte sich an die Gutsherrin, die offenbar die Älteste der drei war.

»Wie haben Sie reagiert?«

»Aber doch nicht die!«, rief die Pfarrersköchin aus. »Wenn die Annamirl sie angerufen hätte, dann wäre gar nichts passiert, außer dass sie ihr Vorwürfe gemacht hätte, der Ärmsten. Mich! Mich hat sie angerufen, und ich habe natürlich gehandelt wie eine Schwester, nein, wie jeder Mensch, dem die christliche Nächstenliebe zur zweiten Natur geworden ist.«

»Schön gesagt«, lobte Gubiani.

»Und Sie haben dann auch kräftig mitgeholfen, aus christlicher Nächstenliebe?«, wandte sich Hawelka direkt an ihn.

»Na schaut's, irgendwer hat es ja tun müssen. Sie hat ihm manchmal die Nase ein bisserl zu fest zugehalten gehabt, damit er schön schluckt, und ein-, zweimal hat sie ihm vielleicht die Flasche ein wenig zu grob zwischen die Lippen gesteckt.

Das hätte den Amtsarzt auf blöde Ideen gebracht, und der hätt nicht mehr an eine selbst gemachte Alkoholvergiftung geglaubt. Aber wie ich ihn aufs Feld gebracht hab, da ist das Gesicht ein bisserl über den Ackerboden radiert, und da waren die leichten Verletzungen im Gesicht ganz normal – bei dem Schuss in der Brust war der Pathologe ja eh viel mehr beschäftigt, haha. Es war ja für einen guten Zweck.«

Gubiani, der für den zugezogenen Arzt eine Mischung aus Vertrauensmann im Dorf, Gärtner und Mechaniker war, hatte über dessen Rohrweihensammelaktion bestens Bescheid gewusst. »Wir wollten nur helfen. Da hab ich die Leiche auf das Feld geschafft und die Vogerln vom Doktor dazugelegt, dass es ein bisserl verwirrender wird.«

»Verwirrender? Mit voller Absicht habt ihr den Verdacht auf uns gelenkt, damit meine Schwester nicht für ihren Mord bezahlen muss, sondern ich!«, schrie die Gutsherrin zornig.

»Und der Schuss in die Brust?«

»Ja, irgendwer hat's ja tun müssen, bitte! Na, schaun S' nicht so entsetzt, dem Kramer wird's wurscht gewesen sein.« Die Leichenschändung schien Gubiani keine Gewissensbisse zu verursachen.

»Wollten S' den ›Jagdfreunden‹ eins auswischen?«

»Aber geh! Nur ein bisserl schwieriger wollten wir es machen für die Polizei. Nur ein bisschen Verwirrung stiften, die hätten ja eh keinem was tun können, weil es ja keiner war, oder? Haha, so einfach haben wir uns das vorgestellt.«

»Aber der Gruppeninspektor Berger –«

»Dieser Trottel«, entfuhr es der Gutsherrin. Sie stand immer noch regungslos mitten im Zimmer, hatte sich mittlerweile aber gefasst und den Kopf wieder hocherhoben.

»Dieser Trottel«, stimmte die Pfarrersköchin zu und bedeutete Gubiani, ihr nachzuschenken. Er tat es, schenkte automatisch auch ein Glas für die Witwe ein und schob es ihr hin. Einen Moment lang starrte sie das Glas an, dann wischte sie es mit einer nachlässigen Bewegung vom Tisch.

»Nie wieder«, sagte sie ruhig. »Nie wieder muss ich

irgendwo mittrinken, anstoßen, zuprosten oder sonst wie ›keine Spielverderberin‹ sein. Nie wieder muss ich den Geruch von Alkohol in meiner Nähe aushalten! Im Gefängnis ist doch Alkoholverbot?« Die letzte Frage hatte sie an Hawelka gerichtet. Der nickte zögernd.

»Also, Berger hat die ›Jagdfreunde‹ angerufen?«, wandte sich Hawelka dann an die Gutsherrin.

»Von mir erfahren Sie gar nichts. Ich werde meinen Anwalt anrufen.«

»Dann sag ich Ihnen, was ich glaube und was wir noch aus dem Herrn Gruppeninspektor und dem Herrn Bürgermeister herauskriegen werden«, sagte Hawelka. »Ich glaube, Berger hat den Bürgermeister angerufen, der ist mit einem seiner Leute hingefahren, hat Schober betäubt und die Vogelleichen weggeschafft, um von den ›Jagdfreunden‹ abzulenken. Die Kadaver hat er dann im Retzer Keller zwischengelagert, wahrscheinlich wollte er herausfinden, von wem sie ursprünglich stammen. Nachdem Sie ihm gesagt haben, dass er sie entsorgen soll, ist er in der Nacht, als wir unten waren, gekommen, und als er uns gesehen hat, hat er die Schießerei begonnen.«

»Schwachsinn!«

»Der Gruppeninspektor Berger ist momentan vom Dienst suspendiert und wird in dieser Angelegenheit von die Kollegen aus Niederösterreich befragt«, eröffnete Zauner jetzt. »Den Herrn Bürgermeister Kerschbaum werden Sie sich im Anschluss an unsere kleine Plauderei vornehmen, Hawelka. Wir ermitteln seit gut dreißig Stunden offiziell!«

Das hatte Oberst Matzinger Hawelka schon am Telefon bestätigt. Ihm waren jetzt fast alle Zusammenhänge klar. Bis auf ein paar Kleinigkeiten …

»Warum haben Sie Bachl die Marillengeschichte erzählt?«, fragte er die Gutsherrin.

»Wem?«

»Raimund Bachl, dem Reporter vom hiesigen Lokalblatt.«

»Ja. Die stimmte ja auch. Ich wollte, dass die ›Jagdfreunde‹

nicht alleine auf weiter Flur stehen, wenn es um mögliche Verdächtige ging. Sonst habe ich …«

»… den Hornisten überredet, uns wegzusperren.«

»Was?«

»Und ihn einen Keller bis zur Einsturzgefährdung austrocknen lassen.«

»Was?«

Sie war ehrlich überrascht. Hawelka hatte auf den Busch geklopft, obwohl er innerlich davon überzeugt war, dass der Hornist alleine hinter der Geschichte steckte. Offenbar lebte er tatsächlich in dem Wahn, seiner Oper zu einer ebenso katastrophalen wie unvergesslichen Uraufführung zu verhelfen.

»Ja, eine Zeit lang hab ich auch gehofft, dass du es selber warst, und es hätte mir keiner eine schönere Freud im Leben machen können wie der Hawelka, wenn er dich, ›Frau Gutsherrin‹, da in Handschellen hinausgeführt hätt. Deshalb hab ich dem Schober auch unsere Hilfe zugesagt, wie er mich angerufen hat«, erzählte der Erzherzog ungewohnt freimütig. »Aber man kann schließlich nicht alles haben, und kurz nach Anlaufen unserer Parallelermittlungen waren wir dann offiziell beauftragt …«

Die Gutsherrin reagierte nicht auf Zauners Provokation. Sie blickte auf ihre Schwester, die teilnahmslos vor sich hin starrte.

»Also, was passiert jetzt?«, fragte sie, und es klang nicht mehr ganz so herrisch.

»Wir sind jetzt offiziell die Ermittler«, sagte Hawelka, »und als solche werden wir die uniformierten Kollegen zur Verstärkung holen, den Bürgermeister mit auf das Retzer Revier nehmen und ihn wegen der Schießerei befragen. Ebenso werden wir uns mit dem Herrn Pongratz die Trocknungsanlage im Keller ansehen, sie unschädlich machen und einen Polizeipsychologen hinzuziehen, der untersuchen wird, ob er nicht gleich verwahrt werden sollte. Sie, Herr Gubiani, werden wir wegen Leichenschändung belangen müssen, also auf freiem Fuß anzeigen. Wegen der Rohrweihen werden wir die

Landesjagdbehörden informieren, damit der Herr Dr. Krucka nicht mehr zum Spaß auf Greifvögel schießt. Ist das in Ihrem Sinn, Herr Hofrat?«

Hawelka fand, dass er sich überaus professionell ausgedrückt hatte. Irgendwie fühlte er sich in der Gegenwart des Erzherzogs gar nicht so unwohl wie sonst.

»Ob das in meinem Sinn ist oder nicht, Hawelka, das braucht Sie so viel interessieren, wie wann bei die Chineserer ein Radl umfallt, weil Sie sind der leitende Ermittler da, und ich bin zu meinem Privatvergnügen hier, weil ich ursprünglich davon ausgegangen bin, dass die ›Frau Gutsherrin‹ da Dreck am Stecken hat. Jetzt hat es sich herausgestellt, dass das nicht so ist, und ich bin ein bisserl enttäuscht, aber wie heißt es so schön: Noch ist nicht aller Tage Abend, und die Hoffnung stirbt zuletzt …«

»Ich habe eher gemeint, was jetzt mit meiner Schwester passiert«, murmelte die Gutsherrin, die den Erzherzog gar nicht mehr beachtete.

»Die Todesursache war eine Alkoholvergiftung, das hat mir der Oberst Matzinger am Telefon bestätigt. Die Schussverletzung wurde dem Herrn Kramer post mortem zugefügt. Ich seh keinen Anlass, hier noch länger zu ermitteln, oder, Sepp?«

»Überhaupt keinen Anlass«, bestätigte Schierhuber entschieden.

»Na bitte! Schau Annamirl, das ist doch einmal ein Mann, der Herr Hawlicek! Der weiß, wie man so was macht, das hab ich vom ersten Augenblick an gespürt.« Die Pfarrersköchin strahlte und wollte in ihrer Euphorie die Flasche statt des Glases an den Mund führen. Gubiani bremste sie diskret ab.

»Den Bericht bekommen Sie am Montag«, sagte Hawelka zum Erzherzog.

»Ja, und schauen S', dass der Bericht niet- und nagelfest ist, weil wenn uns die Niederösterreicher holen, um objektiv ermitteln zu lassen, dann wollen wir sie nicht enttäuschen mit einem schlamperten Bericht, gell!«

Hawelka ging hocherhobenen Hauptes zur Tür hinaus, dicht gefolgt von Schierhuber, dem es anscheinend ein wenig leidtat, dass keiner eine Waffe gezogen und er hatte einschreiten müssen. Als Letzte kam die Berlakovic, die es sich nicht nehmen ließ, zur Witwe zu gehen und ihr für einige Augenblicke die Hand auf die Schulter zu legen. Dann drehte sie sich rasch um und eilte den anderen nach.

Sie waren schon am Hof vor dem Gutshaus, als jemand vom Eingang her scharf »Hawelka!« rief. Der Erzherzog hatte seine gewohnte Dienststimme wieder aktiviert. Die drei blieben abwartend stehen, während er herantrat. »Danke«, sagte er, als er sie erreicht hatte. Dann schüttelte er ihnen allen die Hand.

## Epilog

Sie hätten es nicht als Siegesfeier bezeichnet, aber eigentlich war es doch eine. Bei der Einvernahme des Bürgermeisters hatte dieser zugegeben, mit einem Bekannten die Rohrweihen vom Feld geholt und im Retzer Keller versteckt zu haben. Bei der Schießerei im Keller war er nicht dabei gewesen, da war er bei der Gutsherrin zum Essen gewesen. Sein Bekannter hatte mit einem anderen Jagdfreund die Vögel geholt und in Panik die Schießerei angezettelt. Tatsächlich waren sie über das Schuhgeschäft in den Keller gelangt, den Schlüssel hatte der Jagdfreund seiner Schwester entwendet, die im Geschäft putzte.

Nach den Anzeigen gegen die beiden sowie gegen Gubiani, Krucka und Pongratz hatten die Ermittler Retz so schnell wie möglich verlassen wollen und mit ihren drei Wagen einen kleinen Konvoi Richtung Wien gebildet. In Guntersdorf, ungefähr fünfzehn Kilometer von Retz entfernt, hatten Hunger und Durst Schierhuber gezwungen, ebendiesen Konvoi anzuhalten und sie ins »Gasthaus an der Kreuzung« zu lotsen.

Im Innenhof plätscherte ein Brunnen, Schierhuber hatte nichts an der Karte auszusetzen, und es war ein Herbsttag mit geradezu sommerlichen Temperaturen. Dieser Umstand und auch die Erleichterung trugen dazu bei, dass bereits das zweite Bier vor ihnen stand, als das Essen kam.

»Was glaubts ihr?«, fragte die Berlakovic zwischen zwei Bissen. »Warum ist der Erzherzog eigentlich dann selber noch nach Retz gekommen?«

»Weil er uns nichts zutraut«, brummte Schierhuber. Aber das wollte Hawelka nicht so stehen lassen, der sich immer noch nicht ganz über das »Danke« des Erzherzogs beruhigen konnte.

»Nein, ich glaube, weil er wirklich gehofft hat, dass seine Ex–«

»Oh Gott, die Ex!«, rief die Berlakovic. »Das hab ich ja gar nicht mitgekriegt. Der Zauner und seine Ex, ich hab geglaubt, ich mach mir gleich Pipi ins Hoserl. Und ihre Ausdrücke aus der untersten Schublade!«

»Sag einmal …« Hawelka hatte Messer und Gabel weggelegt und nach dem Bierglas gegriffen. Ihm war etwas eingefallen. »Da war doch diese übereifrige Staatsanwältin letztes Jahr bei uns, die dann nach Tirol versetzt worden ist. Das war doch seine Tochter aus früherer Ehe, oder? Heißt das …?«

»Ja!«, jubilierte das Auskunftsbüro. »Genau! Das muss sie sein! Das war die Tochter von der Gutsherrin und dem Zauner. Na bravo!« Dann beruhigte sie sich wieder und sagte: »Nein, wisst ihr, was ich glaube, warum er selbst raufgekommen ist? Weil er Angst um euch gehabt hat. Ein seltener Moment, wie er im Universum alle paar Milliarden Jahre einmal vorkommt, aber da hat er plötzlich eine menschliche Regung gezeigt und sich echte Sorgen um euch gemacht.«

Sie dachten nach und nickten dann. Es gibt ja viele Dinge zwischen Himmel und Erde, die der normale Kriminalpolizistenverstand nicht zu erklären vermag.

»Aber eigentlich hast ja du den Fall gelöst, oder sagen wir, das Geständnis hast du herausgeholt, Herta. Bravo! Auf das stoßen wir an.«

Sie taten es, dann fragte Hawelka: »Und jetzt, große Meisterin, erzähl uns doch, wie du es angegangen bist. Wie hast du sie …? Ich meine, bist du zur Tür herein, und sie hat gesagt: ›Ich war's‹? So wird es ja nicht gewesen sein, oder?«

Während der Frage war die Berlakovic ernst geworden.

»Ich hab mich erinnert, was ihr erzählt habt, dass sie keinen Alkohol im Haus hatte, da hab ich mir gedacht, das kommt mir irgendwie komisch vor, und … dann hab ich ihr von meiner zweiten Ehe erzählt.«

Sie stocherte in ihrem Essen herum. Hawelka erinnerte sich, dass sie zweimal geschieden war, aber ihre Ehen waren beide schon lange zu Ende gewesen, als Hawelka und Schierhuber zur Truppe gestoßen waren.

»War dein zweiter Mann …?«

»Ja.«

Sie schwiegen eine Weile. Dann sagte die Berlakovic: »Nachdem ich ein bisschen erzählt gehabt hab, hat sie auch angefangen. Eine Dreiviertelstunde lang, ich hab geglaubt, sie hört nie mehr auf. Die letzten dreißig Jahre müssen die Hölle für sie gewesen sein.«

Wieder schwiegen sie eine Weile, dann sagte Hawelka: »Diesmal war es umgekehrt, diesmal haben wir unsere spärlichen ›Beziehungen‹ ausgenutzt, um Hintergrundinformationen rauszubekommen, und du – du hast den Fall dann gelöst.«

Die Berlakovic bemühte sich zu lächeln. »Bin ich jetzt offizielles Mitglied der Mordbuben-Gang?«

»Du bist ein Mordsmädchen, Herta!«

Jetzt gelang ihr das Lächeln schon besser. Dann kamen Nachtisch und Kaffee, und die Stimmung stieg wieder. Die Berlakovic fragte, was Schierhuber von einem Alfa Romeo hielt, und dieser fällte ein vernichtendes Urteil. Später beschlossen sie, beim nächsten Weinlesefest als Gäste zu kommen, allerdings so verkleidet, dass sie die Pfarrersköchin nicht erkannte. Sie redeten sich warm und verbrachten noch eine gute Stunde mit den Erinnerungen an die Köchin und Gubiani. Die Berlakovic lud ein und bezahlte die Zeche.

»Ja«, philosophierte Schierhuber, als sie schließlich aufstanden, »es ist ein Graus, wozu der Alkohol die Menschen treibt.«

Die anderen nickten.

»Aber mäßig genossen«, erklärte er beim Hinausgehen, »schadet er selbst in größten Mengen nicht.«

Mein besonderer Dank gilt:

Hermi und Bruno Kerschbaum,
Franziska Wohlmann-Pfeifer,
Hedi Rechbach,
Lothar Strüh
und dem Team vom Emons Verlag.